丁晓原 编选

# 初心百年

## 礼敬中国共产党报告文学精选

广东高等教育出版社
Guangdong Higher Education Press

·广州·

图书在版编目（CIP）数据

初心百年：礼敬中国共产党报告文学精选/丁晓原编选. —广州：广东高等教育出版社，2024.2

ISBN 978-7-5361-7633-1

Ⅰ. ①初… Ⅱ. ①丁… Ⅲ. ①报告文学-作品集-中国-当代 Ⅳ. ①I25

中国国家版本馆 CIP 数据核字（2024）第 026609 号

CHUXIN BAINIAN——
LIJING ZHONGGUO GONGCHANDANG BAOGAO WENXUE JINGXUAN

| 出版发行 | 广东高等教育出版社 |
|---|---|
| | 地址：广州市天河区林和西横路 |
| | 邮政编码：510500　电话：(020) 87553335 |
| | http://www.gdgjs.com.cn |
| 印　刷 | 茂名市红旗印刷集团彩印有限公司 |
| 开　本 | 787 毫米 ×1 092 毫米　1/16 |
| 印　张 | 20.5 |
| 字　数 | 300 千 |
| 版　次 | 2024 年 2 月第 1 版 |
| 印　次 | 2024 年 2 月第 1 次印刷 |
| 定　价 | 88.00 元 |

（版权所有，翻印必究）

# 从"天晓"到"璀璨"
## ——编选者说

2021年是中国共产党的百年华诞。2022年中共二十大胜利召开。从成立之初只有50多名党员，到今天拥有九千多万成员的世界第一大党，中国共产党团结领导各族人民开天辟地，改天换地，彻底改变了积贫积弱的局面，使中国人民站起来、富起来、强起来，伟大的中国发生了翻天覆地的历史性巨变，成为在世界舞台具有巨大影响力的大国、强国。忆天晓初光，寒凝中华大地，列强侵略，军阀战乱，人民饱受蹂躏，不堪回首。看今天华夏璀璨，脱贫攻坚，全面建成小康社会，开启全面建设社会主义现代化国家新征程。是历史选择了中国共产党，党的事业的辉煌成就，已经大大地书写在了中华大地上。

在庆祝党的百年华诞的重大时刻，在实现"两个一百年"奋斗目标的历史交汇点上，中共中央决定在全党组织开展党史学习教育活动。习近平总书记指出："一切向前走，都不能忘记走过的路；走得再远、走到再光辉的未来，也不能忘记走过的过去，不能忘记为什么出发。"在党的二十大报告中，习近平又特别强调全党同志要"务必不忘初心、牢记使命，务必谦虚谨慎、艰苦奋斗，务必敢于斗争、善于斗争，坚定历史自信，增强历史主动，谱写新时代中国特色社会主义更加绚丽的华章"。中国共产党成立100年的历史，是中华民族走向民族伟大复兴的历史，也是我们党不忘初心、踔厉奋发的历史。这是一段波澜壮阔、可歌可泣的史诗，值得中国文学大书特书。报告文学是一种特殊的时代文体，在真实生动鲜活讲述中国共产党的故事，报告记载党的百年大业成就等方面，具有独特的文体优势和价值。

进入新时代，报告文学作家积极投身于时代宏大主题的写作，党史、新中国史、改革开放史和社会主义发展史等题材，成为报告文学写作的重点、热点，出现了《革命者》《国家记忆》《大河初心》《浦东史诗》《为什么是深圳》《大国重器》等许多优秀作品。这些作品主题重大，既具有党史、革命史和改革开放建设史的历史客观真实性，同时又有报告文学形象生动、蕴情有味的感染力，是现当代中国历史与非虚构文学的有机结合，对于记录、传播党的历史，感染教育读者等有着不可或缺的重要作用。为礼敬中国共产党的百年华诞，讴歌伟大的建党精神，我们特别编选《初心百年》报告文学作品选集。这部作品集既是致敬中国共产党百年华诞的献礼之作，也可以作为党史教育和党的二十大精神学习的生动读本。

《初心百年》共萃取近年来出版、发表的与本主题相关的优秀报告文学作品 20 部（篇）并酌情予以删改。长篇作品采取节选方式，选取和"初心"与"使命"深有关联的精彩章节；短篇作品大多发表在《人民日报》《光明日报》《解放日报》等权威报刊，则直接选用。所选作品兼顾内容的主题性和丰富性，突出政治性、历史性，也注重文学性和可读性。作者中既有何建明、黄传会、徐剑、李春雷、陈启文、铁流、徐锦庚、许晨、高建国、唐明华等报告文学名家，也有创作实绩卓然可观的丁晓平、王国平、李燕燕、谢友义、王杏芬、李玉梅（一半）、杨丰美、杨绣丽等中青年骨干作家。根据编选作品的基本内容，将 20 部（篇）作品大致分为"日出东方""血沃中华""初心丰碑""百年梦想"四辑。每篇作品前面有"编选导语"，由编选者对本篇作品的内容特点和价值作简要导读，并标注作品的出处，作品后面附上"作者简介"。

"日出东方"和"血沃中华"二辑是《初心百年》的主体部分，是对党史本事的书写。开篇《天晓——1921》讲述"南陈（独秀）北李（大钊）"相约建党的经典党史故事，将读者带到开天辟地"日出东方"的历史现场。《一本〈共产党宣言〉的中国传奇》，如题目所示，讲述了《共产党宣言》在中国译介、传播、产生影响的传奇。《红船启航》和《国碑》是有关重大标志物的叙事，前者是嘉兴南湖红船仿造的纪事，后者讲述的是人民英雄纪念碑的设计和建造的故事，作品基于珍贵的史料和深入的采访而写成，是一种别有异趣的党史和革命史的写作。《革命者》写的是革命先烈群体的信仰之歌，《一生澎湃》《青春·缪伯英》分别再现中国农民运动的重要领袖彭湃和中国共产党第一位女党员缪伯英火热与青春的形象。这里有革命者的铁骨，也有他们的柔情。第三辑"初心丰碑"是一组先进模范人物的报告，作品的主人公有焦裕禄和廖俊波这两代县委书记的榜样，有"共和国勋章"获得者张富清，还有隐功奉献的抗美援朝老战士蒋诚、新时代青年党员"上海工匠"夏樑。他们的年龄、岗位不同，但拥有共同的名字——共产党人。他们践行自己的初心与使命，为党旗增光添彩。第四辑"百年梦想"中的作品，以浦东和深圳的改革开放故事、脱贫攻坚的宁德叙事等，礼赞在中国共产党领导下中华民族所取得的巨大成就，展示出伟大的中国力量、中国创造、中国精神和中国传奇。

编定《初心百年》的篇目，浏览中忽然生发出机缘巧合的联想。从首章的"天晓"到后篇的"璀璨"，不正是中国共产党百年历史的某种象征吗？我想这样的机巧正好切合了现当代中国的历史逻辑。《初心百年——礼敬中国共产党报告文学精选》有政治的义理，有历史的客观，更有"天晓"与"璀璨"的诗意。它就是宏大的中国史诗中若干精彩的活页。

我们期待着您的阅读。

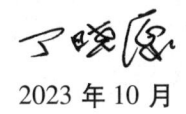

2023 年 10 月

# 目 录

001　**日出东方**

002　天晓——1921 ｜ 徐　剑
027　红船启航 ｜ 丁晓平
049　一本《共产党宣言》的中国传奇 ｜ 铁流　徐锦庚
071　先　声 ｜ 杨丰美
094　巾帼的黎明 ｜ 杨绣丽
108　人民的胜利 ｜ 丁晓平

123　**血沃中华**

124　革命者 ｜ 何建明
132　一生澎湃 ｜ 谢友义
149　青春·缪伯英 ｜ 王杏芬

# 目录

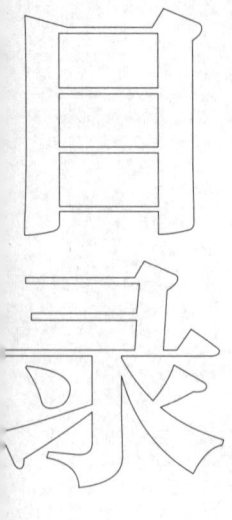

168　乳　娘　｜　唐明华
186　国　碑　｜　一　半

## 205　初心丰碑

206　永远的军姿　｜　徐　剑
214　尘封36年的喜报　｜　李燕燕
227　大河初心　｜　高建国
245　一个温暖的"发光体"　｜　王国平
257　上海工匠　｜　李春雷

## 267　百年梦想

268　浦东史诗　｜　何建明
281　为什么是深圳　｜　陈启文
295　山海闽东　｜　许　晨
309　"北斗"璀璨　｜　黄传会

# 日出东方

天晓——1921

红船启航

一本《共产党宣言》的中国传奇

先声

巾帼的黎明

人民的胜利

## 天晓——1921

徐 剑

**编选导语**

作品节选自徐剑长篇新作《天晓——1921》（万卷出版公司 2021 年出版）中的"头天　南陈北李"章。《天晓——1921》不是政治读本，也不是研究历史的著述，而是一部亦史亦诗、致敬党的百年华诞的报告文学作品。作者以对东方大历史的钩沉探微，展现了中国共产党人开新致远的初心使命；在对风雨如磐艰难岁月的再现中，谱写出一曲崇高壮美的信仰之歌。作者将建党史上一个个颇具特殊意义的时空，以有意味的镜头形式推至读者眼前，令读者阅读作品犹如收看一部晨曦初露、开天辟地的大叙事的历史连续剧，仿佛回到百年前的历史现场，从中感受大历史中的崇高与壮美，纯粹与芜杂。《天晓——1921》获得 2021 年国家出版基金资助，获评 2021 年度"中国好书"。

### 风雪百里送君出津门

王会悟说，陈先生的名字如雷贯耳，她年轻时，是从《新青年》知道陈独秀其人其文的，但并未见过真人。在表侄沈雁冰那里，一拨年轻人常提及陈先生的锦绣文章，敬仰之情溢于言表。1920 年 2 月，在《新青年》

编辑部里,陈独秀真的向她走来了,这颗她仰望已久的新文化运动的巨星,悄然出现在上海,出现在她的面前。他是从北京由李大钊护送,秘密走滦州、乐亭,转道天津,来到上海,住进了渔阳里2号。

听着王会悟的叙述,我想起2019年6月22日,淅淅沥沥的烟雨,闷憋成一城瓢泼大雨。我从无锡而来,行一路雨天,为的是参观南湖革命纪念馆。车到了嘉兴湖畔,大雨依旧,仿佛天漏了。一脚跨出车门,遍地积水,瓢泼大雨如城郭落瀑,从高天砸下,还伴有雷声、雨声。一道道闪电穿云带雨,划破南湖的宁静。

坐上一艘画舫,游入烟雨南湖。雨点在玻璃般的湖面上镶嵌了一粒粒白珍珠。烟雨楼在视线中渐次放大。登岛时,我发现那艘"红船"旧影斑驳,或许在嘉兴湖中已泊了百年,等待风雨故人来。绕岛一圈,登烟雨楼远眺,那个革命年代消声于云天,与惊雷合成岁月的回响。回到船上,撑船向南湖革命纪念馆疾行。彼时,风一阵,雨一阵,梅雨越下越大了,我离船上岸,疾步走向南湖革命纪念馆。登上二楼,在十三位中共一大出席者的照片前走过。一幅巨大的油画伫立眼前,北国大雪,一辆带兜篷的骡车前,中国现代史上的两位著名人物"南陈北李"立于雪中。看得出,油画的背景是北京故宫护城河东角楼街道旁,一匹黑骡拉着兜篷车正停在那里。众所周知的两位尊者并肩走来。李大钊在左,头戴水貂帽,穿一件狐狸领的皮大衣;陈独秀在右,戴一顶灰色的毡帽,着一件长棉袍,脖子上围着一条米色围巾,踏雪将行。

作者是原南京军区创作室的陈坚,我熟悉的一位油画家。油画前的铜牌上嵌了八个大字:南陈北李,相约建党。

送君百里,终有一别。彼时,两位大教授紧紧地握手。此去沪上,两位贤者皆心照不宣,该说的话,已经说得差不多,该商量的事情,也都商量得差不多了。陈独秀该登车了,去往火车站,向南,从天津驶去上海,李大钊也该坐骡车返回北京。

李大钊坐上骡车,掉头转弯时向陈独秀踏雪而去的背影喊了一声:"仲甫珍重!"

"守常保重!"

清脆的骡蹄声,从北京驶往燕赵的冰雪道上传来,车碾在冰雪里,骡蹄声响不绝。百里风雪送君出京门,这是1920年2月,一个中国共产党即将诞生前的清晨吗？

记得少年时，有一句黄钟大吕般的名言："十月革命一声炮响，给我们送来了马克思列宁主义……"

十月革命发生在20世纪初期的1917年11月7日，"阿芙乐尔号"巡洋舰的水兵们"向冬宫开炮"的炮声，震动了世界。这时，陈独秀作为新文化运动的旗手，登上了历史前台，向黑暗沉沉的中国，喊出了科学、民主的时代先声，为五四运动的爆发埋下了思想的种子。当这场影响中国百年的运动将近尾声时，这位北大文科学长，因在北京城南香厂新世界楼上撒传单，被北洋军阀政府的警察抓捕了，这是他第二次坐牢。第一次是在安徽，差点儿被芜湖驻军首领龚振鹏砍了脑袋。可他一点儿也不惧怕，面对随时都会被绑赴法场的危险，他怡然自处，从容地催促道："要枪决，就快点罢！"[①]

这次是在北京，这位后来被毛泽东称为"五四运动的总司令"的北京大学文科学长，被关进了北洋军阀政府的监狱，引起天下一片哗然。营救他的人，从北大校长蔡元培始，李大钊、胡适等皆站了出来，向政府施压，甚至连孙中山先生也站出来为他说话，正告北洋军阀政府，放人。

身在狱中的陈独秀，自然不知道铁窗之外的世界。坐牢，对于这位大教授而言，一点儿也不值得畏惧。在他看来，监狱是"人类文明的发源地"，某种意义上，更是人类思想家的锤炼场。他盘腿而坐，面对铁窗、高墙，我不入地狱，谁入地狱。那是一种盗火者普罗米修斯的怆然。从青年时漂洋过海到日本留学起，他就在思考救国图强之路。

1901年秋天，陈独秀二十二岁，他想去看看世界。日本自明治维新开始，走向西学之路，国力日盛，中国不少青年学子东渡扶桑留学，以寻找强国之道。仅20世纪的第一年，赴日留学者就达一千五百人之多，陈独秀也卷进了这股留学浪潮。他属意的是日本早稻田大学的前身——东京专门学校。那天，他扛了一个行李箱，与哥哥一道，往离家仅数百米的安庆南码头走去。登船，挥手道别，故乡在视野里渐行渐远，落成一个小小的墨点。站在甲板上，秋江澄清，两岸芦花白，横在家门口的大江，是他自小游泳的河流。在陈独秀的眼里，这条中华民族的母亲河，一如此时的大清

---

[①] 柏文蔚：《癸丑讨袁失败记》，载《安徽文史资料选辑》总第3辑。

帝国，水涸江枯，河床露出水面，平沙落雁，早已蓬头垢面，她的不肖子孙们，对她无药可施。彼时，大清王朝陷入衰败末季，像龙陷浅滩一样，几度幻想腾空再起，终归折戟沉沙。大清帝国之船正朝一个深海冰沟里撞去，最终的结局不外江山倾倒，政息人亡。此前，陈独秀的母亲刚刚病逝，他已经失去了一个亲娘，不想再失去另一位祖国母亲了。他顺江而下，到了上海，哥哥则去东北，找自己的叔父，做候补道员。他来到吴淞口的一个码头，登上了一条邮船，驶往扶桑之国。

秋风萧瑟，洪波涌起，船近日本鹿儿岛。秋阳照在海上，透过舷窗照进船舱。他走上甲板，脑际掠过的却是七年前那场大海战，北洋水师全军覆没，虽然这里离黄海大东沟很远，可是日本舰队就是从这里北上黄海的。

那是一场令国人伤痛之战，北洋水师舰沉之时，师夷之技、走船坚炮利之路的洋务运动也完成了最后的海葬，永远浸泡在冰海里，再无翻身之日。读史的陈独秀异常清醒，七年前那场大海战离自己并不远。六十年前，英国人用大炮轰开了中国百年闭关自守的大门，强行通关，把鸦片等货物倾销中国。因此，第一批站出来自救的是一些有头脑的知识分子和朝廷大员，在不动国本的前提下，提出了"中学为体，西学为用"，"师夷长技以制夷"。于是，洋务运动骤然而兴，一批近代军事工业和民族企业应运而生，短短的二十多年间，居然打造出了亚洲最大的北洋水师舰队，一批留英学童毕业归国担任统领、管带，但还是在冰与剑、火与水的碰撞中折戟沉海，以清政府战败，签订丧权辱国的《马关条约》落幕。孰料却在赴京会试的举子中引起轩然大波，广东康南海（康有为）趁入京应试之机，联合十八省一千三百名应试举子，发动了"公车上书"，请求拒和、迁都、练兵、变法，尤其是倡导西方的君主立宪制度，较洋务运动众臣的图强之道，前进了一大步。然而，就在陈独秀参加江南乡试落第的第二年，康梁变法失败，六君子人头落地。陈独秀对大清王朝已经不抱任何希望，帝国病入膏肓，犹如一段行将腐朽的枯木，离死期不远了。他东渡日本，寻找强国之路。第一次未入东京专门学校，而先在高等师范速成科学习日语和普通课程。然，仅仅待了三四个月，1902年春天，他便返回安庆。到这年9月，陈独秀又二度赴日，未报考他曾经心仪的日本东京专门学校，而是入成武学校（日本士官学校的预备学校）学习陆军军事，与邹容、张继、翁浩、王孝缜等同学闯入大清国陆军学监姚煜宿舍，剪其辫子，以示斩首，因而被日警逮捕，遣返中国。1907年春天，陈独秀第三次入日本留学，至1909年的三年之间，三进三出日本，与孙中山的兴中会、同盟会会员有了深度接触，成为挚友，一起投入推翻帝制的斗争中。

帝国真的死了，随着武昌首义一声枪响，千年帝制一夜崩溃。陈独秀也一度成为民国元年皖军都督孙毓筠的都督府秘书长。孙都督系公子哥儿出身，后又染上鸦片瘾，不理政事，都督府的大事小情全托付给陈独秀。但陈独秀因过于急躁，常为改革之事与人口角。每逢开会，总是他一个人滔滔不绝地发表演说，且固执己见，最终仅做了半年皖军都督府秘书长，便高处不胜寒，挂冠而去。

1914年7月，陈独秀第五次去日本留学，这是他最后一次日本之行，也是他在日本住得最久的一次，近一年时间。此行，他最大的收获是认识了两位好朋友章士钊和李大钊。两个人名字都落在一个"钊"字上，从造字上看，"钊"从刀从金，含有削损、磨损之意，而他们的志向便是要削去旧中国身上的痼疾顽症。特别是李大钊，是一位可托六尺之躯，寄百里之命的挚友。章士钊，陈独秀帮他编辑《甲寅》杂志；李大钊，章士钊先慕其文，后仰其人。章士钊这样记述他与李大钊的相识："一九一四年，余创刊《甲寅》于日本东京，图以文字与天下贤豪相接，从邮件中突接论文一首，余读之，惊其温文醇懿，神似欧公，察其自署，则赫然李守常也。余既不识其人，朋游中亦无知者，不获已，巽言复之，请其来见。翌日，守常果至，于是在小石川林町一斗室中，吾二人交谊，以士相见之礼意而开始。"[①] 陈独秀便是通过章士钊而识李大钊，开始了长达十三年的交往与友谊，直至李大钊溘然离去，血沃中华。

扶桑一载，时光太匆匆，在与李大钊、高一涵、易白沙、张东荪、梁漱溟、苏曼殊、章士钊等人共同编辑撰文的《甲寅》杂志中，陈独秀才情狂放、天马行空的政论如东风四起，吹皱一湾春水。日本岛国求学，学业虽未成，却遇神交挚友，斗室榻榻米上相谈甚欢，陈独秀不思归了。可是他夫人的健康却不允许他继续留在他乡。1915年4月，高君曼的身体开始出现不适。据陈独秀的朋友汪孟邹《梦舟日记》记载：4月25日，高氏

---

① 许德珩等：《回忆李大钊》，人民出版社，1980，第144页。

"体气不佳，家中寂寞，甚为悲伤，竟至泣下"，而5月15日，"忽咯血"，18日，"咯血之症昨夕又发"，24日，"至同仁医院，察其病状，似渐加重，渠自己亦极畏惧，一种凄凉之状，令人心悸"。据此，汪孟邹看不下去了，给在日本的陈独秀写信，催他返国。

陈独秀回国了。他伫立于黄浦江畔，手擎一个思想的火球，将它投向长街黝黑的东方之城，火球沿街衢闾巷而滚，所过之处，火光四溢，一窗、一门、一户、一院、一个里弄、一条老街，瞬间亮了起来。一个民国初年的思想烧荒者兀自而立，陈独秀堪为天人。

## 五四运动的总司令

1915年9月15日，《青年杂志》创刊。一年后，《青年杂志》更名为《新青年》。

陈独秀在发刊词中激情四溢地写道："青年如初春，如朝日，如百卉之萌动，如利刃之新发于硎，人生最可宝贵之时期也。"他在《新青年》第一卷第五号上发表《一九一六年》，后又在第一卷第六号上发表《吾人最后之觉悟》，投枪直刺"三纲五常"，唤起国民独立的人格。

转眼就是1917年元旦，《新青年》发表胡适的《文学改良刍议》，掀起了一场书写白话文的运动。2月1日，陈独秀亲撰《文学革命论》，支持胡适，高擎"文学革命军"的大旗，并受北大校长蔡元培之邀，出任北京大学文科学长。

1918年7月15日，陈独秀在《新青年》第五卷第一号上发表《今日中国之政治问题》，他疾呼，"国人应该速醒"，对关系国家民族生死存亡的政治根本问题，要"彻底觉悟，急谋改革"，否则"必致永远纷扰，国亡种灭而后已"。

1919年5月4日，五四运动爆发。"在五四运动中，涌现出一批为追求民族独立和国家富强而积极探求救国救民真理的新的先进分子。数十万学生英勇地走在运动的前头，成为运动的先锋。运动爆发前，北京等地成立的以研究新思潮、探索救国救民道路为宗旨的社团，如救国会、国民社、新潮社、平民教育讲演团、少年中国学会、新民学会等，其成员大多参加了这场运动，成为运动中的骨干。陈独秀、李大钊等在报刊上发表文章，同许多社团组织和进步青年密切联系，积极指导和推动运动的发展，成为这一运动的著名领袖人物。以陈独秀、李大钊为代表的一批具有初步共产主义思想的知识分子,很快成为中国共产党组织的发起人。"①

时隔二十多年后,在延安,毛泽东在中共七大预备会议上谈到陈独秀时说,"他是有过功劳的。他是五四运动时期的总司令,整个运动实际上是他领导的……那个时候有《新青年》杂志,是陈独秀主编的。被这个杂志和五四运动警醒起来的人,后头有一部分进了共产党。这些人受陈独秀和他周围一群人影响很大,可以说是他们集合起来,这才成立了党","他创造了党,有功劳"。

毛泽东说这些话的时候,陈独秀已经在江津于贫病交加中离世三年了。

江雨很大,江津的天空墨云摧城。那天,伫立在江津石墙院陈独秀旧居,探寻这一段往事时,我蓦然发现,陈独秀的遽然左拐,与那年3月被免去北大文科学长,还有人生的第二次坐牢有关。

陈独秀已经陷入十面埋伏之中,五四运动前一个多月,旧势力的代表人物对他围追堵截,恶意中伤。北大校园内,辜鸿铭、刘师培、黄侃等人,个个非等闲之辈,他们坐拥国学山头,振臂一呼,以《东方杂志》为阵地,开始对陈独秀的思想进行"围剿"、清算。急先锋是《东方杂志》主编杜亚泉,其论战杀伐之力不小,接着是另一位赫赫有名的旧派翻译家林纾登场,他以笔记体的文言小说《荆生》《妖梦》影射陈独秀和胡适。最伤人的谣言还是绯闻。一个谣言是陈独秀、胡适、钱玄同等新派教师被北大驱逐。再一个则是风月八卦,说陈独秀放浪形骸,不拘小节,到前门八大胡同嫖妓。这条谣言无疑是致命的。汤尔和、沈尹默站出来要求撤销陈独秀文科学长之职。当年,陈独秀当北大文科学长,正是汤尔和与沈尹默极力向蔡元培推荐的。可谓成于汤、沈,败于汤、沈。

陈独秀就这样很黯然地离开了北大文科学长的岗位,继续留任教授。4月11日,他回寓所途中,与汤尔和相遇。汤见陈独秀面色灰白,怒目而视,鄙夷之情溢于言表,两个人随即分道扬镳。

彼时,北大校长蔡元培给了陈独秀一年假期,让他去准备,开一门宋

---

① 中共中央党史研究室:《中国共产党历史》第一卷(1921—1949)上册,中共党史出版社,2011,第2版,第42~43页。

史课。就在这年的6月,发生了一个震惊北京乃至全中国的事件:陈独秀被捕了。

诱因是一次城南雅聚。据胡适回忆,6月11日晚上,陈独秀、高一涵、胡适和三位安徽同乡王星拱(北大理科教员)、程演生(北大预科教授)、邓初(内务部佥事)在城南香厂新世界的四川馆子"浣花春"夜宴。饭毕,其他三位走了,陈独秀、高一涵和胡适来到新世界里吃茶聊天。这时,陈独秀站了起来,从口袋中掏出了一些传单,向附近桌子的客人散发,内容是他印制的,要求撤换五四运动后逮捕大批学生的卫戍北京的步兵统领王怀庆。胡适见证了现场,他说:

> 我们三人原在一起吃茶,未几,一涵和我便先回来了(那时高君和我住在一起)。独秀一人留下,他仍在继续散发他的传单。①

当时还有谁在场?撒传单的就陈独秀一人吗?高一涵回忆说,他与陈独秀、邓初餐后去新世界发传单,陈独秀"见戏场、书场、台球场内,皆有电灯照耀,如同白日,不好散发传单"。于是陈独秀和高一涵"两人只得上新世界屋顶花园,那里没有游人,也无电灯。这时刚看到一层露台上正在放映露天电影,就趁此机会,把传单从上而撒下去"。②

高一涵的叙述与胡适的说法是截然不同的两个版本,胡适说高与他同住一屋,喝完茶时,两个人就一起回去了,留下陈独秀发传单。按高一涵所述,他与陈独秀一起发传单,陈被捕,他逃脱。

当天晚上夜半,有人打电话告诉胡适"陈独秀被捕了"。次日的《晨报》发了惊悚消息:陈独秀被捕。消息称陈独秀一来到新世界,"上下楼甚频,且其衣服兜中膨满",引起了暗探的警觉和盯梢,当晚10时,陈独秀正散发传单,被当场拘捕。夜12时许,北洋军阀政府军警百余人荷枪实弹包围了陈宅,破门而入,陈的眷属从梦中惊起,当场被搜检去信札多件。③

---

① 胡适:《胡适口述自传》,唐德刚译,华文出版社,1992,第2版,第207页。
② 任建树:《陈独秀大传》,上海人民出版社,2012,第3版,第137页。
③《晨报》,1919年6月13日。

陈独秀被捕，影响之巨，可谓在中国引起一场海啸。陈君无罪，放人！且看青年毛泽东是如何激扬文字的。7月14日，他在《湘江评论》创刊号上发表《陈独秀之被捕及营救》，并全文转载陈独秀的《北京市民宣言》。提及陈独秀，毛泽东写道：

> 我们对于陈君，认他为思想界的明星。陈君所说的话，头脑稍为清楚的听得，莫不人人各如其意中所欲出。现在的中国，可谓危险极了。不是兵力不强财力不足的危险，也不是内乱相寻四分五裂的危险。危险在全国人民思想界空虚腐败到十二分。中国的四万万人，差不多有三万万九千万是迷信家。迷信鬼神，迷信物象，迷信运命，迷信强权。全然不认有个人，不认有自己，不认有真理。这是科学思想不发达的结果。中国名为共和，实则专制，愈弄愈糟，甲仆乙代，这是群众心里没有民主的影子，不晓得民主究竟是甚么的结果。陈君平日所标揭的，就是这两样。
>
> 陈君之被捕，决不能损及陈君的毫末。并且是留着大大的一个纪念于新思潮，使他越发光辉远大。政府决没有胆子将陈君处死。就是死了，也不能损及陈君至坚至高精神的毫末……我祝陈君万岁！我祝陈君至坚至高的精神万岁！

短短檄文，可见黑云锁城的中国，云罅中筛下一道光亮，这是陈独秀在青年毛泽东心中投下的一抹光辉。

陈独秀被关了八十三天了，全国各界都在想办法营救他。史学界的共识是，孙中山出面起到了至关重要的作用。孙中山在上海见到北洋军阀政府的许世英时，就严肃指出关押陈独秀的后果："独秀我没有见过……你们做的好事，很足以使国民相信我反对你们是不错的证据。""你们也不敢杀死他！""他们这些人死一个，就会增加五十、一百，你们尽管做着吧！"许世英神情谦恭，他知道孙中山先生说的后果，说："不该，不该，我就打电报回去。"

胡适认为，陈独秀能够被保释出来，他的一群安徽同乡和老朋友们功不可没。京师警察厅总监吴炳湘是安徽人，在京皖人中奔走托人，与陈独秀素不相识的桐城派古文家马通伯、姚永概等都来说项，甚至安徽省长吕调元、广东护法军政府主席总裁岑春煊皆通电北洋军阀政府，施加压力，放人！9月16日下午4时，京师警察厅悄然释放了陈独秀，北大同学在第三院为陈独秀举行欢迎大会，他旋即成了凯旋般的英雄。当晚，胡适等人依旧在他被捕那日吃的馆子"浣花春"里预备了酒席，请他们夫妇两个一块儿去，举办一场盛大的压惊宴会。闹至次日凌晨一点方散，算是给陈独秀接风。

然而，就在那年年底，不该发生的事情还是发生了，等于是北洋军阀政府逼走了陈独秀。据胡适回忆，那时华中有几所大学邀他去做几场学术演讲，因他要为在北京的杜威教授做中文翻译，遂推荐了陈独秀代他去，对方也表示欢迎。陈独秀在武汉做完演讲后，与几位大学校长一道返回北京。谁知到了家里，正伏案写几道请柬，邀胡适与几位好友晤面一叙的时候，忽然外面有人敲门，家眷开门一看，是个警察。

"陈独秀先生在家吗？"

"在家，在家！我就是陈独秀。"

陈独秀的回答倒使那位警察大吃一惊，他说现在一些反动的报纸报道陈独秀昨天还在武汉宣传"无政府主义"，所以警察局派他来看看陈独秀先生是否还在家中。

陈独秀说，我是在家中啊！但是那个警察说，陈先生，您是刚被保释出狱的，根据法律规定，您如果离开北京，至少要向警察关照一下才是。

我知道，我知道。独秀说。

您能不能给我一张名片呢？

陈独秀当然唯命是听。那个警察便拿着名片走了。独秀知道大事不好，那个警察一定还会回来找麻烦的。所以他请柬也不写了，偷偷地跑到胡适的家里来，警察局当然知道陈独秀与胡适的关系，所以他在胡适的家里是躲不住的。于是，他又跑到李大钊家里去。

警察不知他逃往何处，只好一连三天在他家门口巡逻，等他回来。陈独秀知道家里是回不成了，乃和李大钊一起离开了北京，从此便一去不复返了！[①]

---

[①] 胡适：《胡适口述自传》，唐德刚译，华文出版社，1992，第2版，第209页。

## 南陈北李，相约建党

我凝视南湖革命纪念馆的那幅油画，"南陈北李"踏雪而去，于故宫东角楼登车，上车的地点距离北大红楼图书馆不远。通行的说法是李大钊雇了一辆骡车送陈独秀，经廊坊，直奔天津，然后登车南下上海。

但是，按照胡适的说法，陈、李登上骡车后，故意北去，让赶车人载着他们驰向离滦州不远的乐亭县，在李大钊老家躲了数日，风声渐息后，再从李大钊家坐骡车，突然南去，送陈独秀直奔天津，登上列车，南下上海。

冀东平原上，驰道覆盖一层白雪，寒烟孤村。一辆骡拉篷车在白雪覆盖的旷野碾过，大平原寂然无声，孤树上有一群寒鸦盘旋，车辇驶了过去，惊起寒鸦一片，复又栖息树上，尖啸的聒噪，哀鸣不绝。

两条深深的车辙留在北方大平原上，它是通向一条人间正道的岔道和路标，还是一代中国共产党的先驱留给后世的一道历史车痕？此时我最想知道的就是南陈北李在一百五十多公里的大车道上，讨论、商量、相约携手建党的故事。

天阴沉沉的，6月的上海，梅雨没有落下来，天有点儿闷，但没有想象中那般热。那天中午，我背着一个双肩背包，在中共一大会址纪念馆的展板前踯躅两个多小时，边看边记边拍，留下资料。下到一楼，已经是下午两点多钟，参观的人流量大了起来。在纪念馆图书专卖柜前，我买了一部《伟大的开端》。转出书屋，继续沿参观路线行走，进入望志路106号石库门——我向往已久的李公馆。当时，游人稀少。

走在中共一大会址纪念馆内，自1840年鸦片战争以来，记录一代代仁人志士的文字与照片令我肃然起敬。展板图说就像淬火的铸字，诠释旁边一尊铜雕的背景。

最早酝酿在中国建立共产党的是陈独秀和李大钊。1920年2月，为避免北洋军阀政府的迫害，陈独秀从北京秘密迁移上海。李大钊在护送陈独秀离京途中，和他酝酿成立共产党组织。

铜板白字，下边印有英文解说，镶于一面情景再现的砖墙上。

我侧身走过，在一幅铜雕背景画前驻足。斯人，此景，与我后来在南湖革命纪念馆见到的巨幅油画《南陈北李，相约建党》异曲同工，是同一种情景再现。只是两个人的装束和背景不大相同。如果说南湖革命纪念馆画的是起点，南陈、北李在故宫东角楼登车前交谈，再别红楼；而中共一大会址纪念馆画的则是终点。风雪迷茫的大平原，一条大车道伸向远方，寒林落叶，树梢犹如剑戟般伸向空中，赶车人喝马暂停。车辕上，李大钊、陈独秀掀开车帘，相继跃身下车，沿大车道前行，兀自立于旷野上。两道深深的辙痕嵌入北方古原的腹心，也通向远方。长亭外，古道旁，下车的陈独秀居前几步，他的服饰与南湖革命纪念馆纪念画中李大钊的调换了，穿一件西装领的皮大衣，而李大钊则穿一件中式棉袍。陈独秀目视前方，仿佛在考问，苍茫大地，谁主沉浮？

百里送君行，守常与仲甫东瀛相识，已有六载，铁肩担道义，妙手著文章。心心相印，依依惜别，两个人似乎还有许多话要说，那还说点儿什么呢？再酝酿一下建立共产党组织的事情吧。

"南陈北李，相约建党"就这样实景再现了出来。解放日报社和中共一大会址纪念馆编写的《伟大的开端》一书中这样写道：

> 那是1920年2月的一个凌晨，说是凌晨，还有星光依稀，但路上仍是黑得瘆人。北京朝阳门，此时驶出一辆旧式带篷骡车，在通往天津的土路上卷起了一路行尘。车上有两位乘客，坐在车篷里的一位，四十岁左右模样，长袍外套着一件棉背心，头上低低地压着一顶呢帽，看上去像个掌柜；坐在驾辕人旁边的一位，年龄看上去要小一些，微胖的脸庞蓄着八字胡，戴一副金边眼镜，随身几本账簿，印成店家红纸片子，像是一个年前随掌柜外出收账的账房先生。此时，正值生意人在年底往各地收账之际。
>
> 谁也不知道，在这辆不起眼的骡车上坐着的，竟是五四新文化运动以来中国思想界的两个领军人物——陈独秀和李大钊。
>
> ……

那辆旧式带篷骡车一路南行，经廊坊转道天津。

北京至天津，大约一百五十公里，坐骡车赶路，须费时两天。两个同路人，一路颠簸，一路风尘，一边赶路一边交谈。历史为陈独秀和李大钊提供了一次可以更广泛交流、更深入沟通的机会，也给后人留下了"南陈北李"在这段行程中"相约建党"的佳话。①

当时曾有一首嵌名诗，是一位叫征宇的革命家赋的："北大红楼两巨人，纷传北李与南陈。孤松独秀如椽笔，日月双星照古今。"②
依我读诗的感觉和判断，此诗少了民国风，多了革命味。但毫无疑问，这是"南陈北李"提法的来源。后来查证，征宇的真名叫罗章龙，是当年追随"南陈北李"的北大学生，年轻时也是一位激情的革命者。

但是真正的"南陈北李，相约建党"之说，根据几部回忆录追根溯源，最早出自陈独秀与李大钊在日本留学时的好友高一涵。1927年4月6日，奉系军阀张作霖在北京逮捕了李大钊等八十余人，4月28日，将李大钊等二十名革命者绞死于西郊民巷京师看守所内。

这年5月，在李大钊的追悼大会上，高一涵在悼念演讲中这样说：

> 时陈独秀先生因反对段祺瑞入狱三月，与先生（李大钊）同至武汉讲演，北京各报均登载其演辞。先生因此大触政治之忌。返京后则化装同行避入先生本籍家中。在途中则计划组织中国共产党事。③

这次讲演后，高一涵写过一篇悼念李大钊的文章，非常生动地描述了陈独秀与李大钊是如何避险离京的，坐的是什么车辆，人化装成什么样子，在路上谈论了什么，写得非常生动、逼真。该文发表在1927年5月23日《中央副刊》第60号《李大钊先生传略》上。中华人民共和国成立之后，高一涵又相继写了数篇回忆李大钊的文章：《和大钊同志相处的时候》，载于1957年4月27日的《工人日报》；《李大钊同志护送陈独秀脱

---

① 《解放日报》社、中共一大会址纪念馆编《伟大的开端》，上海人民出版社，2016，第136页、141页。
② 许德珩等：《回忆李大钊》，人民出版社，1980，第35页。
③ 《中大热烈追悼南北烈士》，《汉口民国日报》1927年5月24日。

险》(1963年10月执笔),载于《文史资料选辑》第61辑。这些文章都是讲"南陈北李,百里相送"的故事,两人商谈的是中国革命的前途和未来。

> ……时当阴历年底,正是北京一带生意人往各地收账的时候。于是他们两人雇了一辆骡车,从朝阳门出走南下。陈独秀也装扮起来,头戴毡帽,身穿王星拱家厨师的一件背心,油迹满衣,发着光亮。陈独秀坐在骡车里边,李大钊跨在车把上。携带着几本账簿,印成店家红纸片子。沿途住店一切交涉,都由李大钊出面办理,不要陈独秀开口,恐怕漏出南方人的口音。因此一路顺利地到了天津。李大钊把陈独秀送上火车之后,才回北京。[1]

《陈独秀大传》的作者任建树在其五十余万字大著中,也引用了高一涵的回忆文章《李大钊同志护送陈独秀脱险》中的片段,并专门另辟一节"南陈北李,携手建党"。

> 1920年,中国工人阶级先锋队的幼芽——共产党的发起组,在好几个大城市里先后破土而出,茁壮成长。参加共产党发起组的成员,大半是具有共产主义觉悟的知识分子,他们的代表人物是陈独秀和李大钊。陈独秀发轫于中国近代工商业最发达、工人阶级人数最多最集中的城市上海,李大钊策划于中国的首都北京。两位巨人一南一北相约筹建中国共产党。进步青年誉称"北李南陈,两大星辰;漫漫长夜,吾辈仰承"。[2]

在南湖革命纪念馆里,李大钊送陈独秀登车的大幅油画前,展板上镶嵌着八个大字:南陈北李,相约建党。从这个起点,再到今天,百年之间,我们党的初心,始终未变。

傍晚,从南湖革命纪念馆出来时,雨仍在下。天光暗淡,我从雨幕中

---

[1] 高一涵:《亚东十六年手稿》。
[2] 任建树:《陈独秀大传》,上海人民出版社,2012,第3版,第169页。

匆匆走过，想起胡适先生说过的一段话：

> 事实上，陈独秀在1919年还没有相信马克思主义。在他的早期著作里，他曾坦白地反对社会主义。在他写给《新青年》杂志的编者的几封信里面，甚至说过他对社会主义和马克思主义并没想得太多。李大钊在1918年和1919年间，已经开始写文章称颂俄国的布尔什维克的革命了，所以陈独秀比起李大钊来，在信仰社会主义方面却是一位后进。[1]

在写作《天晓——1921》的日子里，我的案头始终放着一套《中国共产党历史》，对于"南陈北李，相约建党"，在涉猎了各种学术文章和专著后，我始终以这部权威的范本校正我的思绪流向。《中国共产党历史》中写道：

> 最早酝酿在中国建立共产党的是陈独秀和李大钊。通过对马克思主义的学习和传播，通过对俄国十月革命经验的学习，通过中国工人运动的实践，他们逐步认识到，要用马克思主义改造中国，走十月革命的道路，就必须像俄国那样，建立一个无产阶级政党，使其充当革命的组织者和领导者。这时陈独秀已将关注的主要目光从青年学生转向工农大众，从进步思想文化的研究和传播转向建立共产党组织。这是一个重大的转折。1920年2月，为躲避反动军阀政府的迫害，陈独秀从北京秘密迁移上海。在护送陈独秀离京途中，李大钊和他商讨了在中国建立共产党组织的问题。[2]

这是对"南陈北李，相约建党"的最大肯定，也佐证了中国共产党从一开始，就将中国的前途和命运牢牢地掌握在自己的手中。

---

[1] 胡适：《胡适口述自传》，唐德刚译，华文出版社，1992，第2版，第218~219页。
[2] 中共中央党史研究室：《中国共产党历史》第一卷（1921—1949）上册，中共党史出版社，2011，第2版，第57页。

## 革命局，与马克思主义传播

你该返回上海了吧？雨中，我似乎听到天堂里有个声音在呼唤我呢。她说，我看到你啦，嘉兴的雨下得好大呀，你们还坐了一艘画舫，驶入南湖，登上了烟雨楼。会悟奶奶，这些您都看到了呀？你们坐的画舫有点儿像我们当年开会的样子，不过，我们那艘画舫呀，没有你们坐的这艘大呀。我在红船前站了好一会儿，冥冥之中，好像看到您打着一把油纸伞，坐在红船的船头放哨呢。

江南雨幕雾锁楼台水榭，我从嘉兴返回无锡的路上，雨一直下得很大，上车不久，因为有点儿冷，车里开了暖风，很快我就眯着了，做了一个长长的仲夏夜之梦。这梦的时空，离中共一大开会的那个时辰并不远，或许这是南湖革命纪念馆的记忆未尽，我居然梦见了王会悟。此时，一个一直无解的问题，又萦绕在我心头。1920 年 8 月 17 日，维经斯基给伊尔库茨克东方民族处的报告，第一次提到了"革命局"三个字，说到了革命局下属三个处之一的出版处的活动。可是对于"革命局"这三个字，王会悟也觉得很陌生，是因为译法不同吗？可是，有关上海的"革命局"的三个处的活动，其中出版处的活动是这样记述的："现在有自己的印刷厂，印刷一些小册子，几乎从海参崴寄来的所有材料（书籍除外），都已经译载在报刊上了。《共产党宣言》已印好。现在有十五种小册子和一些传单等着复印……星期日，即 8 月 22 日，我们出版处出版中文报纸《工人的话》创刊号。它们是周报，印刷两千份，一分钱一份，由我们出版处印刷厂承印。"

王会悟说，记得 1920 年夏天，陈独秀先生将《新青年》移师上海后会见俄乡密使维经斯基，成立了革命局，下设出版处，之后进行马克思主义宣传，就有经费了，不会再因杂志收入太低而陷入窘迫。陈独秀主编的《新青年》《俄罗斯研究》等，主要的稿源也取自《苏维埃·俄罗斯》等美国刊物上布尔什维克刊载的文章，而推荐这些文章给《新青年》的，正是维经斯基他们。其实这些关系与资源，都与维经斯基的到来有关。因维经斯基曾经在美国待过，故与美国共产党等马克思主义宣传组织接上了头，不少书籍从美国寄到了上海，开始翻译与传播。为何维经斯基一到中国就有了这些资源，这恐怕与他的经历有很大的关系。

维经斯基前半生，移居北美时，曾经加入美国社会党，他对于美国社会主义文献的出版情况，至少比上海的中国社会主义者熟悉得多。据此可以断定，报告中提到的刊物自不必说，还有一点也是可以肯定的，比如说，1920年下半年译成汉语的美国社会党系统出版社（芝加哥的查尔斯·H.克尔出版社）的刊物都可以尽收囊中，要么是维经斯基提供的，要么是他帮助订阅的。

彼时，一大批杂志和书籍的出版发行，扩大了马克思列宁主义在中国的影响，让处于苍茫黑夜中的中国人，感到东方的地平线上，天边裂罅，露出一线黎明之光。

彼时，我想起了毛泽东那首著名的词《清平乐·会昌》，乃我少年时代背诵过的"东方欲晓，莫道君行早"。百年中国，正是有陈独秀、李大钊等先贤踽踽独行，他们的历史脚印，于1840年鸦片战争以降，连成一条百年沧桑大道。从林则徐的虎门销烟，到康梁公车上书、变法图强，直至辛亥革命，一代代仁人志士的探索，均告失败，唯有中国共产党的成立，才为浸沉在黑夜中的中国，点燃一簇理想篝火，天将破晓。庄子曾在两千多年前《天地》篇中仰天感叹："冥冥之中，独见晓焉。"天将欲晓，你的、我的1921，只差一声惊雷。

## 华夏一声雷，《共产党宣言》出版

入夏，江南梅雨天来得有点儿早，墨云锁城，天要下雨了。闪电撕开云层，仿佛一株银色天树镶嵌于天上人间，根须纵横云间，倏然，闷雷响彻天地，整座申城都在颤抖。

王会悟在上海渔阳里2号楼上，忘情地读着一本书。书是住在楼下的书生李达送给她的，不厚，薄薄一本小册子，可捧在手里，却如天上惊雷落于掌上。它的名字叫《共产党宣言》。

轰隆隆的声波掠过城郭上空，一记惊雷从云间传出，犹如巨浪袭来。阁楼似乎在晃，王会悟的肩膀也不由自主地晃了一下，心在颤动，天又打雷啦！

彼时，她住在陈独秀先生家的楼上，或许她并未真正意识到，这座石库门，这些《新青年》编辑部里的年轻人，这些上海共产党的早期精英，皆是手握雷霆、藏雷纳电之人，他们于黄浦江岸边兀自而立，最早听到霜天晓角。雷声起于一部印有大胡子马克思头像的小册子。

那天,王会悟又见到了她的表侄沈雁冰。沈雁冰在商务印书馆编译所上班,也是《新青年》的撰稿人之一,不时会来渔阳里2号雅聚。见到小自己两岁的表姑,他倒没有姑侄之间的拘束,都是同龄人,又是革命者,见面便问:"会悟,最近在读什么书?"

"李达送我一本新书。"

"什么新书?"

"《共产党宣言》哪,据说是刚印出来的!是一个油印本,只有五十六页,封面上印着红底的马克思肖像。"

我查证不到这个情景出于何处,只能基于一种历史的想象与推理的复原吧。毫无疑问,当维经斯基拿到这个小册子,凝视封面木刻水印的马克思头像的《共产党宣言》时,他兴奋地向远东伊尔库茨克的东方民族处报告。

哦!与维经斯基一样高兴的人便是陈望道了。

时隔很多年后,静心于修辞学研究与教学的陈望道,偶然与党史访问学者谈及上海马克思主义研究会的活动情况,心情非常平静。可是作为《共产党宣言》全本中文翻译第一人,他仍掩饰不住几分激动,忆及他翻译《共产党宣言》的始末:

> 回国(1919年6月)后,我在杭州的浙江第一师范学校教书。学生施存统写了一篇《非孝》的文章,遭到顽固势力的猛烈攻击,牵涉到我,我也被扣上"非孝、废孔、公妻、共产"的罪名,随即离开一师,回家乡义乌译《共产党宣言》。我是从日文转译的,书是戴季陶供给我的。译好后,由上海共产主义小组设法出版。[①]

那个冬天,一天早晨,邮差送来一封寄自上海的信,陈望道俯首一看,左下落款邵缄,是邵力子先生寄来的。未拆开前,他以为是约稿信,因为邵先生是《民国日报》的编辑,经常向他约稿。在一师任教期间,他

---

[①] 宁树藩、丁淦林:《关于上海马克思主义研究会活动的回忆——陈望道同志生前谈话记录》,《复旦学报(哲学社会科学版)》1980年第3期。

为《民国日报》写了不少文章,邵先生对他的文笔很欣赏。可启信一阅,陈望道脸上浮出了笑容,原来是邵力子邀请他为戴季陶《星期评论》周刊翻译《共产党宣言》。于是陈望道兴冲冲地去了上海。

20世纪初的中国天空下,陈望道并不是第一个翻译《共产党宣言》的人,可全文译出的,他确实是第一人。此前,关于马克思的《共产党宣言》,也有只言片语通过《万国公报》《民报》等传入了中国。1912年《新世界》发表了节译的《共产党宣言》。五四运动前后,《每周评论》《国民》等进步刊物也曾对《共产党宣言》作过一些零星或片段式的摘译。但这一次,一直未在中国出版的《共产党宣言》,如突然间平地一声惊雷,出现在上海。

陈望道坐车,换船,进入上海后径直去了民国日报社。邵力子已擢升总编辑,他比陈望道大九岁,都是浙江人,一个长于绍兴,一个家在义乌,前者为老同盟会员,后者则是学界新秀,都有日本留学的背景,是编辑与作者的关系。寒暄之时,陈望道谢邵力子的上海之邀。邵力子摇头,说非我所约,而是季陶先生所请。

戴先生?

对!

他请望道老弟出山,是想翻译一部皇皇巨著《共产党宣言》。啊,陈望道听到此,眼睛里重又燃起了一团希望之火。我能担当此任?戴先生说了,非陈君莫属。

五四运动后的戴季陶,年近三十,胸中仍有一腔热血奔突,虽追随中山先生多年,投身二次革命和护法战争,但思想激进。他与浙江巨富沈玄庐在沪上创办《星期评论》,李汉俊也加盟其中。《星期评论》介绍研究国外劳工运动,宣传社会主义和新思潮,一时与陈独秀主编的《每周评论》齐名。然,戴季陶有一个夙愿,当年从日本归国时,他带回一部由日本著名社会主义者幸德秋水、堺利彦合译的日文版《共产党宣言》,欲转译为中文,却浅尝辄止,因为翻译的难度太大了,非他的笔力可抵,且编务又那么忙。"不如邀人翻译,并在《星期评论》上连载。"[1] 见到好友邵力子

---

[1]《解放日报》社、中共一大会址纪念馆编《伟大的开端》,上海人民出版社,2016,第91页。

时，他道出了自己的初衷，两个人可以说是一拍即合。戴季陶喟然长叹："可是何君能担此大任呢？"

"非杭州陈望道莫属！"邵力子答道，"陈君文章、笔译和古学功底，堪称一流。"

"对啊，我咋没有想到他呢！"

邵力子、戴季陶点将，陈望道如约而至。那天，邵力子带着陈望道一起去《星期评论》编辑部，见到了戴季陶。寒暄过后，戴从抽屉中拿出珍藏已久的日文版《共产党宣言》，说，这是幸德秋水和堺利彦合译的书，我当年从日本带回，就交给望道兄了。

陈望道说，我留学日本时，幸德秋水已因"大逆事件"被杀，作品被禁，像这样的书几乎见不到啦。但日本进步学者河上肇、山川均我都曾接触过，请教过他们介绍社会主义和马克思主义的学说，也算略知一二啊。

好啊，就拜托望道兄了！

双方就此别过。返回浙江的路上，淅沥数日的雨天突然放晴了，陈望道的心情也随即晴朗起来。"一师风潮"后，他怅惘极了，一直纠结于"新"与"旧"的交战中。返乡道上，边走边读日文版《共产党宣言》，他蓦地觉得，黯淡许久的心情突然被一束思想光芒照亮了。

何处择一室以译经典？陈望道想到自己的故里——义乌分水塘[①]。彼时，因为村前有一池塘，乃上游清溪流出，一池碧波分两水，一系流向义乌县城，一系流至邻近的浦江县，两水交叉口有一小村庄，故而得名分水塘。这是陈望道生于斯、长于斯的地方，直到外出求学、留学前，他都未曾离开过。这是一个"绿树村边合，青山郭外斜"的桃花源。离开了西子湖畔的喧嚣，他走进了老屋，那间仍旧遗存着祖先气息和体温的老屋。屋里无桌子，只有一盏油灯，他便干脆将一块铺板架在了两条板凳之上，以木板为桌，展开稿纸，开始逐字逐句地翻译。

一盏油灯昏黄，将陈望道的影子投到了墙壁上，长长的，变形般地拉长，几乎覆盖了一堵墙壁。他才翻译完第一段话，便被这篇雄文点燃了，作为政治宣言书，竟然可以这样去写。他沉醉在优美的文字中，心中有一种莫名的暖意，尽管窗外仍是寒冬腊月，他却仿佛已经听到了春天的脚

---

[①] 即当下义乌小商品城的西边，属城西街道。

步，时代的脚步。

那一刻，他心中突然萌生一种感觉、感动，《共产党宣言》恰似华夏春雷第一声，震醒了多少迷惘的中国人。江南起惊雷，这之江大地一道闪电，让每个在黑暗中探索的中国知识分子突然有了长夜中被篝火和灯塔照亮的感觉。

那些日子，陈望道蛰伏于老屋里，足不出户，几乎是夜以继日地翻译书稿。困极了，就将书和墨盒、文稿挪开，到床上一躺，就睡了。饭是由母亲送来的，母亲以为他在复习备考，在做大事情，每天按时给他送中饭、晚餐。

我在中共一大会址纪念馆看展览时，解说员绘声绘色地讲起陈望道翻译《共产党宣言》时的一个小故事——吃墨汁。那时他翻译《共产党宣言》进入物我两忘之境，几乎是废寝忘食。有一天，母亲从厨房里给他端来一盘粽子，还有红糖水，可他太全神贯注了，竟浑然不知，在翻译书时头也不抬。母亲站在门外说，你吃粽子要蘸红糖水，他说知道了，可是他一边写中文，一边看外文字典，一边拿起一个粽子往红糖水里蘸。岂料他太投入了，误将墨汁当红糖水，居然将手中粽子蘸到了墨汁里边去，还说味道甜极了。母亲后来再进来时，发现他一嘴都是墨汁，惊讶地问道，望道，你怎么不吃红糖水，而吃墨汁呀？是吗？陈望道用袖子一抹嘴，果然见到一袖口的墨汁。他哈哈大笑，对母亲说，这是真理的味道。

2012年11月，党的十八大召开后，习近平总书记参观《复兴之路》展览，看到陈望道翻译《共产党宣言》的展板时，还向同行的中央政治局常委，讲起了这个真理味道的故事。

在故里蛰伏了一个漫长的季节。陈望道看着这份不到百页纸的书稿，最后再校正了一遍，长长地舒了一口气，向窗外望去。清明前的黄花连天际，彼时，他的心情犹如田野里的油菜花一样灿然。

窗外，布谷鸟叫春了，那短促、清脆的啼鸣，划破了旷野的寂静。好消息也借着春天的翅膀，飞到了义乌城边这座江南的小山村里。4月末，陈望道接到上海《星期评论》的来信，说戴季陶随孙中山先生南下了，《星期评论》编辑部缺人，编辑们一致投票，接任编辑者，非陈君莫属，快快来上海与大家一起共事吧。

漫卷译著喜欲狂，青春作伴去沪上。陈望道携着《共产党宣言》新译稿，走进大上海，此时他并未意识到，自己做了一件载入史册的大事情。

然，走进《星期评论》编辑部，一则以喜，一则以忧。喜者，戴季陶奉孙中山先生电召，已经去了广州，留下编辑空缺给了陈望道，使他不再为失业发愁；忧者，当时戴季陶答应在《星期评论》连载《共产党宣言》的事化作了泡影。当局对刊物实行邮检，凡激进之文，都受到严格控制，纵使自己做了《星期评论》的编辑，也不能任性连载。再则，译稿还须校订，等一切就绪之后，6月6日《星期评论》也停刊了。陈望道和他新译的《共产党宣言》陷入窘境。

有一天晚上，他的学生施存统和俞秀松来拜访。彼时，他俩已参加陈独秀发起组织的上海马克思主义研究会活动。而俞秀松正准备筹建中国社会主义青年团组织。

施存统去年因一篇《非孝》让老师丢了饭碗，自己被开除学籍，可在浙江一师时，他一直将陈望道视为偶像。但是自从接触陈独秀后，他觉得北大前文科学长的理论和辩才更胜老师一筹。陈望道谈起自己的新译《共产党宣言》还在做最后润色和修订，出版无望，颇有几分怅然。

何不请仲甫公一阅？俞秀松建议道。

你说的是《新青年》主编陈独秀先生啊，我心仪已久。陈望道说，正想结识他呢！

老师，将《共产党宣言》的译稿交给我吧，我送到仲甫先生家去。

于是，那天上午陈望道将《共产党宣言》汉译本交给俞秀松。

陈独秀如获至宝。那个上海的雨夜，街衢上静悄悄的，渔阳里2号的阁楼上，雨打梅花窗，一盏油灯，几乎彻夜不灭。陈独秀伏案看至天明，东方破晓时，他校改完这部汉译本，不由得拍案叫绝，连称"皇皇大作啊"。当读到最后一句话"万国劳动者团结起来啊"（后译为"全世界无产者联合起来"）时，他更是击节而叹，雄文，雄文啊！

陈独秀推开阁楼的窗子，正是梅雨季节，天空仍旧下着雨，远眺上海的黎明，天与海的交接处乌云翻卷，可是东方天幕上却裂开一道云罅，筛下一抹晓色。继而，一道道闪电裂帛撕云，闪亮天际，随后一声惊雷，朝东方城郭劈了下来。对处于苍茫黑夜中的中国啊，这不啻是夏日晓天一记霹雳！他俯首看去，那华夏的第一声惊雷，那道闪电，已落在陈望道刚译好的《共产党宣言》上。书中那些坚不可摧的学理和观点雷一般地击中了他，灵魂被震撼，思想的燧石电火燃烧成熊熊烈焰。他是高举过"五四"大纛的旗手，大半生追求科学、民主与自由，心性孤高，雄睨宇内，并不是一个轻易在理论上被折服的人。可是校注完《共产党宣言》时，他的内心还是被书中闪烁的思想与哲学光芒照亮了，仿佛探索了大半生的救国之道，终于在这里寻找到了答案。

第二天，他将陈望道的《共产党宣言》译稿交给了李汉俊。李汉俊十四岁东渡扶桑，留学东京，通晓日、英、德、法四种语言。最后的校勘，唯有李汉俊能够接手，陈独秀可谓慧眼识才。

李汉俊与陈望道在《星期评论》一起做过编辑，共事一月有余，对陈望道的文字并不陌生。第一次拿到《共产党宣言》的中文译稿时，他也曾像陈独秀一样，掩饰不住心中的激动。彼时，湖北潜江的李汉俊，可谓英雄出少年，家学渊源深厚。他少年即随大哥李书城留学日本，东京帝国大学毕业。在日本，李汉俊和陈望道虽在不同的大学读书，可是都受过日本马克思主义者河上肇的影响。李汉俊一页页读下来，觉得陈望道的译文语言高古、洗练，翻译准确，行云流水。他从日语上溯英文，再从英文直返德语，在四种语言的比较中，觉得陈望道的译文规范、准确，对马克思主义学说、机理、概念和政治术语烂熟于心。他按照陈独秀先生之嘱，做了最后的校勘。

万事俱备，只欠东风了，可出版经费难倒了陈独秀。踌躇之际，维经斯基与陈独秀会面了，提出成立革命局，下设三个处，且出版处是第一等要紧事情，经费一下子有了着落。

1920年8月初，《共产党宣言》终于付梓，印数一千册，是一个比小三十二开本还要小的开本。封面是红底马克思半身像，上边印有"社会主义研究小丛书第一种"，署名"马格斯　安格尔斯　合著　陈望道　译"，页内没设目录，全文均为小五号铅字，但因校对有误，将书名印成了"共党产宣言"，出了一个硬伤，可瑕不掩瑜。拿到这个小册子，维经斯基颇有几分激动地向伊尔库茨克民族处报告称，我们现在有自己的印刷厂了，《共产党宣言》已印好。

这部马克思、恩格斯的经典著作在东方的传播源流，也挺有意思。《共产党宣言》的日译本，最早刊于1904年11月13日《平民新闻》周刊第53号上，转译自塞缪尔·穆尔的英译本。可后来日译本遭"报纸条例"

封杀，自1906年3月在堺利彦主编的《社会主义研究》创刊号上发表过全译本后，因"大逆事件"中幸德秋水被杀，从此再未见天日，只有手抄本流传民间。而戴季陶是如何得到《共产党宣言》日译本的，引起了石川祯浩的好奇。他通过日译本来探究陈望道译本——藏于上海图书馆和北京国家图书馆的《共产党宣言》第二版的底本，通过比对《陈望道文集》，石川祯浩发现陈望道译本《共产党宣言》的底本最大可能性是发表于《社会主义研究》上的幸德秋水与堺利彦合作的全译本，是当时在日本民间秘密流传的读本。他是从几个词的译法上破译的，比如说Bourgeois，幸德秋水与堺利彦合译为绅士，陈译本则译为有产者。又如Proletariat，幸德秋水与堺利彦合译为平民，陈译本则译为无产者，与当时民间流传油印本中的重要词相似。这个发现透出一个信息，戴季陶当年在日本留学归国时，居然带回了十几年前的日译手抄本，且只是地下秘密流传啊，弥足珍贵。

毋庸置疑，《共产党宣言》乃华夏第一声惊雷，影响之盛，出乎陈望道意料。仅广州平民书店，截至1926年，便重印了十七版。毛泽东就是此书的忠实读者之一。他曾经对斯诺说过，他接受马克思主义的信仰，有三部书对他影响甚大，最重要的一部就是《共产党宣言》。但是毛泽东1920年初次接触《共产党宣言》，是在北京大学马克思主义学说研究会，比陈望道出版这本书要早。

一个人与一部书，一个时代与一部书。马克思在中国成了神一般的人物。作为《共产党宣言》第一位全本中文译者，陈望道成为陈独秀上海共产党早期组织的成员，后来他致力于语言学的研究。

1975年1月22日，陈望道坐火车来到北京，踏雪赶至北海公园西侧的北京图书馆（今国家图书馆古籍馆）。副馆长鲍正鹄闻讯后，立即赶至大门口迎接，向陈望道鞠躬道，北京下这么大的雪，老师远道而来，我们怎么敢当啊。老人平静一笑，说，你去看我不容易，我来容易，说走就走啊！鲍正鹄被老师的虚怀若谷感动，引领其进了办公室，陈先生刚坐定，他便说，这次请老师来，实则有事相求，就是想请您鉴定一下《共产党宣言》中译本的第一版。说着，鲍正鹄挥了挥手，"拿过来吧，请老师过目。"工作人员取来《共产党宣言》早期译本的多个版本，封面上皆印有马克思的头像，有红底的，蓝底的，但版权页已破损，无法辨认哪个是首版。陈望道仔细看来，然后指着一本封面印着红底马克思头像的版本说，这个红的是初印,那个蓝的是后印的,初印的"共产党"三个字还写错了。鲍正鹄说,老师为北图解决了一个大难题,过去我们一直将蓝底的当作首印版。说着,他将首版的《共产党宣言》递到陈望道面前,说,请老师题字留念吧。老人讶然,说这是马、恩的经典著作,我签名不合适。鲍正鹄道,您老是这部书的翻译啊,您不题,谁敢题?您签上名,就是一个历史鉴定。陈望道觉得学生说得对,于是翻开译本内页,工整地写下三个字:陈望道。

### 作者简介

徐剑,火箭军政治工作部文艺创作室原主任,中国作家协会全国委员会委员,中国报告文学学会会长,中宣部全国宣传文化系统文化名家暨"四个一批"人才。著有小说、散文、报告文学、电视剧剧本,代表作有《大国长剑》《大国重器》《导弹旅长》《原子弹日记》《水患中国》《东方哈达》《浴火重生》《冰冷血热》《经幡》《金青稞》等三十余部。三次获中宣部"五个一工程"奖,两次获中国人民解放军文艺奖,并荣获首届鲁迅文学奖、飞天奖、金鹰奖等30多项全国、全军文学奖,被中国文联评为"德艺双馨"文艺家。

# 红船启航

丁晓平

> **编选导语**
>
> 本篇节选自丁晓平长篇报告文学《红船启航》（浙江教育出版社2021年出版）。节选部分是关于"中共一大南湖革命纪念船仿制建造纪事"，作者详细报告了红船仿制的确定与立项、寻船（可供仿制的合适的船样）、造船等具体过程及其生动的故事。作品选题独特，富有价值，叙写基于大量珍贵的档案和扎实的采访，信息丰富。红船是中国共产党的重要诞生地，红船精神是中国共产党人的重要精神财富。作品入选中宣部2021年主题出版重点出版物，2022年荣获第八届鲁迅文学奖报告文学奖。

1921年8月3日，中国共产党第一次全国代表大会在浙江嘉兴南湖的一条游船上胜利闭幕，向世界宣告中国共产党正式成立。

一个大党，诞生于一条小船上。毛泽东主席说："中国有了共产党，这是开天辟地的大事变。"

小小红船，诞生了世界最大的政党。南湖不大，孕育了伟大的红船精神。南湖革命纪念馆自1959年建馆，60多年来，迎接了亿万参观者。为了瞻仰红船，他们从四面八方赶来，不远万里，跨越千山万水。他们当中包括成百上千的党和国家领导人、外国政要和国际友人。

不忘老祖宗，牢记党娘亲。瞻仰红船成为共产党人心中特别神圣而敬畏的生命之旅，是"寻根"，也是"朝圣"。在南湖畔，在红船旁，许许多多经历过血雨腥风、战火纷飞的老革命、老党员或老泪纵横，或喜极而泣，或驻足而歌，或拄拐而吟。耄耋之年的他们，如愿而来，南湖是他们心中的"圣地"。

黄火青说："特地来看看我们的老祖宗啊！"

谷牧说："来了南湖，了却了一桩心愿。"

李一氓说："我是1925年入党的老党员了，一直没有来南湖，很惭愧。"

张爱萍即兴作诗："纵情远眺南湖水，画舫荡胸壮心头。"

"小小红船承载千钧，播下了中国革命的火种，开启了中国共产党的跨世纪航程。"

红船为什么这么红？

停泊在南湖的红船——南湖革命纪念船，是当年中共一大代表乘坐的那只船吗？如果不是，它又是如何仿制和建造起来的呢？

故事还得从1959年说起。

## 红船到底是条什么船？他们从嘉兴找到北京

太阳升起来了。

春暖花开，天气朗和，云淡风轻。这一天是1959年3月31日。

北京。东皇城根。马路边的植物虽然没有像南方那样葳蕤多姿，晨风中也还有一丝丝料峭。但这个清晨，对郭竹林、董熙楷两个年轻人来说，美丽的日出也难以形容他们内心的兴奋和喜悦。

人逢喜事精神爽。在国家文物局招待所，他俩早早地起床了。现在，吃完早饭，他们背上一只从嘉兴带来的丝网船模型，在地安门登上了一辆公共汽车，向复兴门奔去。经国家文物局王冶秋局长的牵线搭桥，他们今天要去见一个从未见过的老人。

34岁的郭竹林时任中共浙江嘉兴县委宣传部副部长，27岁的董熙楷是宣传部的干事。他们到北京来的主要目的，就是请人鉴定这只"船"。今天去拜访的这个人，正好也是浙江嘉兴人。

郭竹林是山东东营人，1942年参加革命。他在3月23日就提前来到了北京。在北京火车站，他拿着中共嘉兴地委（那时嘉兴和湖州都属于嘉兴地区，嘉兴地委驻地在湖州）的介绍信，给中央办公厅挂了一个电话，很快来了一辆吉普车，把他送到了文化部文物管理局。负责全国革命历史文物的局长王冶秋亲自接待了他。郭竹林把嘉兴筹建南湖革命纪念馆的工作情况一一向王冶秋作了汇报。

2018年9月，笔者在嘉兴市档案馆专门查阅了南湖革命纪念馆的相关档案，发现了第一份《关于筹建南湖革命纪念馆工作情况报告》是中共嘉兴县委宣传部在1959年4月14日作出的。4月15日，这份报告印发呈送中共浙江省委、嘉兴地委宣传部和县委，并抄送给浙江省文化局、省博物馆、专署文教局、县委组织部和县文教局等单位。从这份报告中我们看到，筹建南湖革命纪念馆的工作实际上是从1958年的春天就开始了。

这份由郭竹林执笔起草的报告，第一段是这么写的：

> 自去年嘉兴地委指示"筹建南湖革命纪念馆"以来，已断断续续的做了一些工作。去年夏天在南湖烟雨楼东配房开辟了三间房子的陈列室，陈列了一大、二大、三大的部分图片、照片和资料（未对外开放），并通过调查做了一个船模型，不过这个船模型做得很粗糙，群众反映不像样。因为一大在南湖开会是在船上开的，"船"是建馆的中心问题，但因一大开会用的那只船早已无处查访，同样的船比较完整的在嘉兴、无锡一带也找不到了。在无专人负责的情况下，"船"的调查研究工作，也就耽搁下来。到今年2月份地委指示叫我们去北京向董必武同志请示一大在南湖开会情况和有关建馆问题。为了做好去北京前的资料准备工作，特别弄清一大在南湖开会时所用那只船的式样、大小问题（因一大距现在已38年了，光靠领导同志回忆是有困难的），做了一些调查研究工作。先后在嘉兴市、无锡市召开了五六次群众座谈会、船码头调查和个别访问，座谈访问对象有：在南湖划船的老年工人、造船厂的老工人、嘉兴市的老厨工、在烟雨楼开茶馆的、南湖游船的船老板、嘉兴市老年知识分子、过去常到南湖游玩的资本家20多人。他们根据自己的回忆，对南湖游船式样、大小、装饰设备等作了介绍（南湖游船调查情况附后），并对第一个船模型提出了30多条修改意见，我们又根据群众回忆和提出的修改意见，做了

第二只船模（是按大号双夹弄做的，已送北京请有关领导同志鉴定）。

原来，1958年春天，为迎接新中国成立十周年，中共嘉兴地委按照中共中央和浙江省委的指示，宣布在嘉兴、长兴筹建两个革命纪念馆。长兴的革命纪念馆为新四军纪念馆，嘉兴的革命纪念馆为中共一大纪念馆。于是，南湖革命纪念馆的建馆工作提上了议事日程。嘉兴县委决定，南湖革命纪念馆的筹备工作由时任县委副书记沈如淙负责牵头，县委宣传部副部长郭竹林负责具体工作。

的确，"船"是建馆的中心问题。建立南湖革命纪念馆，馆址的选择不是问题，在那个年代，南湖湖心岛的烟雨楼自然是最佳选择，而且很快就在东配房开辟了三间陈列室。但建纪念馆的核心问题是要解决历史原迹的问题，也就是要找到中共一大代表们开会的会场——乘坐的"船"，这才是建馆的镇馆之宝。

没有"船"，就无法建馆，甚至连建馆的资格都没有。因此，寻找"船"成为首要任务。于是，郭竹林从文教系统抽调了十多位同志组成"找船小组"，开始调查摸底工作，展开全面的社会调查工作。20世纪20年代南湖的游船，有瓜皮船、婆娘船、脚划船、小游艇、小汽轮、丝网船等，但经过军阀混战，尤其是在抗日战争中日寇占领嘉兴后，民不聊生，南湖游船渐渐消失。抗战胜利后，国民党政府大肆搜刮，挑起内战，经济破败，南湖游船几乎绝迹。时过境迁，要找到38年前中共一大代表开会的游船，了解游船的模样，真是一件特别艰难的事儿。

1958年夏天，在郭竹林的带领下，找船小组成员深入基层，遍访茶馆、酒肆、饭店、客栈、戏院、码头，询问游客、艄公、渔民、店员、居民。许多热心人也主动参加了查访工作，信息源源而来。南湖戏院私方经理吴明培，曾是游南湖常客，他能讲出各种游船的式样，还提供了艄公的线索。功夫不负有心人，郭竹林终于在嘉兴荷花堤看到了一条20世纪20年代的小号无夹弄游船。经寻访调查，得知这种游船来自太湖。于是，郭竹林再次扩大了查访范围，到临近周边县查访，又零星见到了当初游船的船板、门窗、雕饰的零部件和船上的凳、花具、碗、杯盘等用具，一一及时地把这些收购回来。

此前，嘉兴市和嘉兴县合并时，在南湖烟雨楼曾举办过一次船模型展览会，其中有一条游船模型引起了大家关注。郭竹林就以这个船模为样子，召开了一个有老游客、老船工参加的座谈会，广泛征求意见。经过讨论，大家提出了三条修改意见：第一，船长10米不到，篷顶不是人字形，也不是圆形，形状似绍兴戏船，圆弧形为宜。第二，船内有窗，透光、透风。第三，船是丝网船，极其精致，有前厅、中厅、卧室，卧室在中间开门。船型为中号单夹弄，后边船窗蒙住，供做饭用。经过这次座谈会，游船的模型有了一个大概，于是确定先制作船模。郭竹林随即抽调嘉兴一中美术教师陆松安与嘉兴造船厂的一名技工，吸取座谈会意见，制造了第一个船模型。但大家看了之后，觉得不像样。

1959年2月，中共嘉兴地委向嘉兴县委发出指示，派人到北京向中共一大代表、国家副主席董必武汇报请示中共一大南湖会议情况和有关筹建南湖革命纪念馆的问题。为了做好准备工作，3月初，郭竹林、董熙楷和卞洛（时任县文化局局长）三人又专门赶往江苏无锡寻访。这次调查的目的有两个，一是找寻丝网船，二是想请无锡的造船厂支援技术力量仿造丝网船。可是，他们三人在无锡寻遍太湖，也没有找到当年的丝网船。但无意中却在轮船码头上意外地发现了一只改装成运输船的双夹弄丝网船，船的风格终于有了可以参考的样子。无锡造船厂领导大力支持，答应抽调二名工程师，一人制图，一人施工，支援仿制一只双夹弄丝网船。[①]

现在，郭竹林和董熙楷按照中共嘉兴地委的指示，来到了北京，目的就是专门请董必武鉴定由无锡交通工具合作工厂为他们量身打造的这第二只船模——双夹弄丝网船。这也就难怪，郭竹林在北京火车站给中央办公厅打了一个电话，很快就有吉普车来接他。

谁知，郭竹林来得不是时候，董必武那些日子不在北京，到东北视察去了。于是，中央办公厅就把郭竹林送到了文物管理局王冶秋那里。那时候，国家文物局叫文物管理局，隶属于文化部。

因为董必武离京需要20多天才能回来，怎么办？郭竹林有些着急，王冶秋对郭竹林说："你住在招待所，一切事情由我安排。"

在文物管理局招待所等待的几天里，郭竹林还见到了中央革命历史博物馆（今国家博物馆的前身，曾叫中国革命历史博物馆）李俊臣等专家。

---

[①] 杨成其：《郭竹林主持南湖红船仿制实况》。嘉兴市文联提供。

就南湖革命纪念馆建馆工作，王冶秋提出了四条指示性意见：

1. 南湖革命纪念馆应抓紧办起来。一大在南湖开会的历史，生动的说明了"星星之火可以燎原"的问题，是富有教育意义的。十一后国际友人，有的可能要求到南湖去参观。十一以前无论如何要办起来，中国革命历史对全世界殖民地半殖民地国家的（民族解放战争）影响和鼓舞作用是很大的。

2. 南湖革命纪念馆的中心是"船"的问题。纪念馆是以原迹为主的，非原迹现场的馆室，只能叫陈列室、展览馆、博物馆等。南湖革命纪念馆造船和船坞可由中央拨款3万元，只要省文化局来个文即可。烟雨楼的修缮环境、陈列室的修建等经费属地方经费开支，请示省、地委解决。如建陈列室可陈列一大至八大党史资料，资料由中央博物馆供给。修建陈列室如当时有困难，就逐步搞起来。

3. 中央和上海革命历史博物馆，计划陈设南湖全景布景箱和船模型，布景箱由上海做，船模由嘉兴做，等尺寸大小研究定了即告诉你们。南湖革命纪念馆可照原来船的样子做一只大的停放在南湖里。做的时候必须掌握"新工旧做，整旧如旧"的原则。

4. 南湖革命纪念馆须配几个专职干部，分别负责资料收集保管和群众宣传教育讲解工作。[①]

毫无疑问，王冶秋的这四条意见成为筹建南湖革命纪念馆的指导思想，奠定了建馆的方针和方向。

3月30日，董熙楷带着他们在嘉兴做好的第二只船模来到了北京。郭竹林又向中央办公厅要了一辆车，亲自到北京火车站把董熙楷接到文物管理局。郭竹林向王冶秋详细介绍了新做的船模和此前的调查情况。这时，王冶秋笑着告诉郭竹林："我已经联系好了，明天上午由革命博物馆的王秘书陪你们去见一个人，让她先鉴定一下。"

郭竹林高兴地问道："谁？"

---

[①]《关于筹建南湖革命纪念馆工作情况报告》，中共嘉兴县委宣传部，1959年4月14日。嘉兴市档案馆提供。

王冶秋轻轻地说："王会悟。"

"王会悟？"听王冶秋说出这个陌生的名字时，郭竹林和董熙楷的第一反应是感到有些诧异，不约而同地问道，"王会悟是谁呀？"

王冶秋开心地笑了："王会悟就是你们嘉兴人，她是一大代表李达同志的爱人，一大代表来南湖召开时，她是向导。"

"哦！哦！"郭竹林和董熙楷开心地笑了。

春风得意马蹄疾。就这样，第二天早晨，郭竹林、董熙楷两人从地安门乘公交汽车到复兴门站下车，步行一站路程，欢欢喜喜地走到了王会悟家。

见到家乡来的客人，刚过花甲之年的王会悟感到格外亲切，格外兴奋，热情地端茶倒水。董熙楷把制作好的船模放在客厅的方桌上，郭竹林向她介绍了来意。当王会悟听到嘉兴要筹建南湖革命纪念馆，专程送来丝网船模型请求她鉴定时，老人感到更加高兴和自豪。她的目光霎时投向船模，站起身来走近船模，一边用手左摸摸右摸摸、仔细观察，一边回忆说："这只船的模型，同当时一大代表开会的那艘船的样子倒是很像的。但就是太大了点，实际的还要小点，是单夹弄的。"

接着，王会悟滔滔不绝地给他们讲述了中共一大召开的情况，尤其详细地介绍了南湖会议的情况。拜访结束回到招待所后，郭竹林当天就对访问王会悟的情况作了整理，并作为《关于筹建南湖革命纪念馆工作情况报告》的附件之一呈报给了中共浙江省委宣传部和嘉兴地委宣传部。后来，他的这篇记录整理稿被收入"中国现代革命史料丛刊"之一的《"一大"前后：中国共产党第一次代表大会前后资料选编（二）》，1980年7月由人民出版社出版。此文也成为王会悟回忆中共一大的最早最权威的史料，后来被广泛转载刊用。

对郭竹林来说，北京之行虽然没有见到中共一大代表董必武，但见到中共一大"卫士"，也是唯一的会务工作人员王会悟，当然是巨大的收获。这为南湖游船的仿造工作提供了比较准确的信息，是郭竹林所在找船小组辛辛苦苦一年来，第一次收集到亲历中共一大南湖会议且亲自乘船的人员讲述的第一手资料。

因任务重，时间紧，在京不能久等，仿制游船还有许多事要在嘉兴准备，王冶秋就对郭竹林说："你们有事先回去，事情由我来办。"于是，郭竹林就按照王冶秋的意见，书面写了十几个问题的清单，托王冶秋转呈给董必武。随后,他们就返回嘉兴,请嘉兴造船厂按照王会悟的意见,做了一只单夹弄丝网船的模型,寄往北京,呈送党中央审定。

4月13日,回到嘉兴的郭竹林又整理了一份《关于嘉兴南湖游船调查情况报告》,作为《关于筹建南湖革命纪念馆工作情况报告》的附件之二呈报给了浙江省委宣传部和嘉兴地委宣传部。

1959年6月6日,在郭竹林等人充分调查研究的基础上,根据王冶秋的指示意见和王会悟的回忆,中共嘉兴县委宣传部向文化部文物管理局呈送了《关于南湖革命纪念馆筹建的规划报告》,并抄送浙江省委和浙江省委宣传部,以及中共嘉兴地委、嘉兴地委宣传部、中央革命历史博物馆、浙江省文化局、浙江省博物馆、上海革命纪念馆等单位。

报告认为:"筹建南湖革命纪念馆的工作在调查研究的基础上,在省文化局和有关单位指导下,我们已作了初步规划,地委和县委都作了研究,为了保证筹建革命纪念馆工作的顺利进行,指定县委书记处书记沈如淙同志领导这一工作,同时成立南湖革命纪念馆筹备委员会和办公室。初步决定今年十一前完成的项目:一大开会时的船和船坞的建造;革命历史文物陈列室的建筑;历史建筑物烟雨楼的修缮以及南湖环境必要的绿化(开辟湖滨公园)等四个部分。目前有关测量、设计等已基本搞好,今附图上报,批示后可动工修建。"

1959年6月12日,中共嘉兴县委正式发布《关于成立"南湖革命纪念馆筹建委员会"的报告》[县委发文(59)字第308号]。文件指出:"根据地委指示:积极筹备好'南湖革命纪念馆'并保证在国庆节前开放,县委为了加强这一工作的领导,决定成立'南湖革命纪念馆筹建委员会',并确定沈如淙、丁力、郭竹林、陈达焕、董静、张春元、国静波、侯福观、李乔、桑明山、陈贵华等11位同志为委员。由沈如淙同志任主任委员,丁力、郭竹林两同志任副主任委员。委员会下设办公室,由郭竹林兼任主任,陈达焕任副主任,具体负责筹建工作。办公室设原市第三医院内。"

6月13日,文化部文物管理局正式回复中共嘉兴县委宣传部。这封公函是用钢笔手书在两张公用信笺纸上的,主要回答了两个问题。全文如下:

中共嘉兴县委宣传部：

1959年6月6日关于南湖革命纪念馆筹建的规划报告收悉。现将王冶秋局长转来的意见抄录如下：

一、关于南湖开会船型的问题，经请示董老，他的答复是：

（一）事情已经距离近四十年了，要想对当时各种情况都记得是不可能的。如船的样式、窗门的颜色、桌凳的方圆等，总的来说一、二、三几条我是记不得了。

（二）船的样式，你们找了当地造船的、驾船的、旅馆的老工人座谈，这是一个好办法。看那时候1921年嘉兴南湖的游船是一种什么样式，我们坐的船一定是普通的形式，决不会是特殊样式，因为是秘密会，怕人注目。

（三）记得有两点：1. 那天有两只船，不是一只船；2. 大会是在船上结束的，那么一大的决议、党章、成立中央机构，可能是在南湖船上通过的。

二、建筑问题：

（一）船坞今年可以不修，待船入水以后，经过一二年，大家看了没什么意见，再修船坞为妥当。请考虑。

（二）船的设置地点，可以即在烟雨楼东南方向湖心。先用锚固定。

（三）陈列室最好采取南北向，要注意多留墙面，注意防潮设备。其余由地方审查决定。

文化部文物管理局（印）
1959年6月13日

仅仅一个星期，郭竹林就得到了北京王冶秋的答复。

在这封信中，我们可以看到，董必武对郭竹林等找船小组成员前期的调查研究工作给予充分肯定，也就是说"船"的问题基本上敲定了，船型应该就是像王会悟所说的单夹弄丝网船。

关于毛泽东的批示问题，曾有人提出质疑。因为自始至终没见过毛泽东的批示，只是口口相传。其实，早在2001年6月11日，人民网记者董宏君在采访郭竹林后，就曾发表《难忘红船——访仿制红船当事人郭竹林》，内容与董熙楷的回忆几乎一模一样。文章说："真是出乎意料，此件竟呈到了毛主席手里。毛主席还作了批示，大意是：我南征北战，记忆不清了，请董老过问此事。后来，董老回复说：船就是这种，但大船后面还有只小船，是保卫人员坐的，万一发生情况，也可以撤退。郭竹林他们再询问王会悟，她也说确有小船。这样，又增造了一只小船（现在通行说法，小船是为船家渡客和买菜、采办物资用）。"

如今，60年过去了，毛泽东到底做没做批示呢？至今，依然还是一个谜。或许，这个谜的存在比历史事实本身给人们带来更多美好的想象吧？

当然，那时候"红船"还不叫"红船"，它叫丝网船，也叫游船，但作为历史文物或历史原迹、遗迹，它还没有正式的名字。但经过努力，人们终于找到了它1921年的样子。

## 南湖革命纪念船下水，向新中国十周年献礼

万事俱备，只欠东风。现在，从中央到地方，所有的考证、手续都齐备了，只等中共嘉兴县委呈报浙江省委批准同意，南湖革命纪念馆就可以开工建造了。

但是，新的问题又出现了。在1959年6月13日文化部文物管理局的回函中，董必武提出了一个新的问题，那就是——不是一只船，而是两只船。

怎么办？

两只船，是一样大呢，还是一大一小？

这是一个问题。没有人知道答案。但时间不等人，眼看着国庆节就要到了，距离10月1日只有三个月时间了。

然而，事情并没有那么简单，也没有那么顺利。

在重大历史题材写作中，笔者的体会是：千万不要只相信一个人的口述史。真实的历史往往总是新闻背后的新闻。在嘉兴市档案馆，笔者查阅到了当年中共嘉兴县委与浙江省委、浙江省人民委员会（简称"省人委"）间来往的报告和批复，看到了一些至今仍无人知晓的信息，可见南湖革命纪念馆建设的艰难历程。

6月20日，嘉兴县人民委员会向浙江省人民委员会上报《关于筹建南湖革命纪念馆申请调拨经费物资的报告》，提出修建和修缮的经费初步估

算为120676元，除文化部文物管理局拨款3万元外，其余经费和物资报请省人委统筹安排。

7月3日，嘉兴县委向浙江省委上报《关于南湖革命纪念馆筹建的报告》，希望根据增产节约的原则进行安排，准予将筹建南湖革命纪念馆列入计划，并批准设计任务书。

7月8日，浙江省人民委员会批复指出，根据中央"缩短战线、集中力量、保证重点"的精神，并考虑到本省基本建设和建筑材料供应的实际情况，决定暂行缓建南湖革命纪念馆。

暂行缓建？！

怎么办？

7月10日，中共嘉兴县委再次向浙江省委呈报《关于南湖革命纪念馆等筹建问题第二次报告》，并抄送省人委、省计委、省文化局、省委宣传部和中共嘉兴地委。

与报告一同呈送浙江省委的还有三份附件：《南湖革命纪念馆烟雨楼修建工程项目提要》《烟雨楼修建的材料表》《"船"建造的材料表》。

这一次，浙江省委批准了这个报告。

现在，南湖革命纪念馆的筹建工作真正进入建造阶段了。按照浙江省委的批复，第一次建设的任务主要是三项：一是造船（单夹弄丝网船），二是修楼（烟雨楼），三是建园（湖滨公园）。当然，这三项工作是同步进行的，不分先后。我们先来看看建园的工作。

建园，就必须要拆迁。的确，这次拆迁面积还不小。但是，那个年代，一声令下，令行景从，没有一个钉子户。

1958年8月13日，嘉兴市人民委员会以市长丁力的名义发布了《关于筹建南湖革命纪念馆，开辟湖滨公园征用土地的公告》［嘉办（59）字第11号］。公告称：

> 为了筹建南湖革命纪念馆、开辟湖滨公园的需要，根据施工计划，征用南湖边缘一部分土地。现将征用范围公告如下：
>
> 1. 自高家湾木桥起沿公路至东城河桥止两旁土地（即车站路居民会十组，城东居民会十三、十四、十五三个组）。
>
> 2. 自高家湾木桥起至大盐仓桥止，上下西岸土地（即车站路居

民会十组，城东居民会十三、十四、十五三个组）。

3. 自高家湾木桥起至大盐仓桥止，上下两岸土地（即南湖边居民会一、二、三、四四个组，包括绢纺新邨内宿舍前面蔬菜地）。

在上述地段内的瓦房、草屋，依照施工建设的先后，分别拆移，具体拆移期限，由民政科、房产管理所、南湖镇街道办事处共同负责处理。①

湖滨公园的开发建设区域，在当时被嘉兴人称作"小南湖"。"小南湖"位于南湖东北岸，是一片草棚区，住有四五十户渔民，与整个南湖风貌景观十分不协调，有点儿格格不入，影响即将兴建的南湖革命纪念馆周边环境的绿化。嘉兴市发布征收土地的公告后，将拆迁范围内的住户全部迁移，建成了"小南湖"公园。当时，拆迁户的安置工作由城建局负责，拆迁动员工作由南门派出所所长陈贵华负责，公园绿化由园林管理处主任王光明负责。在宣传部工作的董熙楷也参与协助南门派出所对拆迁户进行调查摸底和动员工作。他回忆说："拆迁任务重，数量多，时间紧。可是，一动员，家家户户积极响应，按时统统迁到原南门老汽车站附近。不到三个月就完成了繁重的拆迁任务，紧接着建设'小南湖'公园。园林管理处接到任务后，立即制订园林绿化规划，组织员工实施。经过两个月奋战，把'小南湖'上的草棚杂地建成了与南湖相称相应的风景秀丽的公园，与南湖相依相存。"② 从此，南湖东岸的湖滨公园与仓圣祠，组成了今天人们徜徉流连的湖滨园林。

显然，建设南湖革命纪念馆的核心工作还是造船。

这个时候，"红船"在官方有了一个名字，叫南湖革命纪念船。

由谁来仿造这只南湖革命纪念船呢？

在前期调查研究的基础上，郭竹林已经胸有成竹。这个光荣而艰巨的任务交给了嘉兴造船厂。

60年过去了，当笔者为创作本书来嘉兴市采访时，当年参与制造"红船"的工匠们大多已经过世。经四方打听，才得知还有一位名叫萧海根的

---

① 嘉兴市档案馆提供。
②《亲历中共"一大"纪念船仿制记》，《南湖晚报》2011年1月16日。

老师傅健在，他曾经担任过嘉兴造船厂的副厂长。

谁知，在不大不小的嘉兴市城区，找到萧海根还真不容易。2018年9月8日，在朋友的指引下，笔者终于打听到了他的住址，驱车前往，还没有进小区，大门口就走过来一名保安，自报家门。哎呀！竟然找到了一个同名同姓的萧海根。无奈，朋友只能继续帮助电话寻找，终于找到了制造"红船"的萧海根，赶紧驱车前往。

打开家门，一个身穿红色短袖衫，浓眉大眼、腰板挺直、精神矍铄的老人站在我们的面前，用洪亮的嗓门热情地跟我们打招呼。我第一眼就发现，他的这件短袖衫与众不同，心脏的位置上印着一只漂亮的"红船"。

落座后，更让我想不到的是，84岁的萧海根回忆起60年前制造南湖革命纪念船的往事，口若悬河，滔滔不绝。

1959年，萧海根才25岁，担任嘉兴造船厂造船车间的工段长，负责建造船体和上棚的木工工作。这年夏天，县委宣传部副部长郭竹林带着董熙楷找到了嘉兴造船厂副厂长胡志根，代表县委布置造船任务，一定要在国庆节前完成，庆祝新中国成立十周年。

这是一项国家任务，人人都知道它的重要性。虽然南湖革命纪念船的样式基本确定为单夹弄丝网船，但真要开工实施起来，事情也没有那么简单，还有许多实际困难。为什么？因为从1937年日本鬼子侵占南湖以后，这种丝网船在嘉兴就逐渐消失了。也就是说，从那以后嘉兴再也没有人见过这种丝网船了。至于1921年中共一大代表乘坐的这种雕饰精美的丝网船到底长什么模样，又是怎么构造的，现在嘉兴造船厂也没有人知道，况且当年南湖的游船大多是在无锡建造，造船师傅也都是无锡人。

怎么办？

"红船，当时我们叫南湖革命纪念船，它过去为什么叫丝网船呢？"萧海根老人思维十分清楚，逻辑也非常清晰。他说："丝网船最早出自江苏无锡丁港，船家都以打鱼为生，主要是以丝网捕鱼为主。大船居住人员，小船操作捕鱼。后因捕鱼业逐步萧条，光靠捕鱼不能养家糊口，所以船家千方百计找出路，寻找名山佛寺运送香客，去烧香拜佛。后来一度把丝网船叫'烧香船'，成为运输工具。嘉兴南湖每年农历六月二十四是荷花节，那个时候绅士和达官贵人都要租一艘丝网船停在南湖边缘地方寻欢作乐，这叫'湖舫'，所以中共一大以此为掩护，无人干扰。这种船在抗日战争前生意最好，每年夏季游客多，收入多，船主都是'一季收入三季用'。抗日战争时期，游客少，游船也渐渐减少，1949年后留下的几只，在社会主义改造时，已改装成为客驳、货驳船。"

萧海根出身造船世家，父亲萧福连抗战前在嘉兴从事造船业，在嘉禾桥边上开了一家造船厂，成为嘉兴的大户人家，是一位颇有名气的民族工业资本家。日寇入侵嘉兴后，萧家被迫逃离家园，离乡背井，造船厂毁坏殆尽，家中的房子连铺地的方砖都被人偷走了，家道从此中落。新中国成立后，萧家才迎来了好日子，所以萧海根对共产党的感情真是没话说。而且，在抗战前，父亲萧福连曾经带着徒弟季发高大修过嘉兴有名的丝网船"檀香船"。

没有金刚钻，别揽瓷器活。有了这样的能工巧匠，胡志根就把嘉兴造船厂的几位"把作师傅"（嘉兴方言，即高级技工）季发高、崔锦凤都请过来，又叫上童竹余、萧海根、徐玉林、尤小友几个年轻人。萧海根说："季发高、崔锦凤、童竹余都是我父亲的徒弟，季发高、崔锦凤他们俩也是我姐夫。季发高参加过大修金箔的'檀香船'，所以对造南湖革命纪念船自然不在话下，心中有数。胡志根副厂长是做琵琶橹的，对造船不太熟悉，主要负责对外的上下联络和物资采购。"

与此同时，为了保证质量，郭竹林还想方设法从无锡红旗交通工具合作工厂请来了徐步皋、温和尚、温炳奎三位有经验的老师傅来指导，前后待了一个月时间。其间，又请来上海交通大学船舶制造系高才生辛元欧参与指导。辛元欧是无锡人，后来曾任上海交通大学教授、高级造船工程师，其父辛一心是中国造船界的泰斗。随着工作量的增大，郭竹林科学运筹造船团队，不仅请来浙江设计院的专家，还分别从嘉兴师范学校借用美术老师陆松安，具体负责与船厂联系，抓质量和进度；从新华书店抽调了一位副经理孙毅，具体负责物资采购工作；从嘉兴第一医院抽了总务主任申屠，具体负责后勤工作；收支财务管理由文教局会计张乃辉负责。

造船涉及的工种很多，比如船体木工、上层建筑木工、捻缝灰工、小木工、竹工（篾匠）、抹桐油工、雕花工、漆匠等等，每一个行当都是一门技术活儿，缺了哪一门儿都不行。萧海根清楚地记得："做吊窗、桌椅、床等的小木工活，造船厂外请了嘉兴塘汇太平桥和吴江芦墟等地的工人来做；抹桐油工请的是嘉兴水产公司的一位老工人，常熟人；雕花工也请的是嘉兴闸前街、塘汇太平桥、芦墟等地的工人；油漆工请的是当时嘉兴油漆合作社的工人。时间长了，这些工人师傅，他们的名字我现在都记不清了。"

20世纪50年代，没有计算器，没有电脑，更没有3D打印技术，甚至连设计图纸都没有，全凭"把作师傅"肚子里的一本账。如何造？运用之妙，在于一心，全靠"把作师傅"的经验和能力。那个时候，造木船的生产技术也比较原始，没有锯板机、刨板机，没有机械化，百分之百靠手工完成。比如，做船龙骨、肋骨用的原木，也完全靠两个人一上一下拉大锯，手工刨板。

萧海根负责木工，施工方面碰到的一个大困难就是材料。那个年代，国家物资比较紧张，经济面临着困难。但南湖革命纪念船的整个用料要求比较高，当时通过嘉兴木材公司做了很多工作，保证了质量。作为一名技术工人，萧海根对木船的建造驾轻就熟，向我们娓娓道来，犹如庖丁解牛。虽然是耄耋之年，但他洪亮的声音从来没有低下来，中气十足，说起话来，不紧不慢。他兴奋地解释说："整只船的横梁（龙骨）、吊底（肋骨）、戤旁（肋板）、船底等纵向的板材，用的都是杉木和柏木。但杉木不是普通杉木，我们没选用本地或杭州的杉木，因为年份短、材质松，而是挑选了西木（也叫广木，是广西生产的），年份久，木质细、紧。杉木用于制造船壳板、挡浪板、眉毛板、房舱平基板、护栏木等。柏木用的是锦州柏，用于制造披搏板、护舱板、盖口等。水乡的船，横梁等处一般用的是青桦，但红船横向的梁头（隔堵）采用的却是香樟木，香樟还选用了江西产的优质香樟木。戤旁、吊底采用的是黄桦、椰榆等。红船用料的讲究从后舱的榻也可见一斑，绷榻用的黄藤是从越南买来的。油漆更是讲究，船体先后刷了清油、足度、桐油三种油漆。门、窗、屏风、桌、椅、床、花板等都采用紫光漆（生漆）。"

油漆是保证木制产品质量的一道关口，而漆紫光漆是保证产品坚固耐久的一种方法。当时，萧海根他们遇到了一个从没遇到过的困难，就是紫光漆。因为漆紫光漆必须保证在25摄氏度的"湿温"中进行，而且有毒，味道刺鼻。萧海根说："当时哪里有空调，但又必须恒温，怎么办？为了保证湿度，我们就想了一个土办法，搞了十来只煤球炉，上头架上钢精锅烧水蒸气。同时，保持温度不能过高过低。为了不让油漆裂开，给革命纪念船反反复复漆了六七遍。"

现在，当你来到南湖，登上红船，就可以看见船头上有两个系缆绳的木桩。萧海根说："这两个上圆下方的木桩叫荷花桩，它是用银杏树做的。"进入客舱，里面有一根盘龙柱，这都是雕花匠按传统图案雕上去的。萧海根说："红船客舱雕的是'渔樵耕读'的画面，后面雕的则是'梅兰竹菊'图案，船头横梁雕的是'三英战吕布''关公千里送皇嫂'和'八仙过海'等中华传统故事图案，这些都是请塘汇太平桥附近的师傅，还有吴江芦墟那边的雕花匠专门雕的。船舱内摆设的盂是用香樟树根雕出来的，再用紫光漆漆过。为什么要用木头？因为船晃来晃去，瓷器容易破碎。船上的洋油灯，是访了很长时间才在上海找到的；船上的踏子是用竹子编的……"

一说起仿造南湖革命纪念船的故事，萧海根就像一个会讲故事的智能机器人，他的大脑里似乎早已经设置好了，不需要采访者提醒、提示或暗示，整个是竹筒子倒豆子，稀里哗啦，让你听得大呼过瘾。

现在停泊在南湖的红船，远远看上去朴素大方、醒目典雅，但却又不觉奢侈豪华，实现了技术和艺术的完美结合。除了红船的画舫式结构比较漂亮外，主要还在于船头的荷花桩、楹梁和船舱中间的桅杆架、阔雕花压茅棚直板，以及船舱内门窗裙板、画屏、隔断、烟榻、弯梁、盘龙桩等木构件的图案上，都贴有24K黄金的金箔，显得金碧辉煌。1959年的南湖革命纪念船是否也是这样呢？让你想不到的是，南湖革命纪念船在仿制的时候，曾经用了5.5两（275克）黄金！

黄金是从哪里来的呢？

说起黄金，萧海根的大眼睛忽闪着亮光，大嗓门似乎也更加有力了："纪念船不是用金粉涂的，而是用金箔敷上去的。我们做好横梁、榫头，弄好后再拿下来，让雕花匠去雕图案，然后，油漆匠用剪了毛的毛笔敷上金箔，再稳妥地安放到船上去。有人曾经问我，纪念船为什么不用描金，而用24K金箔。主要考虑是经久耐用，永久保存。当时金箔是经国务院和上海市委批准的，听说还是经过周恩来总理批准的呢。金箔是上海南京西路雷允上药店提供的，总共五两半，因为他们当时生产一种出口的大药丸是用金箔包装的。历史上南湖的丝网船大多是描金的，贴金箔的比较少，但我父亲和姐夫大修过的那只'檀香船'也是金箔的。"

但是，南湖红船从1959年仿制至今，并不是一直贴金箔的，其中有一段时间是采用金粉（所谓金粉并不是用黄金磨成的粉，而是一种人工化学代用品）描金的。红船从贴金改成了描金，而现在又变成贴金是有历史原因的。民间曾流传这样一条消息——周恩来总理知道红船贴金修得非常豪华的事情后，批评仿制工作不尊重历史，原本是一条普通的船嘛，哪来这么醒目，这么金碧辉煌？

到底有没有这件事呢？

经过笔者采访调查，确有此事。1971年9月8日，中共嘉兴县委向浙江省委呈报了一份《关于中共"一大"会址之一南湖革命纪念船修改的请示报告》，比较清楚地讲述了这件事情的来龙去脉。

这份编号为"县委（71）47号"的红头文件，首页上面醒目地印有"最高指示"，是毛泽东主席的两句话："中国产生了共产党，这是开天辟地的大事变"和"我们必须尊重自己的历史，决不能割断历史"。在这份文件中，我们可以看到："周总理在外事会议上的讲话，对我县为纪念中共一大而仿制的南湖革命纪念船所作的批评，非常中肯，非常正确，深深感到这是党中央对我们的最大关怀、最大鞭策、最大爱护。"嘉兴县委经查阅1959年有关资料，对照检查，认识到存在问题的严重性。报告认为：

> 当时，原县委曾将船模送中央请示董老，并访问了一大有关成员。事后，中央文物管理局局长王冶秋传达了领导指示："船模式样是对的，只是大了些、新了些、漂亮了些；船做得很精细，只是按'新工旧做，整旧如旧'的原则要求不够逼真。"但是，从船模到仿制大船，没有按中央有关部门指示精神办，脱离了历史事实，而且在近几年来贴金、油漆有所发展，从而造成"金碧辉煌，面目全非"。

为了落实周恩来总理的指示，嘉兴县委组织有关人员对船的历史、现状和仿制过程等进行了调查研究，先后在嘉兴、无锡等地召开了造船厂、航运部门、饮服系统（旅馆、菜馆、茶馆）、南湖边的渔菱大队和嘉兴绢纺厂的老工人、老渔民、老服务员座谈会。参加人员的年龄在60岁左右，最大的有83岁。同时，还访问了本县各地和海盐、湖州等地曾在1959年参加仿制纪念船的工人、干部和教师，以及1921年左右在南湖经营游览业务的三户船主，并发现了遗留下来的原"丝网船"的一些部件。

据调查，1921年前后，在南湖的这种游船有9只，其中两只是双夹弄，其余均为单夹弄。船的打扮冬夏不同，夏天在船头及船身两边有遮阳（白底拷蓝花布的布篷帐），并将前舱与中舱之间落地长窗全部卸脱。船身一般都雕有花卉、戏剧人物等图案，有的是浮雕，有的是深雕，并贴金。船舱油广漆。雕刻和新旧程度决定船主的经济状况。在当时南湖9只游船中除一二只较新外，大部分船是半新旧。

对1959年船的仿制过程，报告认为："参加仿制的工人、干部和其他人员出于对党对毛主席无限热爱的朴素感情，主观上都希望把纪念船仿制得精细一点、完整一点，例如据调查这种船的屏风雕刻，有雕花卉、有雕人物，选雕了人物，并选用了深雕；中舱榻旁的小圆柱，有的是光漆，有的是雕刻，就刻上蟠龙等等，纪念船制作力求精工，而且仿制用的油漆都是选用当时最好的，并从无锡、嘉兴等地聘请了技术水平较高的造船工人、雕花师傅，真是精工细作，色彩鲜艳夺目。这样，在客观上产生了违背历史的不良后果，严重违反了'新工旧做，整旧如旧'的原则。我们经过多方面的调查，反复核实，原仿制的纪念船的外形、结构基本上符合当时的'丝网船'样式。存在的主要问题是雕刻、贴金多，油漆广、太新，显得金碧辉煌，很不朴素。同时，我们为了便于工农兵群众参观，在船旁又加上了水泥船坞，这对纪念船的面貌也有一定影响。"

1971年后，嘉兴县委根据实际情况，在恢复纪念船原貌上做了如下修改工作：

（一）按照"新工旧做，整旧如旧"的原则，在总体上做到"新工旧做"恢复原貌，拟将革命纪念船的油漆改为半新旧的成色。

（二）对舱内小圆柱上雕刻的蟠龙和舱外把手板上雕刻的花卉（均贴金），拟用与船身同样颜色的漆复上，使雕刻不显著。

（三）船的打扮问题。按一大召开在夏季，应改为夏季打扮，即船舱内去掉一、二堂门，船顶增加白底拷蓝花布的篷帐。但考虑到布篷帐日晒雨淋易损坏，而且也不便群众瞻仰，拟仍保持目前的打扮。

（四）关于停泊位置问题。为了既尊重历史事实，又便利广大工农兵瞻仰，拟将水泥船坞拿掉，停泊到革命纪念馆东南面二公尺处面对纪念馆大厅。

（五）关于船的名称，拟叫"游船"。

由此可见，在 1971 年 9 月，南湖革命纪念船还没有改称为"红船"。而从 1959 年仿制成功一直到 1971 年，它都是贴金箔的。在浙江省委传达周恩来总理在外事工作会议上的讲话后，南湖革命纪念船用油漆覆盖了原来的贴金，后来曾一度改用描金工艺。1990 年后，南湖红船在继续描金还是重新贴金问题上，经过慎重考虑，依然选择了贴金。具体理由如下：其一，南湖红船从 1959 年仿制后到 1971 年，一直是贴金箔的，广大人民群众习惯并认同了这一形象。其二，1964 年 4 月 5 日，中共一大代表董必武受党中央、毛主席委托来南湖鉴定红船，也已经认可红船贴金这一事实。其三，1921 年时，南湖本来就有贴金箔的游船。也就是说，南湖红船的装饰图案经过了"贴金—描金—贴金"三个阶段。

就报告中提到的水泥船坞问题，这是"文化大革命"时期修建的。当时，为保护纪念船免遭风浪损坏，由萧海根负责设计，嘉兴县水泥造船厂量身定做了一个古钱币状的水泥船坞，老百姓俗称为"裤子形状"。纪念船就停泊在这个古钱币状的船坞中间，游客参观时就可以站在水泥船坞上绕着纪念船瞻仰和拍照留念。为恢复历史原貌，南湖革命纪念馆将水泥船坞拖走，转移到湖心岛西面停泊。后来，曾请有关技术人员将船坞用钢筋水泥封闭起来，改造成大水泥船。20 世纪 80 年代，这条大水泥船被改建成一个溜冰场。1986 年，大水泥船因渗水而沉没，只留船头翘起在水面上。1988 年，纪念馆将此船修好，改造成"水上餐厅"，一时间门庭若市，部分解决了游客在岛上的用餐问题。后来，有福建商人承包此水泥船，装修成清代乾隆皇帝下江南的一些场景，供游客参观、照相。2000 年，因此船与南湖革命圣地不协调，适逢南湖疏浚改良水质，水泥船坞被拖离南湖，从此淡出了人们的视野。

对纪念船经历的这些往事，因为不是当事人，且受"文化大革命"的冲击，萧海根老人并不十分清楚。采访中，我问道："1959 年仿制纪念船时，碰到最大的困难是什么？"

"最大的困难就是时间。"萧海根毫无迟疑地说，"因为离国庆节已经很近了。造船时，我们都没有空的，整日整夜地做，通宵达旦地干活，轮班倒,当时都是非常自觉的,也没觉得累。"

"下定决心,不怕牺牲,排除万难,争取胜利。"这是那个时代最响亮的口号,也实实在在地成为萧海根和嘉兴造船厂工人们的实际行动。60年过去了,萧海根已经记不得造船的工作是从哪一天开始,在哪一天结束的了。笔者经过调查研究,终于找到了纪念船建设的时间。南湖革命纪念船的建造时间是1959年7月13日动工,8月25日竣工,历时仅仅43天。

"纪念船造好后,在南湖第一次下水的那天,你去了吗?"

"纪念船造好后,要划到湖心岛去,因为船的体量大,东门那边的铁路洋桥过不了,于是我们把凡是能拆的配件全部拆下来,再运到湖心岛上,一样一样地再装起来。"萧海根回答说,"建好后的纪念船停在湖心岛清晖堂前,后来又移到了现在湖心岛东南方的这个位置。大船造好后,后来我们还造了一只小船,还为上海、广州、湖南等几家纪念馆造了几只纪念船模型。其中,制作最精良、美观的那只红船船模是送给上海纪念馆的那只,我最喜欢,也是我亲自护送去的。"

"纪念船在夏季和冬季有换装的说法吗?"

萧海根说:"丝网船在夏季和冬季的外表确实有所不同,主要是上层建筑都是活动的,如周围的窗子、明楼上的毛棚都可以打开,夏天非常凉爽,冬季全部关闭,也非常抗风御寒。"的确,丝网船当年是专供客人游南湖时租用的。冬天的南湖,寒风凛冽,有时还会下雨飘雪,必须备有一套挡风避雨防雪的遮板、瞞窗和篷帐,并且船上所有窗户均为可开关闭合的摇头窗。到了夏天,拆除船上的遮板、瞞窗、篷帐,打开摇头窗,用风钩钩住,船舱内四面透风,游客可尽享南湖习习凉风。如今我们看到的南湖红船,就是"冬装"形象。因为1959年红船仿制成功,定于国庆节对外展出,时值中秋,故用"冬装"形象示人比较符合季节特点,一直沿袭至今,不再改换"夏装"。

在1959年仿制红船时,船顶上的篷帐(俗称篷布、茅棚、叠子),分为衬底茅棚和表层茅棚,所用竹子的材料质量,竹篾宽度、尺寸也都不一样。比如前舱顶上衬底只用一张,表层用三张;尾舱衬底用四张,而表层却密密麻麻盖了十三张。嘉兴造船厂副厂长胡志根生前在接受有关方面访问时回答说,表层茅棚的张数有一定的政治隐喻。它到底蕴藏着什么样的含义呢?

萧海根说:"前舱衬底只用一张,代表的是一党,即中国共产党;尾舱衬底用了四张,代表四个阶级,即工、农、小资产阶级和民族资产阶级;表层的十三张,则代表中共一大的十三名代表。"

南湖革命纪念船是什么时候改称为红船的呢?这个问题,或许也是许多朋友关心的。在萧海根老人的记忆中,也并不十分清晰。他说:"南湖红船的含义,我认为因为嘉兴是党的诞生地,是我们党领导人民走向胜利的红色革命起点。星星之火,是从嘉兴南湖一条船上点燃燃烧起来的。把革命纪念船改叫红船,应该是十一届三中全会后。"

到底是什么时候把南湖革命纪念船改称红船的呢?有人认为是在"文化大革命"时期。的确,在"文化大革命"中,红船的外表也真的变成了红色。那时受极"左"路线的影响,红太阳、红宝书、红海洋,神州大地一片红,当时的红卫兵小将们认为,南湖革命纪念船的外表也应该是红颜色的。于是,红卫兵就用红漆将南湖革命纪念船全部涂成了红色。此外,红卫兵还在纪念船上挂了一幅毛主席身穿绿军装、戴红领章的头像,并在船前舱门两边贴上"大海航行靠舵手,干革命靠毛泽东思想"的标语。直到"文化大革命"结束,南湖革命纪念船才逐步恢复其原来的面貌——船壳是黄褐色(栗壳色),硬棚是黑红色(荸荠色),茅棚是烟灰黑(陈旧的沧桑黑),也就是我们今天看到的模样。

"纪念船造好后,一直是你们负责保养修理吗?"

萧海根说:"1959年到1978年,纪念船一直由我们厂维修保养,后来因为木船淘汰,我厂转产制造钢制小快艇,就转给东栅光明船厂维修保养了。当时,胡志根厂长退休后返聘在那里工作。"

"那时候,感到非常光荣吧?"

"说实在的,那时候我是个小鬼呀,当时就认准了一条,这是国家任务,必须按时保质保量地完成好,没有想其他的。工作主要还是胡志根、季发高、崔锦凤他们做的,现在他们都不在了,就剩下我一个人了。"说到这里,老人的声音低沉了很多,"说实在的,你说不光荣、不自豪吗?对南湖这条船,我是很关心的,只要平时听到或者看到有关红船的信息,我都会收集起来。"

多么朴素真诚的话语啊!老实人说的都是老实话。这时,阳光穿过玻璃窗照耀着老人爬满皱纹的脸庞,一头银发显得格外的透亮晶莹。面对面坐在他临窗的饭桌前，在这个阳光灿烂的下午，我是他最忠实的听众。

采访结束，起身告辞，想不到萧海根又送给我一个惊喜。老人家迅速走进卧室，拿出来一张白纸，递到我的面前。低头一看，白纸上是他2011年为纪念建党90周年创作的一首古体诗，用钢笔工工整整地书写着——

### 红船颂

十年国庆造红舟，记忆犹新在心头。
能工巧匠来聚会，精湛技艺显身手。
渔樵耕读中堂立，梅兰竹菊绘后方。
客舱竖有盘龙柱，房舱内设黄藤床。
船尾两支琵琶橹，船首左右荷花桩。
横梁雕有送皇嫂，还有古城斩蔡阳。
上有明楼阳光照，下有木盂香樟雕。
精雕细琢敷金箔，千秋万代不变样。
革命圣火红船点，星火燎原山河壮。
改革开放三十载，国富民强喜气洋。
九十华诞齐歌颂，普天同庆万代扬。

### 作者简介

丁晓平，诗人、作家、评论家、出版人，解放军出版社副总编辑。中国作家协会会员，中国报告文学学会青年创作委员会主任。全国新闻出版行业领军人才、中国出版政府奖优秀出版人物奖获得者。著有《中共中央第一支笔》《毛泽东家风》《光荣梦想：毛泽东人生七日谈》《王明中毒事件》《硬骨头：陈独秀五次被捕纪事》《1945·大国博弈》等作品20余部，编著有《陈独秀自述》《陈独秀印象》《毛泽东自传》《毛泽东印象》《周恩来印象》《邓小平印象》等。作品获中国文艺评论"啄木鸟杯"奖、徐迟报告文学奖、鲁迅文学奖等。

# 一本《共产党宣言》的中国传奇

/铁流　徐锦庚

**编选导语**

《共产党宣言》是一部马克思主义的经典作品，中国共产党以马克思列宁主义为指导思想。因此，它在中国的译介、传播和接受等就成为中国共产党历史上的重要事件，一种意义特殊的"国家记忆"。本篇节选自铁流、徐锦庚的长篇报告文学《国家记忆——一本〈共产党宣言〉的中国传奇》（山东文艺出版社2014年出版），叙写的是《共产党宣言》在中国的"传奇"，作品以翔实的史笔，讲述了这一经典之作在中国最早的翻译、传播和产生影响的故事。作品选题独特，主题鲜明，文本的故事性强，获得第十三届全国精神文明建设"五个一工程"奖。

这是注定载入中国史册的一幕：卡尔·马克思去世三十七年后，在遥远的东方国度，《共产党宣言》被译成中文。这本中国最早的中文版《共产党宣言》，在以后的日子里，影响了包括毛泽东、刘少奇、朱德、周恩来等在内的一大批开国元勋和众多的革命志士。

陈氏译本，犹如一把熊熊燃烧的火炬，一下子点亮了黑暗的旧中国。

## 书名被错印成《共党产宣言》

陈望道到了上海，直奔《星期评论》编辑部。

编辑部最初设在爱多亚路（今延安东路）新民里五号。1920年2月起，迁到三益里李汉俊家，这里住着李书城、李汉俊兄弟。

三益里位于法租界白尔路（今顺昌路），据说是因三人投资建造房子、三人受益而得名。

李汉俊也是留日归来的青年，信仰马列主义。他和戴季陶、沈玄庐是《星期评论》的"三驾马车"。

在三楼阳台，陈望道见到了戴季陶、李汉俊、沈玄庐、沈雁冰（茅盾）、李达，这才知道，孙中山电召戴季陶去广州，编辑部遂请陈望道来代替戴季陶编刊物。

当天晚上，陈望道就住在李汉俊家里。

李汉俊显得忧心忡忡，没有与他多谈。他初来乍到，也不便多问。

第二天，陈望道到编辑部时，发觉大家行色匆匆，情绪低落。原来，编辑部迫于政府的打压，决定出满五十三期后，于6月6日停刊！

陈望道吃惊不小，办得好好的，咋说停就停呢？他不便问别人，正巧他在浙一师时的学生俞秀松也在这里当编辑，便把他拉到一边询问。

俞秀松是浙江诸暨人，比陈望道小九岁，"一师风潮"后，他被迫离开杭州，赴北京参加工读互助组，不久便到上海，进入了《星期评论》编辑部。

俞秀松告诉老师，《星期评论》创刊一年来，刊登了不少观点激进的文章，社会各界反响热烈，发行量有十几万份，当局十分不满，悄悄截留各地寄给编辑部的书报信件，又没收编辑部寄出去的杂志。自四十七期以后，当局干脆勒令禁止，已寄出的被没收，未寄出的不准再寄。

俞秀松忿忿不平："这是什么世道！您瞧，堆在这里的这些，都是没有寄出去的。"

糟糕，我还没正式上任呢，就丢掉饭碗了？陈望道一听傻眼了："戴季陶约我翻译的《共产党宣言》，本来是要在刊物上连载的呀！"

俞秀松安慰道："您别急，我正在与陈独秀、李汉俊一起筹建共产主义小组，要不，我找他们想想办法？"

陈望道一拍大腿:"对啊,我怎么把陈独秀给忘了。他对翻译的事很上心,他那本英文版《共产党宣言》,帮了我大忙呢。"

陈望道没赶上编辑《星期评论》,却赶上了给杂志社收摊子。他帮着李汉俊一起,把积压的杂志拿到街上,避开警察,悄悄分发给过往市民。待把屋子收拾停当,已到了6月27日。

这天晚上,陈望道找到俞秀松,托他把《共产党宣言》译稿带给陈独秀,请他校阅把关。

俞秀松不敢怠慢,第二天上午就来到法租界环龙路老渔阳里二号(即今南昌路100弄2号)陈独秀的寓所,将译稿郑重交给陈独秀。

老渔阳里二号原是安徽都督柏文蔚的私房。1897年,陈独秀与柏文蔚同榜考中秀才,两人虽然信仰不同,但革命同路,同窗加同乡,感情颇深。所以,陈独秀回上海后,柏文蔚就将这栋房子借给了他。

陈独秀翻看一遍译稿后,连连称好:"中国共产主义运动基础薄弱,没有一本像样的理论书籍指导,这本《共产党宣言》可是及时雨啊!"

陈独秀按捺不住了,带上译稿和日文、英文版的"宣言",马上就找到了李汉俊,一进门他就喊:"好一个陈望道,他可是立了大功!。你瞧瞧,他已经把《共产党宣言》翻译出来了,你这个马克思主义理论家好好看看,帮忙润色润色。"

李汉俊是湖北潜江人,从小聪慧过人,口才了得,十四岁就东渡日本求学,毕业于东京帝国大学。

留日期间,他受日本马克思主义经济学家河上肇的影响,开始信仰马克思主义。1918年回国后,从事翻译和撰写工作,创办了《劳动界》,参与主持《星期评论》,还协助陈独秀编辑《新青年》。

"什么?他在我这里住了快一个月,居然没透露半个字。"李汉俊张开嘴半天合不拢:"这小子不声不响就干了件天大的事,我是既佩服,又惭愧!"

李汉俊通晓日、德、英、法四国语言,读过大量的马克思原著,深知《共产党宣言》的重要性,也曾动过翻译的念头,因自忖中文修养不够而作罢,听说这消息,自然吃惊。

陈独秀感慨不已:"是啊,有志者,事竟成。你这通晓四国语言又掌握马克思主义理论的专家,尚且知难而退,望道不事张扬,却终成大事,就更值得钦佩了。你多费点心，帮他把把关。"

李汉俊连连摆手："休提把关，折煞我也。我当好好拜读，虚心学习。"

过了几天，陈望道刚跨进门，李汉俊就从屋里拿出一沓手稿来："我没敢在你的手稿上动一个字，另外提了一点粗浅意见，你看合意不？如不合意，再商榷。"

陈望道翻了一遍，十分惊讶："你做事这么上心！居然提了这么些意见，而且都很有见地。"

两人当即坐在客厅里，将陈的译稿和李的改稿摆在桌上，对照着讨论起来。谈得兴起时，两人仰头大笑。有时为了一两个字意见不合，却又争得脸红脖子粗。李家人见状，连忙上前劝阻，他俩反倒莫名其妙，不知家人劝阻什么。害得李家人背后嘀咕："这两个神经病！"

或许是秉性神似，或许是肝胆相照，李汉俊和陈望道成了一对患难之交，有相同的命运，却有不同的结局：一个是悲剧，一个是喜剧。

1920年春天，一个叫维经斯基的俄国人，作为共产国际远东局派出的代表，秘密来到中国，同行的还有他的夫人库茨佐娃和翻译杨明斋。他们的任务是了解中国的政治情况，同领导五四运动的著名人物和各界人士接触，宣传俄国革命和俄共经验，并研讨中国建党问题。

这年4月，维经斯基来到北京，通过北大俄籍教师柏烈维介绍，与李大钊见了面。李大钊向他们隆重推介陈独秀。于是，维经斯基一行来到上海。

维经斯基对陈独秀的印象不错，写信向共产国际和俄国共产党介绍了陈独秀，称他是"当地的一位享有很高声望和有很大影响的教授"。

上海共产主义小组1920年8月成立后，把尽快出版《共产党宣言》中译本作为首要任务之一。一天，陈独秀约了陈望道和李汉俊等人碰头，商议出版的事。

李汉俊挠了挠头："现在局势已经趋于紧张，《星期评论》也被迫停刊了，公开出版《共产党宣言》会惹来麻烦。"

陈望道眉头紧锁，叹了口气："是啊，上海的华界在军阀统治下，租界在帝国主义统治下，哪里能容忍《共产党宣言》公开印刷发行？"

李汉俊接着说："还有一个难题——到哪里筹集出版经费呢？"

陈独秀踱着步子："钱的事，我来想想办法。听说维经斯基带来了一大笔共产国际经费，我找他去商量商量。"

陈望道一听乐了："如此甚好！"

听说要出版《共产党宣言》中文译本，维经斯基当即拍板："好！给你们一笔经费，你们干脆建一个印刷所，今后还要经常印资料呢。"

拿到钱后，陈独秀、陈望道等人立刻张罗起来。他们在拉斐德路（今复兴中路）成裕里十二号租了一间房子，秘密开设了又新印刷所，负责承印《共产党宣言》。

这天，陈独秀和陈望道、李汉俊等人悄悄来到印刷所，心情急切得就像等着自己的孩子降生。

过了一会儿，工人送来几本刚装订好的小册子，一股清新的油墨香沁人心脾。几个人迫不及待地捧在手里，一边仔细端详，一边压低嗓门，兴奋地议论着。

翻开书本，里面无扉页、无序言、无目录，内文共五十六页，每页十一行，每行三十六个字，采用繁体字和新式标点，用五号铅字竖版直排，页侧印有"共产党宣言"的页边字，页脚注汉字小写页码。许多新名词和专用术语以及部分章节标题，如"贵族""平民""宗教社会主义""贫困底哲学"等都用英文原文加括号附注。在"有产者与无产者"一章标题旁，除标明英文原文外，还用中文注释："有产者就是有财产的资本家、财主"；"无产者就是没有财产的劳动家"。

眼尖的陈望道惊叫一声："哎呀，糟糕，印错了！怎么印成'共党产宣言'了？"

陈独秀仔细一看，可不是嘛，封面上果然印着"共党产宣言"！

"快停下，快停下！"陈望道连忙朝印刷工人喊。

可是已经晚了，几百册都已经装好。

怎么办？毁掉重印？几个印刷工人慌了。

陈独秀摇摇头："不行！我们本来就缺经费，毁掉重印太浪费了。"

李汉俊安慰道："好在扉页和封底的书名没印错，没关系，内容比形式更重要。"

陈独秀思忖片刻，果断决定："这样吧，这些书就不要出售了，全部免费赠送。把封面重新排一次版,这个月再印几百册,封面改成蓝色的。"

当然,他们并没有料到,这一错误,却为后人鉴别《共产党宣言》首印版提供了铁证。

看到在自己推动和资助下的成绩,维经斯基十分高兴。1920 年 8 月 17 日,他给共产国际写了一封信。信中说,中国不仅成立了共产党发起小组,而且正式出版了中文版的《共产党宣言》。中国革命的春天已经到来了。

《共产党宣言》八月版的两次印数只有千余册,一经推出,立刻引起先进知识分子的强烈关注,很快销售一空。九月,又印了一千余册,仍为蓝色封面,只是封底改为"一千九百二十年九月再版"字样,还是抢手得很。后来,邓小平和陈毅在南京总统府图书室见到的,就是这个版本。

陈望道对鲁迅向来敬重,《共产党宣言》译作出版后,特地寄赠给他和周作人兄弟俩,请求他们指点。

鲁迅是知道陈望道的。他收到书后,当即翻阅了一遍,对周作人说:"这本书虽然译得不够理想,但总算译出一个全译本来。现在大家都在议论什么'过激主义'来了,但就没有人切切实实地把这个'主义'真正介绍到国内来,其实这倒是当前最紧要的工作。望道在杭州大闹了一阵之后,这次埋头苦干,把这本书译出来,对中国做了一件好事。"

看到自己的心血获得空前成功,陈望道和陈独秀、李汉俊都十分兴奋,约了邵力子、沈玄庐等友人,悄悄地小聚庆贺了一番。

邵力子显得十分得意,端起家乡的绍兴老酒,有滋有味地"吱"了一口,晃动着大拇指说:"我这个'月下老人'功劳不小吧?没有推荐错人吧?"

陈独秀喝得两颊红扑扑的,逗他道:"瞧你得意的。你干脆说,功劳统统归你一个人得了。"

一句话,逗得大家哈哈大笑。

陈独秀斟了满满一杯绍兴老酒,郑重其事地站起来:"没有革命的理论,就没有革命的行动。这本《共产党宣言》就像是一颗革命火种,必将在中国大地上呈燎原之势。来,让我们干了这杯,预祝中国共产党早日成功,英特纳雄纳尔早日实现!"

说罢，一仰脖子，杯子见底。

干！大家齐刷刷地站起来，端起杯子，一饮而尽。

邵力子说："有很多读者渴望得到此书，却又苦于寻找不到'社会主义研究社'的地址，纷纷投书到我们报馆求助呢，有的还打听这本书的背景。"

沈玄庐接过话茬："好几位友人也找到我，缠着我打听这'社会主义研究社'在哪里，我咋能告诉他们？"

他两手一摊，扮了个鬼脸："你们这不是给我出难题吗？罚酒，罚酒！"

大家又是一阵笑。

李汉俊说："这'社会主义研究社'本来就是杜撰的，外人哪里知道就是咱们的新青年社？真实社址当然不能告诉外人，否则当局肯定要来找茬。难为你了，该罚，该罚。"说着端起酒杯，陈独秀和陈望道也紧跟着端起杯。

陈独秀沉吟道："这是一个很好的开端。你们看这样行不行？我们继续做好再版的准备，另外在《觉悟》上发个公开信，把这本书的背景介绍下，给读者统一作个交待，同时含蓄地告诉他们购书地址。"

"好，这个我来写。"沈玄庐自告奋勇。

邵力子转向陈望道："有的人在信中也指出了译作中的错误，我统计了一下，全书错字、漏字达二十五处，比如第一页中'法国急进党'写成了'法国急近党'。再版时还是纠正一下为好。"

陈望道说："有些错误我已注意到了。你把那几封信转给我，我对照修改。"

沈玄庐说："那我在公开信里一并回应吧。"

陈独秀说："行。"

1920年9月30日，《民国日报》副刊《觉悟》上，刊登了这样一则名为《答人问〈共产党宣言〉底发行所》的公开信：

慧心、明泉、秋心、丹初、P.A：

你们的来信问陈译马克思《共产党宣言》的买处，因为问的人太多，没工夫一一回信，所以借本栏答复你们的话：

一、"社会主义研究社"，我不知道在哪里。我看的一本是陈独秀先生给我的；独秀先生是到"新青年社"拿来的，新青年社在法大马路大自鸣钟对面。

二、这本书底内容，《新青年》《国民》——北京大学出版、《晨报》都零零碎碎地译出过几本或几节的。凡研究《资本论》这个学说系统的人，不能不看《共产党宣言》；所以望道先生费了平时译书的五倍功夫，把彼底全文译了出来，经陈独秀、李汉俊两先生校对，可惜还有些错误的地方，好在初版已经快完了，再版的时候我希望陈望道亲自校勘一遍！（玄庐）

陈望道的《共产党宣言》译文出版后，平民书社、上海书店、国光书店、长江书店和新文化书社等出版单位大量出版《共产党宣言》。虽然屡遭反动当局禁印，最初五年仍相继印制了十七版，仅平民书社在1926年1月至5月就重印了十次，到五月已是第十七版了。第十七版版本的封面不同于首版，书末的版权页上翻译者也改为"陈佛突"，这是陈望道的笔名。

在北伐战争时期，陈望道译的《共产党宣言》印得更多，随军散发，几乎人手一册，是国民政府时期国内流传最广、影响最大的一部马克思主义的经典著作。

后来出版时，为了避开反动政府的迫害，书名、译者名和出版社名不断更换。光译者就有"陈晓风""仁子"等。据不完全统计，该译本有十多种版本。有的还流向国外，对当时在国外勤工俭学的中国青年，产生了重要的影响。

与最早中文译本《共产党宣言》有关的一些人物，后来也是命运多舛，结局迥异。

李汉俊因为一些问题与陈独秀发生争执，在党内渐渐没了地位，变得心灰意冷。第二年（1922）年初，他离开上海回到武汉，先后出任武昌高等师范（武汉大学前身）、武汉大学教授，汉口市政督办公署总工程师等职。

1922年7月，中共二大在上海召开时，中央曾召集李汉俊参加。他并未到会，只是写了一封意见书，继续反对集权制和铁的纪律。不过，"二大"选他为中央候补委员。

李汉俊虽然离开了上海的党组织，但并没有放弃信仰，依然为心中的理想奔波。在他从上海带到武汉的行李中，就藏有浸润着他心血的陈望道译《共产党宣言》。

在武汉期间，他经常拿出这本《共产党宣言》，宣传马克思主义，指导武汉的党团活动。

1923年2月7日，京汉铁路总工会组织了震惊中外的"二七大罢工"，李汉俊是大罢工组织者之一。在京汉铁路总工会成立大会上，他挥笔写下"大地赤化"四个大字献给大会，并引用《共产党宣言》中的观点，告诫参加罢工的工人们：工人斗争的真正成果并不是直接取得的成功，而是愈来愈扩大的团结。只有我们团结起来，才能形成强大的力量，迫使反动当局产生畏惧，向我们低下头来。

大罢工失败后，参与组织的施洋、林祥谦被害，李汉俊等人被通缉，成为捕杀对象。李汉俊被迫离开武汉去上海，又转到北京避难。出于谋生的考虑，他先后在北京政府的外交部、教育部、农商部任职。但无论走到哪里，他都不忘带着这本《共产党宣言》。

党中央对李汉俊在北京政府任职很反感，发出公告给他处分。无奈之下，1923年5月，李汉俊在北京向中国共产党递交了脱党书。

递交脱党书的第二个月，中共"三大"在广州举行，李汉俊自然没有出席大会。让他意外的是，他竟被选为候补中央委员。

几天后的一个晚上，有人叩响了李汉俊寓所的门。

他开门一看，愣住了，一把握住客人的手："守常，是你！"

来人正是李大钊。李大钊嗔怪道："咋不请我进屋呢？你就这样待客？"

"喔，喔，没想到，真没想到。"一向伶牙俐齿的李汉俊竟然语塞起来，仍然愣在门边。

李大钊也不客气，推开他，顾自闯了进来。李汉俊醒悟过来，慌乱地关上门。

李大钊抬头四处扫了一眼。这是一间不大的居所，屋顶很矮，几间旧家具胡乱摆放着,显得很拥挤。

李大钊不由得神色凝重:"我们大名鼎鼎的理论家,生活竟这样窘迫。"

李汉俊取下眼镜,低头擦着镜片,沉默好久,抬起头来,双眼已经噙满泪水。

李大钊吃了一惊:"你怎么啦?"

李汉俊有点难为情,赶紧掏出手绢擦了一下,带着鼻音说了一句:"守常,没想到是你来看我……我已经流浪很久了,就像是个没娘的孩子,很久没有看到家里人了。"说罢,眼泪又止不住淌了下来。

听了李汉俊的话,李大钊的眼圈也禁不住红了。他身子前倾,一手紧紧地握住李汉俊的手,一手抚着他的背,轻声劝慰道:"我理解你的心情。是啊,我们在敌人的屠刀下可以不皱一下眉头,有时却难以承受自己人中射出的暗箭。你既遭反动当局的迫害,又被党内一些同志排挤,受了不少委屈,心里有很多苦水,我很理解。但是,既然投身革命,身许大众,受点委屈怕什么,舍掉性命也在所不惜!"

李汉俊听了,使劲点头,一把抹去泪水,眼睛里透出了刚毅。

李大钊热切地说:"这次会上,很多人都念叨你,都为你没参加会议而惋惜,为你受到的处分鸣不平。仲甫也在会上深情回忆起你俩在上海时的难忘岁月。他看到一些代表带着陈望道译的《共产党宣言》,还特地说,李汉俊为这本书也费了不少心血。你虽然没参加大会,仍然被选为候补中央委员,这足以说明中国共产党没有忘记你,你的娘家人没有忘记你!"

一席话,说得李汉俊心里热乎乎的,积压在心底的委屈和落寞烟消云散。

当选候补中央委员的事,他前几天已经获悉,曾为此激动得彻夜难眠,既感意外,又觉温暖。陈独秀在会上说的话,则是第一次听李大钊说起,同样令他意外。

看到李汉俊似乎还有点不信,李大钊从怀里掏出一封信,郑重地递给他:"看看这封信,你就知道我所言非虚了。"

信是党的一位领导人写的,信中对李汉俊在"一大"上受到不公平对待致歉,并表示取消因他在北京任职给予的处分通告,要求他用各种方式继续帮助党做工作。

看罢信，李汉俊眉头一挑，笑出声来。

李大钊也欣慰地笑了。

大罢工风潮过后，李汉俊从北京回到武昌高师继续任教。但令人费解的是，从这时开始，他没有再参加过党的活动，并且据说出现了被认为是分裂党的行为（有一种说法是他打算组建一个新的党派"独立社会党"）。

是误入歧途，是组织误解，是遭人排挤，还是被敌对阵营蓄意陷害？我们心中有一连串的问号，期待将来考证。

不管何种原因，总之结果令人扼腕：1925年1月中共四大召开前后，李汉俊被党中央开除了党籍。

即使如此，李汉俊并没有放弃战斗，各种游行集会上都能见到他的身影。后来，他与党中央的关系渐渐融洽起来。

1926年春，陈独秀还邀请他到上海大学任教。刚在上海待了半年，又被董必武动员回了武汉，一起组织革命行动。

北伐军攻占长沙后，李汉俊和董必武赶到长沙递送武昌敌军情报，这期间加入了国民党，被委任为国民革命军总司令秘书。

同年八月，北伐军进驻武汉，随后成立湖北政务委员会，李汉俊任接收保管委员会主任委员、教育科长等职。

1927年4月，湖北省政府成立后，李汉俊任省政府委员兼教育厅长。他利用职务之便，为共产党做了大量工作。

在武汉共产党组织看来，李汉俊虽然脱了党，但他的言行早已是真正的共产党员，并且凭其政治素质堪当大任。他们经过认真讨论后，向党中央建议恢复他的党籍。

就在这时，汪精卫发动"七一五"反革命政变，疯狂屠杀共产党人，致使第一次国共合作彻底破裂，革命形势急转直下。中国共产党面临着生死存亡，顾不上讨论李汉俊重新入党的事了。

1927年12月17日下午，李汉俊正在汉口的住所里，好友詹大悲来访。李汉俊拉着他说："来来来，杀几盘，今天不分胜负不许走。"两个人坐上桌，摊开棋盘，一边捉对厮杀，一边分析起形势来。

记者出身的詹大悲是湖北蕲春人，辛亥革命先驱，通过李汉俊结识了陈独秀等一批志同道合的知识分子。中国共产党上海发起组成立时,大家考虑到詹大悲与孙中山关系密切,在社会上影响大,认为他不公开为宜,党的指示精神由联系人传达。

李汉俊说:"桂系军阀上个月开进武汉后,大肆捕杀共产党人和进步人士,你今后要小心点。"

詹大悲忧心忡忡:"听说刚上任的武汉卫戍区司令胡宗铎生性残暴,杀人如麻,不知又有多少革命志士要遭殃。"

詹大悲说到这里,话锋一转道:"我听说,你还在四处宣讲《共产党宣言》,老蒋可是把《共产党宣言》视为洪水猛兽呀!你要小心些!"

李汉俊笑了笑,腾的一下站了起来,神色凝重地大声道:"《共产党宣言》乃是民众之希望,也是我之希望!我李汉俊怕什么!将来如果有一天为它丢了脑袋,那我会高声朗诵着《共产党宣言》走向刑场!"

正说着,门突然被人踹开,几个荷枪实弹的军警蜂拥而进。真是说到阎王,阎王到,他们正是胡宗铎派来的手下和租界巡捕,为首的叫林运圣。

林运圣冷冷地问:"谁是李汉俊?"

看这阵势,李汉俊心里一惊,但表面上依然平静。他放下手中的棋子,站起来沉着回答:"我就是。有什么事?"

林运圣朝詹大悲一指:"你,是干什么的?"

詹大悲连忙站起来:"来串门的。"

林运圣眼一瞪:"哼,串门?是串谋吧?你叫什么?"

李汉俊刚想使眼色,詹大悲已经脱口而出:"詹大悲。"

林运圣嘴角一抽,露出一丝不易察觉的得意:"哼,这不是串谋是什么?巧得很,自投罗网啊,省得我到处找了。"

他停顿了一下,狠狠地盯着他俩,拉长了声调:"我奉上司命令,以'赤色分子'的罪名逮捕你们。"

说罢,林运圣朝几个军警一挥手:"带走!"几个军警如恶狼般扑了上来。

李汉俊的两个孩子惊恐万状,哇地哭了起来,扑过来抱住父亲不放。有孕在身的李汉俊妻子陈静珠,手上正端着一个托盘,见此情景慌了,托盘连同上面的茶杯哐当一声掉落到地上。

李汉俊挣脱军警,轻轻地摸摸孩子的头,抹去他们的泪水,轻声安慰道:"别害怕,爸爸去去就来。"

他站起来,走到妻子身边,爱怜地摸了摸她张皇失措的脸,平静地说:"没事,你在家照顾好孩子,还有——"他轻轻拍了拍她的肚子:"照顾好自己,别动了胎气。"说罢,转身向门外走去。

陈静珠见李汉俊脚上还趿着一双拖鞋,连忙说:"换了鞋子再走吧。"

李汉俊回过头,朝妻子和孩子莞尔一笑:"不用换!"

谁知这一去,从此阴阳两界、天人永隔。这一笑,竟是他留给亲人、留在人间的最后一笑!

不知是视他俩罪大恶极,还是视如草芥,胡宗铎连审也不审,就下令连夜枪毙。

第二天,武汉卫戍司令部贴出布告,称李汉俊、詹大悲为"湖北共产党首领"。

噩耗传出,全国震惊,各大报纷纷报道,无一例外地称他们是"共产党首领",但中国共产党机关刊物《布什维克》在1927年12月发表《冤哉枉也李汉俊》,否定李汉俊为共产党员,"若詹大悲也以共产党罪名遭枪毙,那更是冤枉也。"

1952年,经董必武证明、毛泽东亲笔签署的烈士证书,发到了李汉俊家属手里。烈士证书上赫然印着:"李汉俊同志在大革命中光荣牺牲,丰功伟绩永垂不朽!"

既然中国共产党的主席称他为"同志",说明党已把他纳入了自己的怀抱。听到这失而复得的神圣称呼,这位铁骨铮铮的汉子如在天有灵,是否会含笑九泉?

而沈玄庐是个毁誉参半的人物,既参与创建中国共产党,后来又成为杀害共产党人的刽子手。他是浙江萧山人,早年任过云南广通县知事,辛亥革命初曾任浙江省参议会议长,1917年与侯绍裘等创办《民国日报》副刊《觉悟》,后又与戴季陶、李汉俊等创办了《星期评论》。他是中国共产党的创建者之一,参与起草了《中国共产党党纲》,与陈独秀等一起指导上海的工人运动,还与俞秀松等在浙江创建共产党和社会主义青年团。

沈玄庐后来逐渐成为蒋介石的对立面。1928年蒋重掌国民党大权后,沈玄庐集结旧友亲信,企图推翻蒋介石统治,引起蒋介石的嫉恨。1928年8月28日沈玄庐被何应钦派刺客刺杀,最终落得个可悲又可耻的下场。

## 《共产党宣言》传到了农民手里

1926年春节，年轻的女共产党员刘雨辉把一本富有传奇色彩的《共产党宣言》装进行囊，带回了刘集。从这以后，这本薄薄的《共产党宣言》，和刘集乃至整个鲁北平原上的农民兄弟连在了一起。

刘雨辉提着行李走进家门的时候，她染上了大烟瘾的父亲刘梅春刚刚抽完烟土，正卧在床上享受着片刻愉悦。

听到推门声，刘梅春一下子坐起来，见是刘雨辉，脸一下子就拉长了，大声训斥道："你还知道回来呀？我供你们进学堂读书，是为了光耀刘家门楣的！可你和你二弟都成了什么共产党，你三弟眼看又要趟这浑水……你是老大啊，给他们带了个什么头？考文、奎文为了你，都辍学在家……你对得起弟弟，对得起你爹吗？如今我刘家日渐败落，再这样下去，连锅都要揭不开了！"

刘雨辉也是烈性女子，她放下行李，就向父亲开了炮："家道还不是让你抽鸦片败光的？你看你，把自己抽得面黄肌瘦，就剩下一张皮了！"

刘梅春被女儿的话噎得恼羞成怒，大声呵斥："你要是不退党，我就没你这个女儿！你现在就给我滚回去！"

刘雨辉毫不示弱："那好，我现在就走！"说着拿起了行李。

一边的刘考文见状，赶忙劝说："大过年的，咱们能不能好好的？"说着给刘雨辉使了个眼色，刘雨辉只得把行李又放下了。

不久后的一个晚上，刘考文陪着刘雨辉到了刘良才家，刘良才很高兴，急忙让坐。姜玉兰一把拉住刘雨辉的手，眉毛都笑弯了："你可真俊呀，到底是在大地方待过的！"说着端来一盘瓜子："来，尝一尝，我刚下锅炒的。"说完，披上一件上衣走出房门，到院子外面放哨去了。

刘雨辉跟刘良才谈起了当前的形势，然后她从衣袖里拿出了本薄薄的书："这本《共产党宣言》就留给你们了。你一定好好看看，这里面很多话都是革命的道理，能让人眼明心亮。听济南的张葆臣说，党的很多领导同志都读了很多遍，越读思想越成熟，越读就越有革命信仰。"

刘良才抑制不住心中的喜悦，伸出双手郑重地接了过来："刘子久曾经给我说起过《共产党宣言》，我还让他替我找一本呢，可他说我大概看不懂，我也就没再提这事。"

刘良才拿过书看了又看，指着封面上的马克思像，笑道："第一次看到长成这样的人……这把大胡子，长得可真有样子。"

刘雨辉也笑了："他叫马格思，外国人，听说也是位革命家。"

刘考文疑惑地问："咱是庄稼人，能看懂这种书？况且又是外国人写的。"

刘良才说："你可别说，既然这书这么要紧，就算一个字一个字地啃，也得弄懂它。咱庄稼人生下来就会种地？不都是边干边学吗？咱们的木匠手艺，不也是慢慢学会的吗？"

刘雨辉笑道："是这么个理，没有谁生下来就会。再说，这本书很神奇，就算只能看懂里面的几句或者几段话，也会有很大的收获！"

## 穷人听大胡子的话没错

刘良才晚上得到《共产党宣言》，就掌灯读到了天亮。每翻开一页，他都读得磕磕绊绊，就像推着一车东西走在坑洼不平的路上那般吃力。刚刚看了几个字或者一句话，开始顺溜了些，一个生僻字就硬生生地把刘良才挡在了关前。就这小小的一个字，刘良才反复端详，却绕不开跳不过也搬不动。

刘良才有些焦躁，自言自语道："真是一夫当关万夫莫开。"

姜玉兰见他读得吃力，就说："英才念书时间长，让他先看，看完了再讲给你听。"

刘良才说："苦瓜苦不苦，自己尝一口才知道；木不钻不透，火越添柴越旺。靠别人说给你听，领会得肯定不深，想的事肯定也不透。"

刘良才把不认识的字写在纸上，有时也随手记在手掌上，随时请教刘英才或学堂的先生。

村里有个老人见他这样，不解地摇着头说："良才这是咋了？时不时满街跑。我问他，他说是找先生认个字。一个种地的泥腿子，把地侍候好就行了，还搞啥光景？这就是河里的癞蛤蟆，戴上眼镜充大头——装文化人呢！"

刘良才觉得，不认识的字还好办些，可书里有些话，就像河水一样深不可测，像迷宫一样让他找不到方向。刘良才无奈地戏言："这书太深啊，扎几个猛子都摸不到底。"

《共产党宣言》开篇，就让刘良才不知所云："一个怪物，共产主义的怪物，在欧洲徘徊。旧欧洲的一切势力，教皇和沙皇、梅特涅和基佐、法国的激进党人和德国的警察，都为驱逐这个怪物而结成神圣同盟。"

刘良才反复念叨，到了能背诵的程度，也难得其解。夜已深，他依旧睡意全无。

姜玉兰说："你别瞎琢磨了，等天明，去问问子久兄弟。"

刘良才哪里等得了天明，他说："不行啊，不弄明白我睡不踏实。说着就要起身。"

姜玉兰急忙阻拦："鸡都快叫了，人家正睡得香呢！"刘良才不理她，顾自跑了。

刘良才敲开刘子久家的门，幸亏刘子久还未入睡，见到他颇为吃惊："你怎么这时候跑来，有啥急事？"

刘良才一笑："为了那《共产党宣言》的事。"说着，就把开篇第一段话一个字不漏地背了出来。

刘子久很吃惊："你真下了大功夫！"

刘良才说："可这段话我实在不懂，你给我说说。"

刘子久稍一思忖，说："共产主义是人类社会发展的目标，到那时没有阶级，也没有压迫了。这也是我们共产党人的一个信仰和目标。"

刘良才点点头："那为什么把共产主义说成怪物？这不是对共产主义的侮辱吗？"

刘子久笑道："你说得不错。要知道，那些反对我们的人，是不会给咱们脸上搽脂抹粉的。我们最终要推翻有产阶级，要把那些有产阶级送进坟墓。受苦人清醒了，起来革命了，他们心虚了，害怕了，就把咱们丑化成了一个龇牙咧嘴的怪物。"

两人一直谈到凌晨。当晨曦洒落在这座农家小院的时候，刘良才才红着眼睛离开刘子久家。

正月过后，刘子久返回济南。刘良才遇上问题不能找刘子久了，可他有钻劲，悟性高，把《共产党宣言》里的每段话都反复揣摩，放在当下反复比照，竟有了很大的收获。

比如，《共产党宣言》里有这样一段话："在古罗马，有贵族、骑士、平民、奴隶，在中世纪，有封建领主、陪臣、行会师傅、帮工、农奴，而且几乎在每一个阶级内部都有各种独特的等级。"

刘良才读了这段话后，对姜玉兰说："我们刘集不也这样？有地主、农民、佃户。我觉得，大胡子的很多话，细细琢磨一下，都好像是说给咱们刘集的，都能在咱刘集村找到影子。"

几个月的时间里，刘良才都在反反复复地读《共产党宣言》。他对刘英才说："我越看心里越亮堂，越看干革命就有了新主张！咱们党支部先发动党员和积极分子来学习《共产党宣言》，然后举办农民夜校，让更多的农民兄弟学习《共产党宣言》。"

1924年6月，中国第一届农民运动讲习所在广州开班。在这之前，为了培养农民运动干部，国民党中央农民工作部部长林伯渠等人就呼吁成立农民运动讲习所。林伯渠是早期共产党员，当年与董必武、徐特立、谢觉哉、吴玉章并称"中共五老"。孙中山非常支持林伯渠的建议。这一年的8月，孙中山还特地参加了第一届毕业典礼暨第二届开学典礼。

1926年3月19日，国民党党部特地邀请毛泽东任第六届农民运动讲习所所长。中国农民运动讲习所为全国培养了大批农运干部，毛泽东、周恩来、彭湃、萧楚女、恽代英等人，都先后在农民运动讲习所当过教员。

刘集村的党支部书记刘良才，也许并不知道南方开办农民运动讲习所的事，可他恰恰是在毛泽东当农民运动讲习所所长的这一年，开办了刘集村农民夜校。

刘集村党支部组织学习《共产党宣言》，是在1926年春天的一个晚上。晚饭后不久，刘集村的党员和积极分子就陆续来到了刘良才家。在刘家北屋里，刘英才、刘泰山、刘洪才、刘考文、刘春山等围坐在一起，等着刘良才讲话。

刘良才拿起放在小桌子上的一本书说："党支部召集大家来，就是为了学这本书。这本书叫《共产党宣言》。"

刘良才说着，把这本书拿到大家面前："你们看看。"

有人问："这上面的大胡子是谁呀？"

刘良才回答："大胡子姓马，他是马大胡子呀！"

有人凑近细细端详，看着看着，就噗嗤一声笑了："咱村姓马的，可没长大胡子呀！这马大胡子的模样也怪稀罕……"

刘良才也笑了："这可不是咱村哪个姓马的，也不是附近十里八乡的，

一本《共产党宣言》的中国传奇　　065

更不是中国人。这个大胡子叫马格斯，是外国人呢！这本《共产党宣言》是他和安格尔斯写的。里面写了咱穷人的事。"

有人惊道："外国人写的书也到了咱这里？这外国，离咱村有百十里地没有？"

刘良才笑道："哪有这么远，就在咱们炕头上呢！"

大家一下子都笑了起来。

刘良才挥挥手，大家静下来。他开始边读边讲，有的人听着听着就发蒙了，再听下去就打开了瞌睡。

刘良才给大家读了这样一段话："从封建社会的灭亡中产生出来的现代有产阶级（资产阶级）并没有消灭阶级对立。他只是用新的阶级、新的压迫条件、新的斗争形式代替了旧的。"

刘良才看了大家一眼，见大家都面面相觑，不知所云，就笑着说："我开始时也犯迷糊，和你们一样，擀面杖吹火——一窍不通。可看多了，琢磨多了，就琢磨出道道来了。这本书能让咱们有衣穿，有饭吃，能过上咱想都想不到的好日子。"

大家一听，都竖起了耳朵，几个打瞌睡的也一下子睁开了眼睛。

刘良才接着说："我从刚才读的那段话里，悟出个道道——这个阶级、那个阶级，到现在也没换来咱穷人的好日子。旧社会再怎么换，也是换汤不换药，欺负咱的人该怎么欺负还是怎么欺负。咱们穷人家，走得慢了穷撵上，走得快了撵上穷，不快不慢往前走，扑通一声，还是掉进穷窟窿。说白了，就是永无出头之日！现在这个世道不彻底改个样子，不砸碎了旧世界，再换成个新世界，咱们穷人就过不上好日子。从大清、民国到现在，还不都是这个样吗？现在出了共产党，中国有希望了，咱的出头之日也快来了。马大胡子在《共产党宣言》里说，共产党没有任何同整个无产阶级的利益不同的利益。啥叫无产阶级？就是说啥东西也没有，穷得叮当响的穷人，咱庄稼人就是无产阶级呀！其实这老马也是告诉庄稼人，共产党不要命地干，争来的好日子都是咱农民的。阶级换来换去，还不都是换汤不换药。归根结底都想着他们自己的利益，都官官相护，唯有共产党，是想着咱劳苦大众的，说白了，就是和咱一个鼻孔眼出气。咱村里地主，有时不是说的比唱的还好听？可他给佃户涨工钱了吗？他们脸上挂着笑，嘴比蜜甜，可袖筒里揣了把刀子，肚子里装满了坏点子！"

大家都七嘴八舌地开了腔："咦！这大胡子咋就知道咱这边的事呢？他说的话，可句句都在刀刃上！"

"可不！听了就像大热天跳进凉水里一样痛快。这大胡子肯定也种过地。我敢打赌，他肯定是庄稼地里的好把式，他要是没扶过耩子（一种播种的工具），说不出这样知根知底的话！"

坐在墙角的一个中年汉子突然发话："大胡子的话，说到咱心坎上了。依我看，照大胡子的话去干，就不会错。"

房子里一下静了下来。大家都扭头看这个长脸的中年汉子。

一个十七八岁，中等个儿，瘦瘦身材，眼睛不大，可透着一股机灵和虎气的年轻人，笑笑说："别看世厚大哥平时不说话，一说话就吓人一跳。"

这个年轻人，就是后来成为抗日英雄的刘百贞。

听了刘百贞的话，大家都笑起来。

被称作世厚大哥的中年汉子，与刘良才同龄，平日里沉默寡言，不显山不露水的，好像谁也没有在意过他。在村里，刘世厚很少到人群里找乐子，乡邻说他这是不凑群。有时他偶尔过来，也是在人群边上远远坐着。今天他也是这样，独自坐在一隅，默默倾听。

刘良才摆摆手，大家都停止了议论。刘良才扬扬手里的书说："世厚说得对，咱们就得按这本本来。那些有钱人可不是纸扎的，一戳就破，他们势力大着呢！怎么才能把他们摔在地上，让他们爬不起来？这大胡子给了咱一个办法，是啥？号召咱联合起来！啥叫联合？就是穷伙计们抱成团，一个人打不过，那就两个、十个、一百个，抱的团越大越好，越大越有力气，他们也就越害怕。俗话说得好，一个篱笆三个桩，一个好汉三个帮，人多力量大，一个人一口唾沫，就把他们淹死。那万国的无产者都要联合起来，目标是啥？就是共产主义！到了那个时候，你要什么有什么……现在我一时也说不清，但你们记着，可不是三亩地一头牛，老婆孩子热炕头的光景了，听子久说，那日子好得……好得你想都不敢想，想也想不到！咱们哪，就往前奔着看吧！"

大家听了，顿时无限向往起来。刘百贞咂着嘴说："到那时候，我得痛痛快快地吃上一顿肉，吃上一顿大白馒头。"

角落里的刘世厚突然又闷声闷气地道："光吃肉不行，还得让你娶上一房媳妇。"

大家正七嘴八舌议论着，姜玉兰走进来，低声跟刘良才说了几句话。

刘良才急急走出房门。他借着月光看到，站在自家院子里的一位中年人，手里提着个鸟笼子，正笑眯眯看着自己。

刘良才大喜，一个箭步迎上去，紧紧握住那人的手，笑着说："耿贞元同志，你这个算命先生终于来了！"

耿贞元何许人？他也是早期共产党员，与刘良才同岁，都是1890年出生。当年两人第一次相遇时，都被彼此的热情所感染，随即成为知己。耿贞元说："与君同年生同革命……"他仰头哈哈一笑："但愿不要同年死，都能看到将来好日子。真要走，我也要走到你头里。"

没想到一语成谶。

四年后，1932年8月28日，耿贞元被敌人枪杀在乱石岗里。又过了一年，刘良才牺牲在潍坊的城墙上。两人牺牲时间，才相隔一年。

耿贞元原本叫耿之贱，幼年入私塾读《四书》学《五经》，本想有朝一日走上仕途，混个一官半职。可没想到屡考屡败，有人指点他："要想金榜题名，怎能不使些银两？"耿贞元闻言冷笑一声："莫说我耿家一贫如洗，就是有银两，我也不去喂狗！"从此打消此念，自学祖传治眼医术，为乡里百姓治病。

耿贞元其实少年时就迷恋《易经》，对周易八卦颇有研究，后来给人测字推卦，成了远近闻名的算命先生。他个子不高，面容清瘦，目光深邃，生就几分仙风道骨，让人一见就心怀敬畏。他摆摊算命时，跟前有一驯服的黄雀，专事抽贴，跳来跳去，与耿贞元配合得天衣无缝。

耿贞元的另一身份，是中共山东省委地下交通员。

有一次，耿贞元在青岛罗福洋行门前摆摊，洋行总经理的夫人恰巧身怀六甲，即将临盆，总经理偶然心血来潮，让耿贞元给夫人算算，看生男还是生女。

耿贞元抬头端详了一下眼前这位总经理，掐指算算，口中念念有词，最后他微微一笑道："恭喜这位先生，将来你香火不断了！"

那总经理半信半疑："此话当真？"

耿贞元点了点头："男孩无疑，而且就在近几日。"

几天后，总经理果然得一男婴，欣喜之余，他不忘特地给耿贞元送来几块现大洋。

以后，这位总经理聚会时常说起耿贞元，很多人都慕名而来，耿贞元一时名气大增，人送外号"耿一仙"。刘良才到济南寻找省委时，必先寻他，只要在大街上问起"耿一仙"，就有人指点，他正在某处某处算命。

耿贞元到刘集村的当晚，正遇上刘良才给大家讲《共产党宣言》。他听得兴奋，还从刘良才那里要来这本书，连续读了几个晚上。每当来夜校学习的农民散尽，耿贞元都拿着《共产党宣言》，逐字逐句和刘良才交流自己的感受。

刘良才看他认真，不禁笑着说："你给人打卦算命的时候，也顺便给他们讲讲《共产党宣言》里的道理吧！"

就这样，一帮子农民兄弟，在1926年，在平静的夜晚，认识了那个被称为"大胡子"的德国人。他的《共产党宣言》，不仅被中国共产党人接受，也正被鲁北平原上顶了一脑袋高粱花子的农民慢慢接受着。

不同的国籍，又相隔千山万水，我们的农民兄弟，也许本不需要去结识这位哲人马克思。他们祖祖辈辈以土地为生，心心念念的也都是耪、刨、耕、耩，不需要去接受对他们来说过于艰深的《共产党宣言》。可为了千百年来深植于他们内心的、对不受欺压的美好前景的憧憬，本来不可能的事情变成了一种必然和现实。《共产党宣言》的影响力，于此可见一斑。

伟大的大胡子巨人，连同他的《共产党宣言》所产生的影响，打破了国籍、地域、种族的壁垒，在世界上汇成了一股不可抵挡的洪流。

地道的山东农民刘良才，就在自家的北屋里，连续开办了三年的农民夜校。来这里学习《共产党宣言》的，有本村的，有邻村的，还有方圆十里八乡的农民兄弟。

### 作者简介

铁流，山东省作家协会副主席、山东省报告文学学会原会长、青岛文联副主席。齐鲁文化名家。曾获鲁迅文学奖、全国精神文明建设"五个一工程"奖、中国作家鄂尔多斯文学奖、泰山文学奖等多种奖项。作品散见于《当代》《人民文学》《中国作家》等。著有报告文学、小说、散文多篇部。根据其作品改编的电影《大火种》《渊子崖保卫战》已上映。作品曾被《新华文摘》《小说月报》和各种年度选本转载。

　　徐锦庚，人民日报社山东分社原社长，高级记者，中国报告文学学会理事，十三届全国人大代表。出版《中国民办教育调查》《国家记忆》《台儿庄涅槃》《大器晚成》《涧溪春晓》五部长篇报告文学，在《人民日报》《光明日报》《人民文学》《中国作家》等刊物发表各类作品，获鲁迅文学奖、全国精神文明建设"五个一工程"奖、徐迟报告文学奖等，作品入选多个纪实文学选本。

# 先 声

杨丰美

**编选导语**

本篇作品节选自杨丰美长篇报告文学《先声》（湘潭大学出版社2019年出版）。湖南青年作家杨丰美的这部作品，取材于湖南新民学会一些志同道合者的革命故事，致敬五四一代有志有为青年，以此纪念五四运动、留法勤工俭学运动和新民学会成立100周年。在这部作品中，读者能看到新民青年激扬文字的豪迈，看到他们游学海外追求理想的激情，看到"血色浪漫里"蔡和森、向警予这对夫妻的初心与使命。

> 世界是你们的，也是我们的，但是归根结底是你们的。你们青年人朝气蓬勃，正在兴旺时期，好像早晨八九点钟的太阳。希望寄托在你们身上。

1957年11月17日，莫斯科大学大礼堂座无虚席，伟大领袖毛泽东对着广大留学青年，用浓厚的湘音，说出了这番振聋发聩的话。

青年人好像早晨八九点钟的太阳，这种比喻直击人心，激励了一批又一批青年人砥砺向前。然而，更让人想探究的是，20世纪初，在那个风雨如磐的年代里，面对国家惨遭蹂躏，先贤们如何以青春之躯发出掷地有声的反击？

年轻的梁启超呼唤少年中国，提出"少年智则国智，少年富则国富，少年强则国强"。

年轻的鲁迅提出了"其首在立人，人立后而凡事举"。

年轻的李大钊呼吁再造中华，号召"以青春之我，创建青春之家庭，青春之国家，青春之民族"。

年轻的恽代英写道，中国的唯一希望，便要靠这些勃勃有生气的青年。

20世纪初，这些呼声代表了一个民族的真切渴望。无数中国人前赴后继，寻找救国之良方。一批人倒下了，一批人又起来了。有多少腐朽，就有多少力量。有多少压迫，就有多少反抗。

终于，初春的太阳消融了寒冬的冰雪，初春的东风吹来了万物的生机，希望之光照暖了这片热血之地，催生了一株亟待破土的新芽。

## 大学之道在新民

1918年4月14日，那是个风和日暖的星期天。初春的和风吹来了万物更新的生机，花草虫鸟结束了冬眠的懒散，空气中漂浮着新泥和芳草的气息。刘家台子蔡和森家的大桃树开花了，粉扑扑的颜色娇艳欲滴。

吃完早饭，萧三和陈绍休去找李维汉，但见李维汉的房门锁着，便转去一师（湖南省立第一师范学校）本部，正巧在大门前碰到毛泽东、邹彝鼎、邹蕴真、张昆弟等，于是几人便一起结伴同行。他们准备去湘江对面岳麓山下的刘家台子。前一天，毛泽东一一口头通知了大家第二天到蔡和森家开会。

去对岸的蔡和森家需到朱张渡（又称灵官渡）乘船，他们边走边谈赶往渡口，又遇上在楚怡学校任教的萧子升及何叔衡。在江边叙谈片刻后，青年们分乘两只划子渡江到达水陆洲东侧。水陆洲经了一冬的干旱，雨季前常无水。灰白色的沙滩上河沙又细又松，走起路来费力费时，众人沿着沙滩徐徐走动，大约9时许，终于到了刘家台子。

刘家台子蔡和森家，屋子前后左右并无邻居，房屋虽有些破旧，却也清幽。四周树木不多也不高大。有时阳光可从墙缝瓦隙中射进来，映成斑点。今天的蔡家却不同往常，火红的旭日照得前前后后喜气洋洋。

厨房里，葛健豪、蔡畅、蔡庆熙以及小刘昂早已忙活开了，洗菜、淘米、煮饭、烧菜……蔡家像办喜事一样，屋内外整洁明亮，人人脸上洋溢着抑制不住的笑容，她们正在准备一顿丰盛的午餐。

"蔡伯母好！"众人到了蔡家后，首先给蔡母葛健豪请了安。

萧三和陈绍休还特意买了几斤肉递给葛健豪，说是请蔡伯母给大伙儿添伙食。也有人带了米，带了菜。这些年头，谁家的日子都不好过，青年们知道这个现实。毛妹子蔡畅端了一盆橘子出来放在桌上，热情地招呼大家吃。那是她用自己的工资买的。在周南女校读了两年书，蔡畅凭着自己出众的表现留校任教，每月发8块银元的工资。此时的蔡家几乎靠着蔡畅这点微薄的收入维持生活，有时甚至无米为炊。即便如此，蔡畅还是非常乐意拿出一部分工资买了水果作招待。

大厅里，毛泽东率领众青年将两张旧方桌拼起来，桌子中间摆了一个瓷茶壶和几个茶碗，再简单不过。他招呼大家坐下，边休息边等人。会议还没开始，青年们就开始高谈阔论起来，时不时发出一阵阵笑声。等到参加会议的人都到齐了，大家便围着方桌依次坐开，正式开会。

萧三日记记录，这天到会的有：毛泽东（毛润之）、蔡林彬（蔡和森）、萧子升（萧旭东）、萧三（萧植藩，也叫萧子暲）、陈绍休（陈赞周）、罗章龙（罗敖阶）、邹彝鼎（邹鼎丞）、张昆弟（张芝圃）、邹蕴真（邹泮芹）、周名弟（周明缔，也叫周晓三）、陈书农（陈启民）、叶兆祯（叶瑞庭）、何叔衡（何瞻岵）十三人。还有几位本来也要到会，但未及到会。这份名单与《新民学会会务报告》略有出入，与李维汉的回忆录也有出入。在李维汉的回忆录中，他写道当天参加会议的有十四人，将自己也列入其中。

为了落实当天到底有多少人参加会议，我向资深党史专家唐振南提出了自己的疑问。唐老认为：萧三日记是当天的记录，应该是准确的。李维汉确实没有参加这次成立大会，他当天有事，并未出席。但是李维汉是第一批会员，这是应该被承认的。

参加会议的除了罗章龙外，其余大多是杨昌济的学生。开会之前，青年们已经共推毛泽东、邹彝鼎起草会章。毛、邹二人众望所归，便当仁不让。对此，《新民学会会务报告》有记载："会章系鼎丞、润之起草，条文颇详。"毛泽东简单报告了会章起草的经过，并且将起草过程中有所争议的问题摆了出来，会议就正式开始了。

学会的名字取义于《礼记》中"大学之道，在明明德，在亲民，在止于至善"的古典。意思是：大学教人的道理，在于彰显人人自身所具有的光明德性，再推己及人，使人人都能去除污染而自新（程朱四书的传文有："'亲'应为'新'，革新，使人弃旧图新，去恶从善"。所以，亲民，即新民），而且精益求精，做到最完善的地步并且保持不变。取"新民"二字，即采补其所本无而新之，以求建设中国的新道路、新思想、新精神。故而学会的名称定作"新民学会"，既包含进步与革命的意义，又能反映参加学会各同志的共同愿望。这一提议在会上得到了所有人的赞同，"新民学会"这个光辉的名字就这样载入了中国的史册。

"我们组织学会的出发点是要团结一批爱国青年，侧重于研究个人及全人类生活如何向上的问题。当然，我觉得学会的发展方向应向政党。"率先说话的是毛泽东。

"孙中山组织的中国同盟会就是政党，我们组织学会就是聚集爱国青年图中国之独立富强。学会朝政党方向发展，这是题中之义。"说话的是这屋子的主人蔡和森，就算是一身淡雅的书香，也掩盖不住他朝气蓬勃的热情。

"我是主张会章写得简单明确，现在能做到的就写，现在不见诸行事的条文，我以为不宜加入。我们现在还是学术团体，当以学术研究为要，修养道德，改良人心风俗。"青年站了起来，一张清秀儒雅的脸，一袭白布衣，一副教师模样，他就是萧子升。

邹彝鼎认为："辛亥革命后，政党林立，但无一不是追求私利。我们的学会，可向政党发展。着手方法，应先从改造自己的思想道德、民心风俗入手，去掉私心。"

邹蕴真站起来说："改良社会，先应改变人心；改变人心，先从学术着手，研究哲学、伦理学。这是杨昌济老师的一贯主张。"

会场争论愈发激烈。讨论结果，多数赞成萧子升，有些还不见诸行事的内容就没有写入章程。对于章程里的每一条，每个人都表态，取多数人意见为最终的结果。最终，学会宗旨订立为：革新学术，砥砺品行，改良人心风俗。诸如"经纶天地之大经，立天下之大本"等内容，这一次就没有写入章程之中。

会章规定，设总干事一人，干事若干人，任期三年，由会员投票。学会会章是毛泽东起草的，且毛泽东是发起人，出力最多，会员们推举毛泽东为总干事。毛泽东再三拒绝，强力推荐萧子升做总干事，自己只同意做干事。

"子升济怀天下，博学多才，应该由他来担任本会的总干事，我可以多做些实际工作。"毛泽东说。

蔡和森首先赞同："既然润之兄执意推托，我赞成子升担此重任。"

大家热烈鼓掌，表示通过。在一片掌声中，萧子升站了起来。他温文尔雅地说："那就恭敬不如从命，我暂且担任此职就是。"

后来，又讨论了一些规则。规定会员需遵守五不规则：一不虚伪；二不懒惰；三不浪费；四不赌博；五不狎妓。有尚朴素、主诚实、禁浮华、戒骄傲等精神。

新会员需要五人以上介绍和半数承认，才能入会。对新会员的标准也有规定，即要品格好、志向好、学问好，确有向上要求的青年才能入会。新民学会对会员的要求和吸收会员的条件之严格可见一斑。

其他条文大概包括：会员对本会每年负一次以上通函的义务，报告自己及所在地状况及研究心得，以资互益；会员入会时缴纳入会银元一元，每年缴纳常年费银元一元；开会时间定于每月秋季开常会一次，遇必要时，召集临时会议。

当是时，厨房的饭菜已经做好。只听得葛健豪和蔡畅吆喝："开饭了，开饭了！"

众人这才反应过来，会议不知不觉已经开了一上午，到了该吃中午饭的时候了。两张桌子拼在一起就成了临时的餐桌，会议先告一段落。众人围坐在一起，每人面前倒满了一杯茶，毛泽东带头高举茶碗，道："感谢蔡伯母一家为我们的会议付出辛勤劳动！"众人端起茶碗，异口同声感谢蔡家人，并一干而尽。

葛健豪笑得合不拢嘴，连连作辞，表示不需要感谢，又道是自己能够看到新民学会成立，高兴着呢！众人早已对这位蔡伯母有所耳闻。如此时代，这样的女性实属了不起，在场诸位都对葛健豪敬重得很。

这顿饭吃得很热闹，青年们边吃饭，边谈生活、谈理想、谈古论今、谈中外轶事，席间你一言我一语，笑语连连。

初春时节，太阳照暖的空气很舒适，不冷也不热。中午的阳光已经晒掉了清晨的寒意，光线从树叶的缝隙直射下来，斑驳又明亮，像一颗颗时隐时现的珍珠。一向热爱日光浴的青年们自然不会放过这么好的阳光。众人提议把下午的会议改到湘江边上的沙滩上开。此时，湘江里的水微微荡漾着，在太阳光下，仿佛荡出了闪闪发亮的玉珠。

青年们在沙滩上随意地坐下，边开会边享受日光。下午的会议内容具体讨论学会会员出省、出国诸事宜，直到 5 时才结束。青年们向蔡家道了谢又话了别，之后一同向江边走去。

## 风尘仆仆上京都

1918 年 6 月的一天，蔡和森怀揣着杨昌济的推荐函，来到东堂子胡同 33 号。这次，他要拜见的是他仰慕已久的北大校长蔡元培。这位学界泰斗手中握着赴法勤工俭学通行证，蔡和森此去，抱着势在必得的决心。

不久前，接到恩师杨昌济送来的消息后，蔡和森就简单收拾了行李，乘着一艘客船从湖南长沙扬帆起航，直驱武昌。蔡和森这次远赴北京重任在身。新民学会成立以后，众会友开会决定了"会友向外发展"的战略，他就是奉全体会员所托，"专司其事"到北京联系赴法勤工俭学事宜的。他一方面欣喜激动，一方面又思绪繁重。

船顺着浩瀚江水来到了洞庭湖。凭栏远眺，湖上波光万顷，粼粼如银。而家国，鬼魅横行，风雨如磐。这个满怀忧思的青年不由得站在船头，思绪起伏，心事满满。他可能想到了等着"撑巨艰""挽狂澜"的家国，也可能想到了新民学会，想到了友人。望着这个汇集湘、资、沅、澧四水的八百里洞庭，他诗兴大发，将万千思绪吟咏成一首《少年行》：

> 大陆龙蛇起，乾坤一少年。
> 乡国骚扰尽，风雨送征船。
> 世乱吾自治，为学志转坚。
> 从师万里外，访友人文渊。
> ……
> 匡复有吾在，与人撑巨艰。
> 忠诚印寸心，浩然充两间。

虽无鲁阳戈，庶几挽狂澜。
凭舟衡国变，意志鼓黎元。
潭州蔚人望，洞庭证源泉。

诗中，有对国家的担忧，对自我的期望，对未来的希望。新民学会那一众有着远大抱负和理想的青年，包括他蔡和森自己不正是改造社会、扭转乾坤的中坚力量吗？"乾坤一少年"是何等的潇洒。此时，蔡和森心里又多了几分信心和希望。带着这份希望，他顺利到达了北京。下了车，直奔豆腐池胡同九号杨昌济的家。在杨昌济的帮助下，他着手筹备赴法勤工俭学的事情。

论起留法勤工俭学运动，离不开法国巴黎的中国豆腐公司，而这个豆腐公司的起点直隶省高阳县是李石曾的故乡。李石曾、蔡元培、吴稚晖算是勤工俭学运动的三大巨擘。李石曾是实践者，吴稚晖是宣传家，蔡元培则是领袖。

20世纪初，当李石曾回到家乡高阳，找他的朋友商量招华工赴法到他的法国豆腐公司工作时，竟没有一个人报名。

朋友戏谑地说："年兄，看来大家宁愿在老家磨豆腐，也不愿去法国发洋财呀！"

"重赏之下必有勇夫，先给他们发安家费、路费，还怕没人去？"李石曾很自信。

果不其然，当李石曾改变了招工策略，白花花的银元引诱着人们的时候，他招到了两个志愿者。

志愿者先到李石曾在布里村办的豆腐公司培训班学技术和简单的法语，而后，在李石曾的安排下，他们踏上了奔赴法国的漫漫旅程。这不仅是中国工人第一次赴法做工，也是法国有史以来第一次出现了"华工"。

万事开头难，这个头阵打响了，后面的事情就好办了。当第一、二批华工跟着李石曾从法兰西将白花花的银元寄回老家时，千百年来躬耕黄土的高阳人目瞪口呆。一时间，做豆腐、发洋财成了高阳人趋之若鹜的一件事情。很快，李石曾的豆腐公司人满为患，他只得给去往法国的华工找其他的出路，将华工介绍给其他的公司。慢慢地赴法的人越来越多。

1916年，当"华法教育会"在巴黎自由教育会所成立的时候，蔡元培振臂高呼"华法教育会万岁"。留法勤工俭学是蔡元培最心仪的事业之一，他终生提倡，一以贯之。他在为留法勤工俭学会撰写的说明中强调"劳工神圣"的观点，他这样写道：

> 吾人所作之功，亦所以供给他人之需要。通功易事，惟人人各作其工，斯人能各得其所需。神农之教曰：一夫不耕，或受之饥；一女不织，或受之寒……是以作工为吾人之天职。

许多青年学子想赴法勤工俭学，第一个想到的就是找这位学界巨擘——蔡元培。随着去往法国的华工越来越多，随着蔡元培等进步人士的参与其中，华人奔赴法国除了寻求自身的出路，更有在黑暗的旧中国寻求祖国出路的新意义。一时间，中国人赴法渐渐突破了发洋财的简单目的，而被注入了新的内容和新的吸引力。到了五四运动前后，赴法勤工俭学成了中国进步青年的普遍追求。华工们敲开了法兰西的大门，也敲响了中国有志青年奔赴西方寻求真理的晨钟。

蔡和森就是其中一位有志青年，带着奔赴西方寻求真理的理想，他找到了蔡元培。一路上，他努力梳理着留法勤工俭学运动的前世今生，生怕对答之间出了笑话。

终于见着景仰已久的蔡校长，这个二十岁出头的小伙子虽然有些兴奋，却也言谈淡定："蔡先生，和森此来专为教育一事叨扰，湖南政局乱极，政权更迭，教育摧残殆尽，学子几至无学可求，特想请蔡先生指点赴法留学的出路。"

见着蔡和森一身书生气但正义凛然的样子，蔡元培兴趣颇浓，他说："我们办华法教育会的目的，就是要为你们这些投学无门、无依无靠的学子找一条振兴实业，提升教育的路。"

蔡和森听了非常高兴，说道是湖南学子中有一部分进步青年很有向外发展的恳切愿望。蔡元培说："我本就很佩服湖南人的勇气和胆识，'打掉牙和血吞'，曾涤生的话总让我想起湖南人的个性。"

"蔡先生，我和曾涤生还是亲戚呢。"蔡和森高兴地说。小时候，蔡和森跟着母亲葛健豪在荷叶塘外祖母家住过一阵。用曾国藩的故事去鼓励后辈发奋读书是当时封建地主阶级教育子女最普遍的方式，葛家和蔡家也不例外。他听了很多"曾大人"即曾国藩的故事,不曾想今天还派上了用场。

别了蔡元培,蔡和森很兴奋。蔡校长的话让他感觉到勤工俭学的事情有了眉目。他回到住处就和毛泽东、萧子升等人写信,道:

大学蔡校长,弟会见一次,伊正谋网罗海内人才,集中一点,弟颇羡其所为。觉吾三人有进大学之必要,进后又兼事之必要,可大可久之基,或者在此。储养练习,或可同时并得。

蔡和森思索了一小会,仿佛看到了自己和同学们乘上邮轮驶向法国巴黎的模样,不觉更兴奋,于是奋笔疾书:

望兄和子升讨论研究,定其行止,复我一函,是所至盼!

7月底,蔡和森又给毛泽东、萧子升、陈绍休、萧三去了一封长信,信中内容为"京保留法预备班的创设及新民学会的大计",蔡和森在信中志气满满地坦言:

三年之内,必使我辈团体,成为中国之重心点。

### 扬帆远航到巴黎

"须知今后的世界,变成劳工的世界。我们应该用此潮流为使一切人人变成工人的机会……我们中国人贪惰性成,不是强盗,便是乞丐,总是希图自己不作工,抢别人的饭吃,讨人家的饭吃。到了世界成一大工厂,有工大家作,有饭大家吃的时候,如何能有我们这样贪惰的民族立足之地呢?照此说来,我们要想在世界上当一个庶民,应该在世界上当一个工人。诸位呀!快去作工呵!"

——李大钊《庶民的胜利》

1919年12月25日，上海码头人头攒动，载着"劳工神圣"的时代大潮，载着远渡重洋寻觅先进文明的希冀，"盎脱莱蓬"（音译）号邮轮将从这里起航赴法。

与以往不同的是，这一次，船上有六名赴法勤工俭学的女子，她们是蔡畅、向警予、葛健豪、李志新、熊季光、肖淑良。特别是54岁的葛健豪出国，引起了社会各界的轰动。

1919年底，蔡畅、向警予、葛健豪离开长沙来到了上海，蔡和森也离开了北京，奔赴上海。他们一家人决定一起赴法勤工俭学，为了这一天的到来，他们已经准备了很久。

这一天，送行的人有留法俭学会沈仲俊、全国各界联合会刘清扬、寰球中国学生会的代表吴敏吾，以及与葛健豪有亲戚关系并给予资助的上海恒丰纱厂经理聂云台等，欢送场面很壮观。

"盎脱莱蓬"号启程了，载着学子们的憧憬与希冀，驶向了浩瀚的大海，驶向了大洋彼岸西欧。船上的日子远不是想象中的罗曼蒂克，没有钱的结果是，男士们只能坐在轮船底层的四等舱，条件极差。女士们坐的是三等舱，算是很优越了。起航伊始，几位女生和葛健豪老人的苦日子就来了。她们晕船晕得厉害，开头几天几乎滴水难进，娇小的熊季光每天只能含着几片水果度日。

"我们不能这样下去了。"向警予说，"咱们上船之前，我在上海专门拜访过孙文先生，他说女子留洋勤工俭学'诚乃我国革命之首创精神也'，值得大大嘉许。我们不能被这点小困难打倒，我们必须要振作起来！"

"警予姐，你说怎么做？我听你的。"蔡畅首先响应向警予的号召。

"我们来做操吧，来个运动疗法。"说罢，向警予摆开了做操的阵势，"运动乐，运动乐，不怕天寒与地冻，各把精神来振作……"她边唱边做。

蔡畅也跟着跳起来，还拉着母亲葛健豪一起来跳。向警予也拉着葛健豪跳了起来，葛健豪一双小脚被她俩扭得站立不稳。

这样过了几天，不知不觉中晕船的迹象好了些。女生们以及老太太葛健豪有时候会到外面透透气，常常能看到蔡和森。他们一起谈论到法国之后的设想，探讨中国的前途和命运，以及对国内毛泽东等好友寄托的无限希望……日子也就一天天地过去了。

李维汉、张昆弟、李富春也是1919年赴法勤工俭学的，只是他们坐的是10月31日的"宝勒加"号法国邮船，比"盎脱莱蓬"号早了些日子。

据李维汉回忆当时在船上的情景：

> 四等舱的臭虫多得吓人，扰得人夜夜不得安宁。有些人只好把袜子套在手上，把裤脚扎紧，用毛巾把脸和脖子包住，只露出鼻子和眼睛，以求睡个安稳觉。

李维汉坐的也是四等舱的船舱，跟蔡和森虽说坐的轮船不一样，但底层舱的环境是相差无几的。穷学生们在海上的日子可以说是苦不堪言的，但这并没有削弱他们去异域他国求知的热情。

这些赴法勤工俭学生从上海出发，途经香港、海防、西贡、新加坡、科伦坡、吉布提、苏伊士运河、塞得港等地，全程三万多华里。他们的旅途条件极差，有的与轮船装载的货物同舱，有的甚至与沿途食用而装运的活牛为邻。旅途的劳累、风浪的冲击、饮食环境的恶劣，使得很多勤工俭学生病倒在途中。欧战初止，沿途还有未扫尽的水雷，轮船随时有触雷被炸的危险。这些勤工俭学生就是这样，一路历经煎熬与险阻，来到了法兰西。

初到法国的勤工俭学生，往往根据川资的多少，由李石曾分配到法国的各个中学先补习法文，钱最多的到巴黎、里昂等大城市，其次是到枫丹白露等小城市，再次是到麦南市，再次者是到蒙达尼（现在该地通用名称为"蒙达尔纪"，本文中沿用以前的名称"蒙达尼"）。囊中羞涩的学生暂时居住在华侨协社里，等候华法教育会为他们寻找工作。

"盎脱莱蓬"号在海上漂泊了35天，于1920年1月30日到达法国马赛，2月2日到达巴黎。头两天，因为葛健豪途中过于疲累，蔡和森又气喘病复发，熊季光等女生又晕船晕得厉害，他们只得在华法教育会休息，等待分配学习法文的学校。

初到巴黎，中国学生就遭遇了第一轮的不适应。李维汉和他一批同行的勤工俭学生着陆后，华法教育会将他们安置在一座军用的帐篷内。一个长四丈、宽一丈半的帐篷要住三十四个人，挤得透不过气来。他们无钱上旅馆，也没资格进食堂，只能自己凑钱买了一个煤炉子，自己做饭，吃点空心粉、马铃薯、面包之类的食品充饥。

种种材料表明，他们的勤工俭学路走得很艰难，可是为什么还是有那么多人前赴后继，明知困难也要想尽办法去走呢？

我想，在当时国外文明的吸引力就像现在科学技术对年轻人的吸引力一样，总会让人不顾一切地涌上去。那不是简单的赶潮流，而是一种探索，一种求知，一种开拓进取的态度。100年前，蔡和森他们这些新民学会的先进青年不仅是向西方寻求自己的出路，也是寻求整个国家的出路。向目标行进的路上注定了布满荆棘，短短的一段海上航行就让人叫苦不迭，更别说人生地不熟的异域土地。可是既然选择了远方，便只顾风雨兼程，这是我从100年前这群中国青年身上看到的精神和态度。

初到法国的李立三作了一首诗歌，唱出了众多远渡重洋、去法兰西的土地上寻找革命真谛的广大有志青年的心声和决心：

> 我是一个断梗的浮萍，
> 随着那风波儿上下飘零。
> 也到过黄浦江头，
> 也到过潇湘水滨，
> 也到过幽燕，
> 也到过洞庭。
> 今天又吹我到西天来了，
> 呼吸那自由的空气，
> 瞻仰那自由的女神，
> 还要唱那自由之歌，
> 撞那自由之钟。
> 唤起可怜的同胞，
> 惊醒他们的酣梦，
> 鼓荡雄风，
> 振作精神，
> 造一个光明之新世界，
> 作一个幸福的新国民。

法国的文化也像是一片遥远的苍穹，充满吸引力，也威胁四布。熊季

光在给陶斯咏的信中很清楚地描述了自己当时的处境,大概,那也是绝大多数中国学生的心声。她写道:

到外国来,外国语言文字就像一把"锁",很好的箱子被锁锁着,虽然知道里面有很多好东西,锁没有开,一点都看不见。在勉强开这把锁的时候,又很不容易开,你想苦不苦咧?

如何打开这把锁?如何拿到箱子里的好东西?唯有勤奋、勤奋、更勤奋。勤工俭学生们早起晚睡,抓住一切可以抓住的时间练发音、背单词、记法语、练书写、借助词典阅读法文书报。他们相互帮助,相互勉励,一起练习,很快,一些资质好一些的学生就能用基本的法文会话了。渐渐地,勤工俭学生们克服了种种困难,学习渐入佳境。1920年8月,萧子升在给毛泽东的信中还兴奋地称赞:"诸位同志法文进步极快。"

## 猛看猛译蓄火种

蔡和森一家也是乘着这股时代浪潮而来,法兰西并没有给他们高规格的礼遇。蔡和森、蔡畅、向警予、葛健豪、李富春、陈绍休等被分配到有"法国威尼斯"之称,离巴黎几个小时车程的小城市——蒙达尼。他们先是在中学补习法文,没多久就因为川资的不足要去做工。

蔡和森被分配就读于蒙达尼男子公学,向警予、蔡畅、葛健豪、李志新、熊季光和肖淑良都被分配就读蒙达尼女子公学。两所中学相隔很近,由此,蔡和森跟家人可以天天见面。

上学的第一天,50多岁的葛健豪以及她的三寸金莲就被很多法国学生围观,他们对此惊诧不已。一时间,中国风情充斥于法国蒙达尼、枫丹白露等地。

初到法国的这批中国青年有着诸多不适应的地方。面对烤得干焦的面包和每顿必饮的冷水冲生红酒,这群中国学生怎么也咽不下去。实在熬不下去了,向警予提议:烧一大锅开水,把面包泡软了吃。这才解决了吃饭问题。生活虽艰苦,但留法学生们可以相互关照,也算是一种慰藉。

蔡和森一家抵达法国的时候正是大雪飘飞、滴水成冰的季节。在蒙达尼这样的偏僻小城市,校方直接连壁炉都免了。来自中国南方的青年大多没有经历过零下十度的严寒，囊中羞涩的他们去法国之前在上海订制的一身洋装，布料劣质，难以抵御欧洲的严寒。有的青年连个小背心都没有，冷风吹来，就像刀子挖到了骨头里。留学生们也顾不得斯文，纷纷把带上的能穿的衣服都穿上了，花花绿绿，杂陈在法国的各个学校。

"这里的冬天真是比布里的冬天还寒冷些。"蔡和森走进母亲、妹妹、警予居住的小木屋。刚从外面走进来，身上还驮了一些雪，他抖了抖雪，搓了搓手。

向警予扬起脸："做大事业需做大准备，这点冷怕什么！"

蔡和森冲着倔强的警予笑了笑。

一旁努力钻研法文的葛健豪似乎没空理会儿子说什么，看不懂的法文就像一把锁，锁没打开就像聋盲二症，向警予和蔡和森尚且学过一些法文，但还是感到非常困难。五十多岁的葛健豪，要新学一门语言可是比年轻人困难多了。1920年《大公报》上一篇《向外发展》的文章特别提到："我最佩服的还有两位，一是徐特立，一是蔡君和森的母亲，都是四五十岁年纪的人，还跑到遥远的法国去做工，去受教育，真是难得哩！"

葛健豪拉了拉向警予的衣角："警予，这个字怎么念呀？"向警予俯下身，清晰缓慢地念给葛健豪听，又跟她解释了一遍。她每天自己学完法文之后，还有个重要的任务，就是帮蔡母学习法文。

葛健豪完成了这天的学习任务，终于松了一口气。她站起来，拍了拍蔡和森衣服上的雪，半开玩笑式地笑道："警予真是很耐心呢，比我亲生女儿还好。"

一旁的蔡畅不服气了："妈妈，人家还没姓蔡呢，胳膊肘就往外拐了？"说完，她故意瞄了一眼哥哥和警予。只见两人不好意思地羞红了脸颊，大概，一些别样的火花早就在某些时候种在了两颗年轻又炙热的青年心里。

虽然种种恶劣的条件等着青年学子们去克服，但是他们都没有在意这些。来到了法国，他们的注意力早就集中在学习上。

向警予则在给毛泽东和彭璜的信中写道：

我现在学习法文，除忙以外，别无可告。自出湘来，觉以前种种，皆是错误，皆是罪恶，此后驾飞艇以追之，犹恐不及；而精力有限,更不足以餍予之所欲,奈何? 计惟努力求之耳!

刚到法国,蔡和森就开启了发狠钻研的学习模式。在北方的一年,蔡和森打下了一点法文基础,与此同时,一种新的思想悄然而至。事情要从他开始接触社会主义者李大钊、陈独秀说起。在李大钊的介绍下,蔡和森参加了少年中国会。马克思主义、俄式革命、列宁这些新词汇走进了他的思想里并烙下了深刻的印记。

来到法国,离策源地更进了一步,蔡和森想一探究竟。可是,刚到法国的他虽然"不尽为瞎眼",终究还是被这个新国度的"下马威"困住了手脚。最开始的那段时间,他说自己是"聋哑二症"。看不懂的语言就像是长了满身的疹子,虽然不足以致命,但总归让人难受极了。怎么办? 他开始发狠了。"日惟手字典一册""日看法文报一节",病中也不中断。他知道,唯有这样的"霸蛮"才能在最短时间内学会法文。

这时候的蔡和森近距离接触到了原版的《共产党宣言》《社会主义从空想到科学的发展》等著作以及俄国十月革命及各国工人运动的资料。他非常兴奋,越研究越痴迷。进入蒙达尼中学时,他做了一个计划:"在法大约顿五年,开首一年不活动,专把法文弄清,把各国社会党,各国工团以及国际共产党,尽先弄个明白。"经过刻苦钻研,三个月后他看报渐有门径,各国社会运动消息皆能了解一二。半年后,他"思想门路大开,以世界大势律中国,对于改造计划略具规模"。

那段时间,他囚首垢面,每日只顾着争分夺秒地"卤猛看报""猛看猛译"。他迫不及待地想把这些著作翻译成中国文字,有朝一日,传递给身边以及国内正在寻求中国发展出路的先进青年们。他自己的思想,也在这段时间发生着翻天覆地的变化。半年多的时间里,蔡和森写了两封至关重要的信给毛泽东,写了一封《马克思学说与中国无产阶级》的信给陈独秀。在这些信中,他全面介绍了欧洲的社会主义运动,系统阐述了关于创建共产党的理论。蔡和森还收集了马列主义和传播十月革命的重要小册子约百种,准备编译一部传播革命运动的丛书。

向警予也很快学会了法语,在蔡和森的影响下,她在短期内读完了法文版《共产党宣言》《家庭、私有制和国家的起源》等著作。1920年5月26日,她还撰写了《女子解放与改造的商榷》,这是她开始运用马克思主义研究妇女问题的著作,其中将妇女问题与社会改造紧密结合,将之视为社会改造中的一个根本问题,这是个破天荒的论点。

不久,向警予就写信给任培道和陶斯咏:

> 希望同志多来些,俭学极好,愿意来勤工俭学也极好,无论如何,耳目接触,总比在国内要好一点。

她还在信中嘱咐,要任培道带蔡和森的姐姐蔡庆熙过来,把刘千昂也带上。最终,因为经济困难等诸多原因,任培道未能成行。

而在塞纳河畔,这群已经抵达异域他乡的中国青年选择了坦然面对一切的风高浪急。他们明白,这是一场卓绝的考验,这是一次思想的洗礼,唯有将意志锻造如刚,才有力气向着真理的方向钻研。

## 洞庭湖的闸门开了

如果说五四运动像一团熊熊燃烧的烈焰,那么,在潇湘大地,建立一个添柴加火的阵地迫在眉睫。1919年7月14日,《湘江评论》的创刊号问世了。很快地,这份四开四版的报型杂志"打开了洞庭湖的闸门"。如它的创刊宣言所说:

> 自"世界革命"呼声大倡,"人类解放"运动猛进以来,任何力量都阻挡不了革命的潮流。在这潮流中,洞庭湖的闸门打开了,浩浩荡荡的新思潮,业已澎湃于湘江两岸了……如何承受他,如何传播他,如何研究他,如何施行他,这是我们全体湘人最切最要的大任务。

这是由湖南学生联合会主办的报型杂志,毛泽东被推选为杂志主编。
新思想、新思潮顺着《湘江评论》打开的洞庭湖闸门不断涌入湖南这片热血之地,第一期《我们饿极了》一文只有90个字,通篇白话文,湖南青年渴望思想解放的心思却表露无遗。文章开门见山地说:

> 我们关在洞庭湖大门里的青年,实在是饿极了!我的肚子固然是

饿，我们的脑筋尤饿！替我们办理食物的厨师们，太没本钱。我们无法！我们惟有起而自办！这是我们饿极了的哀声！千万不要看错。

具有这样冲击力的文章在《湘江评论》上不胜枚举，接二连三的思想炮轰，冲击得封建军阀措手不及。

《湘江评论》的文章大多是毛泽东写的，从创刊号到第 4 期，他撰有文章 41 篇。就用《民众的大联合》这个标题，毛泽东写了约一万字，连续分三期发表在《湘江评论》上，炮轰统治压迫，宣扬阶级对抗。

《湘江评论》因其针砭时弊的深刻性，深受当时的知识分子的推崇和喜爱。一时间，《湘江评论》洛阳纸贵，第一期印出 2000 份，一天卖光。加印 2000 份，不到三天也卖光了。从第 2 期起印到 5000 份，还远远不能满足读者的需求。

"过激派到了湖南，不得了！"以张敬尧为首的军阀统治集团颤抖了，他们只得四处造谣欺骗群众，以期蒙蔽广大民众的心智。张敬尧以《湘江评论》正面与他们为敌为理由，千方百计加以摧毁。

等到《湘江评论》第 5 期印刷的时候，军阀统治集团的军警来到了承印《湘江评论》的湘鄂印刷公司，假检查之名，肆意捣乱，以野蛮的方式强行封闭了湖南学生联合会和《湘江评论》。

然而，让军阀统治集团始料未及的是，仅仅出版四期的《湘江评论》已经如平地一声雷，震醒了湖南人民，鼓舞了革命斗士，激励了各大团体。此后，进步刊物和革命运动如雨后春笋，在湖南这片土地冒出稚嫩却充满希冀的锋尖。

## 英雄所见略同

信件是新民学会众青年间的重要纽带。通过信件，蔡和森把他在法国看到的马克思列宁主义新内容展示给国内的毛泽东。他多次写信给国内的毛泽东，告诉他巴黎会友的思想动向，并提出了"社会主义真为改造现世界对症之方"。毛泽东则将他在国内的实践活动告诉蔡和森。一来二往，两人在思想和行动上达成了高度的默契。

为了查找他们的信件，我来到新民学会旧址。在新民学会旧址陈列室内，3 本长约 22 厘米、宽约 14 厘米的《新民学会会员通信集》躺在玻璃窗内，页面泛黄，装帧简单。封面左侧，红色的竖排繁体字"通信集"三个字格外醒目，彰显着这部历史文献的厚重。毛泽东和蔡和森的信件收录在通信集的第三集中，这一集共有7封信，包括两封蔡和森寄自法国的越洋信。

也是在1920年7月间，30多个国家在莫斯科召开万国共产党会议，蔡和森从法文报纸上获悉这个消息后十分兴奋，认定苏联一定会派人到中国组织成立共产党。他迫不及待地要把这个消息告诉国内的毛泽东。1920年8月13日，他给毛泽东寄去了第一封长信，这封信共有2700余字，标题为"给毛泽东的信——社会主义讨论，主张无产阶级专政"。信中旗帜鲜明地提出了建党主张：

……此意已与曾慕韩深言之，彼甚为感动，须料不久将与少年学会中人发生影响，将来讨论如得一致，则拟在此方旗鼓鲜明成立一个共产党。

这封信强调了建党的重要性和必要性，突出了党的地位和作用，对于当时党的创建具有非常重要的指导意义，从而也奠定了蔡和森在建党历程中的卓越贡献和独特地位。

越洋信件在今天可能很快能收到，但是在当时却需要很长时间。顾不得收到毛泽东的回信，1920年9月16日，蔡和森又迫不及待地给毛泽东寄去了一封6000多字的长信。这一次，蔡和森在信中进一步坚定了自己的信念，并在信中提出了具体的建党步骤，提出"明目张胆正式成立一个中国共产党"。

（信件内容略）

蔡和森的这封信很长，详细论述了在中国成立共产党的必要性。收到信的毛泽东十分欣喜，蔡和森的观点与他不谋而合。很快，毛泽东给蔡和森回了一封信，明确表明了自己的观点。

（回信内容略）

在这封信中，毛泽东鲜明地提出："唯物史观是吾党哲学的依据。"

蔡和森从毛泽东的信中得知陈独秀正在建党，立即给陈独秀去信。明确地说："和森为极端马克思派。极端主张：唯物史观、阶级战争、无产阶级专政。"信中还系统精确地阐明了他对马克思主义的信仰和创建中国共产党的理论。

在给毛泽东和陈独秀的信中，蔡和森全面介绍总结了欧洲的社会主义运动，系统阐明了他关于创建中国共产党的理论。他论述了党的阶级基础是工人阶级；阐明了党的性质是无产阶级领导，指导思想是马克思主义；指出了党的奋斗目标是共产主义；提出了党的组织原则是民主集中制；提出了建党的具体步骤。

一来二往，通过信件，毛泽东和蔡和森两个青年已经在信仰方面志同道合。毛泽东与蔡和森由最初同学时代的惺惺相惜，转而到信仰的完全认同，最后共同奔赴革命的征程。

蔡和森的这些珍贵书信后来被毛泽东整理成册，并为一些信加注了按语和标题，汇编入《新民学会会员通信集》，由长沙文化书社出版，成为研究蔡和森、毛泽东等人创建中国共产党过程的重要历史文献。只不过，通信集留存至今的真品已经很少了，新民学会旧址陈列的样品为复制品，原件在中国革命博物馆有部分保存。

蔡和森当时在法国，没有直接参加国内的建党工作。但是他的建党思想和理论对于国内的毛泽东等会员的活动，无疑起到了重要的推动作用。毛泽东、蔡和森等一批马克思主义者的出现，让新民学会的使命渐渐发生了变化。

## 血色浪漫里的夫妻档

1920年5月的一天，在法国蒙达尼学校的一间木板平房里，一个简单的婚礼正在举行，没有那么多繁文缛节，也没有大筵宾客。这对夫妻就是在蒙达尼有着鼎鼎大名的夫妻档：蔡和森和向警予。

向警予身穿一件漂亮的绸衣，那是葛健豪亲手缝制的。看着儿媳平素穿着朴素，葛健豪特地给她做了一件漂亮的绸衣。盛情难却，向警予接过绸衣："我是不穿这样的衣服的，但是为了您，我今天就穿一个小时吧！"果真，只穿了一个小时，向警予就脱下了绸衣，仍然穿上了平常那件布衣服。

而在那张闻名中外的结婚照上，蔡和森拿着一本《资本论》，向警予笑得很温柔，蔡和森笑得很含蓄。也有种说法是说，当时蔡和森拿着《资本论》，向警予也手持《向上同盟》的诗册。之所以关于这张结婚照会流传多个版本的描述，是因为当时那张结婚照其实早已被毁。我们现在所能看到的照片都是后人根据当时见证人的回忆合成的，而随着时间过去多年，回忆的内容也各式各样。

无论向警予是否手持《向上同盟》诗册，诗册都是他们爱情的见证。这本诗册来自"盎脱莱蓬"号邮轮，那或许是他们爱情的开始，抑或是在更早的布里，他们就已经结下了情愫。

布里的冬天是难耐的，蔡和森被北方的严寒冻得气管经常像风箱一样吱吱响。一个英姿飒爽的南方女子走进了布里，她就是向警予，趁着来京考察留法勤工俭学预备班的机会，她来看望这位大名鼎鼎的新民学会门面人物。

那是他们的初次见面，彼此就深感志趣相投。向警予将她想赴法的事情全权委托给蔡和森，自己即返程溆浦。是否他们的爱情火花就是在向警予小住的这几日就已然萌生，我们不得而知，但是"盎脱莱蓬"号上的"向上同盟"却众所周知。

邮船在浩渺无际的海上航行，一望无涯的暗绿色海面，时而碧波万顷，时而狂涛怒浪。邮轮上的三十多天虽苦日难挨，但该发生的浪漫却一点没有少。向警予和蔡和森经常在一起谈心或是研究政治与学术，他们的爱情之花绽放了。在船上，他们写了许多诗文相互交流心愿，鼓励上进。到了法国以后，他们把这些诗文汇编成小册子，命名为《向上同盟》，原意是心意诚恳，人格光明，思想向上。这原是吸收新民学会会员的条件，但用在他们身上却是爱情结合的盟约。

"警予，我们即将踏上的这条路，可比我们在这艘船上经受的苦难要大得多啊！"蔡和森望着海面。

"不怕，我们是二十世纪崭新世界里的新人！"向警予目光炯炯。

在统舱的甲板上，向警予依偎在蔡和森的身旁，他们忘了时间的存在，任凭大海的风浪撩拨着身躯，仿佛无数双眼睛注视着这对叛逆的男女，又仿佛是他们注视着未来的方向、未来的世界，毫无畏惧。

到了蒙达尼，在万里之遥的异乡，向蔡同盟的爱情之花盛开了。和森坚强，警予温良。和森能写，警予会说。警予与和森恋爱后，一切热情集中于共产主义运动的倾向。

一时间"向蔡同盟"成了很多青年追求爱情的标本。直到他们的结合，不订婚约，也没有烦琐的婚礼，简单却轰动。手捧《资本论》的婚纱照，是绝无仅有的，那是在说明他们的结合，远不止爱情那么简单，也是基于对马克思主义的共同信仰。

蔡和森在给毛泽东的信中称：

我与警予有一种恋爱上的结合，另有小册子，过日奉寄。

向警予把这张照片寄给了湖南溆浦的父母，同时附上了一张画片，一张明信片：

我的爹妈呀，不要愁，你的九儿在这里，努力做人，努力向上，总要不辱你老这块肉与这滴血，而且这块肉这滴血还要在世界上放一个特别光明。和森是九儿真正所爱的人，志趣没有一点不同的。这画片上的两小也合他与我的意，我和他是一千九百二十年产生的新人，又可叫做二十世纪的小孩子。

国内的会友们得知蔡和森和向警予结婚的消息，无不欣喜，其中以毛泽东为甚。曾经，他和蔡和森一起讨论过结婚问题，他们同是不婚主义者，那是对封建婚姻的抗拒。在得知蔡和森和向警予冲破封建婚姻的牢笼，走向了自由恋爱、自由结合的消息时，毛泽东即刻给罗学瓒回了一封信：

我听得"向蔡同盟"的事，为之一喜，向蔡已经打破了"怕"，实行不要婚姻，我想我们正好奉向蔡做首领，组成一个"拒婚同盟"。已有婚约的解除婚约，没有婚约的，实行不要婚约。

同年年底，毛泽东与杨开慧结婚，用自己的行动讴歌了自由恋爱的伟大。

1922年7月，在中国共产党第二次全国代表大会上，蔡和森当选为中央执行委员会委员，向警予当选为中央候补委员，他们是共产党历史上第一对中央委员夫妻。会议决定出版党中央的机关刊物《向导》周刊,由蔡和森主编,夫妻俩起了个共同的笔名"振宇"。他们撰文100余篇,既有马克思主义理论,又充满革命激情。

1927年3月,向警予从莫斯科回到中国,停驻在武汉,很快,腥风血雨来了。当时,罗章龙代表中央要向警予赶快撤退到上海去,找了她三次,向警予都不愿意撤退。向警予说:"我们都走了,武汉怎么办?革命群众会失望的,总要留一个人在这里,给大家留一点希望。"

于是,她留下来了,奔波于武汉三镇,在工人中做革命工作。年轻的向警予竟老了,32岁的她双鬓泛起了霜花。在工人的心目中,向警予是了不起的。

向警予和蔡和森共同生活了5年,留下了一双儿女。1927年,她与一双儿女留下了唯一的合影。与儿女在一起待了短暂的两天后,向警予离开了他们。葛健豪抱着蔡博、蔡妮送她,向警予一直泪流满面,没有说一句话,临走前给儿女每人买了个大柚子。这一次见面竟是永别。1928年,向警予被捕了。

1928年5月1日,蔡和森的母亲葛健豪带着孩子匆匆赶到武汉,下了车就坐上了黄包车。车夫告诉她:"老太太,今天武汉要枪毙人,街上恐怕有时不方便啊。"

"要枪毙谁啊?"葛健豪问。

"枪毙一个女共产党员。"车夫说。

当时葛健豪就有一种预感:莫不是向警予吧!

"女共产党员姓什么?"

"姓向。"

"快快快!你快快快!"葛健豪如受晴天霹雳。

车夫用力地跑,跑到中途的时候枪响了。听到枪声的葛健豪昏倒在车上。葛健豪带着向警予的一双儿女赶来武汉,却没能见到向警予最后一面。

向警予牺牲的那天是五一劳动节。在去刑场的路上,她沿路高喊口号:共产党是杀不完的!中国共产党万岁!

沿途看的群众非常多,她一路高喊口号。押送她的警察残忍地在地上抓了一把小石子和沙子,塞到她的嘴巴里,用皮带把她的嘴绑起来。最终，向警予牺牲了，年仅33岁。

在她被捕之后，蔡和森动用了自己的一切关系，甚至去求已是南京政府高官的萧子升来挽救向警予的生命。

然而，当昔日的同窗去探监劝向警予为两个未成年的孩子考虑保全自己的性命时，向警予没有听从，她选择了死。或许死，才是对信仰，对昔日重如山海的爱情最好的了断。

在向警予遇难之后，蔡和森悲痛不已。他深情地写下了《向警予同志传》：

> 伟大的警予，英雄的警予，你没有死，你永远没有死！你不是和森个人的爱人，你是中国无产阶级永远的爱人！

几年之后，蔡和森被叛徒出卖，失去了自己宝贵的生命。

蔡和森牺牲时，年仅36岁。毛泽东高度评价他："一个共产党员应该做到的，和森同志都做到了。"

向蔡同盟，伟大的爱恋，虽然曾经走向过解体让人扼腕，但是他们自始至终都有一个共同的爱人，那就是信仰。信仰让他们走到了一起，成了蒙达尼人人称羡的"夫妻档"；信仰也让他们走向了共同的归宿，慷慨赴死。

### 作者简介

杨丰美，湖南浏阳人，毕业于湖南师范大学。中国作家协会会员，中国报告文学学会会员，湖南省报告文学学会副秘书长，《湖南报告文学》副主编，长沙市作家协会报告文学专业委员会副主任兼秘书长。作品入选《2019年中国报告文学年度选本》。出版长篇报告文学《先声》、《湘村巨变》、《世界屋脊的光芒》（合著）、《十八洞启航》（合著）等。《世界屋脊的光芒》获2019年度中国版协30本好书奖、2019年度浙版传媒好书奖，《先声》获长沙市"五个一工程"奖，《湘村巨变》入选国家新闻出版署"2021年农家书屋重点出版物推荐目录"。

# 巾帼的黎明

杨绣丽

> 编选导语
>
> 本篇作品节选自杨绣丽长篇报告文学《巾帼的黎明——中共首所平民女校始末》（上海人民出版社 2019 年出版）。"平民女校"创办于 20 世纪 20 年代的上海，它的存在还不到一年的时间，因此现在已不为大多数读者知晓，但正如本部作品的作者所说，"平民女校""作为中国共产党领导的第一所培养妇女干部的学校，已经和中共二大紧密联系在一起，成为上海这座城市的地标之一。它是一大的回声，是二大的前奏，是巾帼的摇篮"，"成为历史大潮的一部分"。

## 王剑虹成为"中华女界联合会"一员

碧绿的湘江，一路蜿蜒奔驰着向北方流去。在长沙境内，它负载一艘艘客轮，越过洞庭湖，奔出湖湘，西上武汉、重庆，东下南京、上海，驶向大洋……此时，江上一艘劈波斩浪的轮船，正有一个女子目送着长沙渐渐变成一个黑点。

在轮船后面，湘江涌起一道道白色的浪花，这女子想起了 1919 年 7 月《湘江评论》的创刊宣言："至于湘江，乃地球上东半球东方的一条江。它的水很清，它的流很长。住在这江上和它邻近的民众，浑浑噩噩，世界上的事情，很少懂得。……咳！湘江，湘江！你真枉存于地球上ა。"而她自己又将怎样才不枉来到这个尘世上呢？这脸色略显苍白的女子沉思着。

她不知如何回答自己，心中继而又响起了那急如暴风骤雨似的声音——"时机到了！世界的大潮卷的更急了！洞庭湖的闸门动了，且开了！浩浩荡荡的新思潮业以奔腾澎湃于湘江两岸了！顺它的生，逆它的死。如何承受它？如何传播它？如何研究它？如何施行它？"

江面上一股凉爽的风，吹着她稀疏的头发，吹着她的脸庞，她的呼吸似乎急促起来。这女子名叫王淑璠，18岁，后来改名王剑虹（为了方便叙述，下文统一使用王剑虹），在平民女校的学生中，她前来上海的故事或许最具人情味，因为是父亲王勃山带她来的。

可是在内心深处，她难免觉得孤单，她出生在四川酉阳（现属重庆）龙潭镇，12岁时母亲去世，父亲把她送到湖南常德，寄养在姑母家，她多少次偷偷地掉下眼泪啊。现在父亲又将把她送到上海，在那里她又将是独自一人，她将遇见什么样的人，什么样的故事呢？

父亲王勃山是同盟会会员，在上海颇多知交旧友。此次，王勃山受孙中山之邀，将前往广州担任国民政府秘书，他来到湖南，带上刚从桃源的湖南省第二女子师范学校（下文简称第二女师）毕业的女儿，转往上海，自己再取水道南下。

王剑虹随父亲来上海，是为了继续求学深造，可是上海学校的费用昂贵，她最后选了费用最低的上海美术专科学校。

那个封闭的时代里，刘海粟在上海美专使用人体模特写生，开时代风气之先。写生课最初只聘请到男孩为模特，1920年7月20日，一个少女模特首次登上画室，少女的胴体，至真至美的线条，艺术女神的化身，令所有人兴奋，刘海粟在《上海美专十年回顾》中对此有回忆："当时一般学生教员无不兴高采烈，以为我们的事在中国美术界负有莫大的功勋。"

可是任何时代的进步，当中总免不了带给一些人苦痛。一次，王剑虹撞见一位教员调戏女模特，她愤怒地冲上去，将两人拉开，随手朝教员脸上就是两巴掌，这下闯了大祸，她被开除了。所幸父亲的老朋友、国民党元老谢持介绍，王剑虹来到上海（中华）女界联合会徐宗汉处做些文字工作。

徐宗汉，也是一代巾帼英雄，上过战场的辛亥革命女杰，孙中山亲密战友黄兴的夫人。民国成立，徐宗汉投身于妇女界运动，五四后与人发起成立了"上海（中华）女界联合会"，在社会上很有声望，与陈独秀、李达等人私交很好。

中共一大召开后，开展妇女运动被列为中共的主要任务之一，中央局书记陈独秀、李达与徐宗汉商议，希望联合改组上海女界联合会。1921年9月，"中华女界联合会"改组，旨在"纠合我们中华要求解放的女子，使我们要求的声音一天一天高起来，使我们奋斗一天一天强大起来！"中华女界联合会的纲领还指出，男女享有同等教育权，选举和被选举及从事一切政治活动权，同工同酬权，维护女工、童工的权利，王剑虹成为中华女界联合会23名创始成员之一。

不久，联合会创办了《妇女声》周刊，这是中共领导创办的第一个妇女刊物，王剑虹和王会悟是主要编辑；陈独秀、沈雁冰（茅盾）、沈泽民、邵力子常为刊物撰稿。王剑虹还在创刊号上发表了《女权运动的中心应移到第四阶级》一文，呼吁知识妇女组织团体，加入无产阶级革命军，"从根本上去改造社会，建设自由平等、男女协作的社会"，她的能力和才干颇受陈独秀和李达赏识。

还在上海中华女界联合会时，王剑虹就通过徐宗汉秘书王会悟认识了李达。当李达开始筹建平民女校的时候，王剑虹和王会悟一起参与其中。不久之后，她将作为一个引路人的角色，为自己也为历史写出曼妙的一笔。

### 平民女校"到新社会的第一步"

毛泽东说，妇女能顶半边天，开展妇女运动的崭新一页也即将写下第一行，重任落在了中共一大代表李达身上。1921年12月10日和25日，《妇女声》和《民国日报》刊登了一则招生广告《中国女界联合会创办平民女学校缘起》，简明扼要指出："本校是我们女子自己创办的学校，专在造就一班有觉悟而无力求学的女子，使其得谋生工具，养成自立精神。"

李达说："社会根本改造的大事业，横在我们面前，有志改造社会的男女们，彼此不可不有阶级的共存的自觉，共同携手参与改造事业，和那共同的社会的敌人奋斗，建设男女两性为本位的共同生活的社会。"这或许也是李达开办平民女校的初衷。

从1921年10月开始筹备，到12月刊出招生广告，已在中共一大召开时经受过锤炼的王会悟出了大力。由于党的组织并未公开，以何名义创办学校成了一大难题。李达与王会悟商量，让她去找徐宗汉。她对开办平民女校的建议欣然赞同，最终平民女校以中华女界联合会的名义筹办。

校址选在哪里合适呢？李达夫妇当时租住在南成都路辅德里635号，为了女校的筹建与工作的开展，他们租下同一弄堂的632号A（今老成都北路7弄42号至44号）作为女校校舍。这是一栋两楼两底的石库门房子，楼上的客堂间作为教室，课桌和椅子都是徐宗汉捐助的，楼上的厢房是学生宿舍。楼下则作为工读工场和饭厅。当时党的经费紧张，女校每月50元的房租由李达从自己的稿费里支出。

## "确是为女子解放而办的第一所学校"

这天，一男一女两个年轻人走进平民女校的大门，女子十六七岁模样，梳着一根大长辫子。一个学生模样的女生从里边出来询问，男生说明了来意，于是出来问话的女生便向屋内喊道："张老师的妹妹来啦！"

这个张老师的妹妹就是钱希均，此时还不满17岁，和她一起的是她二哥，专程从浙江诸暨送她来上海的，她这个二哥应该就是钱之光，后来也参加了革命。

钱希均刚一满月，就被送给一户并不怎么富裕的人家当童养媳，她的"丈夫"张秋人，在革命史上也是一个响当当的人物。张秋人参加革命后，对童养媳制度深恶痛绝，一直把钱希均当作自己的妹妹看待，没有与她结婚，而且还对她的处境寄予深切的同情，处处关心她，这次趁着平民女校开学，将她化名张静介绍进来。

喊声过处，几个同学热情地迎出来，有人拉起钱希均的手，有人接过她手上那床破棉被——这就是她唯一的行李了。她们热情地嘘寒问暖，无比地亲热。

说话间，一行人穿过小天井，来到客堂，再将她领到楼上的宿舍，大家七手八脚，帮她安顿好床铺。这时，有人送来了烧饼，还有说有笑地作了自我介绍。钱希均有些不好意思说话，同学傅达平说道："我们已从张老师那里听说了，你是他的妹妹，叫张静。"

说着话,她拉钱希均去剪头发。钱希均一则没有钱,二则舍不得长辫子,就说:"等以后再说吧。"傅达平看出她的心思,说:"我身上有点钱,足够你理发用的。"顿一顿,又说,"你看,我们都是短头发,多精神!"

钱希均这时仔细一看,果然个个短发,她只得跟着傅达平去了理发店,那根长辫子喀嚓一声,一下子剪成了齐耳短发,于是她也成为人们口中的"过激党"的一分子了。

## 我们为什么叫伊平民女学

早在 1919 年 12 月 1 日《新青年》第 7 卷第 1 号《本志宣言》中,陈独秀就指出:"我们相信尊重女子的人格和权利,已经是现在社会生活进步的实际需要;并且希望他们个人自己对于社会责任有彻底的觉悟。"

为建立一个尊重女子人格和权利的理想的新社会,陈独秀认为应抛弃"天经地义""自古如斯"的成见,综合前代贤哲、当代贤哲和自己所想的,树立新时代的精神,适应新社会的环境,他认为这个"理想的新时代新社会,是诚实的、进步的、积极的、自由的、平等的、创造的、美的、善的、和平的、相爱互助的、劳动而愉快的、全社会幸福的"。这个理想中的新时代新社会,不也正是创办平民女校的初衷嘛?!

走进平民女校纪念馆,只见黑板上用粉笔工整地写着两行字"我们为什么叫伊平民女学",这应该不是当年丁玲、钱希均她们上课时所见的画面,更可能是出自于教员沈泽民的一篇文章。

1922 年 3 月 5 日出刊的《妇女声》推出"平民女校特刊号",沈泽民在其中的一篇文章中指出,"平民"是别于"贵族"的意思,换一句话说,何以称作平民女校,因为第一,这是平民求学的地方。第二,这是有平民精神的女子养成所,希望平民女校发达起来,实现我们理想中所盼望的妇女运动之花。

当初引起丁玲舅舅反感的"平民"二字,正是这所学校的精髓。平民女校的办学制度、组织架构和办学宗旨,与贵族学校有着本质的区别。李达在特刊上撰文,深有感触地说:"现在感觉知识缺乏的女子一天比一天多了,假使全国各大城市都能照样的把平民女学创办起来,使这类有觉悟的女子都能够得到求学的机会,那么,我想不上几年,真的女子解放的先锋队到处都要组织起来了。"

他指出当时中国社会存在三类女子:"第一,现在抱有热烈的求学欲望而无学校可入的年长的女子正不知有多少;第二,因为经济问题而不能求学的与不能继续求学的女子正不知有多少;第三,甘受机械教育而被教育机关摒斥的,或不甘受机械教育的女子,也不知有多少。"综观中国社会教育资源,"能够收纳这三项女子的学校,除了这创办的平民女校之外一个也没有"。因此,他热情洋溢地称赞"平民女学是到新社会的第一步"。

陈独秀发在特刊号上发表短文的《平民教育》则指出,"教育是改造社会重要工具之一",并在文末满怀信心地提出了心中的希冀:"惟希望新成立的平民女学校作一个风雨晦暝中的晨鸡!"

此时,平民女校是党的一个联络点,全国各地来上海的进步人士和找党谈工作的同志,一般都是先到学校联系。这天,一个魁梧、戴着金丝边眼镜的男子,走进平民女校。大家都好奇而又警惕地看着他。他是张太雷,从北京来到上海,首先就到平民女校联系党组织。

当时党团的一些会议和党的领导,如陈独秀、李大钊、李达、张秋人、刘少奇、恽代英等,以及做青年团工作的俞秀松,经常来这里开会或碰头商议问题。每到这时,学生就给他们放哨、警戒。

1922年李大钊来上海,有时到女校楼上去开会。秦德君带着学员每天在楼下一边工作,一边给他们守门。秦德君一看见李大钊,就出去和他打招呼。有一次李大钊来得早一些,一进门便向秦德君招招手,轻言细语问她:"好孩子,你在工作室里,能够注意到窗户以外的事,自己人来的时候,处理得很对。万一别的人来了呢?你怎么办?"然后教她应对之策。

平民女校设置了两小时的讲演课,由教员和来此联络或开会的党员轮流讲演。据王会悟回忆,"讲的都是关系我们平民女子学校切身的问题,这一课别的女校是没有的,也可以说是平民女校的特点了"。这些讲演,既关系平民女校切身的问题,必然也与社会学息息相关了,这或许也是陈独秀首倡的课程吧!

陈独秀、李达、张太雷、刘少奇、张秋人、恽代英、施存统等人,常从不同角度、不同侧面,揭示穷人特别是妇女几千年来受苦、受欺压的根本原因,热情地宣传苏联的十月革命,指出将来的天下是人民的天下,将来的世界是人民大众的世界,并殷切地希望她们能为这一事业而努力奋斗,参加斗争的行列。

1922年,被誉为"中华劳动运动纪元年",全国各地出现了工人运动第一次高潮,上海浦东浦西的工厂罢工此起彼伏,当时的党组织与团组织都集中力量去参加、支援和领导工人罢工,平民女校的学生也投身于这一洪流,她们走出课堂,投入到社会斗争中去。

她们美丽的身影经常出现在小沙渡、叉袋角一带工厂比较多的地方,进入纺织厂、绸厂、烟厂等进行宣传鼓动,张贴标语、散发传单、倾听工人的生活诉苦。

4月和5月,日华纱厂3000多名工人两次举行罢工,在青年团施存统、张秋人等的发动和带领下,她们向日华纱厂罢工女工进行慰问与宣传,由王会悟带头到工厂去进行演讲,她还将演讲稿整理为《对罢工女工人说的话》,发表在《妇女声》杂志上,鼓励罢工女工再接再厉,发扬英勇无畏的精神,加强团结,坚持斗争。

她们参加全市学生组织的罢工工人经济后援会,手里打着"支援工人罢工!""不许虐待工人!""要求改善劳动条件!"的旗子,胸前挂上作募捐用的竹筒,不顾巡捕的威胁,在马路上、在"新世界""大世界"的门口,为罢工的工人募捐,并将各地支持罢工的款子和募捐所得,每人2角钱、4角钱的,发给工人,鼓舞罢工工人的斗志。

有时候会遇见巡捕来抓捕,抓到了要被拘留半天。一次,王一知正在筹集募捐,一个小孩跑来告诉她:"巡捕来了。"恰巧此时有一辆电车开了过来,车上的铁栅门也恰巧开着,她赶快跳上电车跑了。

这年10月,庆祝十月革命胜利五周年群众大会在小西门召开,会前会后,她们一面散发传单,一面宣传苏联布尔什维克的革命情况和群众生活,王会悟还在大会上讲演。

平民女校不仅是她们学习的地方,也是她们开始投入战斗的阵地。丁玲、钱希均、王一知、王会悟、秦德君、黄玉衡、傅达平等人在这里受到革命的启蒙,后来相继投身于革命事业,黄玉衡等不少学生还相继在革命中献出了宝贵的生命。

## 平民女校：自由的空气，崭新的世界

陈独秀和李达创办平民女学，是想培养一批马克思主义者，培养一批妇女干部，去女工较集中的烟厂、纱厂开展工作，但是学校的思想氛围特别自由，还有学生信仰无政府主义。

俄国十月革命后，国内的知识分子向往苏俄，但马克思主义并未在中国得到广泛传播，许多人对马克思主义没有认识，有的甚至以为俄国革命胜利，是虚无党的功劳，因此一部分人接受了无政府主义思想。共产主义和无政府主义成为两股最明显的思潮。在破坏旧的方面，无政府主义起过作用，也很容易混淆青年的思想，使他们远离马克思主义。

两种信仰之间并没有激烈的斗争，很多马克思主义者也都和无政府主义者工作在一起。蔡和森在《中国共产党史的发展》中回忆道："我们开始工作时，在上海、广东、北京，不与无政府主义者合作是不行的。"在马克思主义小组里，沈玄庐也有无政府主义思想倾向，主张父子间只称名字，他的儿子和媳妇就直叫他名字的。

这时，丁玲周围有几个北大的学生，向她和王剑虹宣传无政府主义。这些人是一群特别单纯的青年，给丁玲留下良好的印象。那时她们本来就好幻想，很容易就接受了这群人。不久，一个湖南同学介绍丁玲参加无政府党，丁玲又拉王剑虹参加，也没有任何手续，只是参加了几次会。

丁玲记得有一次会议，约有二三十人参加，商议暗杀，约定无政府党人以戒指上留一个窟窿为标志。另一次，无政府党的负责人黄凌霜作报告，在一个相当考究的厅堂里，还备有茶点、冰淇淋，丁玲一直纳闷他们的经费从何而来。

无政府党发放一些秘密文件，不外乎三种内容：宣传"新村"计划；介绍克鲁泡特金及其作品等；最主要的内容是反对共产党的，用问答的方式，让人区别无政府党和共产党。在他们的宣传品和集会中，从来不讲反帝反封建的事，也不参加罢工运动，只讲反对共产党。这个事实引起丁玲的怀疑。她过去看过克鲁泡特金和巴枯宁的书，看过小说《自由魂》，以为无政府主义也是搞社会革命的。她这时虽然还没参加共产党，但熟悉共产党内的一些同志，知道他们都是认真做革命工作的，心思就有了一个疑问——无政府党为什么要反对共产党呢？

他们弄些戒指为标记等鬼鬼祟祟的事，更加引起丁玲的疑惑。有一次，丁玲和王剑虹在一个信仰无政府主义的医生家里，听他们谈起山东临城抢案事件，丁玲怀疑他们和抢案事件有关，这些情况使得丁玲和王剑虹既害怕又讨厌，后来就坚决不再参加他们的会，慢慢也就脱离了关系。

## 陈望道："能给作文法开辟新纪元"

王会悟在《入平民女校上课一星期之感想》一文中写道："作文教员陈望道先生。他的教法与一般国粹先生完全不同。他第一教我们作文法，他说，先前的作文是重文字，现在的作文是重意义的。他的讲解亦非常透彻。"钱希均则回忆说：陈望道完全打破了一般国粹先生搞咬文嚼字的八股教法，提倡作文首先重意义，要写反封建、反官僚的内容。

陈望道，浙江义乌人，1915年赴日留学，四年后回国，在浙江第一师范学校任教。要论当时知识界的活跃程度，北京、上海、长沙、杭州四地独领一时风骚。陈望道和夏丏尊、刘大白、李次九等教师，受校长经亨颐支持，大张旗鼓革新国文教育，提倡白话文，倡导自由平等思想，将一师变成为浙江新文化运动中心，他们四人因此被称为一师的"四大金刚"。

1919年11月，一师学生施存统、俞秀松等创办《浙江新潮》周刊，宣传社会主义思潮。后施存统撰写《非孝》一文，在《浙江新潮》第2期刊出，文章猛烈抨击封建家庭伦理，引发轩然大波。浙江省教育厅将之视为洪水猛兽，下令查禁周刊，开除施存统，查办陈望道、夏丏尊、刘大白、李次九，一师校长经亨颐不接受教育厅命令，被撤去校长职务，陈望道等人也随之离去。

一师学生关起铁门拒绝新校长，发动请愿，要求当局收回成命。浙江督军卢永祥派军警包围一师，甚至殴伤学生，引起全杭州师生公愤。一师以外的学生，也带了铺盖到一师支援，北大学生会来电鼓励一师：百折不挠，誓为后盾……"一师风潮"震动神州。陈望道重作文之意义，可谓其来有自。

陈望道后来担任中共上海地委书记，不久提出了辞呈。他是知识分子，学问颇深，内心深处偏重于宣传教育，而不在于开展实际活动。据说平民女校购置机器，用以生产，陈望道却不赞成。或者，那也是一部分知识分子的宿命吧，或者他们的使命早早就注定了——那就是在思想启蒙运动中发光发热，启迪民智，《共产党宣言》的翻译，成为永远不可抹去的一笔。

眺望前路，民族复兴何其漫长。回望来路，中华妇女之血泪何其斑斑。陈望道认为旧式婚姻就像"机器的结婚""兽畜之道德"，极力鼓吹妇女解放，还为《民国日报》创办了《妇女评论》副刊，并自任主编。在平民女校上课的时候，他不禁为"女性觉醒的辉光"开始"到处闪烁"而由衷地高兴。

陈望道博学多才，对新文艺、作文法、修辞学有许多独到见解，他根据在平民女校教育作文法的一些实践，写作《作文法讲义》，于1923年出版，独具特色地阐明文章构造、体制和美质，在当时被认为"能给中国作文法开辟新纪元，创造新生命"。

## 茅盾和胞弟沈泽民的英文课

"大约是1921年吧，上海出现了一个平民女学，以半工半读为号召。那时候，正当五四运动把青年们从封建思想的麻醉中唤醒了来，'父与子'的斗争在全中国各处的古老家庭里爆发，一切反抗的青年女子从'大家庭'里跑出来，抛弃了深闺小姐的生活，到'新思想发源地'的大都市内求她们的理想的生活来了，上海平民女学的学生大部分都是这样叛逆的青年女性。我们的作家丁玲女士就是那平民女学的学生。"这是茅盾1933年所撰《女作家丁玲》开头的一段话，茅盾曾在平民女校兼职教授英文，他这里说的1921年，大约是指平民女校筹备并刊登招生广告的时间。

对于平民女校，茅盾回忆认为不算是正规的学校，而是一个传播革命思想的场所，课程方面主要是有关社会科学常识，学生除了文化课，还有劳动，如学缝纫机等。茅盾说，他曾在那里教过英文，学生不感兴趣，以后就不去了。丁玲早就读过他在《小说月报》上翻译的欧洲小说，对于他的英文课是很期待的。在课堂上，茅盾很会讲故事，从来不讲课外的闲话，也从来不询问学生的功课。

关于茅盾在平民女校教英文，还有一个插曲。那时的上海，群贤毕至，大咖云集，特别是哈同路民厚南里和民厚北里，周围大都是花园洋房，交通便捷，名人群聚。大画家徐悲鸿曾住于此；严复来沪治哮喘，租住在民厚里；国民党元老廖仲恺和何香凝夫妇也曾在此地居住。后来，田汉等人住进民厚北里，郭沫若、郁达夫、成仿吾等"创造社三鼎足"住民厚南里，他们唱读、读诗、议诗、解诗，其乐融融……值得一提的是，毛泽东1920年5月租住民厚南里29号，其旧居至今仍隐藏于高楼大厦之间。

一天，丁玲和王剑虹等几个同学相约一起去拜访郭沫若。那是丁玲最崇拜的文学家，她早在湖南时就已读过《女神》。据李向东、王增如《丁玲传》记载，一行人怀着"朝圣"一样的心情，兴致勃勃地一路打听，好不容易找到郭沫若居住的民厚里。结果，这次短短的会面却让丁玲大失所望。

刚一见面，稍作寒暄，郭沫若忽然笑起来，问道："你们大约是来找郁达夫的吧？"

郁达夫大约半年前出版小说《沉沦》，以大胆的自身故事为蓝本，描写留日学生的"性的要求与灵肉的冲突"，在当时文坛投下一颗震撼弹。而末尾那一段痛彻肺腑的呼喊："祖国呀祖国！我的死是你害我的！你快富起来，强起来吧！你还有许多儿女在那里受苦呢！"未尝不是当时诸多年青人的心声，因此感染了无数的读者。

丁玲和王剑虹连忙"齐声解释：也是来看望你的。还说，我们很喜欢读《女神》。郭沫若便问我们在平民女子学校的学习情况。我们简单地讲了一点。他又问谁教我们英文，我们答道：是沈雁冰。"郭沫若大笑起来："哈，沈雁冰教英文……"

丁玲和同学都不安地看着郭沫若，不理解他为什么那样大笑，那样看不起沈雁冰。丁玲惶惑地连连解释说："沈先生还是比较负责的，我们的英文读本是 Poor People。"郭沫若继续笑道："那是翻译本，翻译本是比较浅的。"

丁玲和同学自傲、不羁的心情，受了损伤，在这样一个伟大的天之骄子的面前，又不敢有所表示。"于是不约而同地站起身，向他告辞出来了。当我们在民厚里外边马路上等电车的时候，确实感到有一种说不出来的懊丧。"这或许也为日后丁玲和王剑虹早早离开平民女校埋下了伏笔。

和茅盾一起教授英文的，还有他的胞弟沈泽民。王会悟回忆说："英文教员沈泽民、沈雁冰、安立斯三先生。泽民先生教我们读本，雁冰先生教我们文法……"

五四时期，17岁的沈泽民就与胞兄茅盾一起投入新文化运动，宣传新文化，倡导白话文。沈泽民喜欢新诗，有一首《五月》极接地气："五月的麦子在垄里黄了/新插的秧针在田里荡漾/天气好/下田忙/雨水不调匀/望着天空怅惘/收割固然是快乐/还租粮却是苦恼/布谷你莫叫/我那抱病在床的娘子要忧烦死了。"

他还和茅盾一起，着力翻译女权主义的理论著作，在《民国日报》副刊《觉悟》，以及《妇女评论》《妇女杂志》等报刊上发表，鼓吹妇女解放。兄弟两人翻译的美国《两月中之建筑谭》和《理工学生在校记》两篇美国科学小说，开我国译介外国科学小说之先河。翻译科学小说，不论怎么说，在英文上总之是需要有一番造诣不可的。1921年5月，经胞兄茅盾介绍，沈泽民加入上海共产党早期组织，成为我党最早的一批党员之一，后来成为一员能文能武的闯将，担任了中共鄂豫皖根据地省委书记。

初级班的钱希均回忆："高级班的英文老师沈泽民，专教读本，注重翻译，他的教本是莫泊桑的小说和陀思妥耶夫斯基的《穷人》英译本。"钱希均记得，沈泽民和张秋人经常把她们带出课堂，到公园、野外去，看着实际的东西边教边学。从那以后，钱希均再没有学过英语，但几十年过去了还能说几句当年学的英语单词和简单会话。

在这里，她们接触到了世界文学最杰出的一部分，莫泊桑和陀思妥耶夫斯基笔下人物的命运极大地震撼着她们；在这里，她们的眼界是开阔地向着世界的，眼前的麦子一片金黄……

## 向警予："唯一的一个女创始人"

丁玲又一次见到了"九姨"向警予，此时，向警予从法国回来只有几个月，在中共二大上，她当选为第一个女中央委员，担任党中央第一任妇女部长。由于李达返回湖南，向警予与蔡和森一起接过了平民女校的担子。此时，蔡和森是中央委员、第二任宣传部长，负责编辑党的机关报《向导》。

在丁玲看来，向警予始终是那个风风火火、好胜心极强的九姨。丁玲还记得九姨和母亲在常德读书时结拜为姐妹的誓言："姐妹七人，誓同心愿，振奋女子志气，励志读书，男女平等，图强获胜，以达教育救国之目的，如有违约，人神共弃！"

1919 年底，上海码头，蔡和森、向警予、蔡畅等 30 余人乘上客轮，准备远涉重洋。报界将向警予、蔡畅赴法一事，称为"中国妇女解放运动史上一件别开生面的佳事"，"女子勤工俭学实为前所未有，亦中国女界之创举"。

茫茫的大海上，海天一色，无际无涯，人类便只觉得自身的渺小了。而理想坚定者，在这渺小中，胸襟却更为开阔。"壮心欲填海，苦胆为忧天。"日出日落，将大海染成一片绚烂的红色，蔡和森与向警予的心也慢慢在理想的天地中交织在一起，他们渴望着为身后遥远的祖国开创出一片新天地。

翌年 5 月，蔡和森与向警予在法国小城蒙达尼举行了婚礼，他们将结婚称作"结盟"，并将恋爱时互赠的诗作编印成书《向上同盟》，以作见证。

法国作为老牌帝国，报业发达，蔡和森很快就从报上获悉在莫斯科召开了万国共产党会议，于是他给毛泽东写了一封信，旗帜鲜明地提出建党主张："我以为先要组织党——共产党。因为他是革命运动的发动者、宣传者、先锋队、作战部。"蔡和森又以他对毛泽东的了解和对时局的远见卓识，写道："我愿你准备做俄国的十月革命。这种预言，我自信有九分对，因此你在国内不可不早有所准备。"

这封信写于 8 月，蔡和森久等回信不至，于 9 月 16 日又给毛泽东寄去一封 6000 多字的长信，表示应该"明目张胆正式成立一个中国共产党"。毛泽东回复道："你这一封信见地极当，我没有一个字不赞同。"

中共一大召开之际，在遥远的法兰西，蔡和森、周恩来、李立三、向警予等一起发起了建党活动，组织了共产主义青年团旅欧支部。毛泽东回忆称："向警予是蔡和森的妻子，唯一的一个女创始人。"

中共二大以后，向警予开始领导中国最早的无产阶级妇女运动，主编《妇女周报》，号召广大女性团结起来，号召平民女校的学生，为解放自身投入到革命运动中去。可惜，不久蔡和森、向警予随党北上，学校也停办了。

平民女校——作为中国共产党领导的第一所培养妇女干部的学校，已经和中共二大紧密联系在一起，成为上海这座城市的地标之一。它存在不到一年的时间，却成为历史大潮的一部分，推动着时代的进步。历史不会忘记，平民女校是丁玲、钱希均、王一知、秦德君等那个时代的女性，追求独立、自由和真理的起点；历史永远不会忘记，一道红色的刻度，永远标记在那里——无论时代进程如何风云变幻，一道穿透历史的光束，已然融进每天升起在天际线的曦光，照在这座城市的脸上。

### 作者简介

杨绣丽，中国作家协会会员、上海市作家协会创作联络室副主任、上海市诗词学会副会长、上海市作家协会诗歌委员会副主任、《上海作家》《上海诗人》副主编、中国报告文学学会青年创作委员会常务委员、上海崇明区作家协会主席。有十多部作品出版。有作品荣获第15届中国人口文化奖文学类奖、首届"上海国际诗歌节"诗歌比赛一等奖、第七届徐迟报告文学奖提名奖等奖项。

# 人民的胜利

丁晓平

> **编选导语**
>
> 本篇作品节选自丁晓平长篇报告文学《人民的胜利——新中国是这样诞生的》（江西高校出版社2021年出版）。节选部分的作品，将读者带回70多年前中华人民共和国成立前夜壮阔的历史现场。作品设置的叙事时间线由1949年元旦至10月1日开国大典前的9月17日的"夜宴"，主要叙述的是新政治协商会议筹备中的历史故事。借助作者真实而精彩的回叙，我们得以走近历史，具有一种身临其境的感觉。人民的胜利，正是中国共产党的胜利。改天换地，中国共产党领导中国人民站起来了。

1949年1月1日，中国出现了两份元旦文告。

一份发自南京。一份发自西柏坡。

这一天，《中央日报》等各大报纸在醒目位置，刊登了"中华民国总统"蒋介石的《中华民国三十八年元旦告全国军民同胞书》。在这篇"新年文告"中，人们没有看到新年伊始万物复苏的景象，而是感觉到老蒋无可奈何的情绪。蒋"总统"在文告中提出了议和："只要和议无害于国家的独立完整，而有助于人民的休养生息；只要神圣的宪法不由我而违反，民主宪政不因此而破坏；中华民国国体能够确保；中华民国的法统不致中断；军队有确实的保障；人民能够维持其自由的生活方式与最低生活水准……则我个人更无复他求，个人的进退出入绝不萦怀，而一惟国民的公意是从……"

这篇文告，罕见地一反老蒋的常态语气，从居高临下变为谦恭温和，令人大吃一惊。他承认"戡乱"失败，并说自己愿意与已经解放北方大片土地的共产党"求和"，还惺惺然地说："政府卫国救民的志职未能达成，而国家民族的危机更加严重，这是中正个人领导无方，措施失当，有负国民付托之重，实不胜惭惶悚栗，首先应当引咎自责的。"

有人说这并非蒋介石的心态，而有赖于执笔人的功劳。老蒋在"文胆"陈布雷自杀后，特聘江南才子陈方执掌文案，果然文笔不俗。但也有人说，此乃蒋"总统"的"罪己诏"。中国古代历代皇帝每临重大危机之时，就下诏检讨自己的失误，赢得臣民的感动与谅解，以期获得民心拥戴。蒋介石也没有走出封建皇帝的思想窠臼。

在新年的钟声里，国民党官僚们看到蒋"总统"的新年文告，不禁人心惶惶，有的一声叹息，有的失声痛哭。美国大使司徒雷登却对这篇文告印象甚佳：内容庄严，倾向和解，对共产党也不骂"匪"了。最高领导承担过错，符合民主观念。但司徒雷登也发现，蒋介石这份新年文告中的五个"只要"，说明他依然没有放弃执政的意念，却转而把责任推卸给共产党，说什么："国家能否转危为安，人民能否转祸为福，乃在于共产党一转念之间。"由此，这位在中国出生的美国人，得出了一个结论："共党之反应甚易揣度，其态度必然为不妥协者。"

司徒雷登的猜测和判断没错！

就在蒋介石发布新年文告的同时，毛泽东也发表了新年献词。

与蒋介石不同的是，毛泽东的新年献词，执笔者就是毛泽东本人。他还给这篇文告起了一个大气磅礴的标题——《将革命进行到底》，斗志昂扬，意气风发，豪情满怀，信心十足，胜利的心情溢于言表。他说：

> 中国人民将要在伟大的解放战争中获得最后胜利，这一点，现在甚至我们的敌人也不怀疑了。
> 
> ……
> 
> 一九四九年中国人民解放军将向长江以南进军，将要获得比一九

四八年更加伟大的胜利。

……

一九四九年将要召集没有反动分子参加的以完成人民革命任务为目标的政治协商会议，宣告中华人民共和国的成立，并组成共和国的中央政府。这个政府将是一个中国共产党领导之下的、有各民主党派各人民团体的适当的代表人物参加的民主联合政府。[①]

毛泽东说："已经有了充分经验的中国人民及其总参谋部中国共产党，一定会像粉碎敌人的军事进攻一样，粉碎敌人的政治阴谋，把伟大的人民解放战争进行到底。"

当天，蒋介石就通过新华社的新华广播电台收听到了毛泽东的新年献词。他在元旦这天的日记中写道："去年一年的失败与耻辱之重大为从来所未有，有赖上帝的保佑，竟得平安过去了，自今年今日起必须做一新的人，新的基督人，来做新民，建立新中国的开始，以完成上帝所赋予的使命。"

但"上帝"再也没有给蒋介石这个机会，去完成这个使命了。1949年4月25日，他在继离开南京之后又离开了家乡溪口，踏上了一条不归路。

不相信"上帝"的毛泽东，把人民当作"上帝"的共产党人，历史性地承担起了建设新中国的使命。

果不其然，元月还没有结束，共产党人就来了！

1949年1月31日，人民解放军入城接管北平，古都换了旗帜，和平解放。2月3日，大年初三，人民解放军盛大的入城式，分别从永定门和西直门进来，整整走了六个小时。沿途欢迎的群众挥动着小旗，喊哑了嗓子，年轻人跟着坦克跑，往上贴标语，有的干脆爬上去欢呼胜利。更多的普通百姓则扭起了大秧歌，唱起了"解放区的天，是明朗的天"。

2月1日，周恩来约统战部的齐燕铭、周子健到西柏坡领受任务，要他们立即赶往北平，准备接待民主人士进北平的住处和政协筹备会的会场，以及准备车辆护送李家庄的民主人士进北平。第二天他们就出发了，并在华北局和北平军事管制委员会的协助下，接管了中南海，成立中南海

---

[①]毛泽东：《毛泽东选集》第4卷，人民出版社，2009，第2版，第1372~1379页。

办事处，负责中南海的房屋管理和卫生工作；接管北京饭店、六国饭店、德国饭店等大饭店，准备接待民主人士和参加政协筹备工作的人员。

2月10日，雷洁琼、费孝通等在李家庄的民主人士首批抵达北平。

2月25日，在东北的民主人士李济深、沈钧儒、马叙伦、郭沫若等一行35人，由中共元老林伯渠和东北行政委员会副主席高崇民陪同，乘专列"天津解放"号到达北平，林彪、罗荣桓、聂荣臻、董必武、薄一波、叶剑英、彭真，以及刚刚从李家庄先行到达北平的民主人士等100多人到车站欢迎。欢迎仪式十分隆重。民主力量大会师！老友久别重逢，大家乐得忘情，纷纷把同伴抛向空中……诗人郭沫若更是激动不已，在专列抵达北平东站还没有下车的时候，就即兴赋诗一首："多少人民血，换来此尊荣。思之泪欲堕，欢笑不成声。"

2月26日，以中国人民解放军平津前线司令部、北平市军管会和中共北平市委、市政府的名义，在中南海怀仁堂举行了盛大的欢迎会，欢迎由东北、天津、李家庄来北平及留在北平的民主人士和各界代表人士。

在欢迎会上，李济深结合自己进入解放区后耳闻目睹的事实，发表演说："为什么这一空前未有的人民大团结会出现于今日呢？最重要原因，是中国共产党领导革命路线的正确。他们所提出的反帝、反封建、反官僚资本的三大主张，正是全国各民主党派一致的要求，也是全国人民一致的要求。在为实现此三大目标而采取的方法方面，中国共产党能本于过去中国历次革命失败的教训，而有恰合实际需要的措施。全国各民主党派，也都能本于过去革命失败的教训，而认定中国革命的胜利，只有这一条道路。因之，全国各民主党派都衷心地愿在中共主席毛泽东先生领导之下，团结在中国共产党的周围，而贡献其可能贡献的力量。"

林伯渠、董必武、彭真、林彪、薄一波、聂荣臻等中共负责人，李济深、沈钧儒、郭沫若等从东北来的民主人士，雷洁琼、周建人、符定一、胡愈之等从李家庄来的民主人士，刚刚从西柏坡回北平的"上海人民和平代表团"的颜惠庆、章士钊、江庸、邵力子也应邀参加。会后，北京饭店举行盛大宴会，傅作义、邓宝珊也应邀赴宴，宾主共四百多人欢聚一堂，真是北平有史以来罕有的盛会，堪称民主力量的大会师。

群英荟萃，群贤毕至。对民主人士的到来，中共中央毛泽东、周恩来专门发电，要求召开欢迎会、举行宴会，而党中央移驻北平，却禁止开欢迎会。两相对照，甚为鲜明。时任华北局第一书记的薄一波说："看来是两件具体事，却有深意。它不仅体现了我们党严于律己和谦虚谨慎的态度，更重要的是体现了我们党对各民主党派和一切爱国进步人士真诚合作的政策。"

3月25日，毛泽东、周恩来、刘少奇、朱德、任弼时中共五大书记率领中共中央和解放军总部进驻北平。筹建新中国的任务，从越来越多的人的共同要求，开始提到了现实的议事日程上来。

从西柏坡来到北平后，毛泽东、周恩来广泛地同民主人士、各界代表人物接触，和他们共商建国大计。一天下午，毛泽东由香山乘车来到北平城内，拜访北平师范大学代校长汤璪真、文学院院长黎锦熙、地理系主任黄国璋。他们有的是毛泽东在长沙读书时的老师或同学，有的是北平九三学社的成员。毛泽东和他们畅叙旧情后，黎锦熙对毛泽东说：新政协会议就要召开，新中国将要诞生，北平九三学社的人数不多，这个团体的历史任务已经完成，正准备宣布解散。毛泽东听后，诚恳地对他们说："九三学社不要解散，应该认真团结科学、文教界的知名人士，积极参政，共同建设新中国。"

毛泽东要民主党派"积极参政，共同建设新中国"，这将是新中国政治生活中的一件大事，具有深刻的政治意义。时任中共中央统战部部长的李维汉说：关于民主党派参加新政协并将担任中央人民政府各项职务，"所有这些，标志着民主党派地位的根本变化。他们不再是旧中国反动政权下的在野党，而成为新中国人民民主专政的参加者，在中国共产党的领导下，和共产党一道担负起管理国家和建设国家的历史重任。从此，各民主党派走上了新的历史道路"。[①]

就新政协所要讨论的各项问题，毛泽东同各民主党派领导人和其他爱国民主人士进行交谈，先后会见了张澜、李济深、沈钧儒、陈叔通、何香凝、马叙伦、柳亚子等。他的卫士长李银桥回忆说：毛泽东对这些民主人士很尊敬，十分亲切有礼，一听说哪位老先生到了，马上出门到汽车跟前迎接，亲自搀扶下车、上台阶。一些民主人士见到毛泽东总要先竖起大拇指，连声夸耀"毛主席伟大"。对于这种情况，毛泽东十分不安。一次，

---

[①] 李维汉：《回忆与研究》下，中共党史资料出版社，1986，第693页。

毛泽东出门迎接李济深，李老先生一见面就夸毛泽东了不起，毛泽东扶他进门坐下后说："李老先生，我们都是老朋友了，互相都了解，不要多夸奖，那样我们就不好相处了。"

有一天，毛泽东准备会见张澜，就吩咐卫士李银桥："张澜先生为中国人民的解放事业做了不少贡献，在民主人士中威望很高，我们要尊敬老先生，你帮我找件好些的衣服换换。"李银桥赶紧在仅有的几件衣服里找，挑了半天也没选出一件没有补丁的衣服，心里很不是滋味，就对毛泽东发牢骚："主席，咱们真是穷秀才进京赶考，一件好衣服都没有。"听了李银桥的诉苦，毛泽东笑着说："历来纨绔子弟考不出好成绩，安贫者能成事，嚼得菜根百事可做，我们会考出好成绩！"李银桥说："现在做衣服也来不及了，要不先找人借一件穿？"毛泽东摆摆手，说："不要借，有补丁不要紧，整齐干净就行。张老先生是贤达之士，不会怪我们的。"这一天，毛泽东就穿着这件补丁衣服会见了张澜。后来，他还穿着它会见过许多客人。

6月11日，周恩来主持召开了新政治协商会议筹备会预备会议。会议商定参加新政协筹备会的单位为23个，共134人，确定了筹备会常务委员会人选。15日，在第二次预备会上，通过了新政协筹备会议事日程等方案。

6月15日晚上7时30分，新政协筹备会议在中南海召开了，勤政殿一下子变得热闹起来了。过去，这里也曾热闹过——慈禧太后在这儿垂帘听政独掌国家大权；窃国大盗袁世凯把这儿据为大总统府策划复辟称帝；李宗仁把这儿当作国民党北平行辕。如今，在这里进进出出、欢聚一堂、谈论议决国事的，都是当代中华民族的精英人物。真是天翻地覆，这里已是人民的中南海了。

今夜的勤政殿，简单、朴素、庄严。主席台上装饰着6面鲜红的解放军军旗，金黄的五角星和"八一"二字分外耀眼，这也是前不久在中共七届二中全会上通过决议、今天第一次公布启用的。60面红旗分别排列在12个方柱上。会场的议席成弧形，饰以紫色幕布。解放军代表全部身穿清一色的草绿军装，其他代表既有穿西装的，也有穿中山装的，还有穿长袍马褂的，农民代表石振明、朱富胜穿着白色土布裤褂。从内地到边疆，从本国到海外，从青年到老者，有工人、农民、军人、教师、妇女与学术、产

人民的胜利　113

业各界人士，代表着中国各个革命的阶层。

7时40分，身穿深灰色中山装的毛泽东、朱德偕同李济深、沈钧儒等人走进了会场。他们悄悄地进来，似乎不愿意引起人们特别的注意。但是还是被人发现了，场内立即响起热烈的掌声。毛泽东满面春风，含笑答礼，向大家挥手致意，坐在了主席台右前排的一〇一号座位上。周恩来坐在他的右侧，朱德坐在他的左侧。

周恩来担任大会临时主席，宣布："新的政治协商会议筹备会开幕！"会场内再次爆发热烈的掌声，新闻摄影记者立即扛着"开麦拉"（即摄像机）把这个庄严的仪式一一摄入了镜头，掀开中国历史新的一页的大会正式揭幕。

首先，毛泽东代表中国共产党发表讲话，总结了中国革命的进程，指出了中国将往哪里走。毛泽东说："这个筹备会的任务，就是：完成各项必要的准备工作，迅速召开新的政治协商会议，成立民主联合政府，以便领导全国人民，以最快的速度肃清国民党反动派的残余力量，统一全中国，有系统地和有步骤地在全国范围内进行政治的、经济的、文化的和国防的建设工作。全国人民希望我们这样做，我们就应当这样做。"

会场上，安静极了，大家都紧张地、睁大眼睛、聚精会神地听着毛泽东用他那浓重的湖南口音，洪亮地发出了人民的声音。如果有听不懂的地方，就同时看着事先印发的讲演稿。毛泽东说：全国人民拥护自己的人民解放军，取得了战争的胜利。这一次伟大的人民解放战争，"是全中国人民的胜利，也是全世界人民的胜利。整个世界，除了帝国主义者和各国反动派，对于中国人民的这个伟大胜利，没有不欢欣鼓舞的"。

坐在台下的人们发现，当毛泽东最后说到"中华人民民主共和国万岁"的时候，立刻会心地笑了——那是胜利的微笑！

紧接着，朱德代表人民解放军，声明人民解放军是中国民主运动的最忠实的支持者，现在将成为这个人民政府的坚定不移的柱石。《人民日报》记者记录下当时的场景："人们狂热地鼓掌，谁都知道，没有解放军的英勇奋战，在北平召开这种会是不可想象的。解放军推进了中国的历史。"

接下来，李济深、沈钧儒、郭沫若、陈叔通、陈嘉庚等五位民主人士发表讲话。他们一致说出了同一个道理：人民的努力、中共的领导、解放军的作战，使中国有了今天的胜利，也保证了建国的成功。他们对于自己能在这样的会议上讲话，感到无上的光荣。他们一致表示：愿在中共和毛主席的领导下，从事神圣的建设新中国的伟大工程。

每次会议中间都要休息 10 分钟。毛泽东就离开座位，借机和代表们握手寒暄问好。他走到哪里，哪里就成了会场的中心，代表、来宾和会务工作人员，都向他招呼问候。见到黄炎培，毛泽东握着他的手说："你好，身体怎么样？"见到周新民，毛泽东连声说："久闻，久闻。"看见谭平山，两位老朋友亲切握手，亲热谈话。看见身穿长袍马褂的符定一先生，毛泽东关心地问长问短："身体好吗？眼睛好了没有？"符定一笑着，用手摸着毛泽东的肩头，连声说："很好，很好。"

这时，毛泽东走到了上海小教联主席葛志成身边，在询问了姓名之后，说："噢！你是上海的教师代表，是从山东解放区来的吧！"接着，就坐下来，两人聊起了上海教师的民主运动的斗争情况。毛泽东称赞说："你的工作做得很好嘛！上海教师工作做得好，是支援解放战争的一支重要力量。"葛志成回答说："我们的工作有一点成绩，是党和您领导的结果。上海的教师让我向您问好！"毛泽东笑着说："谢谢！向上海的老师们问好！"过去，葛志成阅读过毛泽东的《新民主主义论》《论联合政府》等著作，得到很大教育和启迪，这次亲眼见到了毛主席，心情格外兴奋。

筹备会第一次全体会议进行了 5 天，会议一致通过了《新政协筹备会组织条例》《关于参加新政治协商会议的单位及其代表名额的规定》，选出了 21 人组成的常务委员会，负责办理经常工作。常务委员有：毛泽东、朱德、李济深、李立三、沈钧儒、沈雁冰（茅盾）、周恩来、林伯渠、马叙伦、马寅初、乌兰夫（云泽）、章伯钧、张澜、张奚若、郭沫若、陈叔通、陈嘉庚、黄炎培、蔡廷锴、蔡畅、谭平山（以姓氏笔画多少为序，当时为繁体字）。

常务委员会推选毛泽东为主任，周恩来、李济深、沈钧儒、郭沫若、陈叔通为副主任，李维汉为秘书长。副秘书长有余心清、沈体兰、周新民、连贯、宦乡、孙起孟、齐燕铭、阎宝航、罗叔章。

常务委员会下设六个小组。第一小组的工作是拟定参加新政协的单位及其代表名额，组长是李维汉，章伯钧担任副组长；第二小组的工作是起草新政协组织条例，组长是谭平山，周新民担任副组长；第三小组的工作是起草共同纲领，组长是周恩来，许德珩担任副组长；第四小组的工作是拟定中华人民民主共和国政府方案，组长是董必武，黄炎培担任副组长（离京时由张奚若代）；第五小组的工作是起草宣言，组长是郭沫若，陈劭先担任副组长；第六小组的工作是拟定国旗、国徽及国歌方案，组长是马叙伦，叶剑英担任副组长。

"政治协商会议"，是中国人的一大发明。有人把它的组织形式比喻作英美等国的参议院，也有人形容是当年苏联的苏维埃代表会议。它的由来，还得从抗日战争胜利后国共两党的谈判说起，那时双方谈判的重点，一是停战整顿军队，二是召开政治会议讨论建国方案。后来，在谈判中，国民党首席代表王世杰为政治会议加上了"协商"二字，得到了中共首席代表周恩来的认可。尽管这次政治协商会议制定的"民主契约"，后来被国民党蒋介石撕毁了，旧的政治协商会议也随之终结；但"政治协商"，却成为中国民主政治建设的重大实践和标识。1948年中共发布"五一口号"，倡议并邀请召开民主人士参加的会议依然叫"政治协商"。

1949年6月18日，周恩来在主持起草共同纲领小组第一次会议，研究纲领的起草问题时，说：我们的政协会议，加上一个"新"字，以区别于旧的政治协商会议。到了8月26日，周恩来主持新政协筹备会常委会第四次会议，在讨论政协组织法时，周恩来指出：在人民民主国家中需要统一战线，即使在社会主义时期，仍然要有与党外人士的统一战线。要合作就要有各党派统一合作的组织。如果形成固定的统一战线组织，名称也要固定，建议将新政协称为"中国人民政治协商会议"。规定在人民代表大会召开前，由它的全体会议执行人民代表大会的职权；还规定了在中心城市、重要地区和省会设立它的地方委员会，为该地区民主党派及人民团体协商并保证实行决议的机关。

6月16日，周恩来在新政协筹备会第一次全体会议上强调，在这次会议期间，"凡是重大的议案不光在会场上提出"，而是早在提出之前就"有协商的"。

周恩来说："协商这两个字非常好！"

然而，协商还真不是一件简单的事儿。

比如，拟定参加新政协的单位及代表名额和名单，也就是谁能参加谁不能参加的问题，可是令筹备会第一小组的李维汉、章伯钧等人大伤脑筋。因为是政治协商会议，就决定了参加会议的单位和代表必须符合这一阵容的特点：一是它的代表性是极其广泛的；二是它的政治标准是严肃的；三是这一名单既能保证中共的领导地位，又能实现中共同党外民主人士的团结合作，巩固和扩大统一战线。因为新政协将要执行全国人民代表大会的职权。

新政协的代表提名有两种情况，一种是由组织或个人推荐，一种是本人申请。也就是说除了国民党反动政府系统下的一切反动派及其反动分子不允许参加之外，新政协的代表包含了各民主党派、各人民团体、各地区、人民解放军、少数民族、国外华侨和宗教界等方面的代表，要充分反映新民主主义革命各民族、各民主阶级和一切爱国民主力量的大团结；同时又包含了近百年来我国民族民主革命各个历史时期为人民事业做出过贡献的知名人士和代表人物。从辛亥革命、北伐战争、五四运动、抗日战争到解放战争，各个革命时期的代表人物都要吸收进来，乃至前清末期和北洋时期较有声望以及后来同情革命，并为人民做过好事的人物，都加以物色，推选为政协代表。

由此可见，选出新政协的代表确实是一项复杂的工作，工作量大不说，还有可能得罪人，引起矛盾。因此，对所有提名都要进行逐个审查，反复研究，时常为了某一个代表的适当与否，函电往返，多方协商，斟酌再三，费时达数周之久。有时毛泽东、周恩来也参与讨论。代表名单初步产生之后，又经过筹备会反复协商，征求各方意见，一共花了三个月工夫，才确定了参加新政协的单位、名额和名单。参会人员共分为五类：党派代表、区域代表、军队代表、团体代表、特邀代表。前四类共45个单位，正式代表510人，候补代表77人；第五类特邀代表75人；正式代表和候补代表总数共662人。

中央统战部把新政协筹备会确定的参加新政协的单位人选和各项统计，印制成一本很厚的表册，送到中央，最后送到毛泽东手中审阅。

毛泽东从头至尾，一一审阅，幽默而风趣地对身边工作人员说："这是一部包罗万象的天书嘛。"

"天书"上的名字的确是经过来回修改才最后确定下来的。尤其是特邀代表这一阵容，更是广泛罗致，各类人马，星汉灿烂。比如：有在中国革命进程中始终站在正义一边的坚强战士、孙中山先生夫人宋庆龄；有戊戌变法领导人之一梁启超之子、著名建筑学家梁思成；有前清翰林、著名出版家张元济；有海军耆宿萨镇冰；有老同盟会会员张难先；有在北洋时期任过教育总长、司法总长的章士钊、江庸；有曾经是南京政府的和谈代表张治中、邵力子等；有国民党起义将领傅作义、程潜等；有老解放区的民主人士陈瑾昆、安文钦等；有文教界知名人士陶孟和、陆志韦等；有艺术界知名人士周信芳、梅兰芳、袁雪芬等；有少数民族的知名人士赛福鼎、阿里木江等；还有工农方面的劳动模范、英雄人物刘英源、阎存林、戎冠秀等。这一阵容，也从组织上充分反映了中国革命从旧民主主义到新民主主义复杂曲折的历程，可谓是一个全面生动的总结。

名单出炉，反应不一，有大发牢骚的，有痛哭流泪的，还有生气抵触的。

诗人就是骚人，但在共产党人的真心真意面前，又怎能还有牢骚呢？

不过，没有参加新政协筹备会议的柳亚子，还是当选为第一届中国人民政治协商会议代表。

当选代表当然高兴，没有当选的虽然都没有发牢骚，但是毛泽东却听说有人哭了。这是怎么回事儿呢？

原来，在筹备会议拟定的代表总数中，少数民族代表少了些，共有28位，占4.23%。主要是因为当时边疆少数民族地区多数还没有获得解放。李维汉还专门找朱早观、奎璧、杨静仁、天宝等少数民族代表进行座谈讨论，但在物色人选以及交通方面都有困难，工作还是出现了疏漏，即在少数民族单位中没有安排满族代表，尽管在其他单位中有满族人如齐燕铭、罗常培等。名单公布后，北平有些满族人哭了。民国推翻清朝后，许多在政坛上的满族人，隐瞒了民族身份，直到新政协召开，满族人民终于有了盼头。可是，在会议少数民族单位名单中，却没有满族代表单位！他们既不知道以其他单位代表名义出席会议的齐燕铭是满族人，又不敢提意见，北平有些满族人因此只能悄悄地哭了……

毛泽东听说此事后，郑重地说："一个民族没有代表，整个少数民族为之不欢。"对这个教训，他在政协会议上提及多次。后来，在召开政协第二届全国委员会时做了补救。

6月19日下午6时20分，新政协筹备会第一次全体会议召开闭幕会。

就在大会主席周恩来正准备宣布大会休会时，民主教授的代表邓初民先生突然站起来，抢着说道："我这里有一个临时动议：新政协筹备会的召开，是一件划时代的大事情，所以能召开这个大会，首先应归功于中国共产党领袖毛主席和中国人民解放军朱德总司令，因此我们提议，应向毛主席和朱总司令通电致敬，请主席把这列入议程中去表决。"

周恩来一脸微笑，高兴地回答说："这是否可留在将来正式会议时再谈？"

邓初民又站起来，坚持自己的提议，说："筹备会也是会议，还请主席提交表决！"

话音一落，会场上掌声笑声一片。

这时，毛泽东忽然从自己的座位上站起来了，稳重地说："代表们！我提议，我们在筹备会期中，正逢着七七纪念，请各党派共同发表纪念文件，庆祝抗日战争胜利！解放战争胜利！"

毛泽东的提议，全体代表立即报以雷动的掌声。

掌声停下来后，周恩来接着说："这样邓初民先生的意见也都包括在内了，大家既然都表示同意，我们是否就交常委会决定以筹委会名义发出电文？"

这时，许德珩教授站起来了，说："大会已经进行了五天，但我们对国内外还没有什么表示，我们的提议向毛主席和朱总司令致敬，不仅在会场上是表现了我们大家的精诚团结，同时在国际上也表现了我们的大团结。"

年过古稀的沈钧儒先生也兴奋地站起来说："各位代表都知道，由于中国共产党领袖毛主席和朱总司令的领导，我们才能在这里开会，所以我提议在散会前，我们全体代表起立向毛主席、朱总司令致敬。"

这时，有一位民主人士说了一句："不必了吧。"

没想到，这句话刺激了来自察哈尔解放区的农民代表杨耕田，他迅速站起来激动地说："我们工人、农民，就认共产党、解放军！今天毛主席、朱总司令都在这里。如果没有毛主席、朱总司令的领导，我们不能有今天，我们应该向领袖致敬！"

话音一落，沈钧儒老先生就领头从座位上站起来了，高喊道："全体起立，向毛主席、朱总司令致敬！"

全体代表都站起来了，雷鸣般的掌声响起来了，长达三分钟之久。

毛泽东和朱德也立即从座位上站起来，转过身面向全体代表，连连答礼致谢。

也就在这天晚上,毛泽东回到香山双清别墅,笔走龙蛇,给上海的宋庆龄写了一封信,敬希命驾北上。

7月7日,北平突降暴雨。老天爷似乎是有意安排了这样的气氛。北平各界20万群众在天安门广场举行纪念"七七"抗战12周年纪念大会,并庆祝新政协会议筹备会成立大会。城楼正面墙上悬挂着毛泽东和朱德的大幅画像,中间挂着一颗巨大的红五星。

晚上9时20分,毛泽东冒着滂沱大雨到了会场,这也是他第一次登上天安门城楼。

全场群情激奋,高呼:"毛主席万岁!"

毛泽东也带领大家高呼:"中国人民万岁!""全中国人民团结起来,打倒帝国主义,建设新中国!"

在各界代表讲话后,毛泽东又带领全场高呼:"全国人民团结起来,全世界人民团结起来,打倒帝国主义!召集新的政治协商会议,成立民主联合政府!"

共产党不搞一党独大,不独裁。

毛泽东不当皇帝,一辈子不进紫禁城。

9月17日,新政协各项筹备工作基本就绪。当日下午3时35分,筹备会议的最后一次全体会议在中南海勤政殿举行。筹备会议委员134人除6人缺席、2人请假外全部到齐。会议表决通过了各项文件,接受周恩来的建议,正式决定将新政治协商会议定名为"中国人民政治协商会议"。

散会后,毛泽东把所有代表留下,邀请他们前往中南海瀛台参加夜宴。

瀛台位于南海中央,是模仿东海仙山堆就的一个岛屿。

是夜,南海瀛台,济济一堂,仙山岛国,金碧辉煌,群英汇聚,人间盛事。人们惊喜地发现昔日的皇家园林摆开了十几个大圆桌。

新中国的第一次国宴马上就要开始了。

第一桌的主人是毛泽东。与他同桌的有李立三、郭沫若、许德珩、陈叔通、何香凝、陈嘉庚、司徒美堂……席间还有两个年轻人,一位是陈嘉庚的翻译庄明理,一位是司徒美堂的翻译司徒丙鹤。

不胜酒力的毛泽东,今夜开怀畅饮,谈兴大发,古今中外,幽默风趣。他说："自从鸦片战争 109 年以来，中国人民进行长期的革命斗争，第一个是鸦片战争，其后有太平天国、义和团、戊戌变法、辛亥革命，直至现在的解放战争。历史学家、文学家把这一段时间的历史写成一部书，我看是蛮好的！"

郭沫若插话说："我们宴会的场所，就是戊戌变法光绪帝被囚禁的地方。"

"戊戌政变前期与后期的意义不同。康有为、梁启超在前期是进步的，没有后来变成保皇党那样反动。梁启超在中国文学的贯通上有他一手，以前我爱读他的文章。"毛泽东乘兴侃侃而谈，忽然稍作停顿，张望了一下别处，"梁启超的儿子，清华大学教授梁思成也是我们的政协代表！我们政协的怀仁堂会场，就是他设计的。"

话题忽然转到年龄与健康上来。毛泽东恭敬地问司徒美堂老人高寿。

司徒美堂兴奋地说："83 啦！在美国生活了 69 年！"

毛泽东笑道："好啊！老当益壮，干一杯！"

在给司徒美堂敬酒之后，毛泽东一一走到每个代表跟前，举杯相庆。

放下酒杯，司徒美堂从口袋中掏出一盒雪茄递给毛泽东。这盒雪茄是孔祥熙送给他的。毛泽东接过铁皮烟盒，前拉后压，左摇右晃，却怎么也打不开烟盒，不禁自嘲地笑起来："美国生活方式不那么好过啊！"

司徒丙鹤连忙走过来替毛泽东打开烟盒，再剥开雪茄的封口胶布，给毛泽东点上。后来，他发现了一个小小的细节——毛泽东并没有扔掉自己手中还没有吸完的半支香烟，而是把它掐灭，装进了上衣的兜里。共产党人艰苦朴素啊！

司徒美堂是纽约安良工商总会总经理，这是和毛泽东第一次见面。1 月 20 日，毛泽东给他和南洋新加坡南侨总会主席陈嘉庚同时分别发了电报，邀请他们回国参加新政协，爱国侨领，众望所归。

毛泽东抽了一口雪茄，称赞味道十分浓厚。这时，有人问道："主席工作这么忙，又抽烟，健康可好？"

毛泽东笑着说："超过预算了！1938 年，苏联医生说我肺痨，只能活十年！三八四八，十年过去了，我还不是在这里和大家喝酒？"接着，他话锋一转，"不过，我的生活方式也有自由主义的缺点……"大家听了，感到十分诧异，眼睛都吃惊地盯着毛泽东，等他回答。他说：战争年代就养成了"白天睡觉，晚上工作"的习惯。

一说完，毛泽东便哈哈大笑起来。后来，司徒美堂用16个字总结了他对毛泽东的印象："刚强幽默，很有风趣，海阔天空，放言无忌。"

夜宴之后，毛泽东和诸位代表步行至怀仁堂看戏。当晚，国宴嘉宾助兴的是袁世海、李少春的拿手好戏《野猪林》。

南海波光粼粼，天上明月皎皎，好戏还在后头。

### 作者简介

丁晓平，诗人、作家、评论家、出版人，解放军出版社副总编辑。中国作家协会会员，中国报告文学学会青年创作委员会主任。全国新闻出版行业领军人才、中国出版政府奖优秀出版人物奖获得者。著有《中共中央第一支笔》《毛泽东家风》《光荣梦想：毛泽东人生七日谈》《王明中毒事件》《硬骨头：陈独秀五次被捕纪事》《1945·大国博弈》等作品20余部，编著有《陈独秀自述》《陈独秀印象》《毛泽东自传》《毛泽东印象》《周恩来印象》《邓小平印象》等。作品曾荣获中国文艺评论"啄木鸟杯"奖、徐迟报告文学奖、鲁迅文学奖等。

# 血沃中华

革命者

一生澎湃

青春·缪伯英

乳娘

国碑

# 革命者

何建明

**编选导语**

本篇节选自何建明长篇报告文学《革命者》（上海文艺出版社2020年出版）。《革命者》入选中宣部2020年主题出版重点出版物。序章将读者带回新中国成立的前夜。"歌者"是著名爱国民主人士黄炎培和他的儿子黄竞武。黄竞武是为中华人民共和国诞生"而洒下鲜血、牺牲生命的最后一批烈士之一"。第一章节选出的是革命者黄仁和顾正红的牺牲故事。"为有牺牲多壮志，敢教日月换新天"。这是诠释初心、致敬信仰的感人之作、感奋之作。作品获评2020年度"中国好书"，俄文版《革命者》获俄罗斯2021年度"最佳图书奖"。

## 序："十一"的歌者

是的，在离新中国成立还有几个月时间、离上海解放仅有十天时，你的儿子，就这样牺牲了——成为为新中国诞生而洒下鲜血、牺牲生命的最后一批烈士之一……

你的儿牺牲得壮烈：作为国民党政府中央银行的一名稽核专员，当听说蒋介石连续五次用手谕催促上海的汤恩伯将国库内的最后一批黄金偷运到台湾时，便一边以最快的时间通知上海地下党组织，一边挺身而出带领央行的员工联合起来制止反动派最后的疯狂……

"他们已经运走了400万两黄金，现在国库都快空了，所以决不能让他们把最后的一点存底再偷运走了……"

"对，誓死也要保护好上海全市几百万人民的救命钱哪！"

解放上海的战役已经进入第六天。夜晚，正当你儿子和行里的员工们紧张地策划集体起义时，几十名全副武装的特务突然冲了进来："不许动！统统抓起来！"

发了疯的特务在地下室用各种酷刑拷打他："说，你把多少情报给了共党？"

你儿子皮开肉绽，睁着愤怒的双眼回答道："你们偷运国库里的黄金和银元，难道还是什么秘密吗？"

"你一个堂堂哈佛大学毕业的高材生，父亲又是我们党国的元老，蒋总裁希望你跟我们一起到台湾，何必非要跟着共产党过苦日子嘛！"国民党高官亲自出面来做软化工作。

你儿冷笑一声："我能跟一个垂死的政权去小岛吗？"随后又抬起满是血的头，冲着特务，说："希望你们能在这最后时刻，弃暗投明……"

"快把他的嘴给我封死！封死——！"大特务气急败坏地叫嚷起来，于是众特务手忙脚乱地向你儿扑去。

"既然他不愿跟着我们，那就成全他，让他留在上海吧！"汤恩伯对前来报告的大特务毛森说。

"司令是说……留着他？"毛森一想到你儿的名字，心里就有些发怵。

"你是见过蒋总裁'私运国库财物者，格杀勿论'的手谕的。"汤恩伯冷笑一声，说，"身子可以留着，命就不能留了……"

"明白！"

郊外的枪炮声已经越来越接近外滩。就在这个深夜，营救行动也在进行……

"快！快起来！"而几乎就在同一时间，国民党特务们七手八脚地将你儿从血泊中拖起来，不由分说地将他往地下室外拉。

"你们想干什么？"从昏迷中醒来的你儿奋力反抗，以腿抵力想跟特务们抗争。

"好嘛，你还有腿啊！打！打断他的腿！"一阵乱棍声中，你儿的腿当即被折断。随后，昏迷中的他被拖出地下室，拖至一块乱草丛，被重重地扔进一个事先挖好的坑中……

敌人将你儿子如此残忍地活埋。

敌人活埋你儿子的时候，你已经在北京，在同毛泽东、朱德、周恩来等讨论即将成立的人民共和国中央人民政府的组建。

就在上海解放后第六天的《大公报》上，你赫然看到一则关于守护银行的烈士被害的报道：**匪党杀人惨绝人寰　爱国志士被活埋**。

### 南市匪特机关内昨掘出十三具尸体

【本报讯】南市车站路一九〇号，是国民政府国防部的特务机构保密局，在人民解放军未解放上海前，每天将所逮捕的爱国志士，送到那里，实行秘密杀害。上海解放了，人民解放军去接管这所杀人的魔窟，里面的特工早已逃走，只留了一个年老的门房看门。昨天因该处后园空地有阵阵冲人欲呕的臭气发散出来，解放军便动手在西南角墙边挖掘，掘出一具被害者的尸体……

你看到了这儿，心便悬在半空。报道后面这样说：在昨天上午，你儿媳听到解放军掘出尸体的消息后——

立即赶到该处，看见那具尸体，死者被害的情形，可谓惨绝人寰，双手被用麻绳反绑，头上蒙布，身上手上发红，好似在生前受过酷刑。据说匪军特工是把他活埋的，埋葬的泥窟底层还铺有石灰。因靠西北面墙边与北面正中的两处泥土均很松动，泥里一定也有被害尸体，乃由工役先掘西北面的泥土，果然不到三尺，接连发现三具死尸，死者被害的情形与第一具一样，都是蒙头扎手，生生活埋的。再掘北面正中的泥土，掘至四尺后，地下累累的全是尸体，一具具由工役用绳从泥土中吊起来，一共是九具，连前四具，总共是十三具……

你的心剧烈地疼痛……痛得以至于不能再看下面的文字，因为你儿和另十二位烈士被特务残害得太惨！太悲——

"尸体很多下身赤裸裸的，有的脑袋破了，有的脚断了……"而且报道非常清晰地说，"那个断了右脚的尸体"经你儿媳辨认，就是你引为自豪的二儿子！

儿啊！你死得好惨、好惨啊……

儿啊，你死得悲壮又伟大啊！

你捧着《大公报》，老泪浸湿了那张挖掘现场你儿模糊不清的赤身尸体的照片……

是悲！是恸！是愤！是怒！

然而此时，你不得不将这份悲愤与悲恸深藏在心底，全身心地投入到辅助毛泽东等中国共产党人的建国大业之中……

你是一个典型的旧知识分子，但你又首先是一个激情澎湃的革命者！建立一个人民翻身做主的人民共和国，是你一生的追求和愿望。作为土生土长的上海人，你年轻时就追随孙中山，举着"教育救国"的旗帜，创办了浦东小学、浦东中学，以及后来名扬四方的"中华职业学校"。而此时的你，是作为民主建国会的领袖在参与组建以中国共产党为首的各党派联合的中央人民政府……

1949年10月1日，这是一个伟大的日子。

在这之前，你参加了第一届中国人民政治协商会议，新中国成立的各项事宜都在此次会议上决定，而你又是参与这一历史性伟业决策的重要成员。面对中国共产党人领导下的新天地，你兴奋不已——

"是的，我们兴奋了，我们这一群人，今天在共产党和毛主席的领导之下，要从地球几万万年一部大历史上边，写出一篇意义最伟大、最光荣的记录，它的题目，就是中国人民政治协商会议开幕……"

"我们要在这中国人民政治协商会议中间，在东半个地球大陆上边，建造起一座新的大厦来。这座新的大厦，已经提名了，是中华人民共和国……"

这是一位渴望民族振兴、追求国家独立自由和幸福并为之奋斗了一生的革命者的肺腑之言。你在全国政协会议上的发言，抑扬顿挫，又洋洋洒洒，加之洪亮且高昂的声音，以及诗一般的语言，让整个会场都为之激荡，连毛泽东、朱德、周恩来等中国共产党的领导人都聚精会神地聆听着从你口中说出的每一个字——

革命者

"是的，这所新的大厦，有五个大门，每个门上有两个大字，让我读起来：独立、民主、和平、统一、富强……"

"是的，这所新的大厦，周围有很辉煌灿烂的墙壁，墙壁上写着一行一行顶大的大字，就是中国人民政治协商会议共同纲领……"

10月1日这一天终于来临，这是中国人民盼望和奋斗了数百年才有的一个伟大的崭新的国家诞生日。这一天对四万万劳苦大众来说是一个盛大的节日，而对你同样是一个具有特殊意义的节日，因为"十一"也是你的生日——71年前的1878年10月1日，你出生在上海川沙一个破落的秀才家。

因为接生婆告诉你的父亲，说你是个"胖男囝"，于是你父亲开怀大笑着给你起了一个响亮的名字："炎培"——意在告诉你，将来无论到天之涯、海之角，永远不要忘记自己是炎黄的子孙。

在新中国诞生的盛大庆典上，你与毛泽东等站在天安门城楼上，看着广场上欢呼沸腾、红旗招展的人山人海，你激动不已，全身的热血在燃烧……

"同胞们！中华人民共和国中央人民政府，今天成立了！"随着毛泽东的一声庄严宣告，你的感情顿时无比激荡，难以抑制。

开国大典的游行开始了。在雄壮的乐曲声中，一队队从硝烟中走过的人民解放军官兵和打扮得格外鲜艳的工、农、商、学队伍齐步行进，欢呼着通过天安门城楼，接受毛泽东等开国元勋们的检阅……欢呼声、口号声，伴着如海一般的红旗猎猎飘扬声，响彻云霄，震荡山河。

"毛主席万岁！"

"人民万岁——！"

"共产党万岁！"

"祖国万岁——！"

突然，广场和城楼上也回应着高呼起来。一边是代表着四万万人民的声音，一边是代表中国共产党人的领袖的声音，那情形、那情景，令大典现场的所有人感动无比……而黄炎培则彻底地陶醉了——

"生日！我的生日！新中国的生日——"开始，他是在心底默默地呼喊着，后来竟然在口中一个劲地高喊起来……

毛泽东朝他笑了。朱德朝他笑了。

周恩来向他伸过手来。宋庆龄更是微笑着向他张开双臂……

"生日快乐!"

"生日快乐。"

"恭贺先生。"

"先生共贺。"

这场面,既是"古来稀"的黄炎培所没有想到的,更是开国大典上的一个富有人情味的"特殊插曲",它让黄炎培满脸通红地连声用上海话致谢各位新朋故友:"阿拉开心!阿拉开心!"

末后,他拉着一位老友,一边拭泪,一边不停地说:"老朽自追随孙中山先生几十年来到处奔走呼号,刻刻追寻的不正是这样的一天吗?"

"言之有理!言之极是也!"友人不停感叹。

"十一"国庆大典,一直到当晚近10时才结束。回到家的黄炎培,久久不能自已,于是他抬头朝窗外的东方望去,澎湃的诗意喷涌而出——

归队五星旗下,
齐声义勇军歌。
新的国名定了,
"中华人民共和"。
……
是自己的政府,
是人民的武装。
昼旗夜灯一色,
天安门外"红场"。
"红场"三十万众,
赤旗象征赤心。
赤心保卫祖国,
赤心爱护人民。
……
为了革命牺牲,
是"人民英雄"们。
英雄永垂不朽,

立碑中华之门。

笔刚落，朝霞已满天……

"你怎么哭啦？"夫人轻轻地给他披上呢大衣时，惊愕道。

"走！我们去看看竞儿吧！"他穿上大衣，便要往外走。

"你要回上海？"夫人问。

"不，上天安门广场……"

他去了。他到广场后远远地看到了成百上千的人围在人民英雄纪念碑奠基石四周，人们或在献花，或在敬礼，或在深情凝望……

黄炎培又一次心潮澎湃，后来，他将这种心情化作一首短诗——

我们每一回走过北京天安门，
……
想起千千万万为国家和人民的利益
而牺牲生命者中间有一个是你……

竞儿啊，这是写给你的，也是写给与你一样为新中国而牺牲的千千万万的"竞儿"……

黄炎培的"十一"歌者的故事和他那位牺牲在上海解放前十天的儿子黄竞武烈士的事迹，是我在上海龙华革命烈士纪念馆内所看到的。在第一次看到这样的故事和烈士的事迹后，我的心就再也没有平静过……就是这样一位中国共产党的友人为儿子所写下的这句话，如滚烫的铁水一直烙在我的心坎而无法冷却，因此我开始追寻那些先烈们的英雄史诗。

于是在这过程中，我震惊地发现：在中国革命历史中，上海作为中国共产党的诞生地和早期中共中央机关的所在地，从1921年至上海解放和新中国成立之日的岁月里，这座城市中，革命者为了争取民族解放和建立新中国，前仆后继，浴血奋斗，可谓血流成河……

我还震惊地发现：上海不仅是中国共产党诞生地和早期中共中央机关所在地，还是与国民党南京政府进行最严酷斗争的中共江苏省委所在地。也正是以上两个特殊原因，白色恐怖下在上海牺牲的中国共产党人特别多，尤其是党内职务高的牺牲者多，甚至牺牲在南京雨花台的烈士中有一半以上都是当年在上海工作的地下党人……

于是，从2014年那个清明节至今，我就不停地在上海、南京等地追寻当年烈士们的足迹，并且誓言要完成这样一部闪耀着《共产党宣言》光芒和共产党人品格的作品——《革命者》。

### 作者简介

何建明，中国作家协会原副主席，第三届中国报告文学学会会长，中国作家协会报告文学委员会主任。21世纪以来中国报告文学的主要领军人物，曾三次获得鲁迅文学奖、六次获得中宣部"五个一工程"奖、多次获得"徐迟报告文学奖"。代表作有《那山，那水》《浦东史诗》《忠诚与背叛》《部长与国家》《山神》《落泪是金》《中国高考报告》等。10多部作品改编成电影电视，作品被译介到10多个国家。

# 一生澎湃

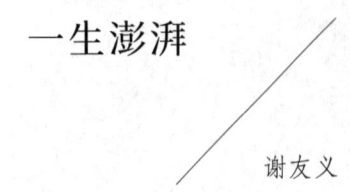

谢友义

**编选导语**

本篇作品节选自谢友义长篇报告文学《赤魂·赤土·赤旗：广东海陆丰农民运动群雕》（广东人民出版社2021年出版）。节选部分主人公是彭湃。彭湃是人物的名字，他是中国农民运动的杰出领袖，是中国革命的重要先驱者之一；"一生澎湃"，这里的"澎湃"用来形容彭湃革命的火热的一生。本篇主要叙写了彭湃人生的行旅，重点讲述了彭湃组织和领导农民运动的革命故事，彰显了"一个眼里有光、心里有火的人"彭湃的光辉形象。作品入选广东省作家协会庆祝建党百年十部红色题材重点作品。

只有精彩的生命，才配得上精彩的传记；只有巨浪接天的大海，才称得上澎湃。而彭湃的一生，当得起"澎湃"二字。

## "背后绝无半个工农"

彭湃就读的早稻田大学政治经济学专门学部，培养学生的特点是："为学生提供更实际的理论知识，保证学生毕业后能马上找到工作，如在政府机关或工业部门里任职。"①

事实上也确实如此：彭湃回国后，曾担任海丰县劝学所所长（即教育局局长）。关于此，一说1921年8月，海丰原劝学所所长因故被迫辞职。陈炯明见彭湃是海丰人，且是留学生，年轻有为，是个人才，想拉来为己所用，于是指示县长翁桂清聘请彭湃为海丰县劝学所所长。也有一说，是林晋亭向陈炯明举荐的彭湃。

而据彭湃给李春涛的信中说，他接受这一职位是因为"还是发着梦的想从教育入手去实现社会的革命"。在没从事农民运动之前，他希图改变社会的抓手其实是教育。他认为教育可以启发民智，可以推动社会变革。

就这样，彭湃从日本回来后，怀揣着新思想深入社会，深入民众，试图启迪民智，改革社会。

1921年9月1日，彭湃在《新海丰》创刊号上发表《告同胞》一文，怒斥私有财产制度是人类最不合理的社会制度，大声疾呼："日光、空气、土地，三者皆非人力所能创造而成者；日光则任人利用，空气则任人呼吸，至于土地亦当任人自由居住。然则竟大谬不然，少数特权阶级田园阡陌，高楼大厦，闲游无事而衣食住自足；贫者则无立锥之地，耕不得食，织不得衣，造成屋宇而不得住。"因此必须推翻资本主义社会，实现社会主义革命。文章断言当时的时代是一个"破坏时代"，要破坏法律、政府、国家。这又反映了他当时的无政府共产主义的观点。彭湃在《写给文亮的信》中说："我从前是很深信无政府共产主义的，两年前才对马氏发生信仰。""年来的经验，马氏我益深信。"（注：原文如此）

但彭湃激进的新思想却遭到海城封建势力遗老遗少们的强烈不满，他们在《陆安日报》著文抨击，恶毒攻讦。彭湃于是针锋相对，与李春涛等办了《赤心周刊》，向旧势力公开叫板。

一天，彭湃刚回到家中，妹妹惶惶然对他说："母亲今日不知因何事哭了一场，还说要打死你。"彭湃赶紧跑进厅内，果然见母亲在那里哭。询问之下才知道，原来是《赤心周刊》出版后放一本在家里，彭湃的七弟

---

①容应萸：《彭湃与建设者同盟——论20世纪初中日左翼知识界的关系》，载中共广东省委党史研究委员会办公室编《纪念彭湃论文选》，1981，第298页。

读出声来，恰好被母亲听见。于是，"我母亲的泪遂涔涔下而至放声地哭起来说：'祖宗无积德，就有败家儿。想着祖父艰难困苦经营乃有今日，倘如此做法，岂不是要破家荡产吗？'"①

"一个宣传新文化、新思想（社会主义思想）的小刊物在这个县城里刊行了。它名字叫做'赤心'，是用蜡纸写印。虽然销数每期不会超过200份，出版没有几期就停刊了。但是，它的影响却不是微末的。却把县里青年们的眼睛和心窍打开了，它给他们以眺望未来的窗口。然而这个宣说社会真理、代表人民欲求的小刊物，在那些有权位的人看来却是危险的，至少也是不顺眼的。可是真理不怕锤炼，事实比一切的花言巧语都有力量。没几年，那些被叫醒了的青年都成为革命的斗士，而现实也在依照着真理的指导不断前进。"②

这也正是土豪劣绅、官僚地主为何惧怕、仇恨《赤心周刊》的原因了。

虽然彭湃踌躇满志，锐意改革，但前途依旧黯然。

1922年5月，彭湃率学生举行五一游行以示庆祝，学生有男有女，现存有照片为证。这让海丰县的一些豪绅地主大为光火。见彭湃让他们的子女做出如此大逆不道、伤风败俗的行为，他们纷纷写信给陈炯明，要求严肃惩办彭湃。官办报纸《陆安日报》也摇唇鼓舌，喧嚣一时，抨击彭湃说什么"君居住的是洋楼，君食的是农民把血汗换来的白米！君也配提倡社会主义吗？君是不忠实！君若要出来提倡社会主义，君就应当先出来实行给大家看看！把君的家财先拿出来和人家均分！或拿出来做慈善事业"，"借教育以宣传社会主义之谬妄"。

彭湃的任职是经陈炯明许可的，但是彭湃的举动也令陈炯明大为不安。他急忙发电报给海丰县长翁桂清，表示"彭湃如果不职，可另择能委任"，同时给彭湃发电报说"君非百里才"，要彭湃辞职去广州做事。

---

① 彭湃：《海丰农民运动》，载陈翰笙、薛暮桥、冯和法编《解放前的中国农村》第一辑，中国展望出版社，1985，第123页。
② 钟敬文：《一个生死于理想的人》，载彭湃研究史料编辑组编《彭湃研究史料》，广东人民出版社，1981，第363页。

5月9日，翁桂清发出所谓准彭湃局长辞职公文。至此，彭湃想通过教育改造社会的梦想彻底破灭了。

他在《海丰农民运动》中对于这段时日无多的仕途经历有过如下记录："1922年5月间我为海丰教育局长，还是发着梦的想从教育入手去实现社会的革命，因召集全县男女学生多数有钱佬的儿女，在县城举行五一劳动节，这算是海丰有史以来的第一次，参加的绝无一个工人和农民，第一高等小学的学生高举着'赤化'二字的红旗去游街，实在是幼稚到了不得！海丰的绅士以为是将实行共产公妻了，大肆谣言，屡屡向陈炯明攻击我们，遂致被其撤差，县中所有思想较新的校长教员们也纷纷地下台了。"

《海陆丰赤祸记》1929年刊发于香港，原件藏陆丰县档案馆。它显然出于国民党之宣传需要，记录了1922—1929年，也就是彭湃从日本回国后领导农民运动以及苏维埃红色政权从兴盛到失败的整个历史过程。事无巨细，无论繁简，或一笔带过，或详尽记述，皆有记录。

关于彭湃任职教育局长期间的所作所为，文中有如下记载："彭湃则以学生为'共产主义'之指导人才，日夕率之联翩郊行，到处煽惑宣传不遗余力。头脑简单、意志浮薄之青年学生、工农群众，莫不乐意逢迎……邑中老成人以其行动嚣张，咸谓彭湃播恶惑众，群起攻之，联名赴控当道，实以宣传邪说、煽惑群众、捣乱社会、靡费公帑等十大罪。彭湃因是被劾，而解长海丰教育局。"[1]

被陈炯明撤掉教育局局长职务以后，彭湃深感"背后绝无半个工农"，"街上的工人和农村的农民也绝不知我们做什么把戏"，于是他决心到农村去。这个时候他的决心是十二分坚决的。

一个空想的终点，一个理想的起点。从此，彭湃决意全身心投入到另一个伟大的社会实践中去——开展农民运动。

---

[1] 叶佐能编《彭湃研究史料》下，中共中央党校出版社，2007，第914页。

## 破釜沉舟，投身农运

教育局长被免职后，彭湃决定破釜沉舟，索性全身心投入到发展农会的行动中去。

彭湃早在日本时就接受了社会主义思想，对马克思学说也深刻认同，自称"我益深信马氏"。他认为地主残酷的田租压榨，是农民生活贫苦的根本原因。他决心要让农民认清这一点，团结起来改变自己悲惨的现状。

正值五月节令，虫鸣于野，风鸣于树。他站在炙热的阳光下环顾四周，赤日黄土，混沌茫然，这生他养他的故土，让他感到既陌生又亲切，一时间他百感交集。他稳了稳神，朝着最近的一个村庄走去。这个名叫赤山约的普通乡村，由于在彭湃的视野里最先出现，注定在中国近代史上成为一个令人瞩目的地标。赤山约农会作为彭湃发展的第一个农会，日后势成燎原的第一颗火种。（下文有述）。

当彭湃身着白色洋服，头戴白色通草帽出现在村口时，一个30岁左右的农民一面弄着粪土一面对他说："先生你是来收捐的吗？"彭湃答道："我不是来收捐的，我是来和你们做朋友的啊，咱们聊聊好吗？"那农民苦笑道："呀！先生你请茶，我不得空和你闲谈，恕罪！"说完便跑了。过一会儿又来了一个20多岁的农民，他奇怪地打量着彭湃，彭湃忙赔笑解释道："我不是做官当兵的人，我是学生，近日特来贵村闲游，想和你们做朋友……"那青年农民打断他："我们这些种田人配不上和你们做朋友啊！"说完头也不回地走了。彭湃甚觉沮丧，又不甘心，于是继续向村里走去。只见家家户户都锁着门，原来都下地做活去了。

彭湃有记日记的习惯。回到家中"打开日记，想把今天的成绩记在里头，结果只有一个零字"。

第二天，彭湃爬起身来随便吃了一餐早饭，就再到农村去了。凡在路上看着农民挑着芋头去城里卖，或担着尿桶去城里收尿，他就很恭敬地避在路边，让他们先过。他又来到赤山约，一个40多岁的农民问他："先生呀！你是来收账呀？"彭湃忙说："不是不是！我是来帮你收账的，因为人家欠了你们的数，你们忘记了，所以我来告诉你们。"那农民惊讶得合不拢嘴。彭湃继续说道："你还不知道吗？地主就是欠你们的大账者啊，他们不做工，可你们耕田耕到死。结果呢，你们耕了千百年，租谷也给他收去了千百年。想起来实在是不公平，所以来和你们商量怎样向地主拿回这笔账！"谁料那农民笑他道："切！收租的永远都是收租的，耕田的永远都是耕田的，这是命中注定的。先生你请，我要干活去。"

就这样，第二天的结果一样是零。但有了两天的经验，彭湃决定不去乡村了。这一天，他来到龙王庙，那里是通往赤山约、北笏约等好几个乡村的必经之地，每日都有无数农民在此经过，并且在庙前休息。遇上一个农民，彭湃就上前搭讪，听着他的话，多半农民半信半疑。就这样过了半个月，农民们各自忙着，最多时也就二三十人来听他讲，看热闹。众人都认为彭家四少爷疯了，连彭家自己人都觉得彭湃脑子坏了。彭湃回忆说："我的家里亦有许多亲戚拿着许多食物来看我的病状如何。我这时觉得甚为奇怪。后来我家一个雇工，对我说：'喂，你以后在家里闲坐好。'我问：'为什么？'他答：'外边的人都说你有神经病，你须休养才对。'我几乎把他笑死。后来查出是一班反对的绅士所制造的谣言。同时乡村的农民也有许多人都信我是有神经病的人，几乎看见我就好像可怕，要避开的。"

终于有一天，一个姓彭的年轻农民鲁莽地对彭湃说："你彭大少爷不愁吃不愁穿的，闲着没事口花花地说这些废话有什么用呢？我就是你彭家的佃户，你彭家能不收我的租吗？"彭湃正待说话，旁边一个二十五六岁的年轻农民说了一句令彭湃大喜过望、眼前一亮的话："就算彭家可以不收你的租，那其他地主呢？还不是照样收租？所以大家要一条心，都不给地主交租才行。"彭湃暗喜道：这就是我要找的同志啊！他马上问那农民叫什么名字，那人叫张妈安。

张妈安还建议彭湃别只在大榕树下做工夫：农民哪有时间听你讲大道理啊，你应该晚上来，晚上农民们都歇工回家了，你去跟回家吃饭的农民聊，让他们了解你的想法。

当天晚上，彭湃兴奋地在日记里写道：成功快到了。

之后，彭湃听从了农民张妈安的话，脱下白色西服，并把从日本带回来的留声机也扛了去村头。农民们都没见过这洋玩意儿，就好奇地围拢过来看西洋景。当地农民听不懂官话（普通话），只会听当地方言，彭湃在大榕树下听到有小孩子唱"咚咚咚，农仔不用吃番薯吃大米"，朗朗上口，不认字的都能唱。于是他就重新填了词《田仔骂田公》："咚呀！咚！咚！咚！田仔骂田公！田仔耕田耕到死；田公在厝食白米！做个（的）颠倒饿；懒个（的）颠倒好！是你不知想！不是命不好！农夫呀！醒来！农夫呀！勿懵……"再如《农民兄弟真凄凉》："山歌一唱闹嚷嚷，农民兄弟真凄凉！早晨食碗番薯粥，夜晚食碗番薯汤。半饥半饱饿断肠，住间厝仔无有梁。搭起两间草寮屋，七穿八漏透月光。"这首歌谣让农民一下子就听懂了革命道理，小孩一般也都会唱，于是在海丰流传甚广。

村中的农民经过张妈安等人做工作，也愿意听彭湃谈话了。渐渐地，听众有了六七十人，小孩站在前面，男的站在中间，女的站在后头。他讲话采取问答式，按照农民的理解能力和提出的问题具体作答；临走时还预告：改天我来时还会有魔术表演哦。

果然，彭湃再来的时候村头已聚拢200余人，他开了留声机，还表演了魔术。为了吸引群众，彭湃专门花了几天时间学玩魔术。一次他端出一杯清水，用手一点，清水变成了黑水；又一点，黑水忽的变成了红水。手一拍，杯中又出现了两条小鱼儿。见围观的人越来越多，他就指着清水说，这代表没有压迫和剥削；又指着黑水说，有了反动统治阶级的剥削，劳苦大众就过着像黑水一样的日子。然后又指着红水说，这代表革命胜利，日头正出，世界很快就要变成红色。最后指着小鱼说，这水好比农会，鱼好比农民，鱼离开了水就不能活，我们农民离开了农会就不能翻身。这样生动活泼的宣传使农民开窍了，慢慢明白了革命道理。

黄培熙曾回忆道："他还会变魔术耍杂技。在向农民讲话之前，他一定要变魔术或是耍耍杂技，放几张唱片，于是很快吸引了很多农民。"[1]

---

[1] 黄培熙：《做农民的知心朋友——纪念彭湃烈士殉难三十周年》，《人民日报》1959年8月30日。

《海陆丰赤祸记》中对此也有记载:"彭湃被褫职后……更亲自努力下层工作","时或独歌行路中,招惹农民围观;时或携留声机,伏树荫下放唱,诱起农民之好奇心,以便趁机向之宣传。于是农民识与不识,莫不知有彭先生,而表示亲爱景仰之忱。久而久之,四乡无知农民,趋之若鹜"。①

看人到得差不多了,彭湃就开始演说。他不讲大话,接地气,主要是用耕田蚀本、农民受剥削的事实启发农民的觉悟。鉴于很多农民认为自己穷是命不好,受压迫剥削是命中注定的,彭湃就采用算账的方法,使农民明白不是他们命不好,而是地主欠了他们的账。有一天他在龙山下的天后宫前向农民宣传,举了一个例子:一个佃农向地主佃耕10斗种的田地,中等年景的话两造可收获27担,除了一半还地主的租(何况还有那纳租额高达75%的),所余13担5斗,算是一年中的收入,按每担价值银6元,共计银81元,加上禾草约银3元,共合计收入银84元。但这里头却得扣除:肥料每年两造约银30元,种子费约银5元,农具消耗费约银5元,合共银40元。另外还有一些很重要的,也是农民最容易忘记或完全不知道的——工钱。按照一个身体健壮的农民能够负担耕种8斗种的田地来计算,那么一个农民每年单讲吃的,每餐至少要用6个铜元,一天就是1角5分,一个月就是银4元5角,以一年计,就要银54元。再加上肥料费等共血本银94元,与收获所得银84元相抵,还亏空银10元。难道农民除了食之外不用穿吗?房屋坏了不用修理吗?夜里不用点灯吗?都不用养父母妻子吗?都不用养一个孩子以备将来替代衰老无力的自己耕田吗?这些加起来那就亏空得更厉害了。

算完账,彭湃继而道:"姑且认为地主的地是用钱买的,但是他买田的钱一次性投下去就变成了年年有租可收,有利可获了。可农民耕田年年是要下本的,如种子、肥料、农具、工食等,要很大的血本才有谷粒生出来。"他还深入浅出地给那些自认为欠了地主债的农民解释:是地主欠你

---

① 叶佐能编:《彭湃研究史料》下,中共中央党校出版社,2007,第915页。

们的大账啊，他们一亩田多者不过值百元，可你们却耕了千百年，交租也交了千百年。你们被地主收去多少谷呢？最后，他说："农民兄弟要寻找生路，就得要求地主减租。可地主肯定不干啊，那怎么办呢？如果农民有个组织把自己的力量团结起来，地主一定敌不过我们的，到那个时候，什么三盖头、伙头鸡、伙头钱、铁租无减、加租、吊佃等通通见鬼去吧。"

道理都讲明白了，可是说到加入农会，农民胆小怕事的局限性就显现出来了。他们推脱说："我是很赞成加入农会的，但等人家通通加入了再说吧，我一定是加入的。"彭湃又苦口婆心解释道：我们入农会就好比过河一样，大家都知道对岸是幸福的，可是个个都怕被河水淹死，都不愿先过。我们加入农会，就是要手拉手一起过河，如一个跌下河去，必有手把他扶起来，所以农会是互相扶助的亲如兄弟的组织。

就这样过了一个多月，才有 30 余人加入农会。不过随后发生的一件事，将这颗明明灭灭、将熄未熄的火种"嘭"的一声点燃了。

赤山约的云路乡有一个农会会员，他的童养媳才 6 岁，上茅厕不慎跌到粪池里溺死了。她娘家男女三四十人汹汹然打到云路乡来，说是要男家偿命。于是农会决议全体农会会员到云路乡与那童养媳的娘家人理论。来到云路乡后，农会就向对方说明情况，并将一班喊打喊杀者的姓名一个一个写在本子上，然后严厉地劝他们返回。那班娘家人也是农民，见他们的名字都被写了下来，心中难免有点惊怕。其中一个男人说："我的家事关你们何事？"会员们道："你还不知道我们有了农会吧，农会就是穷人抱团，亲如兄弟，他的事即我的事，我的事即他的事，今日我们会员兄弟有事，我们肯定要出手相帮的。我看你们也是耕田的，日后如果你加入了你乡的农会，农会也一样会帮你们的，快请回吧。"后来这件事传了出去，很多农民知道了农会和农会的力量。

以前，土匪的地盘无人敢过，现在，农会的人可以随便出入；而且，如果被打劫者是农会会员，农会出面，土匪都会放人。加之，惠阳、紫金、五华一带的土匪本来很多都是农民，听闻农会专帮农民后，也不打劫有农会的乡村。所以各区警察及衙门也就门庭冷落了。

自此以后，世风日变，乡村的政治权力无形中由绅士土豪而移至农会，农民也"渐有了阶级的觉悟"。

到了 1922 年 10 月，县城的东西南北，由赤山约到平岗约、银镇约、青湖约、河口约、西河约、公平约、旧圩约等都相继成立了约农会。这个时候，彭湃和他的同志们兴奋地意识到，成立海丰县总农会的时机到了。彭湃"中国农民的阶级斗争，将出现于南部海丰一隅"的预言实现了。

## 农民运动的推进机

——彭湃提议创办农民运动讲习所

1924 年 1 月，在中国共产党的帮助下，孙中山领导的国民党在广州召开了第一次全国代表大会，同意共产党员和社会主义青年团员以个人身份加入国民党。国共两党合作无疑为农民运动的发展创造了一个良好的社会条件。1924 年 4 月，辗转于香港的彭湃回到广州，以个人的身份接受廖仲恺和谭平山的邀请，出任国民党中央农民部秘书一职。

海陆丰农民运动的成功和深刻影响，使国共两党都意识到农民运动对中国革命的重大作用。1924 年 6 月 3 日，国民党中央执委会在广州召开，已经有了两年多农民运动的丰富实践经验及策略的彭湃，以农民部名义提出创办农民运动讲习所，培养农民运动干部。这一提议被国民党中央执委会第 39 次会议讨论通过。彭湃随即被任命为第一届农讲所主任。

1924 年 7 月 24 日的《广州民国日报》对农讲所的成立做了报道："广州农讲所的办学宗旨是：为养成农民运动之指导人才；养成冲锋陷阵之战斗员，使其成为农民运动推进机。"可见影响之大。

第一届农讲所于 1924 年 7 月 3 日开学，所址在广州越秀南路惠州会馆。

彭湃担任农讲所主任期间，不仅负责全所的培训工作，还亲自授课，把在海丰搞农运的经验和教训传授给学员，还坚持理论与实践相结合，带领学员到广州郊区农村进行调查研究，教导学员学会领导组织农运的本领，树立坚定的革命立场和正确的斗争策略。在农民运动的实践中，彭湃充分认识到农民武装斗争的重要性，故他特别安排学员到素有"将帅摇篮"之称的黄埔军校接受10天军事训练。

为保证学员在今后从事农民运动时能够担负起组织和指挥农军作战的能力，军事训练就成为了日后历届农讲所必需的教学定制。1924年8月21日，第一届学员举行毕业典礼时，中华民国陆海军大元帅的孙中山亲临大会祝贺，他赞扬农讲所成绩卓著，并作了"耕者有其田"的重要演说。

第一届学员学习为期40多天，这些学员后来大多都成为广东开展农民和工人运动的骨干和精英。1926年，国民党中央农民部在总结农民运动讲习所的工作时，把第一届毕业学员比喻为"农民运动的推进机"。

陈登贵在《彭湃与广州农民运动讲习所》一文中说："第一届农讲所的教学内容，主要是学习国民革命的基础知识，学习农民运动之理论及实施方法，并进行严格的军事训练。在第一届农讲所开办期间，彭湃同志亲自给学员讲课，他运用马克思主义的观点，对农村的政治经济状况和阶级关系作了科学的分析，揭露了地主阶级对农民残酷剥削和压迫的事实，指出只有宣传教育农民组织起来与地主阶级和一切反动势力作斗争，才能获得解放。他还以自己从事农民运动的体会和经验来教育学员，鼓励学员只要下决心深入农村，给农民做艰苦细致的思想发动工作，农民是会组织起来的，革命一定会胜利的。彭湃同志对军事训练非常重视，他亲自带领学员到黄埔军校进行军事训练，十天军训时间约占整个课程的五分之一时间，军事训练的计划也十分具体，既学习军事理论知识，也学习实际的军事技术。军事训练的项目有队列操练、持枪刺杀、瞄准实弹射击、利用地形地物进行森林战、山地战、村落战的训练，还进行夜间演习等。"

彭湃同志还亲自教导学员骑马。当时学员有着严格的组织纪律性，过着紧张的军事生活。学员回忆说："这十天是过得特别紧张的。大家对于严肃紧张的军队生活都是初步尝试，一天三顿是从来未吃过的淡馒头和稀粥，不少人因不习惯而吃得半饱。加上每天十四小时不停的操练，真是格外疲劳。""学生除正式授课外，最注意所外活动。凡星期日须有农村运动实习,步行之训练,马术之训练,又有农民党员联欢大会之组织。"①

我们现在能看到的,彭湃起草的第一届农讲所教学提纲的原始资料如下:

### 第一届农民运动讲习所(1924年7月3日)

(甲)分子

十三年(1924年)7月3日第一届农民运动讲习所开始训练,定一个月毕业,计学生38名,在中以五四运动奋斗的经验而觉悟到要"入民间去"之分子为多,次则为农民已接受本党政纲而做农民运动于前者,次则工人曾参加工会组织运动者,有女生2名。

(乙)训练

此届讲习所主任为彭湃同志。学生除正式授课外,最注意于所外活动,凡星期日须有农村运动实习,步行之训练,马术之训练,又有农民党员联欢大会之组织,市郊农民协会之成立,及东西南北四郊之实际调查与宣传组织。故此期学生实为本党农民运动之推进机,现在亦为主持各重要农民协会区域之战斗员。

(丙)军事训练

一、地点在长洲陆军军官学校(即黄埔军校,笔者注),期间10天。

二、军事训练10日课程表(从略,笔者注)。

农村实习,在军事训练完毕即与军校特别区党部连续3天向附近村落农民运动。凡深井、鱼珠、东圃、黄埔、长洲等处均有宣传,斯时长洲农民协会成立,即当时之宣传结果。

(丁)毕业

一、毕业试验:(一)笔试;(二)口试

二、毕业日期:1924年8月20日,是日行毕业礼,由孙总理致训词。

---

① 陈登贵:《彭湃与广州农民运动讲习所》,载中共广东省委党史研究委员会办公室编《纪念彭湃论文选》,1981年,第190页。

三、毕业人数：33名。①

第六届农讲所由前五届的主任制改为所长制，毛泽东任所长。1926年5月3日开学，9月11日毕业。所址设在今广州市中山四路番禺学宫。此届学员数量最多，来自20个省区，毕业后一般回原籍工作。

其间，全体学员300多人于8月到海丰实习。1925年11月，周恩来率第一次东征军第一师（第三团除外）向海丰公平一带追击反动军阀，第一师第三团第五连与赤山农民自卫军一起在赤山宝塔附近与敌军激战，俘虏300余人，缴枪300余支，并于26日占领陆丰。1926年，海丰为纪念东征期间牺牲的53位烈士，在海丰县城东龙山东侧建碑纪念，称为"五三烈士碑"。来海丰实习的农讲所师生300多人在亭前致祭，致祭大会由讲习所军事教练总队长赵自选唱礼，讲习所教育长陆沉主祭，彭湃和各界代表演说。学员分组深入农村作实际调查。

彭湃被聘请为第六届农讲所教员，他给学员讲授"海丰及东江农运状况"这门课。学员冯文江保留了当年一本听课的笔记，这是一份珍贵的历史文物。在这本听课笔记里，冯文江记录了彭湃讲授的做农民运动的12个要点：（1）要吃苦，忠诚勇敢，受党的指导；（2）要从下部工作做起，很谦逊，不要摆出高贵的样子；（3）要明白农民的生活状况及心理（凡同情者，乃革命者）；（4）与农民交接要严密，然决不可生金钱关系；（5）不要贪恋农民妇女（绝不要谈新思潮——自由平等）；（6）不要谈迷信；（7）不要偷懒（要宣传每个农民，使其团结起来）；（8）不要出无为的风头，夸自己能干，自己有力量功劳，要归于农民群众才好；（9）谈话不要深奥，用俗语，且要耐烦；（10）利用绅士一时，用后置之不论；（11）初次与农民谈话，可告以白话的历史；（12）不要显出与农民不一样的动作。

---

① 彭湃：《第一届农民运动讲习所》，载叶佐能编《彭湃研究史料》上，中共中央党校出版社，2007，第190~191页。

## 聚是一团火,散是满天星

### ——朋友眼中的彭湃

"有人也许以为这位旧制度的叛逆者、革命民众的领导人,面目必是狰狞的。他可能被想象成了一个煞神。但是像他心肠的仁慈一样,他的面目也是驯良的,在他那有着稍大的鼻子的脸上常常浮着笑意。我们看了,觉得比起他雄伟的理想来,他这种容貌倒是过于柔美的。此刻,我闭起眼睛来,还仿佛看见他笑口里那一排洁白整齐的牙齿。"①

金山回忆:"他个子颇矮,但浑身是劲,很健康。他面孔修长,外表上不像广东人,相貌坚定。他的声音十分深沉,偶尔口吃……要是彭湃不过早死亡,他一定会成为中国最伟大的群众领导人之一。在中国,除了毛泽东以外,我没有遇见过别的人具有像他一样罕有的领导能力。""他领导人民,人民追随他。他不搞控制,而是感化人民赞成他的意见——像一个民主主义者所应当做的那样。如果说有一个人曾经掌握着海陆丰苏维埃的话,那末(么)是彭湃,然而他绝不这样去考虑自己……我还记得彭湃有一天向我说明他的管理原则:我们一定要把全部力量集中在某一点上。但如果这不是以群众民主为基础,那末(么)它就将不如豆腐坚实。"②

方志敏结婚时彭湃前去祝贺。方志敏的爱人缪敏记得:"彭湃是个中等身材的人,柳条腰,黑色脸膛,身体很健壮。他和我们谈话时很有风趣。那时正当夏天,他穿着一件柳条衬衣,白色西装裤,不是谈话,便是写信。"③

彭湃堪称一个天才的演说家。

---

① 钟敬文:《一个生死于理想的人》,载《彭湃研究史料》编辑组编《彭湃研究史料》,广东人民出版社,1981,第366页。
② 金山:《海陆丰的生死斗争》,载叶佐能编《彭湃研究史料》下,中共中央党校出版社,2007,第703页。
③ 缪敏:《方志敏和彭湃》,载叶佐能编《彭湃研究史料》上,中共中央党校出版社,2007,第367页。

面对大部分没有受过多少教育的农民，他善于运用通俗的土话、生动的比喻来阐明道理，以至他每讲一句话，"都与在农民心坎中透出来的呼吸一般，成为农民的生命的一部分"①。

比如他向农民讲解马克思的阶级斗争学说，但什么是阶级？"全世界约15万万人，其中分为两种，一种是发财人——资本家、地主；一种是穷苦人——工人、农民。这两种究竟哪一种多？……无钱的十居九人，有钱的只有一人。现在是一个有钱的人欺负九个无钱的人，但是无钱的人，不愿受他的欺负，起来反抗他，这就叫做阶级斗争。"②

为了激励农民们加入农会，他在海丰县工农兵代表大会上的报告就具体描绘出农民期望得到的实实在在东西："我们若能把一切的反革命派杀得清清楚楚，把一切田契租簿烧掉，明年便可分配土地，后年便可从外国买大机器来耕，大后年便可于各乡村建设电灯，自来水，娱乐场，学校，图书馆！（彭掌）不过这种目的达到不达到，全看我们工农兵团结的力量怎样罢了。"③

海陆丰一带乡村与中国其他乡村一样，也深受儒家思想的熏陶，农民以反抗为罪恶，以顺从为美德。千百年来，他们顺从地主，尊崇皇帝，君君臣臣、三纲五常的观念深入人心。对于悲惨的生活现状，他们大都会说"这是天命使然"，祖上"没有得到好风水"。有一次彭湃到乡村去宣传减租，一个老农对彭湃说："租田主的田应当还租的，我们提出减租恐怕不公道吧。"彭湃就耐心详细解释了农民终岁劳苦，到死都不得温饱的原因，揭露了所谓公道的实质。看老农若有所悟，彭湃就问他："减租是否公道？"老农连连点头称是。

徐向前这样描述他第一次见到的彭湃："在海丰城里的红场上，举行了几万人的群众大会，欢迎我们红四师。苏维埃主席彭湃同志在会上讲了

---

① 易元：《彭湃同志传略》，《北方红旗》1930年第29期。
② 彭湃：《海陆丰苏维埃》，载叶佐能编《彭湃研究史料》上，中共中央党校出版社，2007，第482页。
③《彭湃文集》，人民出版社，1981，第291页。

话。他只有20多岁,身材不高,脸长而白,完全像一个百分之百的文弱书生。他身穿普通的农民衣服,脚着一双草鞋。海、陆丰的农民都称他为'彭菩萨'。他洪亮的声音,革命的热情,坚强的意志,对革命的前途充满着必胜的信心,都使我们永志不忘。当他讲到广州起义失败,他把手一挥说:'这算不了什么,虽然失败了,但我们是光荣的失败。我们共产党人,从来不计失败,不畏困难,失败了再干,跌倒爬起来,革命总有一天会成功的。'他那逻辑性很强、鼓动说服力很大、浅显易懂的讲话,句句打动听者的心坎,使人增加无限的勇气和毅力。"①

周恩来与彭湃私交甚笃。柯麟回忆:"1925年国民政府举行东征,讨伐军阀陈炯明。东征军的主力是黄埔学生军,在海陆丰有组织的农民的支持下,打垮了陈炯明的部队。东征军总司令是蒋介石,政治部主任是周恩来,彭湃负责农民运动。他们3人在东征时是寸步不离的,蒋介石离不开周恩来,周恩来离不开彭湃。他们经常在一起。"②

1925年8月7日,邓颖超从天津赴穗与周恩来结婚。8日,张治中在太平馆西餐厅设宴两席,祝贺周恩来、邓颖超新婚。当时的宾客有邓演达、陈延年、邓中夏、恽代英、陈赓、彭湃和李富春、蔡畅夫妇等。

1989年春天,邓颖超邀请张治中子女作客西花厅,她还对张一纯说:"1925年我同恩来在黄埔军校结婚,那时恩来是政治部主任,你父亲是新兵团团长。我们结婚很保密,除了你父亲,别人谁也没告诉。谁知你父亲一定要请客。他安排了两桌酒席……这件事我一辈子也不会忘记。"③

实际上,周恩来与邓颖超的婚宴是由彭湃买单的。当张治中出来买单时,发现彭湃借上厕所之机已经把单给买了。

---

① 徐向前:《奔向海陆丰》,载叶佐能编《彭湃研究史料》下,中共中央党校出版社,2007,第652页。
② 柯麟:《回忆彭湃》,载叶佐能编《彭湃研究史料》下,中共中央党校出版社,2007,第884页。
③ 张一纯:《我所接触到的周恩来》,载裴兆启主编《肝胆相照见真情——老一辈无产阶级革命家与民主人士的交往》,中国文史出版社,1999,第229页。

### 作者简介

谢友义，中国作家协会会员、中国报告文学青年创作委员会副主任、广东省作家协会报告文学创作委员会副主任，广州市作家协会副主席，鲁迅文学院第二十期中青年高级研修班学员。出版长篇小说《心痛的感觉》《广州工人》《工友》《工道》，小说集《文心集》，报告文学集《广州的天空》、《文学的天空》、《南粤映丹心》（与人合著）、《你看你看那美丽的安居房》、《肝胆两昆仑》等。

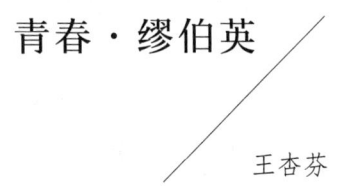

# 青春·缪伯英

王杏芬

> **编选导语**
>
> 本篇作品节选自王杏芬长篇报告文学《青春·缪伯英》（湖南人民出版社 2017 年出版）。缪伯英为湖南长沙人，考入北京女子高等师范学校。1920 年参加了由李大钊发起成立的北京大学马克思主义学说研究会，后由李大钊介绍加入中国共产党。她是中国共产党第一位女党员，和丈夫何孟雄同为革命的先烈。本篇以清雅深挚的笔墨叙写了缪伯英的革命与爱情，再现先烈"英"与"雄"的坚定的信仰和灿烂的青春。2022 年，讲述缪伯英革命事迹的电影《追光》在全国上映。

## 信仰的洗礼

这几天，伯英明显消瘦了，本来就大的眼睛在小了一圈的脸颊上如两口深潭。因为连续的失眠，她的眼眶周围布满了浅浅的黑影，整个人看上去憔悴无比。

她坐在何孟雄宿舍的床上，就那样不言不语地坐着，仿佛傻了一般。与何孟雄相遇相识相爱的一幕幕，如电影画面般在她脑海里机械地闪现。她把头慢慢地埋入被子里，一股熟悉的气味充塞了她的鼻腔，她贪婪地呼吸着。这是亲人的气味，是世上最温暖也最不可替代的气息。

缪伯英站了起来，木然朝门外走来。雨落了好几天了，没有停的迹象。伯英突然剧烈地咳嗽起来，咳得她手捂胸口弯下了腰，表情非常痛苦。

前方雨中人声喧哗，并渐渐靠近。伯英侧头往那边望去，望着望着，她的眼睛亮了。

前面走来的正是何孟雄和与他同时被捕的另外七位同学，边上还有接他们回来的邓中夏和高君宇。他们浑身淋得透湿，却在雨中谈笑风生，健步如飞，丝毫看不出是从监狱刚刚获释。

"据说最初蔡元培先生单独保释你们未能获准，而后李大钊先生再次四方斡旋，动员了其他几位高校校长联名保释，才终于得以将你们营救出来。"说这话的是邓中夏。

"你们的斗争与牺牲精神赢得了社会舆论的高度赞扬，报纸上称你们是在中国第一次为'五月一日节运动'而入狱的八个少年，并说你们的斗争起到了唤醒社会的作用！"高君宇也兴冲冲地接着邓中夏的话说道。

被关押了半个来月的八位同学，被这次的胜利所鼓舞，每个人心间都充满了胜利的豪情。何孟雄说："进了这趟牢房，我更加明白了只有马克思主义才能救中国。在这种强权社会里，和平的手段实现不了任何社会理想……"话未说完，前方风雨中一个女孩奔了过来，冷不丁扑到了他的怀里，忘情地搂住他的脖子，久久地、紧紧地不愿松开。

那是缪伯英。

雨越下越大，似乎要把所有污物都冲走，似乎要把世界从里到外洗个通明透亮。

## 第一位女共产党员

"我认为中国革命的当务之急，是组织中国共产主义团体加入共产国际。中国的实际情况证明了组织共产主义团体条件已经成熟。"李大钊的红楼办公室内，共产国际的代表、远东局局长维金斯基言辞郑重。

维金斯基这次中国之行，是特意来联络有共产主义倾向的代表人物的。经北大俄文系俄籍教授鲍立威介绍，他找到的第一位联系人便是李大钊。

之前虽然从未谋面，但李大钊早已听闻维金斯基的人品，他不仅是一个坚定的布尔什维主义者，而且为人谦逊，品格高尚。此次交流，他也从不以共产国际的代表自居，让人有如沐春风之感。

"非常感谢共产国际对中国革命的指导和支持！也非常感谢您！北京方面我将立即着手成立共产党小组。我刚向您推荐的陈独秀先生在上海，南方共产主义团体建立的领头人非他莫属。"李大钊镜片后的眼睛闪着真挚坚毅的光彩，他与维金斯基两双大手紧紧相握，彼此传递着力量。

维金斯基带着助手与翻译决定即刻赴沪会见陈独秀。送行归来，李大钊办公室留下了两个人，他和张申府。

张申府于北大毕业后留校任教，同时在图书馆协助李大钊工作。他思想进步，常有宣传自由平等思想的文字见诸报端，并参与编辑出版了《每周评论》。这次建党及发展成员，他又成了李大钊的得力助手。

除了他们两位，张申府想要吸纳的第三位党员是一位女性，也是张申府心中倾慕已久的女子。想到她，他的眼前立即浮现了温情的一幕：

夏日的陶然亭，垂柳依依，惠风和畅。亭中的石桌上，摆了简单的几样水果点心，外加若干杯清茶，一群年轻人在此聚会。他们外表看上去个个朴素，是普通得不能再普通的年轻人，但其实又是一批特别不普通的年轻人。这里聚集了北京与天津五个团体的负责人，他们分别是少年中国学会、觉悟社、人道社、曙光社和青年互助团的李大钊、张申府、周恩来、刘清扬和邓颖超等人。

刘清扬明眸皓齿，一头短发干净利落。她是天津女界爱国同志会的会长，并于去年与刚从日本留学归国的周恩来等人发起成立了天津青年进步团体觉悟社。陶然亭的茶话会上，刘清扬报告了本次会议的宗旨。经过对今后运动方向问题的共同商讨，五个革命团体联合发表了《改造联合宣言》和《约章》。

坐在石凳上认真聆听刘清扬讲话的张申府的心中，从此种下了对她的情愫。

听到张申府的提议，李大钊顿了一下，因为他考虑的人选是缪伯英。这位他一手培养并看着成长的年轻女性，无论是勇敢、才气还是对马克思主义信仰的坚定性方面都深得李大钊之心。但张申府提的刘清扬，李大钊也非常了解，五四运动中作为女界的学生领袖，她因积极的表现曾被当局逮捕入狱，并且思想进步、做事干练，因此他对张申府的提议表示赞同。

此时刘清扬尚未离开京城，张申府立即将她约到了红楼李大钊的办公室。

三人在李大钊的书桌前坐定，张申府开口了。他先介绍了维金斯基与他们的碰头接洽，然后说到了在北京建立共产党小组的想法，最后将热切的眼光停留在刘清扬的脸上，说："如果你同意加入进来，你便是在李大钊先生和我之外的第三个党员了，并且，肯定是第一个女党员。当然，这需要非凡的勇气，因为我们这个组织，在中国是无古可鉴的。它像一株初生的幼苗，也许能长成参天大树，也许会夭折于雷电风暴的打击摧残。"

刘清扬认真地听完，没有马上作答，她立于窗边，陷入了沉思。

李大钊和张申府悄悄退出了房间，他们愿意留出更多的时间供她考虑和选择。这是一条注定充满风险并暂时看不到前景的路，在这条路上跋涉，不仅需要过人的胆量，更需有无畏的拓荒者的献身精神。对于一个女性来说，对之慎之又慎是必需的，也是合乎常情的。

里间办公室的门开了，刘清扬走了出来。李大钊和张申府正坐在外间的会客椅上，两人没有言语，一直在静静等待刘清扬。

刘清扬启唇牵动嘴角笑了笑，笑得有点艰难："我……很感激两位先生对我的信任。但是，事关重大，第一，我还没有足够的心理准备；第二，目前我对共产党的认识确实不够。为了负责起见，我决定暂时不加入组织。"

刘清扬的回答出乎李大钊和张申府两人的意料。以刘清扬一贯的品性和表现，她都会很爽快地答应而不会加以拒绝。但反过来想，在一个新的组织萌生的初期，因为不了解而对它有观望的心态也是人之常情。李大钊和张申府两人除了遗憾外，更多的是理解。他们非常平和地接受了刘清扬的决定。

两人将刘清扬送出了红楼大门，她即将奔赴法国勤工俭学，并代表天津觉悟社在法国开展工作。其实两人并没有看走眼，事实证明刘清扬是一位坚定的布尔什维克战士，她在法国不仅作为主要成员创建了中国共产党的第一个海外组织——巴黎共产主义小组，并且将自己终身都奉献给了共产主义的壮丽事业。这已是后话。

伯英终于在亢慕义斋的阅览室里找到了正在埋头翻译的高君宇。他桌上的书稿堆成了一座小山，放眼望去，只见到他头顶的一绺黑发。

来不及听伯英详细说完，君宇便心急如焚地往外奔。伯英跟着跑了一截路，实在跟不上，就停了下来对着君宇的背影大声道："我不去了！如有紧急情况让玉玲来喊我呀！"心细如发的伯英考虑到此时正是评梅见证君宇真心的最佳时刻，如若自己夹在当中，反给他们增添不便。

既然来到了亢慕义斋，便离红楼不远了，怎么不去将湖南"驱张"胜利的大好消息告诉李大钊先生呢？刚想到此，脚步却早已先行。说不准还能在红楼图书馆遇到孟雄呢！伯英一路思绪飞扬。

图书馆前，几块青石板铺就的小径，缝隙中青苔历历。一侧梅树花期已过，一侧桂花花期未临。疏淡树影中，她与一短发女子擦身而过。虽然陌生，但都含笑致意。红楼门口，李大钊与张申府挥着手，似乎在送别这位女子。

两个年轻姑娘交臂的刹那，完全没有想到以后两人的名字会被同时载入全世界最大的一个政党的党史，并且其中一位，会成为这个伟大政党的第一位女党员。

1920年8月，上海共产党小组率先成立，陈独秀任书记。

消息传来，因对成员标准要求过严而进展缓慢的北京共产主义小组的筹建加快了行动的步伐。9月中旬，中国共产党北京小组召开了第一次会议，会议在李大钊的办公室举行，成员有张申府、张国焘、罗章龙、刘仁静及几位无政府主义者。李大钊当众宣布，他每月捐出个人薪俸80元作为各项工作之用。这相当于他月收入的一半。另外，他的办公室将成为北京党组织的活动地点。

李大钊，已成为北京地区党组织成员以及党外热衷于马克思学说和社会主义思想的人们的实际理论指导者。在创建党组织的过程中，他取得了初步成功，也体验到未曾料到的挫折。

中国共产党北京小组自筹建始到召开第一次会议，一切看上去都很顺利，天时地利人也和，但事情很快出现了麻烦。在不久前举行的第二次会议上，裂缝开始出现。虽人人表面温和，但实则态度坚定。这主要来源于李大钊争取的那几个无政府主义者。无政府主义者一贯崇尚个人自由，反对无产阶级专政。在小组正式宣布成立的会议上，既没设主席，也没有文字记录，因为他们反对采取有组织的形式。在工作如何进行和分配的问题上，他们提议各项工作不必明确由谁承担，就是说小组决定做什么时，大家自由分担，没有必要给每个人挂上不同的头衔……这种种分歧已给工作的开展带来诸多不便，但令李大钊最终失望的还在于无政府主义者竟然从骨子里不认同马克思主义无产阶级专政思想。道不同，不相为谋。在一系列矛盾发生以后，双方都觉得根本无法合作下去，六位无政府主义者最后"和和气气"地集体退出了北京共产主义小组。

在亢慕义斋外间的阅览室里，许多学生在埋头苦读，室内一角坐着缪伯英。工读互助组的失败、剪发引起的风波、何孟雄的被捕、毛泽东领导的"驱张"胜利……这一系列事件，让她在短暂的彷徨迷茫过后，开始倾注全部心力在马克思著作中寻找真理。她的手里捧着一本白报纸印刷的平装小册子，崭新的书本散发出油墨的香味。其中的好多内容她都能背出来了，因为她翻来覆去看过多遍，看得爱不释手，看得心里越来越亮堂。

这是马克思与恩格斯合著的《共产党宣言》，封面印有水红色的马克思的微侧半身肖像。

"无产阶级经历了各个不同的发展阶段。它反对资产阶级的斗争是和它的存在同时开始的。

"过去的一切运动都是少数人的或者为少数人谋利益的运动。无产阶级的运动是绝大多数人的、为绝大多数人谋利益的独立的运动。无产阶级，现今社会的最下层，如果不炸毁构成官方社会的整个上层，就不能抬起头来，挺起胸来。

"共产主义并不剥夺任何人占有社会产品的权力，它只剥夺利用这种占有去奴役他人劳动的权力。

"共产党人不屑于隐瞒自己的观点和意图。他们公开宣布：他们的目的只有用暴力推翻全部现存的社会制度才能达到。让统治阶级在共产主义革命面前发抖吧。无产者在这个革命中失去的只是锁链。他们获得的将是整个世界。"

伯英如饥似渴地读着，并将大段大段的句子摘抄在特意带来的小本子上。她看得那么专注用心，连何孟雄他们几个穿过阅览室进入里间也没有觉察。孟雄却一眼在阅读的人群中瞥见了她，但他没有与她打招呼，望着她痴迷于书本的可爱模样，一股甜蜜涌上他的心头。

何孟雄、邓中夏、高君宇几个依次走进李大钊的办公室，情感的潮水忽然间就濡湿了李大钊的眼睛。这群亲爱的学生，绝对会是他坚定的拥护者，他有十足的把握。不论何时何地，他们都会站在他的身后，如一堵墙壁，一堵铜墙铁壁。

连续多日的失眠和思虑，让李大钊的声音略显沙哑。他毫无隐瞒地开始向何孟雄他们讲述共产国际维金斯基的来访及如何开始建党的事情，讲述无政府主义者最初的同意参与及最后的集体退出……末了，他明确无误地告诉他们，鉴于他们对共产主义思想的坚定信仰，他将发展他们加入北京共产主义小组，以此充实党的队伍，壮大党的力量。

三人没有丝毫犹豫就答应了李大钊的邀请，他们面容严峻，表情坚毅。加入一个前途未卜的新生组织，在严酷的现实背景下，不代表享乐，恰恰相反，它意味着更多的奉献，意味着更多的牺牲，意味着从此以后个人命运将与壮丽的共产主义事业紧密相连。

正在此时，门被推开了，伯英浅笑着在半开的门缝间调皮地望着大家。见大家一脸庄重，她吐了吐舌头准备退出，却被李大钊叫住了。

伯英站在门边，有点不好意思地解释道："方才在架上找一本书时听到有孟雄的声音，就想进来看看，没料到你们在开会。"说完，又要返身出去，何孟雄说："伯英，你在外面等着我吧，等下我们一道走。"

李大钊却说："伯英留下。你也是马克思主义研究会的成员，今天我与他们开会讨论的内容，你也有知道的必要。"

何孟雄一听立即明白了李大钊的意思，心里有惊喜也有不安。惊喜的是在李大钊眼里，伯英也成了发展的对象；不安在于，伯英是个女子，潜意识里他不愿她过担惊受怕的日子。从监狱出来后，何孟雄彻底告别了无政府主义，开始了对马克思主义的潜心研究。在这个过程中，他发现马克思、恩格斯对人类社会发展的分析和预言是非常正确的，人类必须通过暴力革命、通过无产阶级专政才能实现共产主义。这个发现是非常重要的转折点，从此他变成了一个信仰坚定的共产主义者。但是，又恰恰因为这个发现，他对伯英是否加入这个组织充满了矛盾。为了内心的信仰，他愿意奉献和牺牲，也愿意伯英一同进步，而在爱的范畴里考虑，他更愿意伯英永远远离所有的风险与动荡不安。

何孟雄头脑里刮起风暴的时候，伯英正一脸茫然地望向李大钊。她全然不知这群神色庄重的男人在谈什么，她还在为自己冒失莽撞闯了进来而心生愧意呢！

"伯英！"李大钊的呼唤一如往常亲切。

"李先生！"伯英预感到李大钊有什么重要的事情要与她说，声音不免带着几分惶恐和激动。

"八月份陈独秀先生在上海成立了中国共产党小组，你知道吗？"

"我略微知道一点。李先生，我觉得北京也要成立一个共产党小组，毕竟上海是南方，远了点。北京若成立了，就能把北方的马克思主义者联合起来，更利于北方革命工作的开展。"伯英不假思索说出的话语，令李大钊惊喜。作为一个女孩子，伯英的政治敏锐力之高，出乎他的意料。

"如若北京成立共产党小组，你愿意加入么？"李大钊热切地望着她，眼神里是满满的期待。

"那肯定愿意！"没有片刻迟疑，伯英马上回答。

"但是，加入共产党的组织，可能有流血，可能有牺牲，可能会颠沛流离饱受亲人分离之苦，也可能会被反对派们投进黑牢遭受非人折磨……这些，你怕不怕？"

伯英的脸立即红了："我知道你们都还记着孟雄坐牢时的事呢！确实，那时我失态了，我——我害怕孟雄就此死去，从此以后见不着他了。"

伯英的性情之语将在场的各位逗笑了，孟雄的笑里带着泪花。伯英平素性格爽快，但爱起来却温柔绵稠。她的爱，总能于细微处给孟雄带来感动。

李大钊目光灼灼，说："伯英，人非草木，孰能无情？你那都是正常之举。关键在于你哭过后还能站起来，还能比从前更勇敢地走下去，这就是你与常人不同的地方，也正是我欣赏你的所在。"

"李先生又表扬我了。虽说不好意思，但听了还是挺鼓励我的。谢谢您！"伯英很坦白，眼神纯净，像孩童一样没有半点杂质，"我还没回答您提的问题呢，您说的那一切，没有任何可怕！人大不了一死，为了信仰而献身是最光荣的事情！我虽说是个女子，总免不了有女子的弱点，譬如说容易流泪等，但在其他问题上，您无须有任何顾虑。我暂且不与旁人比，只与他比，"伯英将手指向何孟雄，"他能做得到的，我一定能做到！他能坚守的，我一样能坚守！"

"作为你们的老师，我为你们高兴，也被你们感动！"李大钊望望伯英，又望望孟雄，"你们名字合起来就是'英雄'二字，我希望你们成为推翻黑暗社会、缔造光明未来的一对男女英雄。"

邓中夏和高君宇在旁连声叫好说，与两人在一起许久，都没察觉两人名字还有如此巧妙联系。先生毕竟是先生，看什么都比学生先一步。

缪伯英与何孟雄对视一眼，李大钊的"英雄"一说，让他俩既激动又不安。孟雄忍不住开口说道："伯英，告诉你一个大好消息，北京共产主义小组已在李大钊先生亲自负责下于日前成立了！"

伯英不相信自己的耳朵，睁大眼睛盯着李大钊："李先生，是真的吗？我怎么一点也不知道？"

李大钊含笑点点头。伯英反应了过来，用手一一指着何孟雄、邓中夏、高君宇道："这么说，你，你，还有你，都比我早知道了！不行！"她快速转身，对着李大钊道："李先生，我不会令您失望的，您发展我加入共产党小组吧！假若我有不够资格的地方，请您帮我指出来，我一定改正。我郑重请求您吸纳我成为其中的一员！"

李大钊如慈祥敦厚的长者，两手放在伯英肩膀上，对着伯英，也对着其余几位语重心长道："你是我见过的马克思学说研究会里最优秀的女性，我们新成立的北京共产主义小组非常需要你这样意志坚定，对马克思主义理论有充分理解和认识的女性。今天，由在座各位见证，我李大钊愿意发展缪伯英同志为北京共产主义小组成员。从今往后，让我们为实现共产主义的崇高理想而一起努力和奋斗！"

"李大钊同志！"李大钊一声"同志"，让缪伯英听到了世界上最美的称呼，"感谢您的信赖！十几岁时我就曾读过您主编的《言治》，您的进步思想很早就帮助我拓宽了看世界的视野。当年在平江读书时，我目睹了黑暗的社会如何溺杀女婴、逼疯女学生的骇人事件。从老家一路走到北平，按家父的嘱托，就是为了寻找光明而来。而今，在这条既是寻找光明也是寻求真理的征程中与您及孟雄、中夏、君宇等成为同路人，这是我人生的幸事！"缪伯英喉头一哽，热泪滚滚而下，"我既以身许党，必将为党的事业奉献终身！请李大钊同志放心！"

李大钊充满感情道："伯英说得太好了！她的话也代表了我的心声。希望各位同志不忘共产党人的历史使命，坚定信仰，为了未来中国的平等、民主和公正，为了下一代可享福中之福，我们需随时准备吃苦中之苦，随时要舍得付出最大的代价。让我们欢迎缪伯英——中国共产党第一个女党员的加入！"

一片掌声中，何孟雄拍得最响，他为刚刚闪现的私念而羞愧。

## 家庭与女子

北京大学印刷厂的大门口，求职的人排成了长龙。负责招聘的厂方负责人惬意地抽着烟并把双腿搁在桌面上，满脸傲慢，仿佛自己是个施主。

"唉！"一个老工人提着一副旧铺盖从厂里出来，路过他们身边时，不由发出一声叹息。

求职队伍中一位年轻姑娘扭过头去与站她后面的年轻男子交换了一下眼神，便离开队伍，尾随老工人而去。

在印刷厂围墙外的无人处，姑娘追上了那位老工人。

"大伯，您怎么辞工了呢？"姑娘关切地问道。

老工人一脸愁苦地望着她，道："我在这里干了五个月，到现在一分钱的薪水都没拿到。再干下去也是白干呀！"

"没发工资的人多吗？为什么不向他们索要？"

"多了去了。要不到的。我是天天向他们讨，他们天天都说要等。上个星期我乡下老娘死了，心想这下应该能要着钱了，哪知找到工头，不仅一个子儿也不给，还举起棍棒就要打我。我这个做儿子的有什么用呀？连老娘安葬的费用都没有……"说着说着他抽噎了起来。

姑娘心中很不好受，她摸摸口袋，想拿点钱给他，但因为今天是来面工的，所以身上也一个子儿没有。老工人反倒劝她了："姑娘，你千万别去印刷厂当工人，他们就是用不发工薪的办法逼走一茬又一茬的老工人，又每天招新的进来顶缺。千万不要去上当了！"

姑娘点着头，对他道："您不应该就这样离开，要团结起来与他们说理！"

老工人很沮丧："我也想呀！可是他们都怕事，怕得罪工头。都想着若不得罪工头，有朝一日还能拿到欠薪。像我这样每天问他们要，就一脚把我踢走了。与他们是没得道理可讲的！斗不过他们的！"

"斗得过！罢工！"

"罢工？"

……

缪伯英将被开除的老工人康伯领到李大钊的办公室，由李大钊安顿他暂时不要离开，自己又匆匆赶到印刷厂等候在招聘的队列里。毫无悬念地，伯英和孟雄全部被招聘上了。

与他们一道招工进厂的，还有李大钊介绍来的一位粗壮汉子。在红楼图书馆见面时，李大钊告诉他们这位朱逸峰同志是北京人，因从事革命活动险被当局逮捕，后来去了天津，参与了天津党组织的建立。

天津是李大钊求学的地方，他对那里怀有很深的感情。为了协助何孟雄开展工人运动，也为了让天津党组织积累开展工人运动的经验，他特意叫天津方面派了朱逸峰过来。

工头将新招来的工人一一带到车间的老工人旁，规定他们在半天时间内学会安排的工作。工头很凶，老工人们在他面前都赔着笑脸。等他一走远，背后就是一片骂声。

伯英的师傅是个30来岁的大姐，叫文英。文英站在铅字架边，一边用手往小盒里拣着一个个铅字，一边低声问伯英："你为什么想到这里来做工呢？不是他们欠着我好几个月的工钱我早就走了。"

"真的么？"伯英假装惊讶，说，"我做了工，他若不发我工钱，我就不会再给他干第二个月了。怎么你们还老老实实替他干？"

文英没停下手里的活计，依旧忙碌。她说："有什么办法？在家受老公欺负，出来做点事赚点工钱交给他，他对我的态度就好得多。现在几个月没钱交给他，他的脸色又难看了。——要依靠厂里面吃饭，没办法呀！应该总有一天要把钱发给我们吧？"

"承诺了吗？"

"没有。"

"承诺都没有，你怎么就相信他们会将工钱给你们？为什么不团结起来进行罢工？"

"罢工？"

……

何孟雄和朱逸峰在拼版车间的一台机器旁看一个男工操作。何孟雄说："师傅很辛苦呀！"

那男工头也不抬,说:"辛苦你们还来?缺心眼了吧?"

话虽冲,何孟雄却感觉他很有个性,遂上前一步说:"大哥,我们也是没办法。家里穷,想找份工,图个饱饭就行。"

男工一听,用手撩起自己的短褂子,没好气地说道:"这是能吃饱饭的样子吗?"

何孟雄与朱逸峰同时吃了一惊,那肚皮瘪瘪的像个空谷壳子不说,肚子上面的肋骨还根根可见,就像几排刀锋。

"四个多月没发薪水了,我老婆每天去郊外挖点野菜给全家充饥。"男工说着,声音慢慢低落下去,"穷人就是命苦……"

"您说错了,我们不应该认命。他们拖欠我们的工资不能听之任之,一定要团结起来和他们斗!"

"和他们斗?怎么斗?"

"罢工!"

"罢工?"

…………

下班了,工人们在何孟雄、缪伯英、朱逸峰的带领下陆陆续续来到一个僻静的车间。何孟雄鼓励伯英给大伙做宣传,他和朱逸峰则与工人们一个个私下谈心。伯英站在一个倒扣着的包装箱上,说:"工友们,我想先问大家一个问题,为什么我们辛辛苦苦工作,却吃不饱穿不暖呢?"

衣衫褴褛的工人们面面相觑了一会,有人便高声说道:"还有什么?就是命不好呗!"

伯英提高了嗓音说道:"不对,命不命的都是迷信的说法。我们工人受穷受苦,每天累死累活,得了些什么呢?没得吃没得穿,连理应得到的那点工钱也被他们拖了一月又一月,到现在也不给。我们不能再这么忍气吞声下去了,我们必须团结起来,行动起来,用罢工来维护我们的正当权益。"

"罢工有用吗?如果开除我们怎么办?"那个瘦得皮包骨的男工被说动了,迫不及待地将自己的疑虑提了出来。

"有用!只要我们团结起来一致罢工,他们就不敢开除任何人,他们就会着急他们的损失。他们的每一分钱都是我们工人帮着赚的,没有工人做事,工厂就会瘫痪,就会破产垮台!一堆沙子是散的,用石灰和水一掺和，就黏在一起了。五个人团结是只虎，十个人团结像条龙，我们所有人团结起来，就好比一座泰山，谁也推不倒，谁也摇不动！"

"姑娘，我听你的！你这么一说，我心里亮堂多了！"瘦瘦的男人率先表态。

"姑娘，我也听你的！这样的道理以后多给我们讲一点。"

"姑娘，我们都听你的！……"缪伯英的宣传，如一阵春风，吹散了多年来蒙在他们眼前的重重迷雾；又像一团火，照亮了他们的心。每个人都踊跃发言表示着赞同与支持。

宣传鼓动的时间并不长，却收到了意想不到的效果。工人们又分头走了出去，没有引来厂方任何怀疑，三人格外欣喜。

第二天，北大分管印刷厂的庶务主任李辛白一早就接到印刷厂厂长的报信，说大事不好了，工人们在罢工索要工资。李辛白轻蔑地一笑，要来人转告厂长，还是按老办法，谁不想干了谁走人！来人回去以后又被厂长支使过来，一定要李辛白过去看看。

李辛白一到那里就彻底傻眼了，平常这个时候机器轰鸣的厂区静寂无声，所有的工人都坐在门口，挡住了大门的出进。白底黑字的横幅到处都是，上面分别写着"我们要吃饭，还我血汗钱""大伙一条心，黄土变成金""劳工神圣"等口号，更令李辛白胆战心惊的是，坐在地上的工人看见他来了，竟然齐声唱起歌来：

> 我们工人创造人类食住衣，
> 不做工的资本家反把我们欺，
> 起来，起来，齐心努力结团体！
> 将来世界全是我们的。

他赔着笑脸从人群中穿过，来到厂长办公室。厂长正站在窗边望着罢工的工人一筹莫展，见到李辛白如同见到救星，连声问他该怎么办。李辛白阴沉着脸道："还能怎么办？赶紧把工资发给他们，让机器响起来！"

缪伯英陪着上次被开除的康伯领到欠薪后，又送他到了门口。康伯做梦也没想到还能拿回几个月的工钱，一个劲儿夸伯英是观世音菩萨，救苦救难的菩萨。伯英为他领回应得的工钱而高兴，又为这些受人欺负的老实人而难受。她说："康伯，记住，以后不论在哪里做，一个月不给工钱就不能再给他们做第二个月，并且，一定要坚持到要到自己的血汗钱为止。"

她挥手与康伯告别，有人在旁拍了她一下，喊了一声"缪先生"。伯英转头一看，正是自己做过宣传工作的文英大姐。

文英手里拿了一沓钞票，对伯英道："还是你们读了书的人有见识，否则我们不知何年何月才能拿到这笔钱。今天回去，我老公就能给我一个好脸色了。"

伯英听了这话不是滋味，道："大姐，你需要学会为自己活！一个只有见到钞票才能对你好的老公，绝对是没有多少真心对待你的。"

"我也知道，可有什么办法呢？我不想毁掉自己的家庭，何况还有三个孩子，只能讨好着他过日子了。"

说完，文英又对她千恩万谢后才走。望着这个娇小瘦弱、在厂里被工头欺、在家又不被老公待见的女子的背影，伯英思绪万千。

仅仅一个星期，何孟雄写的《北大印刷工人罢工始末》就登上了上海《民国日报》的《觉悟》副刊。李大钊看到报纸非常开心，因为同时，邓中夏在长辛店领导的工人运动也取得了重大胜利。这两起罢工斗争，是马克思主义和中国工人运动相结合的开端，也是共产党最初做工人运动的一个尝试。而北大印刷厂的罢工运动，不仅使挣扎在饥饿线上的印刷工人从斗争中开始认识自己的地位和力量，并且对北京大学先进青年走与工农相结合的道路起到了积极的推动作用。

得到李大钊的肯定，何孟雄心内兴奋，又拿着报纸来到伯英住处。伯英正在桌前奋笔疾书，孟雄将报纸往她面前一放，伯英见到标题和"何孟雄"三字不禁高兴得跳起来。孟雄好奇伯英写的文章，伯英说："你要答应不许笑话我才给你看！我刚学着写点东西，难免幼稚，理论水平和文笔肯定都比不上你。"

伯英认真的样子非常可爱，孟雄只得答应。伯英将藏于身后的稿纸递给孟雄，跃入眼帘的是满纸漂亮的小楷。

孟雄越看越喜欢，禁不住大声朗读起来：

"家庭组织是人类进化中一定时期的制度，是人类所创的一种制度。

"大凡一切制度，都是人类对于那时期所需要的一种产物，所以那产物之于人类，不过是适于那时期的环境。环境是随人类进化而时时变迁的，所以制度也没有千古不变的道理。况且人类既具有创造制度的能力，当然就有改革变除的可能，断没有至高灵气的人类，反做出那自苦自陷一成不变的束缚来。

"大凡人类对于一种制度发生不满足的问题时，由怀疑而至于破坏，由破坏而至于改革，纯是人类进化很平常而不可免除的一种现象。故无论是一种怎样轰烈的维新运动、改革风潮，实丝毫没有什么稀奇，更丝毫没有什么可怕和反抗的价值！"

孟雄念得专注又抑扬顿挫，伯英听得兴奋又羞涩，她阻止孟雄道："别念了！"

孟雄停了下来，喜爱之情溢于言表："想不到我的伯英不仅文笔这般了得，思想的深刻也超乎平常女子！你，是我何孟雄的骄傲，我，我……我以你为荣！"孟雄本来想说"我爱你"三字，但囿于从小接受的教育而终未能说出口来。

伯英也察觉到了，不由面泛桃花。孟雄克制着情感的泛滥，问道："怎么想到要写这篇文章呢？我还没看到你的标题呢！"

"标题我还没想好。文英大姐的命运是触发我写这篇文章的缘由，我觉得家庭制度如果成了禁锢女子身心健康的囚牢，那就有打破的必要。何况家庭制度本来就是由人类创造出来，当然可以由人类加以改革变除。"

孟雄略一沉吟，说："我觉得就用《家庭与女子》这个标题好，主题明确，让人一目了然。你觉得怎样？"

伯英想了想，说："与文章内容是非常贴切的，但是否太直白了点？"

"文章就是给广大家庭妇女看的，直白才好，让她们一看就懂。另外，这篇文章还具有深远的现实意义，因为它对当下妇女打破家庭牢笼、解放思想、参加社会革命有非同一般的指导作用。"

"好！"伯英觉得孟雄的话句句说到了点子上，她没有不赞成的道理。

1920年12月15日，《家庭研究》杂志发表了《家庭与女子》一文，它是缪伯英的处女作，也是她留存于世的唯一一篇文章。

## "伯雄藏书"

又是一年春来到。

虽然春寒料峭，但春的讯息越来越强烈。冰封的山溪开始叮叮咚咚地流淌，枝头的小鸟此起彼伏地啁啾，整个大地仿佛伸了一个长长的懒腰，一切变得舒展生动起来。

缪伯英在李大钊的办公室喜滋滋地汇报工作。在她的努力下，北京女子高等师范学校组建了党支部，是当时全国仅有的五个基层党支部之一，她被推举为第一任支部书记。并且，她还发展了冯品毅、许光凯两位学生党员。

李大钊由衷肯定了她的工作，但他的眉头紧锁，不时陷入的沉思让两人间的谈话断断续续。

伯英猜想李大钊一定还有重要的事情，自己不便再打扰，于是告辞着准备退出。

李大钊却拦住了她。

何孟雄被新成立的北京社会主义青年团选举为出席少共国际二大代表，在由他起草的《北京社会主义青年团致大会书》里，他激情洋溢地表达了中国革命青年渴望与世界革命青年组织缔结革命友谊的想法。启程之际，伯英将这封信秘密缝入了孟雄所穿的棉衣夹缝中。孟雄将从东北转道苏俄，再赴柏林出席少共国际二次代表大会。

哪知这一切都被混入北京社会主义青年团的北洋政府一个叫关谦的密探得知，在满洲里即将出境时，何孟雄与各地参会代表共13人被奉系军阀、黑龙江省督军孙烈臣逮捕，全部被关押在龙江陆军监狱。

李大钊刚得知此消息，不由不心情沉重。他对伯英说道："有件事我想告诉你，希望你有心理准备。"

不祥之感顿时笼罩着伯英。几天之前在火车站送别孟雄的情景犹在眼前，未必？她不敢想下去，但仍保持着神态的镇定。她说："没关系，您请说。现在我是一个共产党员了，对任何意外都有充分的思想准备。"

李大钊严肃地将孟雄一行在满洲里被敌人逮捕的消息告诉了伯英，而后道："我们一定会想办法营救他们！现在我在考虑能否通过黑龙江督署处友人斡旋，用保释金换得他们的出狱。"

"我听您的。保释金需要多少？我去筹措。"伯英的手已经凉到了指尖，声音却格外冷静。

"你筹措不了那么多的，只能大家一块想办法。这件事还需劳动北京学务局及北京大学，需两方共同发出保释电报，才能提高开释的成功率。"

伯英不知该如何感谢对自己和孟雄恩重如山的李大钊，她克制了几乎想跪谢恩师的冲动——因为那是俗人之举，而是伸出双手紧紧握住了李大钊温暖宽厚的大手。

当铺柜台前站着伯英。她不愿开口向老家的父母要钱，自己没在旁边陪侍已是最大不孝，如果还将孟雄被捕的消息告知老人让老人担心，那是她绝对做不到的事情。

她犹豫着从皮箱里取出一只浅蓝色玻璃底座的小闹钟，父亲的叮咛犹在耳畔："这是爹爹在日本特意为你挑选的礼物，希望你惜时如金。把每一分钟都用在干有意义的事情上，切莫辜负大好青春时光。"

伯英咬咬牙将闹钟连同皮箱一并递给了柜台后的伙计，接过银圆匆匆而出。

她走没多久，一个戴着鸭舌帽的男子进了当铺。不一会儿，男子出门并凝视着伯英离开的方向，表情复杂。他不是别人，正是陆鑫源。他的手里提着皮箱和那面闹钟。

"龙江陆军监狱"几个字在阴暗的夜里模糊不清。

被捆绑在行刑柱上的何孟雄遍体鳞伤，刽子手在一旁狞笑，将两寸长的竹签一根一根用木锤子敲入他的手指尖。孟雄发出一声惨叫，晕死过去。

攀上窗台偷看的伯英应声落地。

伯英一骨碌从床上爬了起来，噩梦让她大汗淋漓、浑身湿透。

在中国劳动组合书记部里，新上任的女工部负责人缪伯英正在认真编辑着中共北方党机关刊物《工人周刊》的稿件。孟雄被捕两月有余，经李大钊多方活动，黑龙江方面已答应保释放人，保释金及返程路费计400大洋。筹措来的费用不到300元，余下部分李大钊补足。

伯英把最后一篇稿件审定完，看了一下墙上的挂钟，时间正好，不会误了去接获释回京的孟雄。

时候已是6月，当依旧穿着冬装、胡茬满面的孟雄出现在车厢门口时，伯英再也无法控制自己的感情，她三步并作两步奔上前去，与孟雄紧紧拥抱在一起。不小心中，她弄痛了孟雄包着绷带的手指。原来梦全都是真的！她把他的手小心翼翼捧入怀里，流着眼泪道："我再也不要离开你了！你娶我吧！我要与你结婚！"

何孟雄与缪伯英携手从亢慕义斋出来。方才秘密举行了庆祝中国共产党第一次全国代表大会召开的茶话会，李大钊同志在会上说的一句话令两人一直难抑兴奋之情——"中国革命已经进入到了一个崭新的阶段！"眼下，他们又即将结婚。展望未来，多么令人豪情满怀啊！

1921年9月16日，是农历传统的中秋佳节，中老胡同口的枣树上已挂满个头饱满的大枣。初秋微风轻拂，隐隐枣香令人沉醉。

在胡同5号一间普通的房子内，正在举行一场朴实的婚礼，客人都是共产党北京支部的成员。主婚人李大钊高举一杯清茶，对在座各位说道："请大家举起手中茶杯，为今天喜结连理的两位新人碰杯祝贺！"

一时间，碰杯声连连，恭贺道喜之声不绝于耳。

孟雄与伯英大喜之日，穿的都是平常衣裳，唯有伯英发髻插了一朵沾着露水的鲜花，这是孟雄一大早从野外采来的。

李大钊放下茶杯，继续说道："孟雄与伯英是我看着成长起来的无产阶级战士。两人志同道合，对马克思主义信仰坚定，我为他们能成为一对革命的伴侣而倍感高兴。伯英是中国共产党的第一个女党员，今天的婚礼又将为他们开创另外一个第一，那就是，他俩成为中国共产党北京支部的第一对党内夫妻，这是他们的荣誉，让我们用掌声来向他们表示祝贺！"

热烈的掌声中，伯英抱出一沓油印本，那是她和孟雄老早准备好的《共产党宣言》小册子，准备回馈给来贺喜的每一位同志的。伯英正欲分发，孟雄却让她等等，伯英不解地停下来。孟雄变魔术般从衣兜里掏出一枚赭色玉石印章，调皮地往小册子扉页上一按，鲜红色的"伯雄藏书"四字跃然纸上。

同志们鼓起掌来，伯英都看呆了。一是多年不见的赭色玉石今天变成印章出现了，二是孟雄这个有心人竟背着自己悄悄刻了这枚"伯雄藏书"印章。

孟雄看出了她的心思，附在她耳边悄悄道："容我给你这个惊喜！我觉得这是我能送给你的最好的结婚礼物。不过有点小小遗憾，我当时应该刻'英雄藏书'就更好了。"说完，孟雄狡黠地笑了。

大家伙儿见他俩咬耳根说悄悄话，不依了，都起哄说既然亲热还不如当众亲一个。何孟雄大笑着摆手求饶，伯英通红着脸分辩道："我在责怪他没跟我商量刻了这枚印章。还有，哪有自诩英雄的道理？"

高君宇解围道："我看行！'英雄'不过是孟雄各取你俩名字，刚好组合而成的意思，具有特别的寓意，李大钊同志也用'英雄'一词盛赞过你俩。您说是吗?"他掉头望向李大钊。

李大钊频频点头，说："君宇说得一点没错。你俩是一对革命的伴侣，任重道远，希望你俩在未来的工作中，'英雄'比翼齐飞！"

一对新人无限感激地向李大钊等到场各位深深鞠下躬去。

### 作者简介

王杏芬，中国作家协会会员，湖南省报告文学学会副会长兼秘书长，《湖南报告文学》杂志主编。有报告文学、小说、散文等见于《人民文学》《中国作家》《湖南文学》《黄河文学》等。著有长篇报告文学《大漠游侠》、《见证·深圳北传奇》（合著）等。作品曾获《人民文学》主办的全国旅游散文大赛佳作奖、第九届湖南省优秀社科普及读物奖等。

# 乳　娘

唐明华

> **编选导语**
>
> 本篇作品节选自唐明华发表在 2021 年第 1 期《中国作家·纪实》的长篇报告文学《乳娘》（同年，安徽人民出版社、山东人民出版社联合出版）。《乳娘》以艰苦卓绝的抗日战争为背景，以姜玉英等胶东乳娘为主人公，用质朴细致的笔墨，真切感人地叙写了乳娘伟大的母爱和最美的人性。她们无私的奉献，生动地反映了人民群众与人民军队的血肉关联，这是中华民族最终赢得抗日战争伟大胜利的力量源泉。"到底是什么原因，让一个个乳娘在生死关头，宁肯舍弃自己和孩子的生命，也要保证乳儿的安康？到底是什么原因，让她们毁家纾难，义无反顾，始终无怨无悔地追随中国共产党？"阅读作品，你会从中获得答案。作品入选"2021 年百道原创好书榜·年榜"。

## 滴血的乳汁

命运的敲门声是在 1942 年那个冬日突然响起的。

从中午起，纷纷扬扬的雪花就开始飘落，直到天色擦黑才渐渐停歇。此时，雪野寂寂，寒气森森，一弯冷月把空气冻得硬邦邦的。

杨家老宅内，晚饭已经端上了炕桌。姜玉英刚抄起筷子，手忽然在空中停住了。好像……西屋后窗响了两下，不会是有人敲窗户吧？姜玉英扭头瞭了一眼，脸上显出些许惶惑。短暂的沉寂过后，敲击声又清晰地传过来——"砰砰"，力道加大，显得有些急迫。男人抻着脖子朝那边喊了一嗓子："谁呀？""我，矫凤珍，快开门吧！"姜玉英翻身下炕，趿上鞋，嘀咕着："这大冷的天，有啥要紧的事啊。"不一会儿，村妇救会主任矫凤珍揽着褪裸急火火地进来了。看到一家人不解的神色，她开门见山地对姜玉英的丈夫说："坤璞啊，有件事想求你家玉英帮个忙。"说着，朝怀里努努嘴，"这个小嫚是八路军的孩子，爹妈都在前线打鬼子，顾不上，托付咱村给她找个奶妈……"男人的表情有些木讷，让人猜不透他在想些什么。姜玉英轻轻撩开褪裸边脚，只见婴儿皱巴巴的小脸蛋显得有些苍白，两条稀疏的眉毛求助似的彼此靠拢，把眉心挤出一个扭曲的疙瘩。"多大了？"她关切地问。"差两天三个月。""叫啥名字？""仙儿。"姜玉英牙疼似的哼了一声："这么小就离开爹妈，真是怪可怜的。"矫凤珍认真地盯着姜玉英："组织上找人是有要求的，人品要好，还得利索，不能邋遢。村里合计来合计去，觉得找你最合适。一是你家二嫚已经六个多月了，你现在还有奶水；二是你们的为人大伙都了解，村里信得过。"姜玉英心里一震，最后这句话太关键，也太重要了，就像一簇火星划过堆积在心底的干草，转瞬间，惊喜的火苗开始摇曳。是啊，有生以来，哪里受过这样的抬举呢！不过，兴奋的同时，她的心里也生出几分忐忑。原因很简单，这是八路军的娃娃，容不得半点闪失啊。然而，母爱偏偏具有感性色彩。所以，在选择航向的一刹那，理智的罗盘往往不起作用，而感情和本能在支配一切。她下意识地抬起胳膊，刚要伸出双手，动作却突然凝滞了。她扭转脸，眼巴巴地望着丈夫……唉，在家从父，出嫁从夫，夫死从子，这是女人必须恪守的规矩嘛！想当初，母亲一边流着泪，一边咬着牙，狠狠地把"三从四德"勒进她的裹脚布里。在凄厉的哭声中，一双秀气的小脚丫拧成了锥形，像纺锤。疼痛过去了，能够下地了，她扶着炕沿，趔趔趄趄迈开步子，那摇摇晃晃的身影愀然暗示：这辈子，将不可避免地沦为家长和男人的附属品。后来的经历证明，既然没有独立人格，那么，无论大事小事，又怎能奢望自己做主呢？

姜玉英是乳山县（时称牟海县）蓬家夼村人，家中姊妹三个，她排行

乳 娘　169

老二。十八岁那年,她出落得高挑了。看上去,比要好的几个姑娘高出一截,模样虽然说不上多好看,但走起路来,碎步款款,犹如风摆杨柳,颇有几分妩媚。到了谈婚论嫁的年龄,媒人像采花的蜜蜂一样"嗡嗡嘤嘤"上门了。头几个,父亲都觉得不称心,接下来,却对一个准备续弦的后生有了兴趣。媒人说,他的家境还算殷实,前妻未能接续香火,所以,身边也无拖累。听了这番说辞,父亲磕磕烟袋锅,慢悠悠地开口了,嗓音虽冷,脸上到底还是有了暖意。可是,姜玉英的想法却同父亲唱了反调——又不是嫁不出去,好端端一个黄花闺女去给人家填房,多没面子!父亲眼睛一瞪:"你要是嫁个穷光蛋,以后日子怎么过?大人孩子喝西北风去?"说罢,恶狠狠地朝地上啐了口唾沫。女儿像突遭风寒,肩膀瑟瑟地缩紧了。

半年后,她出阁了。

迎亲的小毛驴就像新娘一样形单影只,不同的是,它早已习惯了扮演这样的角色。待到掀起盖头,姜玉英的心里"咯噔"一下,新郎居然比自己矮了半个脑袋!再匆忙瞥上一眼,那直撅撅的头发和脸上直撅撅的线条透露了基本的性格信息:这是一个脾气倔强的男人。

过门第二天,新娘子去挑水。看着她拐着小脚,扭动腰肢,在街头扎堆的女人自然少不了交头接耳。"瞧瞧,那身量,比她男人还猛实。""啧啧……瞧那身板,十有八九生个虎崽子。"一年后,村民的议论果然应验。两年后,她又生了一个丫头。对于她的表现,婆婆和丈夫自然感到满意。老话说得好:儿女双全福满堂。一个子加上一个女,不就合成了一个"好"字嘛!日子久了,姜玉英在村里也有了不错的口碑。因为,她从来不嚼婆婆舌头,待人总是和和气气。所以,一些人认为,她是东凤凰崖村最本分老实的媳妇。正由于此,妇救会主任才抱着乳儿找上门来。

没等丈夫回话,婆婆先开口了:"八路军是为咱老百姓打天下,人家连死都不怕,咱帮人家抚养个孩子是应该的。"阖家响器,一锤定音。姜玉英迫不及待地接过襁褓,婴儿半睁半闭的眼睛忽然张开了,那痴迷的眼神让人觉得,她似乎一直在等待这个时刻。姜玉英的心尖忽悠一颤,这是前世今生的一个约定吗?蓦地,婴儿发出一声古怪的呻吟,噢,饿了,肯定是饿了。姜玉英立马解开衣襟,乳房刚凑上去,小家伙就一口叼住奶头,贪婪地吮起来,频率密集,声音颇大,"咕咚—咕咚—"就像跌落山崖的溪流坠入深涧似的。"不急,不急,慢慢地,别呛着。"姜玉英轻声细语。矫凤珍笑着调侃道:"吃奶能吃出这么大的动静,我还从来没听见过。这个小丫头,真是饿死鬼托生的。"

家里多了一个新成员,原本闹哄哄的小屋声音更嘈杂了。

姜玉英发现,八路军的娃娃哭起来也跟自己的孩子不一样,别看嘴巴只有樱桃大小,能量实在很惊人呢!你瞧,只要两片小巧的嘴唇抿成喇叭形,小屋里即刻涛声激荡,若非亲眼所见,恐怕很难想象,人之初竟有如此气壮山河的魄力。

每次喂奶,她都要先紧着仙儿吃饱。待到她的小肚皮舒舒服服膨胀起来,小家伙就会一声接一声地咿呀着,尖尖的、带着奶味儿的声音在小屋里微微颤动着。总算轮到女儿了,她刚吸了两口,就吐出奶头,"哇"地哭了。悸动的音波透着愤怒,也透着困惑:奶水呢?为啥没有奶水了?哭了两声,又裹住奶头,吮了几口,又哭了。姜玉英只好向婆婆求援:"妈,奶不够了,打点糊糊给二嫚吃吧。"然而,女儿的反应表明,她对这样的补救措施同样是很失望的。听着不满的啜泣声,姜玉英在心里喃喃自责。那一刻,她觉得自己是世界上最无能的母亲,真的,最无能的。

除此之外,还有让人闹心的事。

按理说,娃娃小的时候,觉多。仙儿倒好,吭吭叽叽老半天,好不容易哄着了,浅浅地眯上几分钟,眼皮又睁开了。姜玉英苦着脸埋怨道:"这是鸡打盹吗?不好好睡觉,怎么长个?"尤其当夜幕拉开,小家伙变本加厉哭起来,全然一副混不吝的架势。刚一出声,苍白的小脸蛋陡然涂上一层绯红,嘴唇琴弦般震颤,频率之快,简直不可思议。姜玉英赶忙把她抱起来,借着油灯的光,只见仙儿眉毛愤怒地扭曲着,犹如两条蠕动的蚯蚓。拍呀,哄呀,小家伙不依不饶,哭得愈发放肆。一会儿的功夫,脸蛋由绯红变为青紫,给人一种将要窒息的恐惧感。没办法,姜玉英只好挪下炕来,颠着小脚,抱着晃着,走来走去。哭声一点点低下去,也说不清到底溜达了多久,终于,姜玉英轻轻地嘘了口气,小心翼翼放到炕上,不料,"嗷"的一声,刚刚结束的演出又重新开始了……

一天,好不容易哄仙儿睡着,突然听见有人吆喝:"鬼子来了,鬼子来了——"顿时,街巷里人声嘈乱,脚步杂沓。姜玉英"蹭"地从炕上弹起来,一边招呼正在院里玩耍的儿子,一边催促婆婆。说时迟,那时快,只见她飞快地解开衣襟，把仙儿放进去，拢上衣襟，外面，再裹上一床小被，胡乱找根草绳往腰里一扎。很快，面临后街的窗户被推开了，大人、孩子像扔麻袋一样甩出来，没等脚跟站稳，就匆忙加入了逃难的行列。姜玉英上边裹着仙儿，下边牵着儿子，拼命扯动一双小脚，跑啊，跑啊，没多久，抱着孙女的婆婆就落到后面了。姜玉英停下脚步，一只手叉着腰眼，如同缺氧的鱼儿一样张大嘴巴，胸廓费劲地起伏着。等婆婆上气不接下气地撵上来，姜玉英说："咱跟不上，就别跟了。人多目标大，容易让鬼子看见。他们往南边跑，咱们干脆往北山躲吧。"喘息片刻，她们转身朝另一个方向跑去了。山路弯多坡陡，坑坑洼洼，婆媳俩摇摇晃晃，深一脚浅一脚。突然，姜玉英一脚踩空，仰面朝天从斜坡上摔下去。惊魂甫定，她慌忙看看孩子，只见仙儿惶惑地瞪着大眼睛，不明白刚刚发生了什么。姜玉英挣扎着，想撑起来，刚一用劲，大腿根迸出锥心的刺痛，坏了，右腿不敢动弹了。婆婆连拉带拽，折腾了好一会儿，姜玉英方才咬着牙，一瘸一拐地朝山坳里走去。数月后，疼痛逐渐消失了，然而，跛脚的姿态却永远固定下来。咳，这一跤摔的，好惨呐！

不经意间，夜幕垂落，光线渐渐暗下去，仿佛谁在天上涂了一层墨。或许是涂得太多了，墨汁一滴滴坠下来。哦，下雪了，密密匝匝的白线织成一张扭动的大网，开始覆盖茫茫山野。风也趁火打劫，"呜呜"地吼起来。凛冽的寒气挟着雪花频密地灌进姜玉英的衣领，她激灵一下，赶忙把衣服裹得更紧些。好歹折腾到一个叫龙须沟的山坳里，没等坐下喘口气，女儿"哇"地哭起来。哭声是有传染性的，顷刻间，尖细的声音就从姜玉英怀里窜出来。"饿了，饿了。"婆婆连声嘟囔，姜玉英麻利地解开衣襟，怀里的哭声戛然而止，可女儿的哭声却更泛滥了。姜玉英对婆婆说："妈，你先抱着二嫚到那边躲躲，别让她看见我喂奶，不然的话，她哭得更厉害。等我喂饱了仙儿，再喂她。"婆婆沉默了片刻，抱着孙女躲开了。很快，哀啼渐息，可没多会儿，又哭声大作。不过，颤音持续了短短十几秒钟，就被什么东西捂住了。原来，情急之下，奶奶把自己干瘪的乳头塞进孙女嘴里，小家伙一口叼住奶头，饥不择食啊！只见小脸蛋在奶奶毫无生气的胸脯上使劲蠕动着，她恶狠狠地吮着奶头，几颗乳牙也不停地啃啮。然而，乳房俨若熄灭的死火山，里面的岩浆早已枯竭。她吮了几口，吐出左边的奶头，又衔住右边的奶头，拼命地吮啊吮，小脸儿涨得青紫，最后，彻底失望了。哭声复起，有些嘶哑。奶奶于心不忍，只好抱着孙女颠颠地跑过来，央求儿媳妇说："多少给二嫚喂两口吧。"姜玉英接过女儿，轻轻叹了口气，自己身上掉下来的肉，当妈的能不心疼吗。可是，这边刚吃了几口，仙儿又不管不顾地哭起来。姜玉英犹豫了一下，毅然拔出奶头，把孩子递给婆婆。婆婆没吱声，但脸上的表情却把心思暴露了。姜玉英解释说："宁肯让自己的孩子遭点罪，也不能让八路军的孩子受委屈。这也是没有办法的办法，不然的话，万一有个好歹，俺咋给人家交代呀！"婆婆想说句什么，却又嗫嚅着，无话可说。少顷，背过身去，看不见她的神情，只看见她的肩头微微颤抖。女儿大概意识到自己的处境，绝望的哀号透着不甘的挣扎。姜玉英明显感觉到哭声的压迫，倚着树干的身子一寸寸地滑下去。恍惚中，她看见哭声结成冰花，冰花又凝成冰面，她听见，冰面下潜流涌动，那是感情的悲咽啊！

　　下半夜，女儿终于没了动静。因为连冻带饿，可怜的小家伙连哭的力气都没有了。天亮的时候，女儿的小脸、小手涂了一层暗灰，人像霜打的茄子，蔫蔫的。没进家门，就开始咳嗽，额头滚烫，仿佛灼着炭火。呼吸也变得急促，张着小嘴，胸廓费劲地起伏着，好像喉咙被一只无形的大手扼住似的。姜玉英慌里慌张地把奶头杵过去，糟了，孩子竟然一点儿反应也没有。姜玉英的头皮"嗡"地一炸，"吃奶，嫚儿，吃奶呀！"女儿不为所动，失神的眼珠像沾了一层灰，乌蒙蒙的。母亲急了，伸手去拍女儿的脸蛋儿，小家伙搐动了一下，随即，爆出一串激烈的呛咳。捱了一天，病情明显恶化，在没有进食的情况下，孩子居然恶心呕吐，并伴发腹胀、腹泻。很快，又出现烦躁不安和谵妄的症状，继而发生肢体抽搐乃至惊厥。待到第三天夜里，小家伙已经气息奄奄。姜玉英把她紧紧搂在怀里，倚着土墙，眼巴巴地守护着。天傍亮的时候，实在困极了，迷迷糊糊睡过去，不一会儿的功夫，突然惊醒，抬手一摸，孩子小脸冰凉，一丝鼻息也没有了。她身子一抖，耳边"噗啦"一声，尖锐的恐惧感像被惊飞的夜鸟掠过头顶。紧接着，滚烫的泪珠夺眶而出，"砰"的一声砸在女儿冰凉的脸蛋上。她呜呜地哭了，像个受了委屈的孩子。当黎明窸窸窣窣走进小屋时，她仍然紧紧地搂着孩子，让孩子沐浴在母爱最后的晨曦中。母女俩的脸上都笼着一层圣洁的光辉，从旁边望过去，宛若一尊青铜雕塑。此时，这盘普通的农家土炕变成了一个生命的祭坛，生与死的歌咏漾起亦喜亦悲两个

乳娘　173

声部，伴着深情的旋律，一个从梦乡归来的小女孩又看到了新鲜的霞光，而另一个小女孩却被黑暗永远掳走了。

丧女之痛让丈夫的心情变得十分暴躁，他的额头猛地爆出一条青筋，如同树根裸出地面。"你咋看的孩子！"气咻咻的谴责脱口而出，在小屋里横冲直撞，把姜玉英吓得手足无措。她满眼泪花地望着丈夫，想要开口，喉咙里却打了一个结儿。看到儿媳妇可怜的样子，婆婆发话了："小嫚害病，当妈的有啥法子？孩子没了，你上火，玉英就不上火吗！"男人像泄了气的皮球一腚墩到土炕上，一连几天，他都阴着脸，没同媳妇搭腔。

或许，情绪的影响能够潜移默化。随后几天，仙儿表现得很乖巧。喂饱了奶，稍微拍几下，就会安安静静睡上一觉。醒了，也不像从前那样哭闹，一双乌溜溜的眼珠转来转去，小嘴里不时涌出咿呀声，就像花朵上散发的芬芳。

很快，生活恢复了以往的节奏。看上去，姜玉英的神色平静，仿佛什么事情也没发生过。不经意间，忙忙碌碌的一天过去了，夕阳悄然滑落，新月挂上枝头。夜深人静，天地沉寂。突然，老宅里响起一阵"嘤嘤"的啜泣。"醒醒，玉英——"是丈夫的声音。眼皮眨了一下，好不容易挣开了。迷惑的目光透着惊恐，这是一个从睡梦中突然惊醒的人才有的眼神。"咋了？又做梦了？"她怔怔地望着丈夫，突然清醒了。"我看见二嫚回来了，就坐在道边的石头上，朝着咱家大门哇哇地喊，把我喜的呀，赶紧叫了一声，她一看是我，把头一扭，就没了……"丈夫一时无语，闷了一会儿，粗声粗气地说了一句："寻思那么多，有啥用？睡吧。"

正是因为心中有了隐痛，姜玉英照料仙儿时，更喜欢唠叨了。小丫头认真地盯着姜玉英，听着听着，好像明白了什么意思，突然咧嘴一乐。姜玉英用手指轻轻碰碰她的小手，嚯，反应挺快，居然紧紧握住，还蛮有劲呢。自个儿躺着的时候，小手、小腿不停地挥呀，蹬呀，尖细的嗓音长一声、短一声，吹哨子似的。那天，小家伙莫名其妙地笑笑，接着，咿咿呀呀。突然，姜玉英听到一声短音，是喊妈吗？虽然混沌，含糊，但做母亲的依然感到了莫大的惊喜。一瞬间，曾经的操劳得到了完全的补偿，一个满足的微笑从她嘴角漾出，就像一朵苦菜花悄然绽开，舒展而又明媚。

冬去春来，日子就这样一天天地过去了。

日子是什么？日子不就是人生的苦辣酸甜，人性的美丑善恶吗？

此时，那个叫仙儿的小丫头已经厌倦了土炕，对尝试走路表现出极大的热情。她扶着炕沿，眼里显出紧张的神情，稍事犹豫，突然一撒手，跌跌撞撞迈开步子。姜玉英颦眉蹙额，一只手往前探着，另一只手抵着肋骨，笨拙地挪着小脚，边追边喊："慢点，别摔着。哎哟，我的小祖宗！"

一天，丈夫接到通知，和村里一干精壮劳力去前线抬担架。临行前，他小心翼翼地把仙儿揽进臂弯，目光变得十分柔和。眼前的一幕让姜玉英颇感意外，结婚这么多年，她还是头一次发现，言行粗糙的丈夫内心竟如此细腻呢！

一周后，神情疲惫的男人回来了。一进屋，发现炕上睡着一个陌生的小丫头，仙儿却不见了。他疑惑地问："仙儿呢？"姜玉英回答："让育儿所接走了，这不，又送来一个。""多大了？""不到一岁，刚断了奶。"正说着，孩子醒了，哼哼唧唧地哭起来，姜玉英轻轻拍打着，安慰道："不哭，妞妞不哭，听话啊……你看，爸爸回来了。"说着，扭过脸来对丈夫说，"村长回来学给我听，育儿所的领导看到仙儿长得白白胖胖，可高兴了，一个劲地表扬咱呢。"

和仙儿相比，妞妞的性格更为活泼。吃饱了，睡足了，她总是自顾自地说呀，动呀，沉浸在自己的世界里自得其乐。姜玉英笑眯眯地望着妞妞，喃喃自语，你听听，这小嘴一天到晚都不闲着，到底都说些啥呢？

入伏之后，天热起来，妞妞出汗太多。怕孩子喝凉水闹肚子，姜玉英破例点上柴火，每天烧几回开水伺候着。至于家里其他人，依旧像从前那样，抄起水瓢，咕咚有声。乡下人嘛，喝凉水早就习惯了。

为了给妞妞补充营养，姜玉英特地养了两只母鸡。"咯咯哒，咯咯哒——"下蛋了。香喷喷的鸡蛋羹刚端上炕桌，妞妞就眉开眼笑地扑上来，哥哥眼巴巴地在旁边瞅着，馋得口水都流出来了。母亲的安抚和劝说带有启发的性质："你已经长大了，妞妞还小呢！当哥哥的不能和妹妹争吃的，对吧？"儿子眨眨眼，使劲把口水咽回肚子里。无论如何，当哥的总得装装样子吧。

很快，妞妞摇摇晃晃下了地，不过个把月的光景，屋里、院里就待不住了。出门一看，眼界大开。从此，逛街就成了小家伙热爱的事情。有时候，刚喂了两口饭，她就急着往外跑，姜玉英只好拐着小脚撵出去，跟在屁股后面絮絮叨叨，哄着喂她。吃着，玩着，突然要拉屎。于是，她垂下小脑瓜，双手扯着裤子，满不在乎地朝路人撅起小屁股。这时，姜玉英就会聚精会神站在一旁，仿佛是对一种行为艺术进行审美。喏，这就是母亲，也只有母亲才具有这样匪夷所思的鉴赏能力。

在姜玉英无微不至的呵护下，妞妞越长越俊俏了，苹果样的小脸蛋，纤巧秀气的尖下颌，尤其是那双漂亮的大眼睛，眸子黑黑的，像油亮的点漆，像晶莹的玛瑙，像清澈的山泉。这边瞅瞅，那边瞧瞧，长长的睫毛忽闪一眨，真惹人疼呐！当然，妞妞喊妈妈的时候，姜玉英感到最开心。她欢喜地应着，向前探出身子。"来，亲亲妈妈。"小丫头挓挲着小手，摇摇摆摆跑过来，一头扎进她的怀里。接着，热乎乎的小脸蛋使劲拱上来，那种痒痒的、带着奶味的甜蜜把她的整个身心都融化了。

就这样，慈母的笑容屏蔽了烽火硝烟，给妞妞的童年留下温暖的记忆。你瞧，低矮的院墙外，鹅黄的柳枝便是春天的风景；村外的小溪边，孩子的嬉闹则是醉人的乡音；沟沟坎坎的坡地里，一簇簇随风摇曳的苦菜花便是妞妞的童年了。童心是一个五彩斑斓的世界，童趣像鸟儿一样在贫穷的天幕下展翅飞翔，而深深的母爱显然是贫困中唯一奢侈的东西。

妞妞三岁时，被育儿所接走了。

母女分别的那一刻，姜玉英心如刀割。望着突然出现的陌生人，妞妞显然意识到什么，还没等保育员俯身抱她，小嘴一咧，放声大哭。顿时，姜玉英泪眼蒙眬，小屋里的光线变成了晦暗的浅蓝色。保育员和蔼地笑笑，毅然抱起孩子。妞妞急了，拼命挣扎，小手连揪带抓，保育员往后仰着脸，一边躲避，一边仄歪着身子走出小屋。姜玉英抹着眼泪，刚想撵上去，又迟疑着停下脚步，倚着炕沿的身子慢慢矮下去，终于，被凄厉的哭声彻底压垮了。

直到烧饭的时候，她依然失魂落魄地萎在土炕上，眼神蒙眬，雾茫茫的。一觉醒来，姜玉英明显憔悴了，失了水分的脸庞如同一片燥土，原本清澈的眼睛也缺了光泽。难怪会有一夜白头的说法，殊不知，思念是一种多么痛苦的煎熬啊！

一有空，姜玉英就会坐到门口，抻着脖子朝村头张望，嘴里时不时地絮叨着什么。有村民搭讪说："妞妞一走，你轻快多了。"没想到，一句话戳到正在渗血的伤口上，姜玉英脸色苍白，眉眼倒挂。"咳，快别提了。一时瞅不着孩子，我就抠心挖胆的。真想去看看她，又不知道她住在什么地方，咱跟谁打听啊？"

过了些日子，人们发现，那双执拗的小脚又把沉沉的思念牵到村头的大树下。姜玉英手搭凉棚，眯着眼，痴痴地朝崎岖的山路张望，见人路过，她就絮叨："真想孩子呀！你说，她俩还能回来吗……"

## 殇情北大沟

一条坑坑洼洼的小路，把沉沉的脚步牵到村北的半坡处。

走在前面的杨德亭扭回身，指着不远处一片被野草覆盖的空地对我说："当年的老房子就盖在那个地方。后来，我父亲把房子给了二叔，我十七岁那年，二叔把老房拆了。"按照他的年龄推算，那次拆迁是发生在1973年。这就意味着，先后抚养过四名乳儿的姜明真在这儿度过了五十个春秋。终于，在一个萧瑟的秋日，历经沧桑的老宅愀然离去，把曾经的一切悄悄地隐匿于山谷的深处。

姜明真的娘家在崖子镇西涝口村。她十七年那年，嫁到东凤凰崖村，做了佃农杨积珊的媳妇。

1937年12月，中共胶东特委书记理琪组织策划并领导了著名的天福山起义，胶东大地随之燃起抗日烽火。就在这时，老杨家发生了一件蹊跷事，一觉醒来，丈夫杨积珊失踪了。后来姜明真才知道，男人已经投身革命，成了一名行踪飘忽的地下工作者。受其影响，两个弟弟相继入伍，再后来，二弟血洒疆场，为国殉节。作为杨家的儿媳，她和丈夫虽然没有爱情的海誓山盟，却有精神的相濡以沫。所以，当村妇救会主任矫凤珍和丈夫杨心田把刚刚满月的福星抱进杨家时，那个小小的襁褓便当即演化为乳娘与乳儿之间的生死契约。姜明珍毫不犹豫地给八个月的小儿子断了奶。其果决之举分明就是铮铮誓言，没错，在抱起乳儿的同时，乳娘也郑重地交出了一份承诺。

那天，听到民兵敲锣示警，村民们一窝蜂地涌向南边的杨树夼，姜明真和婆婆却拉扯着孩子，慌张地朝相反的方向跑去了。对此，杨德亭解释说："翻过这片山坡，背阴的地方有条沟，叫北大沟，挺隐蔽的。当年为了躲鬼子，家里人就在沟里挖了两个藏身洞。一南一北，隔着几十米。洞口很小，肚子挺大，差不多一间小房的样子，大概有个七八个平方米吧。我妈抱着福星，我奶奶背着我二哥，后面跟着我大姐、大哥，一家人都躲到北边那个洞子里。当时，我二哥断奶没多长时间，一看见我妈给福星喂奶他就哭，就闹，怎么哄也不行，结果，这一哭，就给自己惹出大麻烦了。"

这是一个骇人的悬念，我为那个男婴的安危感到揪心。

兀地，远处传来一声沉重的叹息，场景转换的一刹那，我的目光超越了现实空间，抵达了洞窟深处。我仿佛看见，姜明真怀抱福星，席地而坐。听着儿子一声紧似一声的哭喊，她面色黑灰，像破败的窑土。又过了一会儿，到底忍不住了："妈，咱得想个办法。锁儿一见我喂奶就哭，万一鬼子来了，听见动静，福星和咱全家就都毁了。"婆婆扬起下巴，目光紧张地盯着儿媳："你说咋办？"姜明真嘴唇哆哆嗦嗦，就像严重的口吃患者，好不容易把字句从嗓子眼里挤出来："先把他放到那边洞子里，哭累了，就没那些动静了。"婆婆下意识地瞥了孙子一眼，脸上的神情很凄凉，像清冷的月光笼着一片荒地。押了片刻，无奈地叹了口气。小家伙似乎意识到什么，母亲刚一上手，他就拼命扭动、挣扎，哭声也因为惊恐变调了。几分钟后，姜明真上气不接下气地返回来，刚坐稳，一阵古怪的"嗡嗡"声由远而近，没等她明白过来，鬼子的飞机便挟着巨大的声浪从坡顶呼啸而过。她的身上倏地起了一层鸡皮疙瘩，连胳膊上的汗毛也竖了起来。突然，天崩地裂一声巨响，她浑身一震，洞里很暗，看不清她的神情，只看见塌陷的双肩微微颤抖，眼窝里斑斑泪光隐约闪烁。婆婆一骨碌爬起来，急着去看孙子，姜明真哽咽着劝阻道："娘，千万别出去，要是被鬼子发现了，福星就保不住了。"飞机轰鸣刚刚消失，她就急不可耐地钻出洞口，没跑多远，猛地愣在那儿。天那！洞口坍了！那一瞬间，整个世界抽缩成一声绝望的呻吟：孩子，我的孩子！她疯了似地扑过去，拼尽力气挖开洞口，只见儿子趴在地上，一动不动，震落的碎土把蜷曲的身影弄得一片斑驳。她哆哆嗦嗦抱起孩子，一泓悲凉的泪水顺着脸颊蜿蜒而下。"锁儿——锁儿——"走了形的叫喊撕心裂肺，忽然，孩子吭了一下，又吭了一下，声音很细，很轻，好像有什么东西卡在嗓子眼里。唉，可怜的小家伙，这会儿已经奄奄一息了。

因为连惊带吓，锁儿一病不起。回家后，症状不断恶化，勉强捱了数日，第四天下午，可怜的小家伙终于停止了呼吸。哦，那天的黄昏好美呀！映衬着天幕上的淡淡猩红，夕阳步履沉沉爬上山顶，迟疑着回眸一瞥，留下告别前的最后一抹余晖。于是，一朵朵晚霞默默围拢过来，围拢过来……那是迎接赤子西归的庄严仪仗吗？

在半坡上盘桓之后，老杨领我去看当年藏身的山洞。由此向西数百米，再折向正北，大约二里开外，可见一条三四十米长的沟谷。南北走向，深五米左右。由于日晒风化，雨水径流，位于谷底西侧的洞窟已经坍塌，洞口亦被流失的山土掩埋，透过杂乱的野草，可见拳头大小的隙缝。忽然，隙缝中隐约传出孩子的哭声。是幻觉吗？我屏住呼吸，哭声消失了。沉静中，一个清晰的诘问穿过我的灵魂——到底是什么原因，让一个个乳娘在生死关头，宁肯舍弃自己和孩子的生命，也要守护乳儿的周全？到底是什么原因，让她们毁家纾难、义无反顾，而始终无怨无悔？

周边阒寂无声。

只有轻风呢喃，如泣如诉。

## 青丝一缕系相思

发源于马石山南麓垛鱼顶的乳山河，先自南向北再自北向南蜿蜒入海，全长六十五公里，流经乳山市大部分区域。古语云，上善若水。得其涵养，上游北岸的岑岭显出一种别样的温驯。透过车窗，我看见前方的山峦如同慈祥的母亲，张开双臂把东凤凰崖村深情地拥进怀里。

车至村东头的小广场，日头刚刚偏西。午后的阳光犹如画家笔下的泼墨，给错杂的房舍涂上一层亮汪汪的暖晖。村子很静，鸡不叫，狗不咬，安详的氛围中滞留着晕乎乎的睡意。和七十多年前那些烽火弥天的日子相比，眼前的静谧实在显得太奢侈了。

循着一条悠长的窄巷，我神情肃穆地走向一个故事。我在心里呢喃着她的名字：沙春梅，一遍又一遍。她的名字并不陌生，甚至可以说已经很熟悉。但是，先前的感受远不如现在这样深刻，真的，当我走进老宅，我才真正地走近她、理解她、敬仰她！

沙春梅家的宅院伫立在清冷的阳光里，三十一年前，因为儿子结婚，老屋翻盖，青石起基，白灰抹墙，惟有黑苍苍的房瓦原封未动，看上去，颜色黯沉，一如晚年的乳娘，神情忧郁，心事重重。

二儿媳史永绍接待了我们，她说，丈夫去地里干活，她一个人在家留守。看上去，她六十岁左右，性格开朗，干净麻利。记忆的闸门一旦打开，稠密的话语便如汩汩流水奔涌而出，于是，往事浪花般涌过来，渐渐地，我脑海中那个模糊的形象变得清晰了。

沙春梅是崖子镇下沙家村人，家中兄妹九人，排行老六。由于三哥和四姐都是共产党员，平日里耳濡目染，点滴浸润，为其日后的人生抉择奠定了坚实的思想基础。二十四岁那年，明媒正娶的新媳妇拐着一双小脚走进了东凤凰崖村普通农民杨锡斌的院门。头胎是个男孩，没保住。转过年来，一个女娃又伴着嘤嘤啼哭降生了。可叹还未满月，病魔来袭，娇嫩的花骨朵儿眼睁睁地枯萎、凋零。沙春梅泣下沾襟，悲不自禁。然而，丧子之痛刚刚消弭，一个"咿咿呀呀"的婴儿突然闯进小院，把刚刚恢复的平静生活搅乱了。

原来，此前数日，村干部一直在为八路军某部杨政委的女儿寻找一位尚能哺乳的养母。据说，杨政委曾特意叮嘱村干部，希望能找个心眼好、讲卫生的。支书的目光在村里绕来绕去，最后，在沙春梅的身上定住了。口风一露，夫妇俩十分爽快，即刻应承。当三个月大的小春莲贪婪地吮吸乳汁时，那个小小襁褓已然成为沙春梅生命纪年的特殊刻度。

接下来，小丫头是用哭声同这个陌生院落进行交流的。声音孱弱却很悲恸，仿佛初涉人世便遭遇了天大的委屈。是啊，母爱缺失，情感的天幕坍塌一角，可乳娘就是补天的女娲呀！没错，此时的沙春梅就像一只痴情的春蚕，竭尽全力吐出爱的情丝，仔细包裹怀里的宝贝疙瘩。眼瞅着，小丫头越来越招人疼爱了，苹果一样的小脸蛋，一笑就旋出一对小酒窝，亮晶晶的大眼睛星星似的眨呀眨，眨得沙春梅心头像抹了蜜，黏黏的，甜甜的。

春莲两岁那年，沙春梅生了一个女儿，乳名翠芝。老话说，手心手背都是肉。那么，叫作翠芝的小姑娘对此有何感受呢？待到采访时，昨天的故事早已白发苍苍，而白发苍苍的翠芝却清晰地记得故事里的相关细节。她说："那时候，家里生活很困难，但凡有点好吃的，小春莲都是头份儿。我记得，小春莲最喜欢吃饺子，我妈和我奶奶就到山上挖野菜，吃粗粮，尽可能地省下细粮给她包饺子。每次只包一小碗，下锅前，我妈总是让奶奶把我领出去玩，那时候我小呀，也不知道是咋回事，等回到家，饺子也吃完了。有时候，奶奶用铁勺炒个鸡蛋，或者烙张小饼，当着我的面塞给春莲，我就那么眼巴巴地瞅着，哎呀，真是馋坏了。"

1946年秋天，春莲生母随部队路过东凤凰崖。看到女儿马驹儿一般撒欢，顿生怜爱，打算顺便领走。沙春梅趁孩子睡着的时候把她抱到前街上，两人刚一倒手，春莲醒了，扯着嗓子哭起来："妈妈……妈妈……"，生母无计可施又不甘放弃，一直磨叽到部队开拔，才恋恋不舍地走了。

半年后，上级号召参军支前，丈夫杨锡斌挥别妻儿，毅然加入解放大军的行列。谁知，军装还未上身，就在沙河之战中挂了花：一颗子弹径直贯通右腿膝下，生生掳走拳头大小一块筋肉。战斗结束没几天，这个不走运的新兵就挂着双拐，像个刚刚学步的孩童跟跟跄跄地回来了。哎呀，怎么变成这样了？右腿僵直得像一条木棍儿，而且，还短了一截！为了求得平衡，他的左腿不得不尽可能地向外撇，结果，两条腿叉成一只颠来倒去的圆规，右边的胳膊也舞蹈般扬上扬下。

在女儿翠芝的记忆中，春莲姐是六岁时被接走的。分别那天，沙春梅和婆婆泪如雨下，小春莲又撕又打，声嘶力竭地哭喊着："我不走，我不走呀！我不要外面的妈妈！"急了，一把揪住养母的头发不肯撒手，结果，愣是拽掉一缕头发。唉，人间最苦伤别离。当小春莲的身影在远方的地平线消失后，整个世界已然变得空空荡荡了。

思念是必然的。

久而久之，思念变成一座围城，沙春梅被结结实实困在城里。实际上，思念不仅是个名词，也是个动词。尽管思念的旅途关山迢递，然而，她却觉得，那个离得最远的孩子离得最近，仿佛就在眼前，触手可及。于是，在无尽的思念中，那双颤巍巍的小脚走过数十年的漫长岁月，走过阴晴雨雪，走过千山万水。

思念之苦也让当婆婆的备受煎熬，老人时常以泪洗面，久而久之，竟然把耳朵哭聋了。

丈夫杨锡斌虽然没像妻子那样哭鼻子抹眼泪，但父女之情同样刻骨铭心。上了年纪后，他出现了明显的痴呆症状。平日里，总是一个人默默地坐在那儿。间或，会茫然地望着家人，目光空洞而又凝滞。家人知道，他有满肚子的话要说，这些话他生生攒了一辈子。到头来，想要倾诉时，那张内秀的嘴巴却无论如何也不听使唤了。让人感到惊讶的是，九十六岁那年，记者前来采访，他连老伴的名字都记不起来了。但一提小春莲，老人的反应却出乎意料。"咳，这个小丫头真招人稀罕……我打外头一回来，她就挓挲着小手朝我喊,让我抱抱,抱抱呢。"

我问儿媳史永绍:"这么多年,春莲一点消息都没有吗?"她说:"听别人讲,抗战胜利后,他们回了四川老家。春莲上学后还托人捎来几封信,再后来,什么联系也没有了。"

时光如水,从岁月的河床上潺潺流过。慢慢地,乳娘老了。

四十多年的思念之旅,她累得心力交瘁,待到挣扎着走进1989年的盛夏时,身体能量已近衰竭。"那天,她扬着手朝我嚷嚷,老二家的,我听见春莲在街上说话,你快出去看看,是不是她回来了。"史永绍说,"我出了门,左看右看,连个人影也没见着,回到屋里,我说,妈,你听错了。她愣怔了一会儿,对我说,厢房里有个小纸箱,里边有本书,你去拿给我。真没想到,那本书里夹了一缕头发,还夹了一根丝线,婆婆拿着头发就哭上了。我不明白是咋回事儿,就问她,妈,你哭什么?婆婆伤心地说,哎呀,这个小春莲,诓了我一辈子,到临死也不来看看我……第二天中午,她就走了。"

下葬前,儿媳史永绍小心翼翼地把那缕头发放进婆婆的骨灰盒。一朝别过,便为永诀,就让这个特殊的信物贴身陪伴老人家吧。

采访结束时,夕阳已经慵懒地卧在西边的山脊上,橘黄色的晚霞墨晕般四下洇开,慢慢地,颜色变红了,变重了,温婉的光线沐浴着整个村庄,爽爽一片都是暖色。史永绍真诚地挽留道:"都这个点了,吃了晚饭再走吧。"我再三婉谢,而后,抽身就走。她愣了一下,慌忙送客。刚出院门,忽然想起什么,说:"唐作家,你等一下。"我不解其意:"还有别的事吗?""你稍等等,我回去拿点花生,你带着。""不用了,真的。你的心意我领了,谢谢!谢谢!"我连连摆手,一扭身,脚下的频率加快了。她带着遗憾的神情追上来,边走边用透着歉意的口吻说:"大老远的来一趟,饭也不吃,就这么空着手走了,哎呀……"我忽然有些感动,多么淳朴、真挚的情感表露啊!从儿媳妇的身上,我看到了活脱脱的沙春梅当年的影子。我想,面对真情永驻的父老乡亲,作为后来人,我们应当如何报答呢?

## 特殊的乳名

姜家村位于崖子镇政府大院身后,直线距离不过一公里。按照村民的指引，我拐过几条窄巷，去追寻那个曾经呵护乳儿的年轻乳娘，那个而今垂垂老矣的年迈母亲。

王奎敏的丈夫已去世二十多年，眼下，她和儿子一个住前院一个住后院，守望亲情，比邻而居。我进屋的时候，老人正盘腿坐在炕上，同邻居聊天。听说我要采访，两位串门的大嫂笑嘻嘻地躲开了。老人慌慌地从炕上挪下来，一把拉住我的手，脸上浮现出慈祥的笑容。或许是疏于洗漱的缘故，她的身上隐约透出一股霉味，仿佛一件被时间腐蚀的锈迹斑斑的老物件。和七十多年前那个鲜亮亮的年轻媳妇相比，她唯一保持不变的就是充满爱怜的眼神了。然而，也正是通过她的眼神，我明显感觉到，在其衰老的躯体内，炽热的感情岩浆仍在默默涌动。

1946年谷雨前后，十九岁的王奎敏嫁给青年农民姜秀竹。待到来年春暖花开，大女儿出生了。可叹的是，孩子刚满百日就不幸夭亡。没过几天，村妇女主任王庆玉就抱来一个两个月大的男婴。主任介绍说，孩子乳名政文，是流水头村人，还在娘胎里的时候父亲就随大军南下了；母亲刘素兰是区妇女主任，因为奶水不够，加上工作繁忙，疏于照料，小政文出生后没几天就病了。迫于无奈，刘素兰先后托付两户人家代为抚养，但孩子的病情非但没有好转，反而更加严重。抱着最后一线希望，她向王庆玉紧急求助。第一时间，王庆玉就想到了王奎敏。因为同村，她对王奎敏家的情况知根知底：公爹是一村之长，在家里也是一言九鼎。她找到村长，当面央求说："老哥，奎敏有奶水，让她帮着养个孩子，行吗？"看到村长有些犹豫，她跟上一句："孩子他妈说了，能养活，就是沾了你家的福分，实在养不活，也是命该如此。"村长这才点点头："我回家和奎敏说说。"接下来，就是那个性命攸关的时间节点——当王奎敏毫不迟疑地敞开怀抱时，滚烫的母爱便如惊涛骇浪中闪出的挪亚方舟，不仅挽狂澜于既倒，也把小政文濒临颠覆的命运轨迹彻底扭转了。

打眼一瞅，躺在臂弯里的小家伙骨瘦如柴，脸色苍白，鼻息微弱，偶尔一两声啼哭也显得了无生气。王奎敏把胀鼓鼓的乳房贴上去，孩子有反应了。小手扬了一下，又扬了一下，然后，踏踏实实地贴在乳房上，接着，嘴巴开始轻轻翕动。吮了几口，停下来，歇会儿，又吮了两口，眼睛慢慢睁开，乌溜溜的眼珠盯着乳娘，表情纯真而又痴迷。"喔——喔——"王奎敏逗了两声，自己开心地笑了。

为了给孩子治病,她把家里仅有的二十多斤小米拿去换药;白天孩子闹觉,她就抱在怀里,从早到晚四处溜达,哄着入睡。半个月后,原本苍白的小脸蛋儿明显红润;一个月后,小家伙明显长胖了,小腿、小胳膊肉嘟嘟的。

政文过一岁生日那天,姥姥来接外孙。抱起白白胖胖的娃儿,姥姥声泪俱下,她对王奎敏说:"闺女,谢谢,谢谢啦。没有你,政文就活不到今天,你就是孩子的再生父母啊!"

分别时,王奎敏噙着泪水,抱着政文,穿过长长的窄巷,蹚过道道田垄,把一老一小送至数里之外的土路上,直到那个模糊的身影彻底隐没,她仍然孤零零地站在那儿引颈眺望。打眼一瞅,她就像秋收过后庄户人特意留在田野里的一棵老玉米,那是祈祷来年丰收的老玉米啊!唔,痴情的乳娘,能够如愿以偿吗?

从那天起,她变成了一个忠实的守望者,她期待有一天,政文的笑脸能像星光一样在眼前突然闪烁。思念像长了牙似的,咬啊,咬啊,把她的心底咬出一个黑洞洞的窟窿。痛定思痛,有什么办法能够纾解困扰呢?有一天,她对丈夫说:"秀竹,别人的孩子咱留不住,还是自个养个娃吧。"胎儿尚在腹中躁动,她就早早把乳名想好了——不管男孩女孩,都叫政文。她的目的很明确,就是通过复制的手段抚慰心中的伤痛,填补情感的空缺。

1956年4月,儿子出生了。

于是,熟悉的嗓音又喊出熟悉的乳名,终于有一天,充满爱意的声音溜出小院,跑进胡同。村民闻之,纷纷感叹:奶了一年孩子,她得惦记一辈子,这个王奎敏哟!

现在,儿子政文就坐在炕边的椅子上,他的年龄告诉我,昨天和今天之间,是六十四个声声呼唤的年头。他说:"老妈上了年纪,喜欢悄悄念叨过去的事儿。有时候,没说几句,就开始抹眼泪。我问她,妈,你咋了?她说,也不知道政文现在日子过得咋样?成没成家?"老人轻轻叹了口气,我问她:"你还记得政文的模样吗?"老人点下头,眼角浮现一抹微笑:"长得挺好,大眼睛,是个好孩子。"那一瞬间,她干枯的眼窝泛出幽幽光影,满脸紧缩的皱纹也似乎变得松弛了。

采访结束,我向老人辞行。考虑到她已经九十三岁高龄,我一再恳请老人留步，但无济于事。她吃力地站起身，弓着腰，颤巍巍地走出小院，拐进胡同，送出老远，才一脸不舍地收住脚步。走到胡同口时，我回头一看，老人还站在那里频频招手。我心头陡然一热，凝眸之际，恍惚看到了当年那个沿着同一条窄巷离去的孩子。我在心里默默地说：政文大哥，乳娘已经老了，她盼了你这么多年，你能抽空回来看看她吗？

### 作者简介

唐明华，中国作家协会会员、中国电视艺术家协会会员、中国电视纪录片研究会理事，曾任中国广播电视新闻奖评委。长篇报告文学曾获山东省第三届"泰山文学奖"、山东省第十二届"文艺精品工程奖"等。电视作品曾获中国广播电视新闻奖、中国广播电视学会电视节目类一等奖、全国党员电教片"红星奖"一等奖、全国农业电影电视"神农奖"组委会奖等。

# 国 碑

一半

> **编选导语**
>
> 本篇作品节选自一半的同名长篇报告文学《国碑》（入选2019年中国作家协会重点作品扶持项目，浙江教育出版社2020年出版）。矗立在北京天安门广场上的人民英雄纪念碑，是一座极其重要的标志性建筑，是中国人民心中的圣地。为纪念在人民解放战争、人民革命和为争取民族独立、人民自由幸福斗争中牺牲的人民英雄而建的人民英雄纪念碑，浓缩着一部中华民族近代和现代的历史。本篇作者通过深挖相关的史料文献和深入的采访，真实细致地叙写了国碑设计，所用石料的选择、开采、运输，国碑的雕刻制作等故事，是一部信息丰富、别有意义的国碑史。

## 从奠基石开始

曾经不止一次地拜谒人民英雄纪念碑，因着各种机缘，但从来没有想过，有一天我会执笔写一本关于它的书，穿越历史，感受崇高与纯粹。

那天暮色四合，长安街依旧明亮如白昼，清明时节的京城，杨花如雪。一家三口到西山为林徽因扫墓归来，踏着薄暮，来到天安门前，远远凝望人民英雄纪念碑。无须靠近，那上面的浮雕、花环、碑文甚至石材的纹理都了然于心，一闭上眼睛，那百年、千年的中华民族英魂，或顶戴花翎，或铁马冰河，或血衣伤痕，或战地黄花……他，她，他们，就会向我款款走来。在我眼中，他们不仅仅是浮雕人物、历史故事，更是我45岁人生的成长记录。第一次与他们相会时，我还只是一个被父亲扛在肩上的小女孩，终于见到了歌谣里的北京天安门，兴奋之余，更多的是被繁华惊呆后的小心翼翼。那时候的人民英雄纪念碑还是允许近距离抚摸的，借助父亲的身高，我得以摩挲那些镌刻在汉白玉石上的男人、女人的面孔，光滑，冰冷，他们的眼中没有我，他们看向别处。每次到北京，都会习惯性地去一趟天安门广场，看一眼人民英雄纪念碑，从为人女到为人妻，再到为人母。不记得从哪一年开始，游客不能登上纪念碑了，即便如此，我到北京必到天安门广场的习惯也没有改变，哪怕是坐车匆匆经过长安街，远望一眼，否则内心就觉得自己没有来过。

2018年国庆节前夕，拿到人民英雄纪念碑的选题，儿时第一次触摸人民英雄纪念碑的感觉倏地重现，兴奋夹杂着恐惧。那曾经被我滚烫的指肚抚摸过的英雄与瞬间，忽然变得陌生、遥远。他们被雕刻成不朽，永生在领袖龙飞凤舞的书写里，他们属于历史，属于国家，他们离我很近，亦很远。

在忐忑中开始了人民英雄纪念碑的寻访之旅，虎门、金田、武昌、北京、上海、南昌、南京，穿行在1840年至1949年之间，从中华民族的至暗时刻一直追寻到东方天晓。在安静的书斋里，一笔一画为人民英雄纪念碑造像，从雄浑的大须弥座起步，全景铺陈虎门销烟、金田起义、武昌起义、五四运动、五卅运动、南昌起义、抗日战争、胜利渡长江，透过八块浮雕，搜寻它们的建造者雕塑家曾竹韶、王丙召、傅天仇、滑田友、王临乙、萧传玖、张松鹤、刘开渠以及曲阳石匠，仰望人民英雄纪念碑的巍峨碑身，以国家的名义，用真实的力量，去重构、复活那一段国家记忆。

清明小长假，继续我的本书写作之旅。京畿杨花如雪如烟，天安门游人如织，这是游北京必到的打卡之地。不能近身观瞻的人民英雄纪念碑高耸入云，除了仰望，只能仰望。再恢宏的建筑也是从奠基石开始的，人民英雄纪念碑也不例外。

当陈志敬、陈志信两兄弟接到镌刻人民英雄纪念碑奠基石任务的时候，心脏"咚咚"打了一阵小鼓，时间紧、任务重！但二人互相看了对方一眼，四目相对，彼此心领神会，此时他们也迫切需要这样一个机会，一个证明自己的机会。

1949年9月，中国人民政治协商会议第一届全体会议在北平举行。会议上有委员提议，在北平城的重要位置竖立一座纪念物，以纪念在人民解放战争和人民革命中牺牲的人民英雄。这一提议，立即得到了与会委员的一致同意，但问题也接踵而来。委员们都同意将这一纪念物建造在城市的中心位置。

那么，新中国首都的中心要设置在哪里呢？

北京是五朝古都，但每个朝代的城市中心都不重叠，都有所不同，各有侧重。辽金时期北京的城市中心在今天的广安门外，到了元代，城市中心转移到今天的钟鼓楼一带，至明清，城市中心则移至东四、西四和前门附近，紫禁城是城市的中心。

这座纪念物很快便有了自己的名字：人民英雄纪念碑。那它到底要建在哪里呢？

有人主张将人民英雄纪念碑建在西郊八宝山上，有人主张建在东单广场，更多的人主张建在天安门广场上，各种意见相持不下的时候，最终周恩来建议，支持将人民英雄纪念碑建在天安门广场上。

经过多次会议讨论，委员们的意见基本达成一致，最终决定将人民英雄纪念碑建在天安门广场上。但具体的位置尚待确定。有委员提议将人民英雄纪念碑放在前门楼上；有的委员建议建造在中华门以南，即现在毛主席纪念堂的位置；还有委员说，拆除端门的城楼，将人民英雄纪念碑放在端门的台基上。很快，这三个方案被收集起来送至毛主席面前，主席全部给予了否定，否定的理由是，把新建筑放在古建筑群中显得不伦不类。这时，周恩来说出了他的想法：可以把人民英雄纪念碑建在天安门广场五星红旗旗座之南，紫禁城的中轴线上。周恩来的这个提议并非一时起意，会议间隙，他多次登上天安门城楼，环顾四周，研究纪念碑与天安门之间的空间比例关系，从而给出了"五星红旗旗座之南"的建议。这一建议获得了委员们的一致赞同。纪念碑修建位置就这样确定了。随即，就有人提出了新的问题：人民英雄纪念碑奠基仪式何时举行？作为奠基仪式不可或缺的奠基石，要由谁来制作呢？

人多力量大，集体的智慧是无穷的，有一个委员建议道：北平最有名的碑文篆刻师陈志敬堪担此重任。

从善如流的政协工作人员立刻赶往了陈志敬家。一阵寒暄过后,简明扼要地道明来意,希望陈师傅勇挑重担,镌刻人民英雄纪念碑的奠基石,字数大约150个,一周之内必须完成。彼时奠基时间已经确定,只能倒逼奠基石的镌刻工期。

陈志敬是琉璃厂陈云亭镌碑处的传人,他的父亲陈云亭是民国时期技艺高超的镌碑人,据说能仿制古碑以假乱真。陈家祖孙三代,先后在琉璃厂从艺,他们的镌碑技艺在当时的镌碑手艺人中首屈一指。京城孔庙、钟鼓楼、颐和园等处都有陈氏一脉的石刻。

以陈志敬、陈志信的镌碑手艺,雕刻这块奠基石本没有什么难度,按照以往正常的流程来说,工期在一个月左右。但是人民英雄纪念碑奠基石,只给了陈师傅不到一周的时间,即必须在9月30日前完成。按照以前的工艺流程,一周的时间仅够选材、备料。非常时期只能采取非常手段,陈家祖传镌碑技艺,家中存有不少旧碑,所谓的"旧"只是存放了有些个年头,石材仍是上乘。接下来的几天里,陈志敬、陈志信两兄弟,用日夜不息的车轮战术,耗时五天赶制完成了人民英雄纪念碑的奠基石镌刻,也算是刷新了陈氏镌碑的历史记录。

9月30日上午,陈志敬将奠基石送到了天安门广场。

黄昏时刻,在落日的余晖中,3000多名首都各界群众和600名政协委员齐聚在天安门广场,共同见证人民英雄纪念碑奠基仪式。

奠基仪式上,毛主席面向广场上的群众宣读了人民英雄纪念碑的碑文:

> 三年以来,在人民解放战争和人民革命中牺牲的人民英雄们永垂不朽!
>
> 三十年以来,在人民解放战争和人民革命中牺牲的人民英雄们永垂不朽!
>
> 由此上溯到一千八百四十年,从那时起,为了反对内外敌人,争取民族独立和人民自由幸福,在历次斗争中牺牲的人民英雄们永垂不朽!

此碑文中的"三年以来"是指从1946年到1949年的解放战争时期；"三十年以来"是指以1919年五四运动为起点的新民主主义革命时期，标志着新民主主义革命的开始；最后"上溯到一千八百四十年"是指以1840年鸦片战争为起点的整个民主革命时期。这三个时间段中，都有中国爱国志士为了民族独立、人民解放而不屈抗争。

奠基仪式结束后，人民英雄纪念碑的建造工作正式启动。

70年后的清明节，我沿着当年陈志敬送完人民英雄纪念碑奠基石回家的路线一路寻访，从琉璃厂西街一路向西，复又至东街一路向东，却遍寻不见琉璃厂261号陈云亭镌碑处旧址。

来得有点太早，大多数店铺没有开门纳客。只有为数不多的几家店早早地开了门，推门欲进，守店的伙计伸手相拦："几位再等会儿！9点！"

那就再等会儿吧！事缓则圆，想找的总能找到。

## 梁思成方案

阅读林徽因的时候，有一个男人是绕不过去的，他总会时不时跳出来，那就是与她血脉相连、休戚与共的爱人梁思成。《国碑》的撰写临近尾声，蓦然发现，人民英雄纪念碑从无到有、从设计到筑造的历程中，梁思成亦是一个绕不过的名字。

人民英雄纪念碑奠基典礼结束后，北京市聘请了专家组统领纪念碑的设计工作，梁思成、林徽因双双入选，成为专家组成员。纪念碑设计方案征集工作随即启动，此举借鉴了之前的国旗、国徽和国歌的征集模式，面向全国，广发英雄帖，全国各族人民都可以参与。鉴于人民英雄纪念碑的专业性，特别面向全国各建筑设计单位、大专院校建筑系发出征集通知。到1951年，北京市都市计划委员会共收到140多件各种形式的设计方案，征集截稿后，最后统计为240多件。或许是投稿人对征集方案的理解存在偏差，大量的来稿将纪念碑设计为纪念塔。在人民英雄纪念碑之前，中国的传统建筑中，从来没有一个这样高大的以指向天空为精神主旨的建筑物。从某种意义上来说，人民英雄纪念碑超越了彼时人们对纪念建筑的认知和想象。

经过反复的筛选和比对，专家组将征集到的设计方案分为了三个大类：平铺地面的矮型建筑、巨型雕像建筑和高耸的碑形或塔形。人民英雄纪念碑的设计工作，参与者甚多，集合了当时中国最优秀的建筑师、美术家、雕塑家。大艺术家云集之地，必定也是各种思想与流派激荡之地，他们各抒己见，最大的分歧集中在纪念碑是采用雕塑形式还是碑的形式。

此时，梁思成力排众议，又自定了人民英雄纪念碑的碑形的设计方向。他的理由是，如果采用雕塑建筑群，将会破坏天安门前古建筑群的和谐与统一。梁思成深知，人民英雄纪念碑，是以国家之名纪念自鸦片战争以来，跨越百年的人和事。梁思成觉得用具体的雕像呈现这段中国大历史几乎是不可能的。在林徽因的协助下，梁思成综合了所有的设计理念，形成了一个"梁思成方案"，采用中国古代石碑的建筑样式筑造新中国的具有祭祀功能的纪念碑。

"梁思成方案"并未在第一时间内获得认可，被再三质疑，但执拗的梁思成寸步不让，纪念碑设计工作一度陷入僵局。

作为妻子的林徽因，是梁思成最坚定的支持者。在一次讨论会上，她开诚布公地说：任何雕塑和群雕都不可能和毛泽东亲笔题写的"人民英雄永垂不朽"以及周恩来撰写的碑文并存一处。她认为，唯有碑形的纪念碑才能承载，雕塑可以作为纪念碑的装饰，与碑形主体并行不悖。

"梁思成方案"最终被呈送至中央，得到了周恩来的批复：同意人民英雄纪念碑以碑为形，以碑文为主体。

在确定了人民英雄纪念碑以碑为主体之后，专家组又因为碑身的形状再次发生争执，设计组一共设计完成了八组方案，其中三组虽然各有瑕疵，但都获得了专家的初步认可，一时难以抉择。设计组没有征求梁思成的意见，将专家选出的三组方案一并呈报给了中央。中央决定：将这三个纪念碑设计方案做成微缩模型，同时置于天安门广场，让人民群众做出取舍。展览前言这样写道：

为了纪念伟大的，在人民解放战争和人民革命、民族解放、民主运动中牺牲的人民英雄，中国人民政治协商会议第一届全体会议决定在首都建立人民英雄纪念碑。一九四九年九月三十日下午六时,毛主席率领全体政协委员在天安门广场举行了奠基典礼。从那时起,纪念碑的设计工作便已开始进行。由于全国人民对人民英雄纪念碑高度的热忱与关怀,大家不断用图样、模型、文字或口头提出各种设计方案和建议。先后计二百余件,表达了多式多样的意愿。兴建委员会光荣地担负起了这个任务。在负责首长的领导下,各方专家的协助下,全国人民的鼓励下,设计方面,肯定了碑的造型,并正在进行浮雕和装饰花纹的画稿及造型的技术设计;工程方面,除已打好地基,并进行了明年的施工准备和采运石料等工作。这次展览的目的,就在介绍上述设计工作的演进过程和一些尚未完全成熟的画稿草案,我们诚恳地期待着你们宝贵的意见。

人民英雄纪念碑交由人民群众选择,中央的批复急坏了梁思成。微缩模型在天安门广场上展出期间,最受欢迎的设计方案呼之欲出。专家与人民群众均对其中的一个设计寄予厚望。这个设计的高度参照了天安门的高度,与城楼等高。模型的碑头是正方体,上面有五颗星,参照国旗五星的布局设计。碑体是立方柱,用来镌刻碑文。碑体下方为须弥座,四周可以雕刻浮雕。须弥座下方是一座红色的高台,中间开了三个门洞,形似天安门城楼下的三个门洞。彼时的梁思成抱病休养,他时刻关注着展出的进展情况和结果,食不知味,夜不能寐。深思熟虑之后,他提笔给当时的北京市市长彭真写了一封信,历陈自己的观点。

彭市长:

都市计划委员会设计组最近所绘人民英雄纪念碑草图三种,因我在病中,未能先做慎重讨论,就已匆匆送呈,至以为歉。现在发现那几份图缺点甚多,谨将管见补谏。

以我对于建筑工程和美学的一点认识,将它分析如下。这次三份图样,除用几种不同的方法处理碑的上端外,最显著的部分就是将大平台加高,下面开三个门洞。

如此高大矗立的，石造的，有极大重量的大碑，底下不是脚踏实地的基座，而是空虚的三个大洞，大大违反了结构常理。虽然在技术上并不是不能做，但在视觉上太缺乏安全感，缺乏"永垂不朽"的品质，太不妥当了。我认为这是万万做不得的。这是这份图样最严重、最基本的缺点。

在这种问题上，我们古代的匠师是考虑得无微不至的。北京的鼓楼和钟楼就是两个卓越的例子。它们两个相距不远，在南北中轴线上一前一后鱼贯排列着。鼓楼是一个横放的形体，上部是木构楼屋，下部是雄厚的砖筑。因为上部呈现轻巧，所以下面开圆券门洞。但在券洞之上，却有足够高度的"额头"压住，以保持安全感。钟楼的上部是发券砖筑，比较呈现沉重，所以下面用更高厚的台，高高耸起，下面只开一个比例上更小的券洞。它们一横一直，互相衬托出对方的优点，配合得恰到好处。

但是我们最近送上的图样，无论在整个形体上，台的高度和开洞的做法上，与天安门及中华门的配合上，都有许多缺点。

（1）天安门是广场上最主要的建筑物，但是人民英雄纪念碑却是一座新的，同等重要的建筑；它们两个都是中华人民共和国第一重要的象征性建筑物。因此，两者绝不宜用任何类似的形体，又像是重复，而又没有相互衬托的作用。天安门是在雄厚的横亘的台上横列着的，本身是玲珑的木构殿楼。所以英雄纪念碑就必须用另一种完全不同的形体；矗立峭峙，坚实，根基稳固地立在地上。若把它浮放在有门洞的基台上，实在显得不稳定，不自然。

……

（2）天安门广场现在仅宽 100 公尺，即使将来东西墙拆除，马路加宽，在马路以外建造楼房，其间宽度至多亦难超过一百五六十公尺。在这宽度之中，塞入长宽约 40 余公尺，高约六七公尺的大台子，就等于塞入了一座约略可容一千人的礼堂的体积，将使广场窒息，使人觉得这大台子是被硬塞进这个空间的，有硬使广场透不出气的感觉。

(3) 这个台的高度和体积使碑显得瘦小了。碑是主题，台是衬托，衬托部分过大，主题就吃亏了。而且因透视的关系，在离台二三十公尺以内，只见大台上突出一个纤瘦的碑的上半段。所以在比例上，碑身之下，直接承托碑身的部分只能用一个高而不大的碑座，外围再加一个近于扁平的台子（为瞻仰敬礼而来的人们而设置的部分），使碑基向四周舒展出去，同广场上的石路面相衔接。

(4) 天安门台座下面开的门洞与一个普通的城门洞相似，是必要的交通孔道。比例上台大洞小，十分稳定。碑台四面空无阻碍，不唯可以绕行，而且我们所要的是人民大众在四周瞻仰。无端端开三个洞窟，在实用上既无必需；在结构上又不合理；比例上台小洞大，"额头"太单薄；在视觉上使碑身飘浮不稳定，实在没有存在的理由。

总之，人民英雄纪念碑是不宜放在高台上的，而高台之下尤不宜开洞。

至于碑身，改为一个没有顶的碑形，也有许多应考虑之点。传统的习惯，碑身总是一块整石。这个英雄碑因碑身之高大，必须用几百块石头砌成。它是一种类似塔形的纪念性建筑物，若做成碑形，它将成为一块拼凑而成的"百衲碑"，很不庄严，给人的印象很不舒服。关于此点，在一次讨论会中我曾申述过，张奚若、老舍、钟灵，以及若干位先生都表示赞同。所以我认为做成碑形不合适，而应该是老老实实的多块砌成的一种纪念性建筑物的形体。因此，顶部很重要。我很赞成注意顶部的交代。可惜这三份草图的上部样式都不能令人满意。我愿在这上面努力一次，再草拟几种图样奉呈。

薛子正秘书长曾谈到碑的四面各用一块整石，4块合成，这固然不是绝对办不到，但我们不妨先打一下算盘。前后两块，以长18公尺，宽6公尺，厚1公尺计算，每块重约215吨；两侧的两块，宽4公尺，各重约137吨。我们没有适当的运输工具，就是铁路车皮也仅载重50吨。到了城区，4块石头要用上等的人力兽力，每日移动数十公尺，将长时间堵塞交通，经过的地方，街面全部损坏。

无论如何，这次图样实太欠成熟，缺点太多，必须多予考虑。英雄碑本身之重要和它所占地点之冲要都非同小可。我以对国家和人民无限的忠心，对英雄们无限的敬仰，不能不汗流浃背，战战兢兢地要它千妥万帖才放胆做去。

此致

敬礼！

梁思成<br>1951 年 8 月 29 日

随信附上的是梁思成重新设计的人民英雄纪念碑设计方案。

接到梁思成的来信，在认真审视他一点一线勾画出的设计稿之后，彭真市长陷入深深的思索中。这是一位有风度、有风骨、让人肃然起敬的建筑师。他可以不发声，因为在病中休养，图样呈送一事他并不知情。他可以选择沉默，设计的缺憾与弊端在施工的过程中自会一一显现，建筑基于严谨的科学之上，失之毫厘谬以千里。然而，梁思成没有选择沉默，他站了出来，宁可站在所有人的对立面，也坚持发出自己的声音。支持他发声的，不仅仅是勇敢，还有最纯粹的学术良心，以及对国家最深切、诚挚的大爱。

梁思成的这封来信，成为人民英雄纪念碑设计中具有"一信定音"意义的学术论断，"梁思成方案"最终成为主导人民英雄纪念碑设计和施工的理论奠基石。

## 从国徽到国碑

在好友费慰梅的记忆里，"思成和徽因对政治都没有表现出丝毫的兴趣。他们在艺术的环境中长大，思想上崇尚理性，一心扑在个人事业上，决心在建筑史和诗歌领域中有所建树，根本没有时间参与政治或进行政治投机。他们在战争期间遭受的艰难困苦也没能在他们身上激起许多朋友感受过的那种政治愤怒。他们是满怀着希望和孩童般的天真进入共产主义的世界"。费慰梅做出这样评判的依据是林徽因在 1948 年北平解放前夕写给她的最后一封信。更早一些的 1934 年，林徽因写给费慰梅的信中有这样一段内容："这对我是一个崭新的经历，而这就是为什么我认为普罗文学毫无道理的缘故。好的文学作品就是好的文学作品，而不管其人的意识形态如何。"

费慰梅的判断是对的，梁思成与林徽因的确不是狂热的政治投机分子，但是好友低估了他们对中国古建筑的热爱，对北京城的一往情深。他们以护佑这古城为己任，并立刻行动起来。林徽因先后在《新观察》上发表了《谈北京的几个文物建筑》《我们的首都》等文章，梁思成也在《新观察》上撰文《北京——都市计划的无比杰作》，并附注"本文虽是作者答应担任下来的任务，但在实际写作进行中，都是同林徽因分工合作，有若干部分还偏劳了她"的声明。彼时，梁思成被任命为北京市都市计划委员会副主任，对北京的城市规划，他提出了五点建议：

1. 北京应是政治、文化中心，而不是工业中心。
2. 限制城区工业的发展。因为它将导致交通堵塞、环境污染、人口剧增和住房短缺。
3. 保存北京故都紫禁城的面貌，保存古建筑城墙城楼。
4. 限制旧城内新建建筑高度不得超过三层。
5. 在城西建设一个沿南北轴向的新政府行政中心。

最终只有第3点"保留紫禁城"的建议获准，北京城拆古建新已成定局。沮丧之余，梁思成、林徽因通力合作，针对第5点"新政府行政中心"建议，完成了《北京——都市计划的无比杰作》建议书，奔走呼号。林徽因甚至不惜与时任北京市市长的彭真拍了桌子："你们今天拆的是真古董，有一天，你们后悔了，想再盖，也只能盖个假古董。"

拆！拆！拆！昂扬铿锵的国家进程面前，羸弱的个体，一己之力回天乏术，如蚂蚁撼树忽略不计。北京城在他们的叹息中慢慢变了模样。

2012年，当"北京行政副中心"的概念被提出时，有多少人记得中华人民共和国成立初期梁思成、林徽因那极具前瞻性的"都市计划"？

如何拆北京，虽然梁思成、林徽因的意见没有被采纳，但是如何建北京，他们二人却是当时主要的依傍力量。林徽因先后被聘为清华大学建筑系教授、北京市都市计划委员会委员兼工程师、人民英雄纪念碑兴建委员会委员……这一年，她45岁。

时间的长河里，总有一双翻云覆雨的手在制造着无数的巧合。《国碑》一书出版之际，将恰逢我的45岁生日。

1949年10月23日，由林徽因主持的国徽设计小组提交了《拟制国徽图案说明》。

拟制国徽图案以一个璧（或瑗）为主体，以国名、五星、齿轮、嘉禾为主要题材，以红绶穿瑗的结衬托而成图案的整体。也可以说，上部的璧及璧上的文字，中心的金星齿轮，组织略成汉镜的样式，旁用嘉禾环抱，下面以红色组绶穿瑗为结束。颜色用金、玉、红三色。

璧是我国古代最隆重的礼品。《周礼》："以苍璧礼天"。《说文》："瑗，大孔璧也。"这个璧是大孔的，所以也可以说是一个瑗。《荀子·大略篇》说"召人以瑗"，瑗召全国人民，象征统一。璧或瑗都是玉制的，玉性温和，象征和平。璧上浅雕卷草花纹为地，是采用唐代卷草的样式。国名字体用汉八分书，金色。

大小五颗金星是采用国旗上的五星，金色齿轮代表工，金色嘉禾代表农。这三种母题都是中国传统艺术里所未有的。不过汉镜中有（齿）形的弧纹，与齿纹略似，所以作为齿轮，用在相同的地位上。汉镜中心常有四瓣的钮，本图案则做成五角的大星；汉镜上常用小粒的"乳"，小五角星也是"乳"的变形。全部做成镜形，以象征光明。嘉禾抱着璧的两侧，缀以"绶"。红色象征革命。红绶穿过小瑗的孔成一个结，象征革命人民的大团结。红绶和绶结所采用的褶皱样式是南北朝造像上所常见的风格，不是西洋系统的缎带结之类。设计人在本图案里尽量地采用了中国数千年艺术的传统，以表现我们的民族文化；同时努力将象征新民主主义中国政权的新母题配合，求其中古代传统的基础上发展出新的图案：颜色仅用金、玉、红三色；目的在求其形成一个庄重典雅而不浮夸不艳俗的图案，以表示中国新旧文化之继续与调和，是否差强达到这目的，是要请求指示批评的。

这个图案无论用彩色、单色，或做成浮雕，都是适用的。

这只是一幅草图，若蒙核准采纳，当即绘成放大的准确详细的正式彩色图、墨线详图和一个浮雕模型呈阅。

不久，国徽设计小组便收到了修改意见，意见要求在国徽中展现天安门图形，还要增加稻穗。林徽因随即组织队伍画图、讨论：中国的新民主主义革命是从五四运动开始的，到1949年取得胜利，建立了中华人民共和国，天安门是五四运动的肇始地，又是中华人民共和国成立时举行开国大典的盛大场所，用天安门图案作为新的民族精神的象征，用齿轮、谷穗象征工人阶级与农民阶级；用国旗上的五星，代表中国共产党领导下的中国人民大团结，表现新中国的性质是工人阶级领导的以工农联盟为基础的人民民主专政的社会主义国家。

就这样，中华人民共和国国徽的雏形在林徽因的笔端浮现出来：国徽中心为红地上的金色天安门城楼，城楼正上方的四颗金色小五角星，呈半弧形状，环拱一颗大五角星。国徽四周由金色麦稻穗组成正圆形环，麦稻秆的交叉处为圆形齿轮；齿轮中心交结着红色绶带，分向左右结住麦秆下垂，并把齿轮分成上、下两部分。

1950年6月18日，中国人民政治协商会议第一届全国委员会第二次会议通过中华人民共和国国徽图案及对该图案的说明。9月20日，毛泽东主席指示公布中华人民共和国国徽。

人民英雄纪念碑建设从1951年启动，当时林徽因的身体状况非常糟糕。彼时，她只能卧床工作，握笔也变得非常吃力，但就在那样的情况下，她依然主持设计了人民英雄纪念碑小须弥座花环。这一次的设计灵感来自1933年9月对云冈石窟的考察。

在由林徽因执笔的《云冈石窟中所表现的北魏建筑》一文中，对洞名、洞的平面及其建造年代、石窟的源流问题、石刻中所表现的建筑形式、石刻中所见的建筑部分、石刻的飞仙、云冈石刻中装饰花纹及色彩、窟前的附属建筑进行了详尽的表述。此文资料翔实，视角独到，是一篇不可多得的研究专著。

我阅读林徽因，不仅仅阅读她的文学作品。这位独一无二的女性，她有着飞翔的两翼，一翼是文学，是诗意的人生；另一翼是建筑学，是理性的思考与实践。读一篇林徽因的文学作品，再读一篇她在建筑学领域中的田野调查笔记抑或是理论综述。我就是这样跳跃式地阅读着，像一个精神分裂症患者，在最浪漫的诗人与最严谨的科学家之间游离着、切换着，迫使我不得不思考一个问题，为什么会有这样两种截然不同的思维模式并行不悖地存在于一个躯壳之内，还是一个如花般美丽娇柔的躯壳。

是啊，女人如花。林徽因主导设计的人民英雄纪念碑小须弥座花环最终选定了三种花，"唯有此花真国色"的牡丹、"出淤泥而不染，濯清涟而不妖"的荷花和"此花开尽更无花"的菊花，分别象征高贵、纯洁和坚韧。

1955年4月1日，林徽因走完了她51年的人生路。也许当年那篇饱含爱意的《你是人间的四月天》，就是她为自己"一身诗意千寻瀑，万古人间四月天"的人生预设好的结局。

梁思成一笔一画地为林徽因设计了墓碑。彼时，人民英雄纪念碑尚在施工中，经人民英雄纪念碑兴建委员会研究后决定，将林徽因亲手设计的人民英雄纪念碑小须弥座花环中的一块雕饰刻样用在她的墓碑上。他觉得自己的字写得不够好，他希望自己这件最最重要的作品是完美的，是无瑕的，是与她匹配的，于是就烦请她的同事莫宗江题写了"建筑师林徽因墓"。

试问世间还有哪一个灵魂能同时匹敌这三朵花？答曰：唯有林徽因。

## 曲阳石匠今安在

清明小长假出行，路线是先取道曲阳而后入京。相较曲阳而言，北京对我来说更熟悉一些，那里曾经是我的求学之地，更有一群有着共同记忆或志趣相投可以同频共振的老师、同学和朋友。而曲阳，是一片全然的陌生。

临行前，在万能的微信朋友圈寻求支持，果然不负所望。一个微信好友有一个曲阳的同学，而那个同学恰好认识曲阳的石雕艺人田顺儒。田顺儒师承卢进桥，卢进桥先生参与了曲阳县大理石厂的建设，曾为首都十大建筑提供上好的石料，也曾进京参与了毛主席纪念堂汉白玉雕刻工程。卢进桥先生则师承刘东元，而刘东元先生参与了人民英雄纪念碑北面浮雕《胜利渡长江》中的"支援前线"部分的雕刻。无论是八块浮雕还是纪念碑四周环绕的汉白玉栏杆以及下层大须弥座束腰，都沁着曲阳石匠的心血与汗水。

在曲阳县顺儒雕塑有限公司的会议室里，清茶香溢一室，端坐在集老照片、荣誉证书、奖旗奖杯、精品石雕作品于一体的背景墙前，田顺儒侃侃而谈。参与人民英雄纪念碑石雕工作的曲阳石匠都是当时技艺最成熟最精湛的工匠，他们的年龄在30岁到50岁之间，如今已经没有一个健在的了。

人民英雄纪念碑兴建委员会成立，按照人民英雄纪念碑的设计方案，专家们做了认真的分析、研究。新中国百废待兴，建设筑造大规模、高标准的纪念碑浮雕，在当时的技术条件下，绝非易事。彼时，有人建议人民英雄纪念碑由中国的建筑师、雕塑家、画家设计，从苏联聘请雕刻家和工艺师来承制。这一提议在当时颇具合理性，暂时获得了大家默许。然而，"邀请苏联专家进行纪念碑雕刻工作"的消息却让一个人辗转难眠。这个人就是时任北京市委秘书的曲阳人刘汉章。

曲阳石雕肇始于汉，兴盛于唐，至元达到顶峰，曾出现过元代大都石局总管杨琼等雕刻名家。从元大都的建设到明清北京的建造，尤其是北京中轴线上的石雕作品几乎都出自曲阳历代石匠之手。刘汉章祖籍曲阳县西羊平村，从小耳濡目染，他对家乡的雕刻技艺满怀信心。于是，他鼓起勇气走进了时任北京市政府秘书长薛子正的办公室。

"薛秘书长，我想毛遂自荐，推荐我家乡的石匠承担雕刻人民英雄纪念碑浮雕的任务。"

"哦，说来听听！"

刘汉章向薛子正详细介绍了自己的老家曲阳石雕的悠久历史以及元代大都石局总管杨琼的逸事与传说。刘汉章说，杨琼的后人杨春元1917年成立了永春发工艺社，是近代曲阳石雕祖师爷级的人物。杨志卿、刘润芳是杨春元的弟子，冉景文、刘东元等人则是弟子的弟子。

"我相信我们曲阳石匠完全有能力承担人民英雄纪念碑的雕刻任务！"

刘汉章激情澎湃的陈述激起了薛子正对曲阳石匠的兴趣，但他也不敢贸然下决定，沉吟了片刻，薛子正说："先找一位石匠来试试吧，拿出作品来，咱们用事实说话。"

半个多世纪前，在北京，有一位声震京城的曲阳石匠冉景文，他十几岁就到北京琉璃厂，专为古董商做仿古雕刻，他的仿古作品以假乱真，即使是内行也难以分辨。因为是老乡，平素也有些往来，这一天，刘汉章来到了冉景文在东裱褙胡同的住处，原本刘汉章以为要费些唇舌才能说服冉景文，谁料想他只简单说明了一下来意，冉景文便欣然应允。新中国让所有人看到了新希望，每一个中国人都热切地期待着为新中国建设出一份力。

对冉景文的考核分两步，初试与复试。初试时，中央美院给冉景文送来一张毛主席照片，要求是按照片雕刻一尊毛主席像。20天之后，刘汉章把冉景文的作品送美工组，栩栩如生的雕像震惊了美工组的一众雕塑家。初试顺利过关，进入复试阶段。这一次的考试地点设在中央美院。雕塑家随机找来美院的一位后勤工人做模特，制作了一尊泥塑头像，冉景文以头像为母本完成浮雕的雕刻。冉景文再一次展示了自己出神入化的雕刻技术，再次征服了美工组的各位专家。

有了中央美术学院专家的背书，时任北京市政府秘书长的薛子正正式向人民英雄纪念碑兴建委员会提出建议：由曲阳雕刻艺人来承担浮雕雕刻任务。

人民英雄纪念碑兴建委员会采纳了建议后，迅速向周恩来总理做了专题汇报。周总理听了汇报后高兴地说：人民英雄纪念碑，理应由人民来雕造。并批示，立即挑选一批技艺精湛的曲阳石匠进京，到中央美院进行集中培训。

冉景文、刘润芳、刘秉杰、曹学静、王二生、高生元、刘志杰、刘兰星、王胜浩、杨志卿、杨志全、刘志清，这张花名册上的12人都是当年曲阳赫赫有名、雕刻技艺精湛、经验纯熟的石匠。1952年10月，他们来到了中央美院，参加集中培训。实际上，这批曲阳石匠都是艺术成熟的手艺人，他们有着丰富的中国传统雕刻技艺和经验，每一个单凭眼力就能雕刻。那人民英雄纪念碑兴建委员会为何还要对他们进行集中培训呢？半个多世纪之后，再回过头来细究其中的原委，一切便都豁然开朗了。人民英雄纪念碑浮雕的设计者大都是法国学成归来的雕塑家，其中还有留学十几年之久的，不可否认，他们的雕塑理念中有极深的西方雕塑印记。曲阳石匠以中国传统雕刻的圆雕为主，但人民英雄纪念碑雕刻以浮雕为主，需要将中西雕刻技法完美融合才能达到设计的艺术效果。让来自民间的雕刻艺人了解西方雕刻技艺就成了当务之急，另外，集中培训还能让石匠艺人们形成相对统一的雕刻风格，毕竟人民英雄纪念碑的八块浮雕从某种意义上来说更像是一个有机的整体。

在中央美院，曲阳石匠们得以亲耳聆听享有国际声誉的一代雕塑宗师刘开渠的授课，这是学院派与民间艺人的面对面对话。作为美工组组长，刘开渠不仅要牵头各项工作，协调管理施工，还要按时到中央美院讲课，课程设置包括雕塑的基本理论、正确使用点线机、如何再现雕塑家原创的意图等。自古以来，曲阳石匠都是由师父口传心授，走进学堂进行系统的理论学习是他们人生中的第一遭。不久之后，听课的学员又增加了一部分。在教授们的悉心传授下，曲阳民间雕刻艺人很快掌握了诸多专业雕刻理论与技巧，也学会了使用点线机等先进工具。一场中央美院的结业考试之后，他们迎来了真正的人生大考——人民英雄纪念碑的雕刻，并且最终交出了一份接近完美的答卷。

1958年4月，人民英雄纪念碑正式建成。曲阳石匠用自己的双手，把历史定格在了一幅幅浮雕之上。人民英雄创造历史，雕塑家创造人民英雄，曲阳石匠用双手雕刻历史。中华大地上，石雕无数，那是历朝历代石匠鬼斧与神工的遗赠，石雕永恒，但有谁记得雕刻他们的石工巧匠？如果不是这趟寻访国碑之旅，我又从哪里得知原来是他们——曲阳石匠雕刻了人民英雄纪念碑浮雕。

人民英雄纪念碑完工后，周恩来总理发出指示：曲阳石匠是国家的宝贝，他们和外国雕刻家相比，毫不逊色，应充分发挥他们的特长，要把他们留下来。以参加人民英雄纪念碑雕刻工程的百余名曲阳石匠为骨干力量，北京建筑艺术雕塑厂成立，由此造就了新中国第一代雕刻艺术队伍，为献礼中华人民共和国成立十周年的北京十大建筑建设提供了人才储备与骨干力量。

大部分曲阳石匠留在了北京，但是也有极少数难离故土的人回到了家乡，比如刘东元。

故事讲述到这里，田顺儒的手机响了，他站起身到会议室外接了一通电话。

"我刚才说到哪了？"

"您说到刘东元回到曲阳了。"

"刘东元既是我师爷，也是我的舅姥爷。"田顺儒一边说着一边笑起来，"卢进桥是我的师傅也是我的岳父，刘东元是我师傅卢进桥的师傅，也是他的亲舅舅。以雕刻人民英雄纪念碑为契机，曲阳雕塑艺术走向了振兴之路。尤其是改革开放后，曲阳石雕迎来了空前繁荣，最多的时候，曲阳县的雕刻企业有2300多家，从业人员10万多人，曲阳石雕远销100多个国家和地区。"

田顺儒递给我一本书，黑龙江美术出版社2001年出版的《中国工艺美术大师卢进桥传》。

"您有时间看看吧！里面记录的是曲阳石雕最辉煌的时刻。"

"为什么说卢进桥先生代表的是最辉煌的时刻？"

"因为那个时候的石雕作品是艺术，现在更多的是商品，是流水线上的批量化定制。"

手机响了，这次是我的。等我接完电话，我们面面相觑，陷入了无语的尴尬。采访暂时告一段落，田顺儒带我去参观他的陈列室和精品石雕收藏。

忽然想起来一个问题，不藏着不掖着，脱口而出："您的孩子也在从事石雕这个行业吗？"

"没有，一个也没有。"

## 后记　以国家的名义

　　写作人民英雄纪念碑故事的旅程以虎门的玉墟古庙为起点，那是一座上下厅硬山顶、封火山墙、拜亭为卷棚歇山顶、南北两侧重檐结构的清式建筑。天津大学建筑设计院的尹文华先生告诉我，建筑是有等级的。人民英雄纪念碑碑顶用的是单檐庑殿顶，尹先生说它在中国古代建筑屋顶等级中位列第三级，天安门的重檐歇山式屋顶属于第二级，等级最高的建筑屋顶为重檐庑殿顶，只有重要的佛殿、皇宫的主殿会采用这种至高无上的屋顶，象征无与伦比的尊贵地位。

　　当年关于人民英雄纪念碑碑顶设计的争议在今天诸多的资料里都有迹可循，"碑顶之争"甚至一度影响到人民英雄纪念碑的施工进度。执拗的梁思成说过这样一句话："它们两个都是中华人民共和国第一重要的象征性建筑物。"梁思成口中的"它们"指的是天安门和人民英雄纪念碑。天安门是新中国举行开国大典的地方，是被林徽因设计在中华人民共和国国徽上的标志性形象，与它遥相呼应的人民英雄纪念碑，筑造的初衷是纪念死者、鼓舞生者。

　　"国碑"这个词语以前没有，但是从今天开始有了。以国家的名义，用真实的力量，慎终追远，这就是我写这本书的意义所在。

### 作者简介

　　一半，原名李玉梅。中国作家协会会员。作品散见于《中国作家》《光明日报》《华夏》《党建》《时代文学》《延河》《百花园》等。已出版长篇报告文学《云门向南》《国碑》《怒放》《生命交响》。

# 初心丰碑

永远的军姿

尘封36年的喜报

大河初心

一个温暖的「发光体」

上海工匠

## 永远的军姿

徐 剑

> **编选导语**
>
> 本篇作品发表在 2019 年 7 月 2 日《解放军报》。"永远的军姿"是作品主人公张富清的形象特写。张富清是解放战争时期入伍的老军人、老党员，在战争年代获得过"人民功勋""战斗英雄"等军功荣誉，但他时刻想着当年牺牲的战友，封存了自己的军功。转业地方工作后，他在多个岗位的履职中，兢兢业业，尽着自己的心力为党和人民服务，赢得了人们的敬重。直到 2018 年 12 月有关部门要登记退伍军人的信息时，他曾经的战功才为人知道。2019 年，中宣部授予张富清"时代楷模"称号，中共中央授予他"全国优秀共产党员"称号。同时，张富清获得"共和国勋章"至高荣誉，还被评为"感动中国 2019 年度人物"。

稍息，立正！

张富清，抬头、挺胸、收腹，五指并拢，中指紧贴裤缝，眼睛平视前方，向前，这是你到中国人民解放军三五九旅七一八团二营六连的第一个军姿。记住了，永远要冲在最前面！

那是 1948 年的四月天，现已 95 岁的张富清仍清晰地记得。那时，陕北塬上的野花遇春初绽，连长李文才英姿勃发地走了过来，立在他面前，像一座塔，拍了拍他的肩膀。张富清"啪"地行了一个军礼："连长好！"

我们是战友，也是同志……从那一刻开始，"同志"这个崭新的称呼融入了张富清的思想，改变了他的命运，改写了他的一生。

**张富清心疼啊，每一次被表彰、嘉奖，他都会想，和牺牲的战友相比，自己有什么资格张扬呢**

中秋节过后，塬上的风带有几丝萧瑟的秋意。

傍晚，张富清倚在村头石碾旁打盹，他实在是太困了。一场战斗刚打完，他疲惫至极。修整间隙，身子刚倚上石碾，他就睡着了。刚结束的澄城、郃阳之战，太惨烈了，张富清的六连战友大半壮烈牺牲。耳边有响动，睁开惺忪睡眼，一看周围好多陌生面孔，都是新补上来的战士。

连长李文才大声喊道："四班长！"

"到！"张富清一跃而起，应道，"连长，什么任务？"

"今晚进攻永丰城，你们担任第一突击队。"李文才指着两位国字脸、身材魁梧的战士说，"他们俩归你指挥，你们组成三人突击组，你任组长，趁着夜色摸进永丰城，炸掉敌人的碉堡。"

"是！连长。坚决听党的话，保证完成任务！"张富清朗声答道。

"还有，给我活着回来！"

暮霭四合，玉米地里传来蟋蟀聒噪的鸣叫，长一声、短一声，对即将降临的血雨腥风浑然不觉。天彻底黑了，夜色是最好的掩护。突击组每人背两个炸药包，胸前插满手榴弹。张富清一挥手，出发！

三名勇士匍匐向前，跨过壕沟，顺利抵达城墙处事先侦察好的敌人视觉盲区，搭人梯爬上了城墙。

时间一分一秒逼近约定的时间，突击组三人分头从四米多高的城墙一跃而下。张富清落地时，几个敌人围了过来，他端起冲锋枪迅速扫射，将敌人打倒。激战中，他突然感到头皮像被大锤猛地砸了一下，一阵眩晕。顾不上细想，张富清一点点迂回靠近敌人的碉堡和防线，穿过铁丝网，穿过路障，目标就在正前方。张富清耐着性子，向前、向前，终于抵达碉堡。他在黑暗中找到一个绝佳的爆破位置，用刺刀挖了个土坑，先将8枚手榴弹放进去，然后把炸药包覆在其上。一切准备就绪，张富清旋开手榴弹的盖子，扯住事先拴在引线上的一根长布条，瞄准时机，看好地形，顺势往山坡下一滚，撤退的同时拉响了手榴弹。"轰隆"一声巨响，第一个碉堡被炸毁了。

第一个碉堡被炸，永丰城立即乱成一片。此刻，张富清正担心另外两位战友。按照约定，他们会同时起爆，但是此时，他并没有听到其他爆炸声。他像一匹孤狼，隐蔽在草丛中伺机行动。现在的任务是去解决第二个碉堡，刚才的爆炸吸引了更多的敌人火力。敌人意识到危险，却不敢贸然走出碉堡，只能从碉堡的射击孔向外漫无目的地疯狂扫射。张富清沉着冷静，他仔细观察夜色中子弹的飞行弧线，选定了一条安全的匍匐路线，悄悄地接近目标。子弹在耳边呼啸而过，此时，张富清心中只剩下他对连长的承诺："坚决听党的话，保证完成任务！"张富清安全潜行到第二个碉堡前，如法炮制。"轰隆"一声过后，第二个碉堡又被他炸毁了。

拂晓时分，总攻开始。大部队冲上来，二营六连攻上来，七连、八连也上来了。突击队炸毁碉堡，为总攻辟出一条血路，永丰城头插上了鲜艳的红旗。枪声渐渐地平息，战场一片狼藉。张富清在人群中焦急地寻找熟悉的面孔，但是一个也没有！

"连长呢？那个拍着自己的肩膀让他活着回来的连长呢？那是自己的入党介绍人，是第一个称自己'同志'的人！""突击队的战友呢？我听到了引爆的炸弹声。我们的任务完成了，你们在哪里？"

张富清焦急地寻找着，可是他失望了，没有一张是他熟悉的脸孔。情急之下，他又陷入了昏迷。后来，团政治处的人告诉张富清："那天晚上，为了攻下永丰城，团里一夜伤亡了 8 个连长。连长牺牲了由副连长代，副连长牺牲了由一排长代，一排长牺牲了由二排长代……"永丰城，成为张富清心底永远的痛。

不久后，张富清跟随大部队挺进新疆，一路解放宁夏、甘肃，与西北马步芳、马鸿逵的军队决一死战。此时的张富清已经是二营六连的副排长，他时刻牢记连长李文才说过的话，"一定要保持人民解放军的军姿，听党的话"。张富清所在的三五九旅在兰州城作为战略候补的突击队，打开了纵深的突击面，为后续的进攻开辟了道路。这期间，又有许多战友倒在炮火硝烟中。

1949 年 10 月，中华人民共和国的国旗在天安门广场冉冉升起！那时，张富清和他的三五九旅战友，正跋涉在去往新疆的路上，穿越戈壁沙海，翻越雪山峻岭，把五星红旗插上帕米尔高原。南疆的匪患平息之后，已经是 1953 年的春天。

战功赫赫的张富清被一次又一次嘉奖、表彰为"人民功臣""战斗英雄"，记"军一等功""师一等功""团一等功"……无论是军功章，还是奖状和证书，他认为那都不属于他自己。沉甸甸的军功章和烫金的证书本该属于那些曾经与他并肩浴血奋战，却倒在战场上的战友们，而他只是比战友们幸运，在枪林弹雨中活了下来。张富清心疼啊，每一次被表彰、嘉奖，他都会想，和牺牲的战友相比，自己有什么资格张扬呢？

转业到地方后，他取出部队发的皮箱，把昔日的烽火岁月和赫赫战功一并封存。皮箱拎在手中似有千斤重，张富清将箱子郑重地放在家中最高的一个位置。他站在那里，以最标准的军姿向自己的战斗岁月献上一个军礼，而后将记忆尘封，用一把锁头将那段血与火之歌锁了起来。

这一锁就是六十多年。

**张富清因工作调整离开的那天早上，十里八乡的乡亲们翻山越岭赶来送他**

张富清回了一次老家，这是他自 1945 年离开后第一次回来。那一年，二哥作为家里唯一的壮劳力，被国民党抓走当了壮丁。张富清用自己换回了二哥，后来成了国民党部队的挑夫、伙夫、马夫。当他在瓦子街战役中被"解放"后，没有选择领银元回家，而是主动要求加入中国人民解放军，最终成长为一名坚定的共产党员。9 年过去了，小脚母亲康健，二哥已经娶妻生子，30 岁的张富清却还没有成家。家乡一个叫孙玉兰的妇女主任仰慕英雄，在媒婆的言说之下，愿与张富清共结秦晋之好。

那时的张富清已经做出选择，到祖国需要的地方去。那一年，他和妻子坐船逆水而上，前往湖北恩施来凤县。张富清被分配到城关镇担任粮管所所长。来凤是生产贡米之地，这里出产的大米品质特别好。粮管所负责向城里人供米，要用水磨碾米，生产的过程中米就会分细米、粗米和糙米。一天，一个干部来买米，找到张富清，说要买细米。张富清说，大家买的都是糙米。那干部说，细米好吃，口感好。张富清一听，心里动了一下。他把目光投向窗外，排队买粮的群众用口袋装着糙米，他觉得自己可以为百姓做点实事。年底，他买回两台打米机，让县城居民吃上了精米。

1959年，35岁的张富清在恩施地委党校学习两年后，被派往三胡区担任副区长。他二话不说，带着妻子和孩子们就上任去了。这个时候，张富清突然接到一封从老家陕西洋县发来的电报：母病，盼归。但山高路遥，这里与老家远隔千里，交通不便，来回往返需要一个月的时间。当时，区里办了一个财贸系统的培训班，他负责，实在走不开。思忖良久，张富清决定留下来，他东拼西凑借了200块钱寄回老家，附上一封长信，劝慰母亲安心治病，并一再保证等忙完这一阵子就回家看望她老人家。过了没多久，老家的电报又来了，告诉他：母亲走了。那一晚，张富清向着家乡的方向长跪不起。他内疚啊，生他、养他、教他的小脚母亲走了，作为儿子，不但没有床前尽孝，就连最后一面都没有见上。张富清嚎啕大哭，向着老家的方向磕了三个响头。

"文革"期间，张富清的生活工作也受到影响。一家人从三胡区委大院搬出来，挤在一个四面漏风、摇摇欲坠的小木房里，旁边是个铁匠铺。张富清被扣发工资，只有基本的生活费，一个月只有23斤半的粮食供应。

不久，张富清再一次被下放，这次是一个更加偏远的小村庄。他白天做苦工，夜里就睡在牛圈上方，木板上垫一层薄薄的稻草，与跳蚤、臭虫、蚊子睡在一起。一次，妻子孙玉兰让儿子去给他送衣服。儿子走了一天，终于到了父亲下放的地方。天黑了，儿子只能住在那里等第二天再回家。回到家里，儿子边哭边将父亲的境遇告诉妈妈，孙玉兰心疼得直掉眼泪。儿子一边抽泣一边转述张富清对家人的叮嘱：日子不会一直这样的，一定会好起来的，要相信党，相信国家。

1975年，51岁的张富清恢复工作，调往酉水上游古镇卯洞公社任副主任。年过半百的张富清以时不我待、只争朝夕的劲头全身心投入到工作中。他带领乡亲们修路、开荒植树、办畜牧场，他要把丢失的十年找回来。以前卯洞公社的高洞管理区（现高洞村）没有公路，只有一条修了近十年却未曾修好的路基，那是高洞通往外界的唯一道路。张富清带领施工队伍沿着酉水的支流，步行来到了指挥部，和民工一起吃住在悬崖峭壁之上，同吃同住同劳动。修路中遇到很多难题，张富清与大家一起抡大锤、打炮眼、开山放炮，和大家一起手挖肩抬。两年多的时间，他既当指挥员,又当战斗员,使高洞终于通了公路。四年后,张富清因工作调整离开的那天早上,十里八乡的乡亲们翻山越岭赶来送他,这是人民群众给予一名真正的共产党员的最高礼遇。

1979年,张富清被调回到来凤县城,先后担任县外贸局副局长、建设银行来凤支行主持工作的副行长,直到光荣离休。

**年逾耄耋的张富清心里有一个信念:我要站起来,我不能倒下**

2018年12月,来凤县退役军人事务管理局采集退役军人信息。

这天,张富清的小儿子张健全回家对父亲说,县里正在对退伍军人开展登记。张富清听后,沉默半天,问:"一定要采集吗?"

"当然,这是党中央国务院对退伍军人的关怀。"

"那好吧,就按党的指示办。"张富清说,"柜子上面有一个棕色的皮箱,你把它拿下来"。

当天下午,张健全带着父亲的皮箱来到来凤县退役军人事务管理局。皮箱里是3枚奖章、1份西北野战军报功书、1本立功证书。立功证书上,一行钢笔字写着:"张富清在解放战争中舍生忘死,荣获西北野战军军一等功一次,师一等功、二等功各一次,团一等功一次,两次荣获'战斗英雄'称号。"报功书这样写道:"贵府张富清同志为民族与人民解放事业,光荣参加我西北野战军第二纵队三五九旅七一八团二营六连,任副排长。因在陕西永丰城战斗中勇敢杀敌,荣获特等功,实为贵府之光、我军之荣。特此驰报鸿禧。"负责信息录入的工作人员聂海波被其中一枚"人民功臣"奖章震惊了,他深知这枚奖章的分量。聂海波没有想到,在偏僻的来凤县城会有一位为共和国打江山立下汗马功劳的人民功臣,却甘愿平凡,沉默了六十多年,真的是一个传奇英雄。

英雄也是凡人,也要承受人世间种种艰辛。

每天清晨,孙玉兰给张富清和大女儿每人煮一碗清水面,大女儿给父母各泡一碗油茶汤。早饭过后,三人一起下楼,穿过马路,父亲居中,手扶四轮支撑架,母亲居左,手挽丈夫,大女儿在右,紧倚父亲。衰老的身影,蹒跚而行,去距离家不到500米的超市闲逛,采买一天三口人的蔬菜、水果和副食品。这样的日子,已经循环往复了许多年。

永远的军姿 211

张富清的大女儿叫张建珍，从小是个乖巧的孩子。这是张富清和孙玉兰的第一个女儿，他们把她视为掌上明珠，呵护备至。天有不测风云，人有旦夕祸福。建珍上小学三年级那年，突发高烧，烧到42摄氏度。当时，张富清正在外出检查商贸、粮油的路上，家里只有孙玉兰一个人。两天后，张富清回到家，女儿已经错过最佳治疗期，命保住了，但留下了永远的后遗症。聪慧可爱的女儿变得痴痴傻傻，经常犯病，癔症一发作就瘫倒在地，口吐白沫，牙齿紧闭，须赶紧用一根筷子撬开牙齿，令其咬住，不伤舌头。身为父亲的张富清面对病床之上的女儿，愧疚的泪水汩汩而下。后来，张富清想尽一切办法，替女儿求医问药，皆以失望告终。妻子孙玉兰安慰他，认命吧！只要咱俩不死，咱就养着她。

那是2012年夏天，张富清的左腿脓肿发炎，疼痛难挨，流出黄黄的脓液，人也开始发烧。儿子张建国、张健全立即将老人送到医院就诊。经长期观察病情，专家会诊给出的治疗意见是截肢。孩子们商议之后，告诉父亲："不截肢会有生命危险，截肢就还会有生存的机会。"

"我同意截肢。"张富清没有一丝犹豫。

手术后第七天，伤口还没有愈合，张富清便下地，用独腿练习行走。不久接驳义肢，他住进义肢厂里。石膏打模取样，义肢做好了，在护士和家人们的帮助下，张富清套上义肢站起来。新长出的嫩肉在接驳腔里摩擦，剧烈的疼痛袭来，汗水瞬间湿透了张富清的衣衫。他以超出常人的意志坚持着、忍耐着。年逾耄耋的张富清心里有一个信念：我要站起来，我不能倒下！

在武汉住了两个多月院，劫后余生的张富清回家了。回到家后的第二天，张富清就开始锻炼站起来。每天清晨，他戴上10多斤的义肢练习行走。新生的嫩肉一次次被磨破，血水透过裤子渗出来。跌倒了，爬起来；再跌倒，再爬起来。头撞在卧室的墙上，血溅墙角，包扎一下，张富清接着走。义肢太硬，硌得新长的嫩肉伤痕暴裂，流血，结痂，再流血，他用手一摸，痛到钻心。到了第八个月，张富清终于可以正常行走了。他站起来的第一天，就像以前一样进厨房忙活开了，给老妻和女儿做了一碗他最擅长的刀削面，将厨房灶台擦拭得干干净净，一尘不染。在妻子和孩子们心中，张富清永远是座屹立不倒的大山。

张富清的故事在华夏大地广泛传扬，消息传到他的老部队新疆军区某红军团，部队很快就与来凤县武装部取得联系。

今年3月，来凤县武装部为张富清准备了一套老军装。看着熟悉的"解放黄"，老人难掩激动心情。他换上老军装，戴上军帽，从容熟练地整理军容。一会，老部队的年轻军人来看望他，向他敬礼。一条独腿支撑的张富清站起来，"唰"地回敬了一个军礼。这是一名老兵饱含深情、凝聚无数荣光的军礼，也是一名党员展示给时代的英姿——永远挺立的军姿。

### 作者简介

徐剑，火箭军政治工作部文艺创作室原主任，中国作家协会全国委员会委员，中国报告文学学会会长，中宣部全国宣传文化系统文化名家暨"四个一批"人才。著有小说、散文、报告文学、电视剧剧本，代表作有《大国长剑》《大国重器》《导弹旅长》《原子弹日记》《水患中国》《东方哈达》《浴火重生》《冰冷血热》《经幡》《金青稞》等30余部。三次获中宣部"五个一工程"奖、两次获中国人民解放军文艺奖，并荣获鲁迅文学奖、飞天奖、金鹰奖等30多项全国、全军文学奖，被中国文联评为"德艺双馨"文艺家。

# 尘封 36 年的喜报

李燕燕

> 编选导语
>
> 本篇作品选自《人物传记》杂志"纪念中国人民志愿军抗美援朝出国作战 70 周年"专辑（《人物传记》2020 年第 9—10 期合刊）。作品的主人公蒋诚，是一位在抗美援朝战争上甘岭战役中荣立过一等功的战斗英雄。战后英雄主动申请复员回乡，隐功埋名，勤劳本分。作者从"尘封 36 年的喜报"这一故事的叙说中，重回当年战火纷飞的上甘岭战场，再现了蒋诚英勇抗敌的场面和事迹，并且记写人物回乡后的劳作和品行。作品通过对这一人物独特有味故事的讲述，弘扬伟大的抗美援朝精神，赞美一个普通共产党员的高尚品格，作品朴实，人物可敬。

蒋诚，四川合川人。1928 年出生，1949 年参加中国人民解放军。在上甘岭，他歼敌 400 余人，并用机枪击落敌机 1 架，荣立一等功。复员后回到家乡，隐功埋名，默默劳作，造福乡里。直到县里编撰县志，从一张尘封档案 36 年未寄达的立功喜报上，人们才发现一位抗美援朝的大英雄竟然就在身边。

## 一

1988年，四川省合川县。这一天，和往常一样，负责修撰《合川县志》的王爵英在成堆的经年资料前瞪大眼睛，细细翻阅，希望抓住一些之前不为人知却具有重大意义的蛛丝马迹。被时间蒙上薄尘的发黄纸张一片片重新亮相于光天化日，斜射入窗的春日阳光，给它们洒上耀眼的光斑。

又一张故纸从文件袋中被抽出，这是一张"革命军人立功喜报"。这份喜报由中国人民志愿军司令部、政治部发出，加盖"中国人民志愿军关防"方章，时间是1953年——这是一张默默躺在档案馆故纸堆里近36年的喜报。虽然喜报原有的鲜艳的喜庆色泽已然褪去，但喜报上载明的内容却依然让人阅之而振奋：

> 贵府蒋诚同志在上甘岭战役中，创立功绩，业经批准记一等功一次，除按功给奖外，特此报喜。恭贺蒋诚同志为人民立功，全家光荣。

双手捧着那张数十年前由志愿军总部发出的"一等功"喜报，王爵英既惊又疑。

众所周知，20世纪50年代初的抗美援朝战争中上甘岭战役悲壮惨烈，这一役甚至在1956年被拍成了电影《上甘岭》，其中的影片插曲《我的祖国》传唱五湖四海。如此重大战役中的"一等功臣"，显然是合川县的荣耀。

问题来了，既然如此有意义，那为何这份资料会尘封在档案柜里，甚至夹在一堆旧资料之中而经年不见天日？

目光游移，王爵英赫然发现，这份《喜报》"备考"一栏，被注明"由八区退回，查无此人"。原来，这是一份"无主喜报"。但不知为何，王爵英对《喜报》中提及的"蒋诚"其人，很有些熟悉的感觉。看着看着，心头不由一动。紧接着再查看当时记录的投送地址，写着"四川省合川县四区兴隆乡南亚村"。王爵英一个激灵，巧了！原来，在当时的合川县，恰恰既有隆兴乡也有兴隆乡。多年前，王爵英在师范学校有一个学生叫做蒋启鹏，家住隆兴乡。他隐约记得，这个学生的哥哥似乎上过朝鲜战场。

"会不会当时误将'隆兴乡'写成了'兴隆乡',从而导致'查无此人'?"于是,王爵英主动联系上蒋启鹏,并与相关单位核实。

此事随后得到各方验证:县城教师蒋启鹏的二哥、退役回到乡间当了36年"农民"的蒋诚,正是当年在朝鲜战场立下奇功的一等功臣。

这个"一等功",不仅代表着战场上的至高荣誉,更与脱下一身战袍之后的所有待遇息息相关。如果,当年这张喜报如期寄到,那么英雄蒋诚很可能因此是"另一种活法",也许,早早地就是吃"国家皇粮"的人。难道当年蒋诚本人不知自己立了功?或许因为他当年在战场身负重伤,在后方医院治疗,所以毫不知情?但事实是,即使没有那张喜报存在,蒋诚都是明明白白知道自己立了功的——当年他伤愈参加过志愿军的表彰大会,还在胸口前挂上了闪亮的军功章。他不但知情,并且也清楚"吃皇粮"与"当农民"的"天壤之别"。但是,整整36年间,他没有向国家伸手要过或者为自己的事情跑过,除了复员返乡时他曾用规规整整的字迹写下自己的作战履历。

赫赫有名的上甘岭战斗英雄,对自己的功绩从来轻描淡写。弟弟蒋启鹏比二哥蒋诚小十几岁,二哥当兵打仗时他还小,所以并不知道许多细节,他只是听复员归乡的二哥讲过,志愿军战士打仗都很英勇,他的战友们很多都牺牲在战场上,他能活下来已经很幸运。

在回乡的36年里,对立功受奖的事情,蒋诚对乡亲朋友都"保密",甚至对儿子也"保密"。当过兵的大儿子对于父亲过去的事情说不出头绪:"不知道呀,他几乎不提那些,但他当年总是鼓励我当兵要勇敢。"而蒋诚的小儿子蒋明辉则回忆,小时候他曾经看过父亲有几枚奖章,偶尔会在某些特殊的日子拿出来,反复摩挲,很珍惜的样子。但是那些都是纪念章,并没有在其中看到过军功章。原来,蒋诚的军功章,都被他"压"了箱底——也许,在老英雄心中,"压箱底"就是一种"珍藏"的方式,一并"压箱底"的,还连带那些血与火的战斗往事。20世纪80年代初,蒋诚作为退伍老兵,常常受邀到小学去讲战斗故事,但他说的都是身边战友的英勇,却从未提过自己如何如何。

随着这份"革命军人立功喜报"的赫然亮相,一时间县城轰动了,原来县里竟有这样一个在上甘岭战役中持着一挺机枪打下敌机的"一等功臣"啊!已经回乡做了36年农民的蒋诚,得到了一份由当时的合川县政府在 1988 年 9 月 23 日签发的通知，这份通知名为《关于将蒋诚收回县蚕桑站为工人享受全民职工待遇的通知》。

《通知》中认定"蒋诚同志曾在朝鲜战场立过功，复员回到地方，不管干什么工作，他从不居功骄傲，总是谦虚谨慎，勤勤恳恳，踏踏实实地为党工作，工作中做出了贡献……同意蒋诚同志从 1988 年 9 月起，为蚕桑站正式工人，按全民职工对待，工资定为 80 元。"

就在成为"全民职工"的 1988 年 9 月，蒋诚已 60 岁零 8 个月，因超过了退休年龄，他正式退休。

## 二

这是 1928 年出生的贫农蒋诚参军前履历："8 至 10 岁要饭，11 至 12 岁读书，13 岁给别人种地，20 岁学织布……"这些，正是蒋诚的青少年时代。

在那些黑暗的岁月里，"抓壮丁"的命运也降临到了蒋诚一家头上。那时地方反动军阀制定的规则是"三丁征一"，也就是说，一家有三个男丁，就得交出一个人，如果不交，那就"抓丁"。蒋诚被抓了壮丁。

1949 年，炮声隆隆，军旗飘扬，21 岁的蒋诚光荣地加入中国人民解放军。

"解放全中国！解放全中国！"这是近两年蒋诚在半睡半醒之间常常低吼出的话语。

"解放全中国！"或许，这句话正是历经苦难的蒋诚当年入伍时的初心。他希望，全中国的劳苦大众都能像他一样，在崭新的世界里得到新生。

年轻的蒋诚 1949 年 8 月入伍后成为第二野战军第十一军三十一师九十二团一营机炮连战士。在党组织的教育和老战士们的言传身教下，蒋诚很快传承了人民军队的优良传统和英勇顽强的战斗作风。他抓紧一切时间刻苦学习和训练，很短的时间就熟练掌握了重机枪的操作技术和射击技巧，成为了一名合格的机枪手，在短时间内成长为一名优秀战士。

在人民的军队里，早年因贫失学的蒋诚有了文化，会读书会写字，一张张履历表里的漂亮字迹就是印证。

1950 年 10 月，抗美援朝战争爆发。1951 年 1 月，蒋诚所在部队编入中国人民志愿军第十二军序列，并于3月由长甸河口入朝参战。时年23岁的蒋诚被火线提拔为机炮连副班长。

辗转找到的蒋诚"士兵档案"显示，入朝不足一年，蒋诚便在"1952年6月于朝鲜金城由张云介绍入党"。

1952年10月，入党4个月后，蒋诚迎来了永生难忘的上甘岭战役，也正是在这场震惊世界战争史的残酷战役中，他获得了一个中国军人的至高荣誉。

1952年11月1日，蒋诚所在的十二军开始投入上甘岭战役。彼时，在上甘岭负责第一阶段战斗的志愿军第十五军四十五师，已在短短半个月的血战中拼光了5600余人。

1952年11月8日，蒋诚所在的九十二团到达上甘岭，旋即被上级要求3天准备，11日发动反击。

彼时，上甘岭537.7高地北山已陷入最危急境地，该高地连续4日血战后，仅剩24人退守7号坑道，并且连续11天断水断粮。

蒋诚所在的九十二团，蒋诚和他的机炮连，就在这千钧一发之际，站上了朝鲜战场最危险的火线，负责配合反击坚守上甘岭537.7高地北山。

在这场事关整个朝鲜战局走向的残酷血战中，蒋诚创下了奇功，以手持轻武器击落敌机一架。

乍一听，以机枪击落飞机，令人觉得不可置信。但武器专家认为，机枪击落战机从理论上讲是没有问题的，机枪射速快，威力大，对付二战时期研制出的飞机十分有效。其实二战空战武器主要就是机枪，地面防空也有很多高射机枪。同时常规的机枪也有500～1000米的高射能力，能够击落离地较低的飞机。

朝鲜战场上，美国战机在阵地上空来回轰炸。美军飞行员自从入朝作战以来，很少遇到过来自地面的射击，因此他们从来是贴着中国士兵的头顶飞，俯冲时机翼几乎要掀去中国士兵的帽子，气焰十分嚣张。

"一架敌机要轰炸我们，它冲下来，我就打它的头；它飞过去，我就打它的尾巴……"如今神志、口齿已不清的蒋诚，说到击落那架敌机时的细节，却表达得异常清楚。

蒋诚与战友们投入这空前惨烈战斗的第八天，战场上弹如雨泻，数不过来的子弹挟着数不过来的枪响。子弹甚至擦过战士的头皮飞过；炮火不停的轰炸战场，志愿军官兵眼前的视线里都是漫布的硝烟，唯熊熊火光映出多得数不过来的敌人。作为机炮连副班长的蒋诚负责重机枪压制敌人火力点，配合战友一次又一次打退了敌人的进攻，杀敌无数。敌人见势不妙，出动飞机前来助战，对我军阵地进行疯狂的轰炸。仗着自己的空中优势，美机在投弹的同时，还肆无忌惮地向志愿军阵地低空扫射。敌机俯冲，炸起黄土飞溅，血与火翻腾！眼看身边的战友一个个牺牲，年轻的蒋诚心里窝着一股怒火。

当敌机轰炸又一次袭来，蒋诚再也忍不住了：我和你们拼了！为了"教训"一直在头顶上盘旋不可一世的美国飞机，蒋诚将重机枪由平射改成仰射，复仇的火焰跳跃！战友们都在紧急寻找掩蔽时，他却扛着一挺机枪跳进了一处深坑，迅速找到射击点位，架了起来。那时的蒋诚血红着双眼，"站在沟沟底，把机枪架在沟沟上头"，仰躺在战壕里，把枪口高高地朝向天空对准俯冲而来的敌机，眼看敌机进入射程，蒋诚毫不犹豫扣下扳机。

"突突突！突突突！"子弹像离弦的箭一样，密密麻麻飞向机头。可惜，第一次没有打中。又一架敌机向他俯冲而来，"突突突！突突！"蒋诚没有退缩继续开枪，这一次好像打伤了飞机。第三架敌机飞临，有了一些经验，心也逐渐沉静下来，"突突突！突！"蒋诚的双手异常稳健。好家伙，让你放肆！"它冲下来，我就打它的头；它飞过去，我就打它的尾巴……"这一回，眼前的情景连他自己都看呆了：那架敌机翅膀一抖，屁股后面冒出一股黑烟，一头栽进了山沟，随之而来的是剧烈的爆炸声和一团冲天的火光，蒋诚成功地用机枪击落了敌人飞机一架。

眼看前面的飞机冒着黑烟坠毁，后面跟着的几架见势不对，赶紧掉转机头落荒而逃。

当时，志愿军有一条纪律：在敌方完全掌握制空权的情况下，不准擅自使用轻武器对空射击飞机，因为轻武器火力贫弱，射击密度小，子弹威力低，精度和火力持续性都不行。即便对空射击，也很可能会出现不仅打不下飞机，反而会因为连射火光暴露地面部队目标招致敌人更准确的轰炸。这是中国军队在入朝参战的初期用无数士兵的鲜血换来的教训，以至于纪律被强调得十分严格，违反后的处理也十分严厉。但没有想到，蒋诚凭着手里的一挺重机枪，竟然击落了飞机！

惨烈的战斗还在进行，蒋诚和战友们为了顶住敌人的疯狂反扑，在物资极其匮乏的情况下坚持着战斗，他们抱着"大不了就死，死了也光荣"的信念，压制着敌人的火力点，成功地封锁了敌人的运输道路。两军交战，狭路相逢，勇者无敌！飞机跑了，蒋诚继续手握机枪向敌人开火，火舌所向，无不披靡。一梭子弹过去，七八个敌人应声而倒。就在这时，一发美军炮弹突然在蒋诚不远处落地、爆炸，"砰"，猛烈的冲击。蒋诚和战友们来不及掩蔽，他的弹药手和副射手双双负伤倒地，一块弹片飞过来，切断了蒋诚的皮带、戳穿了厚厚的棉衣、划破了他的右下腹，鲜血迸射，红的不止是血。剧痛传来，蒋诚低头一看，"呀，肠子！"原来，随着鲜血流出来的，还有白花花的肠子。这时他已无所畏惧，大不了一死，死也要拉更多的敌人垫背！一发狠、一咬牙，他忍痛抓起体外的肠子一把塞回肚皮，用绷带一扎，继续抬起机枪，投入战斗，更多的敌人倒在他的火力之下。

"就是不停地打、打、打！要消灭所有敌人！"蒋诚的记忆中断在战场上！

不难想像，他身受重创，完全是凭着一股顽强的韧劲在坚持战斗，直到失血过多、重伤昏迷，最后倒在战壕里。蒋诚在战友帮助下被医务人员抬下火线，送团卫生室进行简单包扎后，送到师卫生部抢救才保住性命。七天以后，他转入丹东后方医院治疗，经全身麻醉三次、连开四刀，才将腹中的弹片取了出来。1953年，蒋诚伤愈出院回归部队，被授予一等功，参加了在杭州举行的志愿军英模大会，与其他志愿军英模一道，受到了志愿军首长的接见。

比蒋诚的回忆更具说服力和震撼性的，是他的立功受奖说明："1952年11月于上甘岭战役中，配合反击坚守537.7高地战斗里，该同志发挥了高度的英勇顽强精神，克服了重重困难，带领班里在严密敌炮封锁下，熟练地掌握了技术……以重机枪歼敌400余名，击毁敌重机枪1挺，有力地压制了敌火力点，封锁了敌运输道路。"

往事并不如烟，即便是相隔半个多世纪，从那份早已泛黄的立功受奖说明字里行间中，仍能感受到那场战事的惨烈。

在蒋诚右腹部，赫然有一道6厘米的深凹进去的伤疤，望之触目惊心。

"他原来断断续续说过，肠子被打穿了，他就自己把肠子揉进去，还要打！"蒋诚现在的老伴陈明秀说起这些时，嘴角仍会止不住地抽搐，仿佛能够体味那份来自异国战场的剧痛。

只是，数十年后的"一等功臣"蒋诚，在低头摸过自己那道伤疤时，只会憨憨地笑说一句："我打的敌人还多些、还多些……"

## 三

1953年12月，一等功臣蒋诚升任志愿军第十二军三十一师九十二团一营机枪连班长。

随着朝鲜战事结束，1954年，在朝鲜战场征战4年的蒋诚随部回国。

据浙江省《江山市志》记载，回国后的三十一师驻地正是江山市。因各部营房紧缺，1954年5月，华东军区指示全区所属部队尽快着手兴建各自的营房。

蒋诚在这场轰轰烈烈的建设中，再立新功。

"班长、党员蒋诚同志是上甘岭战役中的功臣，他在这次营建任务中，保持和发扬了过去的荣誉，表现得吃苦耐劳，肯钻研技术，对工作负责，真正起到了一个班长的作用。"这是当年组织上对蒋诚的总体评价。

而在"立功事迹"一栏，甚至用了洋洋洒洒数百字，细致地记录了蒋诚在硝烟散去之后做出的功绩。

1954年12月，蒋诚因贡献突出，再立三等功。

铁打的营盘流水的兵。部队崭新的营房建好了，蒋诚却没来得及住上一天，就于1955年2月10日复员退伍返乡。

有人会觉得这样屡建功勋的优秀士兵应该留在部队里，长长久久地干。但复员申请是蒋诚主动提出的。和当时许多志愿兵战士一样，在战事结束之后，选择回乡。或许，见惯了战场上的血与火、生与死，回归平淡生活是他们内心深处最大的愿望。蒋诚是第一批复员的志愿军战士。

士兵档案显示，蒋诚退伍时带回家乡的只有5样物品：便衣1套、鞋袜各1双、毛巾1条、肥皂1条、布票16尺。

回到家乡，这个在朝鲜战场上立下奇功的英雄，重新成为了一个普通农民。数年后，一个矮壮男子暴露在川东夏季烈日下，穿着一双前沿磨破、露出脚指头的黑色布鞋，急匆匆奔走在桑田边。任谁，也想不到这个男子传奇的经历。

即便是穷尽了各种可能的方式全力搜寻，蒋诚从 1955 年 2 月退伍到 1964 年 4 月这近十年的履历，皆属空白。

退伍还乡，做了必需的登记，蒋诚便再也没有找过任何部门提及自己的待遇，踏踏实实地在家乡当起了农民。半年以后，27 岁的蒋诚经人介绍与自己的第一任妻子曹继碧结婚。在亲戚朋友们的印象中，曹继碧是个贤惠能干的女人，她为蒋诚生下了两儿三女，曾是在乡间四处奔波的蒋诚的坚实后盾。只是可惜，曹继碧在 1985 年 7 月 8 日发生的一次意外中去世。

这是共和国的一等功臣，扎根乡野。是金子，在哪里都会熠熠生辉，以自己独特的方式。

年老的蒋诚，多数时候保持着沉默；壮年时代的他，同样少言寡语。有什么事情，抬手就去做；做完，也未必会吐露只字片语，更不会自夸。

"爸爸性格好，话很少，总是沉默，不与人争。"蒋明辉幼时的记忆中，父亲总是像大山一般沉稳静默。

刚开始，蒋诚在村子里做民兵连长，凡事都做得有模有样，乡亲们交口称赞。后来，颇有威信的蒋诚又带领一众村民响应号召，前往江津白沙修建铁路。合川曾是四川省的蚕桑大县，蒋诚受乡里委派到县里学习了蚕桑养殖，又很快掌握了一手过硬的技术。

"蒋诚踏实好学谦虚又肯钻研，听说太和镇的蚕桑养殖技术最好，还专门从隆兴赶到太和取经。"隆兴镇武装部部长、副镇长唐小兵说。

1964 年 4 月，因着一手出色的蚕桑养殖技术，蒋诚临时到隆兴乡从事蚕桑工作，做了一名同"民办教师"差不多性质的"蚕桑员"，一个月的所得勉强够糊口。而这份临时性的工作，他兢兢业业一干就是 24 年。

事实上，并非生活或生存所迫，他本身是热爱这份工作的，更热衷于服务乡亲。每天天都没亮蒋诚就起床，四处奔走为村民解决技术难题，常常大半夜还在赶回家的路上。从隆兴镇到铜溪镇，之间相隔五六十公里，蒋诚全凭步行。常年跋涉奔走，鞋子穿破，脚指头磨破，指甲残缺，至今也没有长好。

复员返乡后的数十年间，勤恳的蒋诚把自己的蚕桑技术传遍了十里八乡。那时，合川县的蚕桑养殖有 15 年在全四川省名列第一，而蒋诚所在的隆兴镇更是在全省获奖。

一如过去在部队当中养成的战斗作风，蒋诚在工作中说一不二，答应的事情哪怕再困难，也要想方设法做到。所以，人送这个矮壮汉子绰号"蒋斗硬"。

但硬汉蒋诚也有自己的遗憾。因为经常一出门传授技术就连续四五天不回家，这使得他连前妻去世都没见上最后一面。

整整36年的时间里，上甘岭战役的一等功臣，就这样以最朴实的方式，安心务农，静静劳作，默默地闪烁着自己人性的光辉。

## 四

1983年冬天，隆兴乡决定修建一条到永兴乡的道路，这本是一件造福村民的好事。蒋诚当年在部队的时候，曾经参加过营房土建工程，所以在得知乡里决定修路的消息后，蒋诚停下了在桑蚕站的工作，主动要求帮助乡里带领村民修路。那个年代的修路，跟近些年的"修路"完全不是一个概念，现在修路的人算得"承包工程"，"包工头"常常能够赚得盆满钵满，那时候修路的人完全是做贡献——牵头人没有报酬，不但赚不到一分钱，还要自己贴进去不少钱。修路的也全是本地村民，然后按工分兑现工钱。

"对呀，那一年，当地决定修建隆兴乡到永兴乡的道路，自认有些修建技术的蒋诚，居然抛下蚕桑技术员的活不干了，主动请缨牵头修路。话说，乡里也信任他，觉得有他牵头，一定能把这件难事干好。"唐小兵说。

可是，修路的花费远非想象。路才修到一半，钱就没了。村民们放下钢钎捡起锄头，跟蒋诚扭捏地表示想回家干活了。向来不怎么抽烟也寡言少语的蒋诚，据说当时连抽三根烟，末了扔下烟屁股，瓮声瓮气地说了一句："大家继续干，钱我去想办法。"

大家知道，"蒋斗硬"话极少，一旦他开口，那就必定是一个唾沫一个钉，大家闻言又笃定地放下锄头捡起了钢钎。

很快，工钱来了，甚至连每天的工分标准也没降低。修路工程得以顺利推进，直至完工。

"8年后，爸爸把我叫到跟前，告诉我，当年修路的钱，是他以个人名义向农村信用社贷的款。"看着父亲严肃而又闪避的眼神，蒋明辉心头一沉，直愣愣地问了一句，"贷了有多少钱？"

"应该有 2400 多块……"蒋诚的话，如巨石砸在蒋明辉心头。

那一年是 1991 年，蒋明辉年仅 23 岁，参加工作 3 年省吃俭用才存了 1000 多元。而在蒋诚贷款时的 1983 年，2400 元更是一笔"巨款"。

"父债子还……"父子俩沉默许久后的第一句话，竟然是一模一样的这句"父债子还"。这是乡村里的规矩，在父辈有编制工作的情况下，谁接了父辈的"班"，谁就理所当然担负更大的责任。蒋诚退休那一年，因为尘封 36 年的"喜报"横空出世，他解决了待遇成为蚕桑站的"全民职工"，此后，蒋明辉接了父亲的"班"。

彼时，蒋明辉有一个已经谈了 3 年多的女友，正筹划着结婚。面对这样的情况，蒋明辉不敢对女友说，偷偷把自己的房子卖了换得 400 元钱，住进了集体宿舍，然后又借了一部分钱，才还掉了这笔贷款。

如此大事自然瞒不住，女友质问蒋明辉原因，他只是反复念叨"那是我爸的名字贷的款嘛，父债子还嘛，天经地义嘛"。

"钱一分没得了，房子也没得了，你还想结婚？我看你是脑壳昏！"女友一气之下，远赴重庆主城打工去了。

事后，蒋明辉还是靠着真情感动了女友，两人最终喜结连理。但是，因为没了房子，婚后的小两口只有住进了女方家中。

"在农村，我这种情况叫倒插门。"蒋明辉坦言，这些年他为此承受了不少风言风语，"但没啥后悔的，父债子还，天经地义。"

卖掉了房子，蒋诚也没了住处。他也只好住进了第二任妻子陈明秀的家里。父子二人都变成了事实上的"倒插门"。

"爸爸话少，但跟我们几兄妹说话时，说得最多的就是'老老实实做事，本本分分做人'。"回忆往事，蒋明辉虽然痛苦，但也理解父亲的选择。他继承了父亲沉默寡言的性格，更继承了父亲低调踏实的作风。

事实上，蒋明辉兄妹五人，除他自己当年因为招工拥有城市户口外，其余兄妹至今仍是农村户口，包括后来退伍回乡的大哥蒋仁君。数年前，蒋明辉因为蚕桑站撤销，与妻子一起长年在外打工谋生。

"送我去部队前，爸爸只交代我 3 句话：当兵就要准备牺牲；在部队严格要求自己；不要给组织添麻烦。"蒋仁君回忆。

2015 年，蒋诚所在的隆兴镇广福村脱贫攻坚发展油橄榄种植项目，需要村民流转出自家土地发展集体经济。已经 86 岁高龄的蒋诚，在全村第一个带头将全家的土地流转出去，并自告奋勇给其他村民做劝导工作。

"老爷子这么些年对村里贡献不少，年纪虽老但威望极高，经他劝导的村民，全部都同意流转土地。"广福村党支部书记杨元蛟说，在蒋诚神志尚清时，村里棘手的村民矛盾，只要蒋诚出马，基本都可以调解。

"我是国家的人，我还要为国家做事的！"一日当兵，军装便永着于心。

对这个老兵而言，"国家"二字，永远高于一切。

前些年，有记者采访蒋诚的时候，老英雄虽然已有些口齿不清，但他很肯定地对记者说："为人民服务是我一辈子的奋斗目标。"不了解的人或许认为这是事先沟通好的"书面话"，但事实上，这确实是蒋诚的"心里话"。他感念共产党的恩德，并且身体力行报恩，哪怕有人会觉得那张喜报迟来36年让他蒙受了许多委屈。

半个多世纪以来，无论他住在哪里，领袖的画像他就带到哪里，然后规规整整地贴到堂屋或客厅的墙上。在合川区退役军人事务局陈远明局长牵头为老英雄落实的紧邻医院、交通便利的公租房里，91岁的蒋诚和老伴陈明秀静静地坐在客厅沙发上。屋子里崭新的家具家电，都是一家仰慕英雄的公司赠送的，这些布置为这个60多平方米的屋子增加了许多现代化气息。一如既往，客厅正面的墙上，挂着毛主席、习主席的画像。这些年老英雄获得的"感动重庆"等荣誉证书，亦搁置在最显眼的地方。

每每有人前来看望老英雄，老伴陈明秀总是站到阳台上，隔得老远就直招手。

"老爷子，这一辈子后悔过吗？"

"不后悔！打那么多仗，我那么多战友死了、残了，我还活着！"

"几十年没人知道你是上甘岭战役的英雄，遗憾吗？"

"我是为了国家、为了人民，国家和人民也给了我不少，没得啥子遗憾的。"

就是这样一位看似普通的老人，在上甘岭战役中立下赫赫战功，尘封乡野36年，用鲜血和无悔诠释了一名共产党员的铮铮誓言。

### 作者简介

李燕燕，女，1979年10月出生。中国作家协会会员，重庆市作家协会副主席，中国报告文学学会理事，鲁迅文学院第33届中青年作家高级研修班学员，重庆文学院第二届签约作家。在省级以上文学刊物发表报告文学、散文、小说作品70余篇，出版专著4部。曾获第八届重庆文学奖、解放军总后勤部第十三届军事文学奖、《北京文学》优秀作品奖等。作品曾入选《中华文学选刊》《中国报告文学精选》《21世纪年度报告文学选》等。

# 大河初心

高建国

> **编选导语**
>
> 本篇作品节选自长篇报告文学《大河初心：焦裕禄精神诞生的风雨历程》（作家出版社2020年出版）。1966年2月7日穆青等在《人民日报》发表的通讯《县委书记的榜样——焦裕禄》，报告兰考县委书记焦裕禄的先进事迹，感人至深，反响广大。军旅作家高建国新作，题目已经揭示了作品内存的基本内容和表现的主题价值。这里的关键词是"大河初心""精神诞生"和"风雨历程"。作品真实生动地叙写了焦裕禄精神的生成史、发展史和接受史，既是一部焦裕禄的个人精神传记，也是当代社会历史的全息报告。这是一部极具时代价值的共产党人的精神颂。《大河初心：焦裕禄精神诞生的风雨历程》入选2019年中国作家协会重点作品扶持项目。

1966年2月7日，一个光辉的名字——焦裕禄，传遍中国大地。

上午10点，中央人民广播电台全文播出了穆青、冯健、周原写的长篇通讯《县委书记的榜样——焦裕禄》，著名播音艺术家齐越激情飞扬的播讲，把焦裕禄感天动地的英雄事迹写在亿万人民心上。当日出版的《人民日报》，以一版头条和二版一个整版的篇幅刊登新华社播发的焦裕禄通讯，并配发《向毛泽东同志的好学生——焦裕禄同志学习》的社论。从2月7

日到4月5日,《人民日报》连发8篇社论和10篇署名言论,以首篇社论题目为统题,刊发28期、109篇学习报道和文章。中国新闻旗舰一马当先,全国主流媒体万马奔腾。大河上下,长城内外,焦裕禄模范事迹宣传蔚成开国以来前所未有的壮阔景观。

焦裕禄重大典型蓦然面世,成为他实现埋骨沙丘夙愿的契机。

1964年5月10日,河南医学院附属医院发出焦裕禄病危通知书。弥留之际,焦裕禄对省地两级组织部长和县委领导同志说:"我死后不要为我多花钱,省下来支援灾区。我活着没有治好沙丘,死后请组织上把我运回兰考,埋在沙丘上,看着兰考人民把沙丘治好……"

5月14日,罹患肝癌已届晚期的焦裕禄,在郑州溘然长逝。

## 在人民中永生

焦裕禄逝世后,河南省委确定,按好的县委书记待遇,安葬在郑州革命公墓。此间,焦裕禄遗愿归葬兰考埋在沙丘事,曾被提起过。省民政厅领导说,葬在郑州不比葬在兰考规格高?

1964年5月16日,焦裕禄追悼会暨安葬仪式在郑州革命公墓举行。省委第一书记刘建勋,省委常委、组织部部长张健民,省委副秘书长苗化铭,开封地委书记处书记赵仲三、组织部长王向明,洛矿党委副书记赵祥庆,兰考县委副书记、县长程世平,开封地区除兰考外各县县委书记,徐俊雅和长子长女,李星英和长子长孙等在场。

天下着雨,因临时停电,追悼会用汽车电瓶给扩音器供电。

追悼会由曾任兰考县委书记的开封地委组织部副部长程约俊主持,曾在尉氏县委、洛矿和开封地委任焦裕禄领导的赵仲三致悼词。

焦裕禄如愿魂归兰考,埋骨沙丘,是在他故后已经长眠郑州革命公墓一年零九个月。穆青等人采写焦裕禄,成了烈士夙愿得偿的媒介。穆青从河南返京前,向省委第一书记刘建勋反映了兰考人民的呼声和愿望,建议尽快将焦裕禄迁葬兰考。

省委对穆青的意见很重视,打算办好三件事:

一、授予焦裕禄同志以革命烈士称号;

二、尽快将焦裕禄迁葬兰考,按他的遗愿埋在沙丘上;

三、在兰考举办焦裕禄事迹展览,或办一个展览馆。

1966年2月1日，河南省民政厅批复了兰考县委、县人委1月30日上送的请示报告，同意授予焦裕禄同志以革命烈士称号。

2月2日，河南省委研究决定，焦裕禄墓迁回兰考。

焦裕禄迁葬兰考前，省委第一书记刘建勋派省人委副秘书长、办公厅党分组书记赵致平负责选址。兰考有一千六百个沙丘，赵致平组织开封地区和兰考县领导进行研究，大家忆起焦裕禄在东坝头附近的张庄村找到翻淤压沙良策，并推广全县，都感到葬在那里比较合适。赵致平带大家实地考察，发现张庄离县城有十多里远，且不通公路，今后组织纪念活动交通不便，便问："有没有离公路近的沙丘？"众人说有，于是选址视线又聚焦兰荷公路东侧高场北地沙丘的兰考县烈士陵园。这里长眠着为解放兰考牺牲的八百多名烈士。焦裕禄与先烈们葬在一起，亦很有意义。赵致平一行赶到现地，发现此处离县城也有十二三里地，仍觉不够理想。

这时，张钦礼说："我反映个情况。有一次，老焦领我到县城北黄河故堤'土牛'察看风沙。他登高四顾，高兴地说，这个地方真好，站得高，看得远，可以清楚地看到风从哪里起，沙从哪里落。老焦还说，人有人路，风有风口。将来他死了，要是能埋在这里多好！当时，认为这是句玩笑话。"赵致平等赶到"土牛"下一看，大家异口同声说好，认为葬在这里既符合焦裕禄的心愿，又便于日后瞻仰和管理，遂将此处定为焦裕禄墓地。

恰在此时，铁道部通知，3月1日起，禁止通过铁路运送尸体。为确保2月底前完成迁葬，县委抽调财委主任赵甫坤负责平整墓地，县直机关干部和群众踊跃参加，十天时间削去"土牛"顶部五米，向南推土八千二百立方米，平整面积一千一百平方米。随后，在墓区北侧按郑州革命公墓规格开掘墓坑，用砖砌成二点七米长、一点一米宽、一点三米深的墓坑，墓区边长十米，内地基抬高三十厘米，周围用青砖砌起一点二米高的花墙。

施工结束后，经县委批准，确定抽调政治上可靠的张诗德、胡永德两名老党员看护墓地。两人日夜精心守护，一日三餐都由老伴送饭，下雪时才到墓地西南角城关镇袁罗锅村草庵子里躲避。

兰考县民政局干事刘国华到郑州起灵时，县委领导交代，焦书记1964年下葬时，用的棺材不太好，这次换口好点儿的棺材。刘国华赶到郑州革命公墓，办好有关手续，在九排陵墓南数第四排、西数第十个位置，找到了焦裕禄的陵墓。动手起灵前，公墓一位有经验的工作人员告诉刘国华说，夏天不化尸，因为地下是凉的；冬天化尸，因为地下是热的。焦裕禄入园埋葬已三个年头了，棺材在地下经过了两个冬天，挖出来不会是原样了。

果然，当他们在陵墓南头挖坑移出棺材后，发现棺材两头一大一小两块木板"堵头"，还有棺材下面的垫板，已开始糟烂，棺材向外流着水，尸气也弥漫开来。刘国华心里很难过，按行前县委领导的要求，提出换一口新棺材。公墓工作人员说，现在尸身已不全，遇到空气更不成形，除非火化，才好换一口新棺材。

把焦书记的遗骨火化了？刘国华惊愕地张大了嘴巴：那回去怎么跟兰考人民交代呀！这么大的事自己做不了主，得向县里报告！最后经请示和斟酌，确定对棺材进行加固处理，按传统工艺，用皮灰、沥青和胶熬制黏合材料，填补黏合了棺木破损开裂处；用新木板托底，又在棺材中间和两头加了三道铁箍，最后刷了朱漆。

迁墓仪式推迟至2月26日上午举行。省委第一书记刘建勋率出席省三级干部会议的地、县负责同志，省会和兰考县各界代表，徐俊雅和长女焦守凤、长子焦国庆参加。根据省委的安排，当天中午，郑州铁路局向兰考发出挂有四节车厢的专列，一节载有前往兰考的省、地、市和有关部门领导同志，一节载有焦裕禄灵柩和护灵的亲属，一节载有郑州国棉三厂的军乐队，一节载有花圈和工作人员。车头前挂着饰有黑纱的焦裕禄遗像，车厢两旁贴着"向毛主席的好学生——焦裕禄同志学习"的巨幅标语。

为一位县委书记迁墓动用专列，在共和国历史上尚属首例。

焦裕禄生前克勤克俭，自己和家人从不占国家一分钱便宜。当他如愿以偿重返兰考时，党和人民给予自己的儿子以最高礼遇。

1966年2月26日下午，载着焦裕禄灵柩的专列抵达兰考火车站东闸口。苍天含黛，大河鸣咽。焦裕禄魂归兰考之际，县城万人空巷，火车站人山人海，街道两边挂满了挽联，成千上万的兰考百姓自发披麻戴孝。当载着焦裕禄灵柩的解放牌卡车一出现在街头，悲痛万分的人群像一股湍急的浪潮，呼啦一下涌了上去，瞬间将灵车淹没。精壮的汉子和孱弱的妇孺老弱，不顾一切冲上前去，齐刷刷跪倒一片，哭声惊天动地。经维持秩序的人员现场疏导，灵车重又徐徐向前开动。匍匐棺前的群众挥泪如雨，退一步，叩一个头，棺两边的群众则扶棺前行，椎心饮泣。人们用嘶哑的声音哭喊着："焦书记，你是为俺们活活累死的，兰考人民对不住你！"

火车站离墓地有三里路，灵车整整走了两个半小时。

焦裕禄灵柩抬至墓穴旁，悲痛欲绝的兰考百姓跪成一片。几个群众不顾一切跳进墓穴，周围自发围起两道人墙阻止棺木入穴。人们舍不得他们的好书记，扯着嗓子哭喊："焦书记，回来啊！"死活不让下葬，纷纷表示要替焦裕禄而去。县领导流着泪劝说聚集在墓地的群众："乡亲们，焦书记为咱兰考人操尽了心，他太累了，就让他好好歇息吧！"

跳到墓穴里的群众闻声悲痛地放声大哭。最后，在工作人员劝导下，情绪失控的群众好不容易才离开了墓穴。

灵柩安放墓穴时，拽绳的人千般不舍，万般痛楚，怎么也不愿往下放绳子。棺木一点点下沉，周遭的哭喊声像海潮喧哗，又似沉雷轰鸣。当棺木终于沉入墓穴后，数不清的群众冲上前来，墓地再次爆发震撼苍穹的哭喊声："焦书记，回来啊！""人民的好书记，回来啊！"俄顷，墓穴覆盖上水泥墓盖，人们又齐刷刷跪下，虔诚地磕头，捧起黄土轻轻撒向英灵栖息的墓圹。铁锹等掩埋工具静静闲置在一旁。飞扬的黄土遮蔽了早春的阳光。带着大河浸润的热土，和着人们心底淌出的泪水，焦裕禄与兰考大地融为一体。

大河长哭，云水泪奔。一个光耀千秋的赤子，静静安卧在母亲温暖的怀抱里。在兰考地坼天崩的这一天，百姓们慷慨抛撒的滚滚热泪，好像使黄河最后一道弯的水都涨了几分。

焦守云成年后，忆起当年令家人痛不欲生的迁葬，这样写道：

> 给父亲迁葬的时候，我跟着，拽着母亲，见她哭得一会儿上不来气，要撞在棺材上跟着他走。奶奶也来了，就不哭，她时刻注意着母亲。

"要不是你爸爸临终前对我的托付，我早随他去了……"每逢忆起当年迁坟那撕肝裂胆的时刻，徐俊雅便哀婉凄切地对子女这样说。焦裕禄逝世后，徐俊雅终日以泪洗面。孩子们见得最多的场景，是母亲对着父亲遗

大河初心　231

像默默流泪。搬家时，徐俊雅首先把焦裕禄遗像擦干净，再贴身抱到屋里。徐俊雅终生自责并难以释怀的是，当年她同焦裕禄结婚时，没有绣完那对必不可少的鸳鸯枕头。结婚时只绣一只枕头，成了徐俊雅至死不能原谅自己的一件憾事。她把结婚时不成双的鸳鸯枕头，视为丈夫早逝的谶兆。

兰考县焦裕禄同志纪念馆，有一张现场抓拍的照片，时隔半个多世纪，依然具有洞穿肺腑、摄人心魄的力量。照片记录的是，1966年2月26日迁葬时，现场一位农民抱着幼子，父子两人悲戚万分、失声痛哭的情景。这位父亲名叫张传德，红庙公社葡萄架大队前杨庄村贫农社员，儿子名叫张继焦，当时尚不满四岁。

1963年麦子黄梢时节，张传德家突降横祸，不满一岁的儿子张徐州得了重病，冷热无常，抽风抖颤，面色青紫，奄奄待毙。

连年灾荒，兰考人家家衣食窘迫，张传德家更是几天揭不开锅。在缺医少药的穷乡僻壤，谁也闹不清小徐州得的是啥病。眼见孩子行将不治，张传德绝望地抹抹脸，甩把泪，自个儿踅到村外好歹捡了一束谷秆，又翻出一根草绳，心一横，草草将瘦得皮包骨的孩子裹好，塞进筐里，准备上工时将孩子扔到村外。

人世间最伟大的爱是母爱。泪眼蒙眬中，张传德妻子张香透过包裹着孩子的谷秆，见小徐州青紫色的脸上鼻翼还在翕动，泣声说："他爹，孩子还有口气，等你下工回来再扔吧！"

张传德不忍地看看气若游丝的孩子，颤声说："咱家里连饭都吃不上，下了工孩子就活过来了？"说着，拎起筐子就要出门。正在附近查风口、治流沙的焦裕禄，入村慰贫解难，循着哭声来到张传德家。焦裕禄见张香眼睛哭得通红，关切地询问："家里出了什么事？"

张传德叹口气，指着手拎的筐子说："孩子病得没救了，想趁上工扔到村外去……"

焦裕禄急忙伸手轻轻触摸孩子口鼻，隐隐感到一丝若有若无的热气。他惊喜地对张传德说："老哥，快把孩子放下，孩子还有气哩！咱贫下中农的后代，只要有一点希望，就要把他救过来！"说着，掏出本子撕下一页纸，给县医院高芳轩院长写信，嘱他千方百计把孩子治好，要张传德持信快送孩子去医院。

焦裕禄看出张传德心里不托底，拉他来到有电话的葡萄架大队，用摇把子电话与县医院高院长通话，要求全力抢救病儿。张传德弄清是县委书记在救孩子，像是苦海中遇见了菩萨，急忙用独轮车推上孩子，向四十五里外的县城赶。路上，他买了一盒火柴，走一程划一根，看看孩子还有没有气。半夜时分，孩子终于送进县医院，经王养性主任等抢救，转危为安。

焦裕禄一直惦着小徐州，下乡回县后，接连三次跑到医院看望，嘱咐医生说："这是农民的后代，一定要把他的病治好！"

二十五天后，小徐州病愈出院。焦裕禄赶来替张传德付了医药费，抱起喜笑颜开的小徐州，像自己的亲儿子被救活一样高兴。

1965年严冬，穆青、冯健、周原联袂赴兰考采写焦裕禄事迹。周原闻听张徐州在焦裕禄关怀下得到新生的故事，极为感奋。张传德为感恩焦裕禄，打算给儿子改个名。众人七嘴八舌议论，建议改为张卫焦。周原一翻斟酌，做主给张徐州改名张继焦。

一个垂死的农家病儿，在县委书记关怀下起死回生，张传德从梦幻般的经历中，对焦裕禄及党领导的人民政府有了彻骨入心的认识。中国有这样的党执掌政权，是国之幸、民之福啊！可谁知天不假年。兰考人民的好书记年纪轻轻抱病而去！张传德抱着张继焦，顾不上歇息赶到迁葬现场。小继焦见到熟人，已会说父母教的两句话："孩子，你的病是谁治好的？"

"系赵福记（是焦书记）。"

"你长大了干什么？"

"该办兰考满冒（改变兰考面貌）。"

几十年来，张继焦不忘党恩，努力工作，在各个岗位都努力践行焦裕禄精神。1990年，张继焦调兰考焦裕禄同志纪念馆工作，后任副主任。张继焦像对待亲生父母一样，尽心竭力照顾徐俊雅，徐俊雅也对璞玉浑金品格的张继焦视同己出，亲热地称其为"老七"，就连张继焦找对象、盖房、结婚、生子，都亲自张罗和操持。徐俊雅过世后，焦家由长子焦国庆主持，把妈妈留下的八万多块钱一分七份，张继焦也得到一份。

兰考县焦裕禄同志纪念馆第二张撼人心魄的照片，是焦裕禄到兰考后，最早结识的萧位芬老大爷迎灵时痛不欲生的情景。萧位芬是焦裕禄能掏心窝子的庄户朋友，也是他到兰考头一回下乡就获取除"三害"真经的老师。根据县里要求，为维持迁葬现场秩序，除统一安排外，个人和单位都不要带花圈。可萧位芬根本不管有什么规定，和村干部抬着他买的花圈就来到焦裕禄墓地。老人一看见焦裕禄的遗像就哭，泪水涟涟说道："庄户人的好书记，你是活活地为俺兰考百姓，硬把自己给努（累）死的呀！困难的时候你为俺农民操心，跟着俺们受罪，现在，俺们好过了，全兰考翻身了，你却一个人在这里……"直到仪式结束，老人还止不住眼里的泪水。

日暮时分，迁葬现场山呼海啸的哀思潮退却后，忽听从焦裕禄墓前传来一声凄楚的哭喊声："爹啊……"人们循声望去，只见一个身披重孝的农村少妇，正双手插在焦裕禄坟上号啕大哭。人们顿感诧异：没听说焦书记有这么个女儿呀！经询问，哭坟者是堌阳公社牛场村农民孔令换之妻。

将近两年前，家中缺衣少粮的孔令换之妻产后不下奶，对丈夫说："孩子他爹，给我买点红糖冲碗水喝吧！"孔令换攥着家中仅有的两毛钱跑到供销社，却见柜台里的红糖一斤一包不零卖。血气方刚的汉子寻死的心都有了。然而，目击这一场景的焦裕禄，拿着刚买的两斤红糖、五尺布，走进了他茅椽蓬牖、瓦灶绳床的家。当中国共产党在兰考的代表，在贫困群众最无助、最无奈的时候，捧着一颗滚烫的心，雪中送炭走进家门时，一种逾越血缘的亲情，便像甘甜的清泉滋润了困顿中百姓的心。他们明白了，当年打仗时，那些为了解救受苦受难的老百姓，活着把脑袋别在裤腰带上跟敌人干，死时肠子被敌人扯出来挂在树上也不皱眉的共产党还在兰考。眼下的日子是难，可比起受剥削受压迫的旧社会，还是强多了。跟着这样的党，还有什么过不去的坎？还有什么克服不了的困难呢？

焦裕禄迁葬兰考时，孔令换之妻身披重孝到坟上哭爹的感人故事，在兰考流传得很广。在兰考焦裕禄同志纪念馆，生于1931年的金牌讲解员李国庆，含泪对我讲起这件往事，依然激情难抑，声音发颤。李国庆说，他不会讲普通话。但我知道，每当党和国家领导人和其他重要嘉宾到来时，他用地道的兰考话作的直抵人心、无可替代的讲解，都曾那样不可抗拒地征服了所有在场人的心。几十年来，随着他那富有穿透力、震撼力、感染力的讲解，农家女戴孝哭坟的故事，传遍了祖国山南海北。怀着朝圣之心来参观瞻仰的人们，从这一极具象征意义的故事中悟出，在没有战火淬炼的和平环境中，焦裕禄精神这一强健了一个政党筋骨的钢铁是怎样炼成的，在兰考这片一度被贫困和饥馑压得抬不起头来的土地上，三十六万人民齐心协力降伏"三害"的力量是怎样凝聚起来的。当时刻以人民苦乐安危为念的县委书记像孝敬父母一样殚精竭虑为人民群众操劳，鞠躬尽瘁，死而后已；当蓬首垢面的百姓，在焦裕禄英年早逝后视其为再生父母……这样的党群关系所构筑的执政根基，谁能动摇？这样水乳交融的情感所形成的深厚伟力，谁能战胜？

那一天，迁葬现场人山人海的场面终于消散之后，刚强如铁的李星英突然瘫软下来，变得羸弱无比。明天就要回山东老家了，年逾七旬的老人，让孙儿们用一辆架子车拉着她，重新回到儿子刚刚安卧的明末黄河故堤。

西风残阳，寒鸦噪晚。满脸浸透了悲苦的李星英，抱着儿子冰冷的墓碑，像是抱住了儿子瘦骨嶙峋的身躯。老人泪如泉涌，恸哭失声，嘶哑而无力地喊着："禄子，这是咱娘俩最后一次在一起说话啦！娘老啦，走不动了，以后再也不能来看你啦……"

这是老人在终生引为自豪的儿子谢世后，第二次放声大哭。

焦裕禄在郑州病逝和下葬时，李星英没哭。县委领导来看她，相约谁都不许哭。见面后，大家问声"老母亲好"，泪水就憋不住了，一个个竟然呜呜地哭出了声。

老人劝几个县领导："同志们，不要哭，哭是没有用的。"

过了几天，老人问县领导："裕禄完成党交给的任务了吗？"

县领导说："完成了，完成得很好，很出色！"

老人又问："裕禄对得起毛主席了吗？"

县领导说："对得起啦，很对得起毛主席啦！"

老人点点头，眼圈红了。

过了一段时间，待老人心情稍稍平复后，有人问她当初为啥不哭，老人说："俊雅还年轻，又带着六个孩子，将来所有的事都要靠她一个人。我在那里哭，俊雅怎么活呀！"

可陪伴老人的儿孙知道，儿子病逝后，老人从郑州回山东，在博山八陡火车站一下车就瘫倒在地，手抠着黄土哀号："我的儿呀，我的儿呀……"这次迁葬结束后，老人在墓地直哭得昏天黑地，暮霭四合。

"非此母不能生此子。"焦守云每逢谈起奶奶垂暮之年的两次恸哭，都

大河初心　235

忍不住热泪长流：父亲的一世英名，也得益于两个伟大的女人，一是妈妈的牺牲奉献，二是奶奶从小教育得好。后来奶奶无比骄傲为公家做事的有出息的儿子，一下子没了，她内心的痛苦是无法用语言形容的。塌天灾祸降临时，奶奶首先想的是别人的感受和怎么稳住这个家，把痛苦嚼碎咽到心里。奶奶的刚强、隐忍等美德和处事行为方式，影响了父亲一生。

这一天，对兰考人来说，是个被滂沱泪雨浸泡得草木衔悲、日月无光的日子。有多少人哭得泪干肠断？直到很多年以后，在兰考，不能轻易提焦裕禄的名字，一俟言及，人们就伤感，就落泪。

焦裕禄迁葬后的第一个清明节，全县十多万农民赶到兰考城北明末黄河故堤，以泪相祭长眠沙丘的好书记。从高场北地烈士陵园到焦裕禄墓地，哀乐声不绝于耳。哦，和平年月，中国共产党人的牺牲还在继续！为了解除人民的苦难，焦裕禄在抗击严重自然灾害的战斗中，把一腔热血洒在兰考大地上了！

一位参加过当年迁葬仪式的老汉说："我们真觉得打心底里对不住老焦。人家是县委书记，还有病，放着那么好的日子不过，来陪咱农民受那份罪。他把自己的心肝，都埋在了盐碱地里啦，埋在沙滩里啦。老话说，三年清知府，十万雪花银。可老焦这个共产党的'县太爷'，自个儿啥都没落下。种下的树苗，他没有看到它们长大；种下的麦子，他连一碗面汤都没喝上。因而他走了以后，俺兰考人看着桐树，心就发痛，吃口馍，大伙儿都想哭！"

巍巍故堤，莽莽黄沙，苍苍翠柏，耿耿丹心。在人民博大温暖的怀抱里，一生喊着爹叫着娘为百姓服务的焦裕禄，得到永生。

## 别了，流民图

2017年5月14日，焦裕禄墓在初夏的艳阳和风中，迎来了主人第五十三个忌日。凌霄丰碑下，滴翠青松旁，山南海北接踵而来的人们，涓滴汇川在此涌流，悼念逝去半个多世纪的大河英雄。

最先拉开祭祀帷幕的，照例是张继焦。上午七时许，这个面阔口方、脸凝沧桑的敦壮汉子，手拎时鲜水果和香烛纸钱，缓步来到焦裕禄墓前，摆好香烛供果，双膝长跪，郑重给焦裕禄磕了三个头。随后起身化纸，向有重生父母之恩的亲人送上儿孙的孝心。

有着"焦家老七"和纪念馆工作人员双重身份的张继焦，已记不清曾多少次回来此祭奠和瞻仰。但他清楚地记得，从1972年焦裕禄第八个忌日起，自己这个懵懂渐消的少年，开始懂得以民族最虔诚的仪式来悼念和感恩，每逢清明节、焦裕禄忌日和8月16日诞辰日，他都风雨无阻祭"焦陵"、拜焦公，迄今已时逾四十七载。

年年祭陵，哀思绵绵；今年祭陵，伴有佳音。张继焦眼中掩饰不住的喜讯是：兰考脱贫！他要告慰恩人的是，老书记梦寐以求拔掉兰考穷根的夙愿，如今已经成为百姓看得见、摸得着的现实！

丁酉年癸卯月癸丑日，公元2017年3月27日，惊蛰已过，清明将临，大河两岸漾起的十里春风，把一个令人振奋的喜讯传遍中国。这一天，河南省人民政府正式宣布，兰考县在河南省率先脱贫！

现代传媒第一时间回应社会关注：豫东曾经的"政治高地""经济洼地"兰考，从2014年年初开展党的群众路线教育实践活动以来，三年累计脱贫七万七千人，一举摘掉国家级贫困县帽子，经济增速跃居河南十个直管县（市）第二位。"兰考脱贫"迅即成为网络热词，这个因焦裕禄而蜚声中外的县份，再度成为舆情焦点。

关于兰考的贫困，诞生于五十年前的焦裕禄通讯，以悲怆而苍凉的笔触勾勒的深重灾情，给几代人留下了不可磨灭的记忆。二十四年后，《人民呼唤焦裕禄》又一次闪回兰考的苦难镜头，依然令人嗟叹。同一地域，同一题材，同一作者，两篇报道叠印的灾难记忆如此沉重，串起两个时代的时间轴线如此悠长，为史上所仅见。

全国五百九十二个国家级贫困县，兰考以历史上的黄泛区和老灾区著称。"中州水患，莫过兰、仪、考。"因黄河频繁决口改道，兰、仪、考县治曾十多次被迫迁徙。《兰考县志》载，1644年至新中国成立的三百零五年间，兰考共发生涝灾九十多次，平均三四年一遇。洪涝使土壤严重盐碱化，庄稼人种一葫芦打两瓢，有时竟收不回种子。黄河故道遍布全县，春、秋、冬三季易生大风和沙暴，多时一年达一百二十九次。仪封乡刘岗村农民翟文生，一生因风沙埋屋三迁其居。旧时兰考人到外地做官均带家眷，怕过几年回来找不到家门。"三害"叠加，贫穷始终是兰考人世代因袭的梦魇。

富来贫徙。外出逃荒要饭的兰考人，屈就"兰考大爷"笑话的原创。施主问兰考乞讨者："你是哪里的？"答曰："俺是兰考的，大爷！"由于语速快和口音差异，施主听成"俺是兰考的大爷！"于是，讨饭者被赶出门还免不了遭一顿奚落："登门讨饭还自称大爷！"

令人笑不起来的"贫穷幽默"，个中辛酸唯兰考人体验最深。

中国现代画坛独领风骚的艺术巨匠、现代水墨人物画一代宗师蒋兆和，抗战时目睹黄泛区灾民流离失所、痛苦不堪的窘况，集中国传统水墨技巧与西方造型手段于一体，创作了高两米、长二十七米的现实主义杰作《流民图》，通过对上百个人物的个性刻画，以前所未有的宏大、悲壮和逼真，出神入化再现了逃难群众的悲惨生活，以至真至善的人性，表达了丹青大师对正义与和平的呼唤。

1965年冬，穆青在兰考闻听大批灾民逃荒要饭食不知味、夜不能寐，在采访本上写下触目惊心的八个字："一幅悲惨的流民图！"

从焦裕禄困厄之秋赴任兰考那时起，一届又一届奉身历史重灾区的中国共产党人，带领兰考人民不懈奋斗，逐渐遏制"三害"，初步解决温饱。但由于受自然地理条件制约，兰考县产业基础薄弱，经济发展落后，2002年仍被确定为国家级扶贫开发工作重点县，2011年又被确定为大别山连片特困地区重点县。四十多年过去，时代变迁可谓天翻地覆，穆青、冯健、周原笔下的那条"蛇"——贫穷，依然缠绕着兰考。

今天，城乡绿荫遍地、粮食自给有余、经济快速发展、人民安居乐业的新兰考，终于把世世代代在兰考大地上频频再现的流民图，连同"兰考大爷"的屈辱，永远送进了历史博物馆。古来那个风沙漫天、盐碱遍地、流民盈野的旧兰考，一去不复返了！

兰考脱贫那个春天，胼手胝足的父老乡亲，几多悲恸，几多怀念，几多欣慰，几多感恩，都尽付焦裕禄墓前涌流的泪水中。

回首半个多世纪以来，中国共产党人带领兰考人民接续向贫困宣战的非凡历程，开出一串亮丽的成绩单：

——群众收入持续增加。2016年，兰考城乡居民人均可支配收入分别为21124元和9943元，增长率分别为7.5%和9.6%，增速均居河南省10个直管县（市）第一位。

——经济实力不断增强。2016年，兰考实现"十三五"良好开局，全县完成生产总值257.6亿元，增长9.4%，增速居河南省10个直管县（市）第二位。

——城乡面貌显著变化。兰考成功创建国家园林县城、国家卫生县城、省级文明县城、省级生态县；全县115个贫困村，全部硬化村内主干道，实现有线电视户户通，城乡公共服务差距进一步缩小。

河南历来被视为中国农村缩影。因河殇极端贫困的兰考，又是透视中国农村的窗口。兰考脱贫犹如一炬擎天，照亮了中国农村整体脱贫的希望，在世界消除贫困史上散发出充满东方魅力的光彩！

传世之作《流民图》已入藏中国美术馆，成为一个时代不堪回首的文化记忆。永远淡出历史舞台的兰考"流民图"，与繁荣昌盛的新兰考互为镜鉴，以强烈的反差入藏兰考人的心灵底片。

家祭勿忘告焦公。田园锦绣、百姓康宁时，张继焦第四十七次清明祭，寄托着兰考人对英年早逝的焦裕禄多少怀念、多少感恩！

2017年8月，儒雅而内敛的资深报人冯健与我谈起兰考脱贫，兴奋地说："听说是国家委托有关科研机构，深入农户明察暗访，面对面考察百姓吃穿住用，科学抽样调查获取第一手材料和真实数据，才予以认可的。兰考是货真价实、没有水分的脱贫！"

2017年6月3日，日内瓦联合国人权理事会第三十五次会议，中国代表全球一百四十多个国家就共同努力消除贫困发表联合声明。显然，三十多年来七亿多人脱贫的巨大成就，使中国代表获得了登台首倡的资格。

国际经验表明，当一国贫困人口数占总人口的10%以下时，减贫进入"最艰难阶段"。2012年，中国这一比例为10.2%。诞生于举世公认"最艰难阶段"的中国奇迹，是中国共产党带领人民戮力拼搏创造的不世之功。而到2020年，以习近平同志为核心的党中央将带领全国各族人民，以非凡的意志和智慧，决战决胜让四千多万群众走出绝对贫困，和全国人民一道迈入全面小康社会！

世界银行前行长金墉认为，中国最高层强有力的政治支持，是中国减贫的重要经验。随着改革开放逐渐巩固，开放式扶贫成为中国增长政策的旗帜。

联合国开发计划署前署长海伦·克拉克说，中国最贫困人口的脱贫规模举世瞩目，速度之快绝无仅有。

英国《经济学人》赞叹：中国是世界减贫事业的英雄。

兰考脱贫，无疑是中国反贫困斗争战略决战先期奏凯的范例。

这一奇迹是怎样发生的？发人深省的"兰考之问"怎样成为振奋人心的"兰考之变"？一帧帧辉映青史的画面，吸引我把视线投向东坝头乡张庄村。

张庄百姓清楚地记着，2014年3月17日下午，习近平轻车简从来到张庄，下车就走进八十四岁的贫困户张景枝老大娘家。张景枝当年是张庄生产队妇女队长，曾参加过焦裕禄组织的"下马台""九米九"大沙丘翻淤压沙。习近平走进厨房，掀开锅盖察看老人一家中午吃的是什么饭，随后来到老人的卧室，伸手摸摸床上的被子，关切地询问家里致贫的原因。当习近平得知张景枝两个儿子先后都因病去世，老人跟养鸡谋生的孙子闫春光一起生活，便对闫春光说："现在国家政策好，贷款很方便，可以扩大养鸡规模。家有一老，等于一宝。要好好照顾奶奶，这是中华民族的传统美德。"

习近平离开张景枝家，恰好村民文伟清端了一簸箕花生出门晾晒，见到习近平惊喜地说："总书记，快尝尝俺家的花生！"习近平高兴地剥开一个花生，放入口中嚼着，向他询问花生产量，并与闻讯赶来的村民握手问候。随后，习近平来到村室，在用小学生课桌拼起来的长条桌前，与东坝头乡领导、村干部和党员代表座谈。

"请大家讲，我们是来听的。"习近平亲切环视众人，简洁平实的开场白，引来一阵会心的笑声。

第一个发言的是东坝头乡党委书记许家书。因心情激动，他在讲述中脑子突然一片空白，发言卡了壳。看到总书记投来的鼓励目光，他又打开话匣子，具体描述了执行八项规定后的乡村之变并建言献策。

1963年春外出逃荒在兰考火车站巧遇焦裕禄的雷中江，向总书记提了三点建议：一是希望群众路线教育实践活动不要搞"一阵风"；二是希望领导干部要向焦裕禄学习，到群众中去；三是希望老百姓的钱袋子鼓起来。

习近平听罢雷中江的发言，满面笑容鼓起了掌。

村民李国田是张庄艺术团导演，他带来的是一首参加村擂台赛的快板。习近平率先为他鼓掌，李国田有板有眼说了起来：

"……二月里来龙抬头，现在农民真自由，青年男女去创业，红红火火闹九州。三月里来是清明，党的政策真英明，学生上学不要钱，鸡蛋牛奶送手中……七月里来七月七，兰考出了个焦书记，领导农村除'三害'，翻淤压沙传奇迹……十二月来整一年，党的政策赞不完，教育实践搞活动，干部作风大转变，反腐倡廉顺民意，百姓心中乐开颜！"

习近平再次鼓掌，赞叹说，群众对党的富民政策如数家珍！

在兰考脱贫攻坚关键一役揭开战幕的时候，习近平亲临东坝头乡张庄看望贫困群众，与干部群众共商脱贫大计，温暖了大河最后一道弯。而熟知东坝头和张庄历史的人们，则从一个政党与一个村庄半个世纪的血肉联系，于浓缩中见风景——张庄是焦裕禄尊重群众首创精神打开治理风沙通道的地方，是穆青、冯健、周原为焦裕禄重大典型推出"签字画押"的地方，是新时代人民领袖放飞兰考腾飞梦想的地方。历史五十年间在张庄留下的三张剪影，定格了兰考治沙得道、楷模出炉、拔掉穷根三个多么壮观的瞬间！

习近平关于扶贫工作坚持"六个精准"（扶持对象精准、项目安排精准、资金使用精准、措施到户精准、因村派人精准、脱贫成效精准）重要思想，一经与兰考实际相结合，瑰丽多彩的兰考梦便振羽高飞，几番翱翔便裁出了构建三个体系的美丽剪影——

兰考崛起靠产业。如何突出产业同质化重围？打造特色产业体系成为县委筹划突围的聚焦点。转型路上，焦裕禄留下的战略遗产泡桐，为振兴发展提供了雄厚资源。县委、县政府依托恒大家居联盟等企业打造中高端家居产业集群，建起南彰、红庙镇门业加工产业园和孟寨、闫楼乡板材加工产业集群，培育二十八个木制品特色专业村；依托格林美、富士康、科瑞奇等知名产业，相继建起国家级循环经济产业园、兰考科技园、小微企业孵化园。

这是走向"富裕兰考"的金色之梦！

构筑新型城镇化体系，做大做强中心城区，两年把"一个县"变为"一座城"；实施"四横六纵"产业廊道工程，打造全县半小时"交通圈"；依托国家建制镇试点建设和民族乐器优势，打造堌阳镇特色"音乐小镇"，结合黄河滩区居民迁建和华润集团入驻，打造谷营镇特色"希望小镇"；以美丽乡村建设改善人居环境，建成九个生态乡镇、二百一十六个生态村。

这是走向"生态兰考"的绿色之梦！

建设公共服务体系重在以文化人：完善公共文化服务平台，免费开放图书馆、文化馆、体育场等公共文化设施，培育兰考文化旅游品牌，强化乡村公共文化服务平台建设，为全县一百一十五个贫困村建成综合性文化服务中心，营造新时代兰考精神版图……

这是走向"幸福兰考"的橙色之梦！

从吃"百家饭"带领群众治理"三害"，到织梦逐梦奋力驱除贫穷之蛇，经过教育实践活动洗礼的兰考共产党人，在改写兰考历史的决胜之役中，成为冲锋在前的第一方阵。

"精准扶贫"，人要选准，策要施精。长期抓扶贫工作的兰考县政协主席吴长胜说，关键要解决扶持谁、谁来扶、怎么扶三个问题。

"扶持谁"是要找好"靶子"。全县普遍建档立卡，摸清贫困底数；多轮识别，确保精准；多措督查，不落一户、不漏一人。

"谁来扶"是要选准"射手"。兰考县设有驻村扶贫工作领导小组，县领导包乡镇（街道），科级干部当扶贫工作队队长和第一书记，选调六百八十名后备和优秀干部，派驻一百一十五个贫困村和四十五个"软弱涣散村"（交叉村十五个），精确"滴灌"帮扶。

"怎么扶"是要备足"子弹"。县委因村因户制宜制定十二项帮扶措施，对已脱贫户实施保险、"雨露计划"等六项措施，确保稳定增收不返贫；对一般贫困户，新增医疗救助、光伏扶贫等三项措施；对兜底户，除以上九项措施外，全部纳入低保，六十岁以下人员给予千元临时救助，人均土地不足一亩按每亩五百元差额补助。

穷县脱贫，海量资金从哪来？与时俱进的兰考人拿起改革的金钥匙，借获批国家普惠金融改革试验区东风创新融资方式，打造七个融资平台并组建农商银行等吸引社会资本。单是2016年，兰考专项扶贫资金投入就达两亿三千多万元。政府拿出三千万元作为风险补偿基金，撬动十倍银行贷款额度，支持脱贫、创业和参与扶贫企业发展。县财政列支一千万元并与公司签约，为建档立卡贫困人口购买财产人身产业保险，确保脱贫路上"零风险"。

习近平登门看望过的张庄村贫困户张景枝大娘，全家六口人年收入不足七千元。张景枝孙子闫春光借助优惠扶贫资金，办起了养鸡场、香油坊、"春光农副产品店"网店，从贫困户变成致富带头人。向阳花木易为春。2019年7月1日，闫春光成为一名光荣的中国共产党预备党员。

按照国务院办公厅和河南省关于建立贫困退出机制的意见及办法，兰考在省"1+7+2"退出标准基础上，增加脱贫发展规划、帮扶规划、标准化档案建设、兜底户精神面貌改观、政策落实五项内容，形成"1+7+2+5"退出标准体系，组织逐村逐项核查落实。

2016年10月25日，河南省聘请中国科学院地理科学与资源研究所作为第三方，对兰考贫困退出进行预评估。该所综合评估得出结论：兰考的退出可行度为95.68%，可以稳定退出。

同年12月28日，河南省扶贫开发领导小组对兰考贫困退出进行省级核查，并于2017年1月9日将退出情况进行公示。

2017年1月9日至21日，国务院扶贫办组织对兰考开展省际互查、第三方抽查、普查、核查四次调查核实工作。2月4日至5日，第三方进行复核算。2月23日，国务院扶贫开发领导小组向河南省扶贫开发领导小组反馈兰考县退出专项评估情况，结果显示，抽样群众认可度98.96%，综合测算贫困发生率1.27%。

2017年2月27日，河南省政府批准兰考县退出贫困县序列。

三年真抓实干，兰考县委一班人兑现了对总书记立下的铮铮誓言！

精准扶贫改写了兰考的历史。活力四射的新兰考，成为豫东平原的一颗明珠。经扶贫攻坚这所大熔炉冶炼，新时代的安泰与人民母亲声息相通，焦裕禄精神在新一代人民公仆心中深深扎根。三年脱贫阶段目标如期实现，增强了人民群众的获得感、幸福感和信赖感。用心血和智慧帮助百姓拔掉穷根的干部，再度成为兰考人民的主心骨。

新时代，兰考人民的儿子与父老乡亲水乳交融，浑然一体。

兰考县张庄村老党员游文超，是焦裕禄组织翻淤压沙时的"儿童团"，也是张庄从谈沙色变的风口到林茂粮丰社会主义新农村的见证人。2016年8月，他利用十二万元金融扶贫政策贷款，将老宅改造成特色民宿"游家小院"，当年收入不菲，2017年进账五万多元，加上农业和务工共收入八九万元，彻底摘掉了贫困帽子。"游家小院"的神奇示范效应，催生了张庄四十多户"农家乐"，特色民宿成了致富新支柱。回顾张庄人从出张庄逃荒要饭，到回张庄治理"三害"，从再出张庄到外地打工，到再回张庄参加脱贫攻坚的历史变迁，游文超由衷赞叹："焦裕禄带咱治了沙，习总书记领咱脱了贫！"

## 作者简介

高建国，男，山东青岛人。军事学博士，所著博士论文《二十一世纪中国军事人才发展战略构想》2001年被评为全国优秀博士论文。1988年在《解放军文艺》发表的中篇报告文学《本世纪无大战》，当年获全国百家期刊"中国潮"报告文学征文二等奖和《解放军文艺》优秀作品奖；2015年在作家出版社出版的长篇报告文学《一颗子弹与一部红色经典》，2017年获第六届徐迟报告文学奖。

# 一个温暖的"发光体"

王国平

> **编选导语**
>
> 本篇作品发表在 2017 年 6 月 9 日《光明日报》，是一篇"新时代领导干部的丰碑"廖俊波的"追记"。2015 年 6 月中组部授予廖俊波"全国优秀县委书记"称号，2017 年 6 月中共中央追授廖俊波"全国优秀共产党员"称号，中宣部追授廖俊波"时代楷模"荣誉称号，廖俊波还获得第六届全国道德模范敬业奉献类奖项。作为一篇报告先进模范人物的短篇报告文学，作者善于精选富有表现力的材料，从"谋事""对己""待人"三个方面，真实感人地凸显廖俊波这一个"发光体"的"温暖"，人物可敬可爱的精神形象跃然纸上。

廖俊波就像是一个温暖的"发光体"。

"发光体"原本是一个物理学术语。学物理出身的廖俊波，把自己塑造成了一个"能发出可见光的物体"。

事实是，他以武夷山为原点，顺着闽江，沐浴着闽越文化、朱子文化的余韵，一路奔波，走到哪里，哪里就要发生"物理反应"甚至是"化学反应"。他在，就意味着改变，甚至是新生。

为了闽北的这方水土，为了一份壮丽的事业，他交出了全部的自己。

2017年3月18日晚，公务出差途中，一场突如其来的车祸，他的生命永远地画上了休止符。

他收获了尊重，赢得了名节，勾起人们的怀想与思念。

习近平总书记作出重要指示，要求广大党员、干部向廖俊波同志学习，不忘初心、扎实工作、廉洁奉公，身体力行把党的方针政策落实到基层和群众中去，真心实意为人民造福。

廖俊波是新时代的好干部，他把前辈身上那些永恒闪耀着的品格与光华继承了下来。他的身上，也有新时代的烙印，在谋事、对己、待人上，有着这个时代党员领导干部的新格局、新境界、新风范——

这是一个有知识、有见识、有胆识的人，也是一个不乏童趣和孩子气的人。

这是一个跟随时代潮流、在大地上积极奔走创造新世界的人，也是一个倾慕与敬畏传统伦理世界的人。

这是一个时刻把工作扛在肩上的人，也是一个逮空就把自己打理得清清楚楚的人。

这是一个对火热现实生活保持着浓郁兴致的人，也是一个自觉划定底线红线不逾矩的人。

这是一个心灵敞亮、愿意把自己充分打开的人，也是一个让人愿意跟他神交、跟他交心的人。

这是一个勇于、善于跟时间赛跑的人，也是一个被时间定格了伟岸背影的人。

这是一个以和善、爽朗笑声跟老百姓打成一片的人，也是一个在老百姓婆娑泪眼间悲壮远行的人。

生命骤逝，斯人已远。但是，在跟他熟知与不熟知的人们心里，他依然还在，他依然还在发着温热的光。

## 谋　事

### 一片忠心，一腔热血，激情满怀如虎跃

"当官当到政和，洗澡洗到黄河。"当地老百姓编了这么一则顺口溜，

是给来南平市政和县就职的官员一个忠告，亦可视为"下马威"。

2011年6月，经济社会发展长期处于福建省"省尾"的政和县，迎来新任县委书记——廖俊波。

一床，一几。一杯茶，一根烟，一支笔。一条汉子，一片忠心，一腔热血。

"刚上任，我们就感受到他的与众不同。"现任政和县人大常委会主任郑满生感觉一股新风徐徐吹来。

廖俊波组织开展了一个多月的调研，下乡村、进厂矿、访社区，把总面积1735平方公里的这块土地摸了个遍。郑满生不禁感慨："我这个土生土长的政和人，也是第一次这么深入地了解自己的家乡。"

是的，要做"体察民情的大脚掌"。

廖俊波马不停蹄。上任第55天，他把全县副科级以上单位负责人召集在一起，连续开了三天经济社会发展务虚会。曾经的初中物理教师，给大家出题，一共三道：政和能不能发展？要发展什么？如何发展？答题的具体要求是尽量"说真话，说实话，说思考过的话"。

他以身作则，提交了答卷：要在抓好现代农业的基础上，致力发展工业、城市、旅游，回归"四大经济"。并且成立多个项目组，实现各个击破、整体推进。

他鼓劲打气："树立'小县大作为''小县更精致'的观念，进一步坚定发展信心，保持'人一我十、滴水穿石'的工作韧劲。"

集结号，一声比一声嘹亮。催征鼓，一遍又一遍地敲。有疑虑，他来释惑；有误解，他来澄清；有麻烦，他来破局。

他要掀起一阵阵的劲风，甚至是狂风。

"我相信，在座各位都希望政和能发展得更快些、更好些，不甘落后于人，但我们如果还是继续重复相同的工作模式、思维模式，却期待结果有所不同，这可能吗？"在一次座谈会上，他厉声发问。

我固执地想，此时他是敲了敲桌子的，利落而响亮。

他深知，再造思维模式，需要新的理论武装。

在廖俊波办公室的书柜里，摆放着《习近平谈治国理政》《习近平总书记系列重要讲话读本（2016 年版）》《习近平关于协调推进"四个全面"战略布局论述摘编》。

还有两个版本的《摆脱贫困》。其中，1992 年的版本，《加强脱贫第一线的核心力量——建设好农村党组织》和《巩固民族大团结的基础——关于促进少数民族共同繁荣富裕问题的思考》这两篇文章中有折页。

还有两本《做焦裕禄式的县委书记》，一本《不朽的丰碑——谷文昌精神干部学习读本》。

廖俊波把焦裕禄、谷文昌两位前辈视为镜子和榜样。

他发现了自己的短处，"同样作为县委书记，对照焦裕禄、谷文昌精神深学细照笃行，不论是党性原则还是奉献精神，不论是求实作风还是为民情怀，都有不小的差距"。

怎么办？唯有动起来、干起来，以行动告慰先辈，赢得未来。

他坚信"以干得助"。

既然是"地方团队的领头雁"，自然要夙夜在公，时刻领跑。但一天只有 24 个小时，再忙也不多给一分钟。那就只好跟时间赛跑。

1968 年生人，属猴的廖俊波，恨不得真的是孙悟空，有三头六臂，把一分钟掰成八瓣。

"将军赶路，不追小兔"。廖俊波则是"书记赶路，饿着肚子"。有时两个会要连轴开，会间 5 分钟，一个盒饭，他就把晚餐打发了。如今，他的办公室里还散落着方便面和饼干。

爱人林莉有时也烦了："好不容易在家吃个饭，也要拿着电话谈工作！"

平时跟他通个话，多数时候是要给掐断的。林莉慢慢摸索出了规律：要么晚上过了 11 点再联系；要么问问身边工作人员，看他是否有空闲；要么提前给他发短信或微信，预约时间。

跟自己的丈夫通个话，说个事，还要预约！尽管早已习惯了，林莉偶尔想起还是窝火。

她何尝不知道，眼前这个跟自己厮守了一辈子的男人，心里想着的是：干活干活，有事干，干成事，才是真正的活着。

她更清楚，还有更大的支撑驱使着自己的男人在闽北大地上疾走。

"我知道，当你面对党旗举起右手宣誓的那一刻起，你就不完全属于这个家了，更多的，你属于党，属于党的事业。"在廖俊波同志先进事迹报告会上，她深情地向丈夫诉说着"懂你，是最长情的告白"。

她心中明白，自己的男人想着的是天下百姓事。"能够当一个领头人，让23万政和百姓过上更好的生活，这是一件很美妙的事。"这是他幸福的源泉。

他到任时，政和在全省垫底，第二年县域经济发展指数提升35位，第三年首次进入全省县域经济发展"十佳"。2015年6月他被授予"全国优秀县委书记"称号。

"我们只有一个共同的愿望，一切为了政和的光荣与梦想；我们只有一个共同的声音，那就是政和好声音。"操着一口"闽普"，特别是"会""费"不分的廖俊波，曾经以万丈豪情，令政和人心潮澎湃。如今，政和人正在传颂着"俊波好故事"，收集着"俊波好声音"。

"人和政通泽桑梓，品正德高志如松。"缅怀的声音、惋惜的声音、奋进的声音，与"俊波好声音"一道，正在闽北大地上空汇聚、升腾。

## 对　己

**"忘身为国尘氛尽"，心向君子且践行**

工作节奏如铁人赛选手的廖俊波，不时透出自己的一颗文艺心。

跟青年座谈，他引用的是美国作家塞缪尔·乌尔曼的精短美文《年轻》片段：年轻"是情感活动中的一股勃勃的朝气，是人生春色深处的一缕东风"。

"心中为念农桑苦，耳里如闻饥冻声。"借用白居易的诗句，他表达心迹，自励自勉。

不必惊讶。学物理出身、搞经济建设有一套的廖俊波，曾经是个典型的文艺青年。

他写得一手好字，对书法很痴迷。在南平师范高等专科学校就读时，还是校书法协会物理系理事，获得过校书法大赛三等奖。在他家个人的书柜里，摆放着一本《如何看懂书法》，还有一本书法大家启功的《浮光掠影看平生》。

后来，他把这个爱好闲置了。没有时间，是个原因。更重要的是，他曾经说过，在县委书记这个位置上练书法，不合适，好像给人家一个什么信号。

有时也馋。林莉透露，如果深夜有点边角料时间，他就打开电视看看书画频道，过过瘾。

除了书法，他对摄影也有着浓厚兴趣。读师专时就担任校摄影协会理事长。后来，他基本上不摸相机。在他办公室的书柜里，摆放着几本关于摄影的书籍，塑封都没有来得及拆下。

是不是他在以这样的方式，稍稍给自己一个安慰？

他的微信昵称是"樵夫"。

王维有诗："隔水问樵夫。"樵夫已经在"彼岸"了，过着闲适而自足的生活。是不是在繁忙事务之余，廖俊波默默地朝着另一种生活深情打望？

他的微信头像是深蓝的天幕上，白云在飘，恰好在天际画下一个萌萌的笑脸。天高地阔，云淡风轻。他是不是有时也向往闲云野鹤般的自在？

林莉说，廖俊波问过，如果自己跟她一样还在当老师，家里的日子可能是个什么样子？"肯定更自在"，林莉回答。廖俊波不接腔。

因为没有假设。因为他把属于自己的一切都放下了。

可以设想，曾经有一阵子，廖俊波的身子里有两个声音在吵架。一个说"过好自己的日子好了"，一个说"去给别人干点事吧"。几番较量，后一个声音的分贝更大，也更有力。这一刻，他听从了信仰的召唤，他安妥了自己的内心，也笃定了自己的人生路。

他给女儿取名为"质琪"。寓意是"品质似君子，温润如美玉"。

何为君子？朱熹屡次发言："古之君子如抱美玉而深藏不市。""君子小人趣向不同，公私之间而已。" "君子于细事未必可观，而材德足以任重。"

这位宋代理学集大成者，一度蛰居南平境内的武夷山，兴办书院，著书立说。在目睹百姓深陷灾难漩涡之际，不禁疾呼"若知赤子元无罪，合有人间父母心"。

在廖俊波的老家浦城县，设有真德秀广场，立有真德秀雕像。朱熹的这位追随者，曾经亮出自省自戒的"十六字箴言"，即"律己以廉，抚民以仁，存心以公，莅事以勤"。

在方位上与浦城成对角线的南平市顺昌县，清代出了一位志士，名叫饶元。听闻全闽因叛乱而沦陷，他毅然弃商从戎，并写下"忘身为国尘氛尽，荡产轻金粪土挥"的诗句，透着决绝的激越与高迈。

故土上，这些先贤们曾经发出的铿锵声音，无法确认廖俊波是否有所耳闻。不过，既然都是一方土地上长出来的果实，想必有着血缘、地缘上的亲近，以及气息上的贯通。特别是，他们都是一颗颗粗壮、光亮的果实。

何况这些闪亮的句子，都摘自图书《闽北诗谭》与《闽北典故》，它们就摆放在廖俊波书柜的显要位置。

善于向内用力的他以实际行动让这些声音落地了。

同事陈智强回忆，廖俊波有次到北京公干，空出了一个下午的时间，就跟他通话，问是否有什么公司可以临时登门拜访。陈智强知道，廖俊波的父母在北京跟他的小妹妹一起生活。好不容易空出的时间，可以歇一歇，去探亲嘛！廖俊波回话：看父母放在晚上，下午是上班时间。

南宋诗人周紫芝《竹坡诗话》载，古时有一官员，夜晚在烛光下办理公务，恰好家书送达。他当即吹灭了公家蜡烛，点燃了自家蜡烛。今有廖俊波，八小时内外多在忙公事，八小时内尽量不忙私事。

既然县委书记是"作风建设的打铁匠"，那么打铁匠自身要过硬。

"探路者"廖俊波，为了事业，为了百姓，夙兴夜寐，披荆斩棘，不断地开辟新路。一旦涉及自身，就把各个"路口"堵得严严实实，毫不客气。

林莉说，廖俊波从邵武调到南平的第二天，就在一个普通的居民小区里买下一套二手房。他告诉妻子，自己是市政府副秘书长，负责协调、联系城建工作，少不了要跟开发商打交道。早早把房子买下，以后工作上就可以省下不少麻烦。

一个见面寒暄的由头都不给。

他在政和工作时，林莉和女儿住在南平市区。母女每次去看他，只能住宿舍。有人建议，他们应该在政和安个家。林莉跟廖俊波商量，被一口回绝了，"他很严肃地跟我说，这是我当政的地方，不能这样做。如果我们不廉洁，你真的要'悔教夫婿觅封侯'了"。

工作上是"拼命三郎"，生活上近乎"苦行僧"，有人说，这样的人，一辈子就像一张黑白照片。想必对摄影感兴趣的廖俊波心知，就像有声电影最大的发明是静默，彩色摄影时代最大的发明就是黑白。黑白照片的丰富与魅力，一般人，理解不来。

纷繁世界，简单至上，心安最大。

《闽北典故》记载，宋时从这里走出的理学家蔡元定有言："独行不愧影，独寝不愧衾。"

七尺男儿坦荡荡。

## 待　人

**一句"我们"重千钧，百姓相认自家人**

廖俊波历来对个人形象很在意。白衬衫，深色裤子，皮鞋，是标配。翻看他生前的照片，重要场合，西服笔挺，领带端正，发丝有序，不含糊。

可是，廖俊波对外在形象的讲究，并不妨碍他跟老百姓的交情。廖俊波始终是他们心目中的"廖书记"。

71岁的张承富自家大门上贴着自己手书的一副对联："当官能为民着想，凝聚民心国家强"，横批"俊波您好"。

他住在政和城关渡头洋，曾经是生活垃圾随意倾倒的地方，典型的脏乱差。附近居民想改善环境，修建一条步行栈道，但迟迟得不到解决。2015年5月，张承富听人说县委廖书记不错，很务实，就找来廖俊波的手机号码，抱着试试看的心态，发了一条短信。没想到廖俊波当即回应，请他到办公室面谈。见面时，把详细情况摸清楚了，廖俊波跟他说："放心，我们一起想办法。"

张承富很细心，记得当时廖俊波说的是"我们"。

我们，意味着没有隔阂，意味着平等与尊重。用张承富的话说，这是跟老百姓坐一条板凳的自家人。

自家人廖俊波及时协调相关部门介入，并落实了专项资金。2016年6月，水泥栈道终于建成了，河道也收拾干净了。渡头洋上18户居民感觉搬了一次新家，噼里啪啦，放起了鞭炮。

张义建是当地小吃"东平小胳"制作传承人。2015年的一天，他骑着电动车去找廖俊波，讨教商标注册的事。天公不作美，中途下起了雨。说了一阵，准备离开时，雨还在下。廖俊波看着张义建湿着的裤腿，随即找出自己的雨鞋，让他试试脚，"廖书记说，'我也没有什么东西送给你，你就把这双雨鞋穿走吧'"。

这双雨鞋，张义建还保留着，装在一个塑料袋里，鞋底都洗得干干净净。

这是一双吉丰鹿牌雨鞋，52码，"MADE IN CHINA"。

廖俊波为何总是愿意跟老百姓打成一片？

民有所呼，我有所应。民有所求，我有所为。

曾经跟他一起共事的林小华发现，廖俊波跟老百姓在一起时，特别喜欢笑，是那种从内心深处发出的笑，很自然，很真诚，很有魅力。

其实，廖俊波本来就生活在百姓中间。

他在南平市居住的小区，热气腾腾。院子里有艺术培训班，小孩子吹巴乌，声音打着磕巴；美容美体中心，以"您的美丽、健康是我们的目标"招徕顾客；电梯处张贴着《无车业主的呼声》，还有告示提醒家长要禁止孩子到楼顶玩耍，忙中出乱，"玩耍"被敲成了"玩甩"。

小区门口，就是窄窄的街道，两边的小商铺次第排开。有卖主食、卖水果、卖猪肉的，有小餐馆、鲜奶吧、烟酒行，有装修店、房地产中介、福利彩票销售点。一个银发老太太还在人行道上摆了一篮子竹笋，鲜嫩、葱翠，散发着生命蓬勃气息的清香。理发店里的喇叭，在叫嚷着摇滚范儿的歌，"我相信伸手就能碰到天，有你在我身边……"老太太只好用左手抱着耳朵,右手比画着,跟人讨价还价。

廖俊波生前经常在这条路上来来往往。

这样的氛围,或许让他更真切地明白自己是谁,应该做些什么。

他说过:"不要老把自己当个官,更多的是一种责任。"他又说:"对群众要平辈论交,不摆架子。"他还说:"'上场当知下场时。'有上场的机会就好好干,留下值得留念的印迹。"

如今,因公殉职的他,正在被人怀念,以无尽的痛,以滚烫的泪。"廖俊波"这三个字,被太多的人在心里擦拭,一遍又一遍。

"黯然销魂者,唯别而已矣。"曾经主政过浦城的江淹,著有《别赋》,首句径直地戳中人心。

与君一别,天地两隔。林莉的苦,无以言。

你走的当天,午休起床时,坐在床头,弓着身子,把脑袋闷在膝盖上,说再眯几分钟。这样的情景,林莉也是第一回遇见。她心疼。就劝你大周末的,好好睡个懒觉。反正会议是你召集的,就做个主,往后推一推。你睡眼惺忪,笑着说:会议已经安排好了,不能改呀!强打精神起了床,拎起衣服和公文包,你就走了。

这次,是真的走了!

现在,林莉只能无数次地责备自己,甚至憎恨自己,"我后悔呀,后悔自己怎么就没有任性一次呢?如果我跟你吵,跟你闹,那样,兴许就留住你了"。

曾经的"老上访"刁桂华,一边毫无顾忌地哭得上气不接下气,一边说着心中永久的遗憾,"现在……我连他……的声音……都……听不到了"。

当地企业家宋宏华对你也有"怨言"。他说:"廖书记是讲究传统的。有句老话,叫'礼尚往来'。他那么帮我们办企业,但是只有'来',没有'往'。"渐渐地他也明白了,你要的"往",无关个人,而是企业壮大了,多让百姓受惠。你在,企业像是有爹有妈的孩子。

其实,你就是个火车头,牵引着这片土地往前奔。现在,你要歇歇了。但有无数的火车头,在不同的地方,一边感动于你的故事,一边牵引着脚下的一方水土，共同协力牵引着这个国家960万平方公里的土地，沿着正确的方向，稳步前行。

"没别的了，只有把事情做得更好！"宋宏华设法让自己放下悲伤。

政和县铁山镇大红村村民何荣梁，跟你素昧平生。几番耳闻目睹，他发现你是一个能干事的官，"手脚"还干净。

当噩耗传来时，他正在南平市区看护双胞胎孙女。等孩子们午休了，他撇下老伴，冒着"一窝一窝"的雨，送来手书的挽联，"主政政和四年间，施展才华天地新；光荣梦想不空谈，俊波书记美名扬"。还专门买了供品，梨的寓意是"老百姓离不开你"，火龙果表达的是"今后要努力，把日子过得红红火火"。

60多岁的他，在你的身边跪下了。按照当地习俗，年长的，不跪年少的。他顾不上了。

他跪着说："廖书记，人人都说你是好官，我也来跪拜你！"

为百姓办实事的人，生前身后不寂寞。

《闽北典故》记载，元代李荣昉任松溪县尹，为民请命，不辞辛劳。调任时，民众扶老携幼相送，"我有田畴，李侯辟之；我有老幼，李侯翼之"的歌谣随之广为传颂，并铭刻于碑。

给百姓做好事的人，自古至今被铭记。

你在政和的日子，千年古城一年一变。有人不禁口占打油诗一首："政和人民好福气，来了一位好书记。清正廉洁好气质，带领我们出成绩。"

在渡头洋，经张承富老人提议立起了一块碑，名为《栈道记》。碑文首句是"星溪上河边路栈道在县委廖俊波书记的关怀下……"

落款时间为2016年8月16日。

其实10个月前，你已经就任南平市人民政府副市长了。

那有何妨！在政和人心目中，你是永远的廖书记。

站在碑前，张承富老人神色凝重。

他说：这个人吧，不容易。

他用手掌抹了抹眼睛。

他又说：这个人吧，很难得。

他用胳膊抹了抹眼睛。

他还说：这个人，可惜了。

他望了望缓缓流淌着的七星溪……

2014年12月2日，在政和县第二十二次团代会开幕式上，你告诫在场的年轻人，要注重事业的积累，"人不管走到哪里，身后都有一个碑在。你的事业积累越丰厚，你身后碑的基石就越坚固，你人生的这个丰碑就能树得越高"。

你以自己的言行，以自己的生命，以自己的信仰，在身后树起了一块精神的丰碑。

新时代，新丰碑！

### 作者简介

王国平，江西九江人，《光明日报》高级编辑，中国作家协会会员，中国作家协会报告文学委员会委员。著有《纵使负累也轻盈——文化长者谈人生》《汪曾祺的味道》《张锦秋传：路上的风景》《一片叶子的重量》等。曾获徐迟报告文学奖、中国新闻奖、中国报人散文奖等。入选2019年全国宣传思想文化青年英才。

# 上海工匠

李春雷

**编选导语**

本篇选自李春雷发表在《解放日报》2020年12月24日《朝花》副刊的作品，原题为《上海工匠锻造记》。中国共产党是中国工人阶级的先锋队组织。本文的主人公夏樑是一位具有"上海工匠"光荣称号的青年技工，是一位年轻的共产党员。作者叙写了这位"上海工匠"的成长小史，讲述了他刻苦钻研现代汽车科学技术的事迹，展示了新时代中国工匠昂扬向上的精神风采和共产党员的先锋模范作用。

## 匠之初

小汽车为什么会奔跑、发光？在童年时代夏樑的眼里，家里的那些玩具汽车仿佛一个个神秘的魔盒，充满灵性。是谁赋予了它们生命？他找来改锥，把小汽车一个个拆开。电池、线路、零件……哦，里面原来是这些奇奇怪怪的东西。

1981年12月，夏樑出生于上海市虹口区。这是一个典型的工人家庭。20世纪20年代，曾祖父从浙江来沪务工。1951年，祖父进入新沪钢铁厂。

父母和两个叔叔全是产业工人。

说起来，夏家与钢铁、汽车似乎有着不解之缘。祖父曾是钢铁厂炉前工，祖父的弟弟在汽车厂工作，父亲是宝钢运输部驾驶员。小时候，夏樑常常跟随父亲去工厂。父亲灵巧地转动手中的方向盘，伴随着强烈的轰鸣声，那个庞然大物像怪兽一般，瞬间狂奔起来。

祖父炼出来的钢铁，被父亲运往汽车厂，又被祖父的弟弟造成汽车……幼小的夏樑坐在发动机盖子上，看着这神奇的世界，整个身心在钢铁的轰鸣中震撼。

仿佛有一种无形的磁力，已经晃动了夏樑的生命罗盘……

1997年，夏樑考入上海水产学校。毕业后，再入上海水产大学深造。在校期间，成绩门门优秀。渐渐地，他的理想进一步明晰：未来的自己，要成为一名机械工程师！每每想到这里，他便愈发努力。2002年，他成为同届学生中第一批加入中国共产党的优秀学生。

大学毕业后，他进入一家空调制造企业，负责售后维修保障。一年之后，苦恼日益浓稠。在他心底，绝不仅仅想成为一名维修人员，而是要钻研技术，探究机器内部的奥秘。

就在这时，他看到了上汽通用汽车公司的招聘信息。

果断报名。

层层选拔，如愿中选。

这一天，是2004年6月24日。

入职之前，车间便为他选择了一位经验丰富的带教师傅庄威。这一天，庄师傅热情地将劳防用品整理在一个袋子里，交给他。随后，掏出工卡，在门禁上"嘀"了一声。

"机械世界"的大门缓缓打开了……

## 汽车的秘密

在新奇与忙碌中，3个月过去了。

夏樑却越来越失望。这里的一切与他的设想并不一样。

最初，他被安排在基层当工人。焊装车间1000多人，大都集中在生产流水线上。车身焊接，几乎全是人工操作。数十公斤的焊枪，需要肩扛手提。每天下班后，手臂肿胀，双腿如铅。之所以选择上汽通用，就是因为对技术有一种浪漫的憧憬。万万没有想到，每天竟然如此苦累。他抚摸着肿胀的胳膊，感叹自己的幼稚无知。

这些细节，没有逃过庄师傅的眼睛。他语重心长地对夏樑说："这就是基础，这就是入门。手艺和技术全在苦累中。"

师傅的这番话振聋发聩。是啊，无论干什么，吃苦都是一个不可避免的过程。只有在生产一线体味过劳动的辛苦，只有在劳累中流淌过汗水，才能明白怎样将双手与机械相连，才能让自己的感觉与机器的神经末梢相通。

原来只是想着累、怕着苦，怎么就没有料到这是一场修行？这最基层、最苦累的焊工，正是最基础的技术呢。

半年之后，夏樑终于端正态度，从操作工学起，一步步开始考试。操作工分为四等，还有国家职业资格认证，同样也是四等。

他苦练技术，只用4年时间，便拿到了全部证书。这期间，他还积极参加各种技能比赛。2006年，拿下公司冠军；2007年，再夺基地冠军！

2009年，随着公司规模扩大，车间人员也迎来分流。

当时，摆在夏樑面前有两条路。一是走管理岗位，将来有可能成为车间主任、总经理。二是走技术路线，做一名设备维修工程师，将来的方向是技术权威。从世俗和现实角度看来，前者更为光鲜、体面。

在人生的重要抉择面前，夏樑也曾犹豫。他是党员，深得领导赏识，又善于与人沟通，更熟悉生产管理岗位。按照常理，走管理岗位是他最自然的选择。然而，恍惚间，他又想起了自己的家庭，想起了自己儿时曾经的美好憧憬。

他越发感觉做一个技术奥秘的追寻者更有价值，走得更恒久。德国、英国、美国、日本等先进工业国家的顶尖工匠们，像艺术家、医学家一样，终身受人尊崇……

于是，短暂的考量之后，他坚定地选择了后者！

于是，他更加全身心地投入其中，跟着师傅如饥似渴地学习设备调试，揣摩机运原理，掌握伺服焊枪等高精尖技术。

夏樑，渐渐走进了一个绚烂多彩的技术世界……

## 破解天书

一行行没有注释的代码，外国工程师复杂的眼神，让夏樑陷入重重苦恼。

那是2012年。这年3月，公司从德国引进全新的激光焊接技术。当时，这项技术在国内汽车生产行业里还是一片空白。为了配合这套设备的引进和应用，车间需要安排一名工程师全程跟踪学习，以我为主，掌握核心技术。

夏樑满头愁绪。是继续留在目前领域，还是主动出击挑战新擂台？

激光焊接技术在机器人调试中工艺最复杂，其难度在于用1.5 mm的激光光斑照射1 mm的焊丝，并精确地在焊缝上定位。这项技术的重要参数全部掌握在外国专家手中。

这时候，庄师傅带他走进了车间门口的"机器人工作室"，向他介绍了另一名党员师傅——机器人大师臧俊。

在臧师傅的支持下，夏樑毅然走上前！

但刚刚开始，便遭遇当头棒喝。或许是在谈判时打了擦边球，为了项目服务的持久性，外方在一些方面有所保留。他们将机器人程序打包，重要参数全部加密。外国工程师在现场只负责具体调试，而对与设备相关的内容讳莫如深。

有一次，外方工程师正在调试，只见机械臂在他的操纵下灵巧地发射出激光，在钢板上精准工作。夏樑悄悄走上去。没想到，外方工程师立刻弯下身子，架起双臂，把调试机器人的示教器屏幕挡在胸前。一双蓝色的眼睛紧盯着夏樑，像是在宣示自己的主权。

夏樑一怔，只得悻悻而去。

调试结束后，外方工程师离开现场。夏樑赶紧冲过去，却大失所望——调试代码的注释被删除得干干净净，只剩下一行行仿若天书般的字符。

没有相关注释，我方操作工只能机械操作，却不知原理。焊接车型稍有变化，就只能邀请外国专家专程前来，重新调整焊接参数。而聘请外方工程师的费用按小时计算，一寸光阴一寸金。

夏樑深受刺激。自己技术不过硬，虽然花了大钱，但仍旧受制于人。

怎么办，怎么办？

一行行代码就在眼前，操纵激光的奥秘就在里面。然而，徘徊在大门口，自己没有钥匙。

这是一种诱惑，也是一种挑衅。他苦苦思索之后，把两位师傅请进"机器人工作室"。经过一番讨论交流，他咬牙把解决方案说了出来：用"最笨"方法，"暴力"破解代码。

接下来的无数个日子里，夏樑找来一台机器，输入外方提供的迷乱代码，然后一点一点试错。修改一点，看机器人的运行状态，再修改一点，再看机器人的状态。这千余个参数，有难以计数的组合。像蚂蚁搬家，像愚公移山，他一行行操作，一点点修改，聚精会神地观察和记录着每一点改动带来的细微变化。

大半年过后，夏樑终于理清了代码与机器人行动之间的关系，最终掌握了激光焊接编程调试方法。

外国工程师震惊了，一个技术工人，竟然破解了代码的奥秘。

相对于传统的焊接方式，激光焊接好处多多，不仅能提升车身强度，增加安全性，而且成本更低，焊缝也更加齐整美观。过去，只有高端轿车才会使用激光焊接，而上汽通用的全部车型，从此普及了这项技术。

这一次突破，不仅带来了惊喜，也赢得了尊重。面对夏樑，外方工程师竖起大拇指，伸出了友好的双手。双方像久违的好友一般，在技术世界中言笑晏晏，自由畅谈……

## 奇妙的鲁班锁

夏樑家里，堆满了各种各样的技术书。他的爱好便是琢磨技术。

从学生时代开始，他最喜欢手工画图。艺术家们曼妙的线条让他提不起精神。他更欣赏那种严丝合缝、一丝不苟的机械图纸。平面图上的每一块部件、每一个齿轮，在他脑海里都能跳跃成一台立体的机器。

2017年，车间新引进8台工装切换设备，但设备在运行中总是故障频频，耽误生产。不久以后，一个项目攻关榜张贴在党支部宣传栏，招募有识之士解决问题。

在车间有限的作业区域内，机器人"手中"的工具需要依据情况随时调换，而这就需要可靠的切换系统。

夏樑决心和团队一起拿下这个难题。于是，一项公司级跨业务部门合作的"支部先锋行动"攻坚项目由此而生。

然而，困难远远超过想象。车间里空间有限，怎样才能让新系统既功能多样又安全可靠地在狭小的地方做出道场来？

其中，机器臂与工具之间的连接系统是最大的难关。

国内已有的连接系统大致有两种，但对于夏樑来说，或受制于尺寸，或受制于连接强度，都无法满足实际工作要求。上班时苦思，下班时冥想。晚上睡觉，梦中也是黑云压城。

夏樑6岁的儿子也是一个小小"机械迷"。那一天，孩子收到辅导机构赠送的一个小玩具——鲁班锁。小家伙打开包装，想要把玩具拆开。可这个鲁班锁牢牢地扣在一起，怎么都打不开。孩子着急，哇哇大哭。

夏樑拿起来摆弄了几下，才发现端倪。这个鲁班锁由两块小部件组成，接合部分是两个小钩子。只有以一个特定角度灵巧地旋转进去，才能正好钻到卡座里面，牢牢地锁死，合二为一。

"啪"的一下，鲁班锁打开了，孩子欢呼雀跃。

夏樑的心锁也"咔"的一声轰然洞开。

一套全新的工装更换装置诞生了。全套切换系统从此正常运行。

2018年开始，车间开始酝酿车身运输线的改造。汽车生产大致分为四个步骤。制车钢板首先在冲压车间变成车身部件，然后在车身车间由零变整，焊装成为整体，随后进入涂装车间喷涂上漆，最后在总装车间安装动力总成与内饰，成形出厂。

车身车间是车辆成形的关键。钢板冲压而成的大大小小上百个部件，最终要在运输线上汇成车身与四门两盖，组合焊接成为整体。整个车间的运输线，高低分层，左右互联，像一根弯弯曲曲的盲肠。传统的单线生产，一根线走到底。但为了提升效率，夏樑所在的车间，要同时生产四种车型。这就要求机动线实现一种智能、自动识别车型、可排序的流水作业。只有这样，才能达到整个车间的最佳生产状态。

四个车型同时进行，怎样才能整齐有序，又不会混乱碰撞？这是一个多么复杂的过程啊！而且，留给夏樑的时间也相当紧迫。车间的生产不能耽误，不可能整体停产改造，只能利用半个月一次的零散检修时间。

没有试错时间，必须一次成功！

为了梳理清楚车辆运行排列的循序，夏樑的大脑飞速地运转起来。整个过程，就像自己的左脑与右脑同时下围棋。那一段时间，他仿佛成了一个纯粹的思考者。一步、两步、三步，满脑子都是不同车型的排列顺序、方式。

琢磨，模拟，再琢磨，再模拟。渐渐地，一条条线索慢慢明晰，一脉脉逻辑默默浮现。半年的改造过程中，流水线上的车型，像校场上的士兵，在夏樑的指挥下从容有序，没有发生一起碰撞事故。

就这样，夏樑用不足2000万元人民币的投入，完成了6套庞大的机运系统改造，并预留了同时生产7个车型的通道。

这样复杂的流程改造，在国外，投资最少要2000万美元。

这套系统是全球最先进的柔性化混线生产模式。

## 傲慢不再

2017年，焊装车间引进了一套意大利车架拼装设备。这套设备的核心，是焊接车身的一整套智能化工装夹具。别看这些零碎物件不起眼，却是一个个灵妙无比的千手佛，纵然日夜繁忙，定然纤毫不爽。它们将运输线送来的车身部件牢牢夹紧，然后，手执焊枪的机器人一拥而上，将整体车身焊接成型。

这套设备采用不久，夏樑便发现一个奇怪现象。每当生产线运来不同车型的车身部件时，机器人手执焊枪、一动不动，做愣怔状，约十几秒。

原来，由于车间同时进行多车型生产，相应配套的夹具必须随机更换。这样一来，整个生产线就要暂时停滞，等待夹具到位。

问题，就出在这里！

在一次党员议事会上，夏樑正式提出了这个问题。

是啊，如果一天切换50次，每次耽误10秒，一天就失去500秒。按每60秒生产一部车的话，一天损失接近10辆车。这可是上百万元的损失啊！

夏樑主动拜访意大利专家。

然而，万万没有想到的是，意大利专家傲慢地摇摇头：不，这是标准程序，完全符合设计要求，不能改动。

火辣辣的热望，被兜头泼了一盆冷水。怎么办？自己干！

这部分时间应该怎么节省呢？如果车身部件在运输过来的时候，配套的工装夹具也动起来，问题不就解决了吗？说干就干，他在"机器人工作室"里制作了一个试验台，开始攻关。车身动，夹具动；车身到，夹具到。这个想法在他脑子里不停地重复着，像中了魔法。终于成功！

当车身部件向指定位置移动时，配套的工装夹具也随即行动。两者同时到位后，机器人毫不耽搁地举起焊枪，无缝对接，径直工作。

当夏樑把改进后的系统展示给意大利人时，意大利人终于不再傲慢，而是将这套系统变成了他们的标准。

车间同时生产四五种车型，要解决的不仅仅是车架拼装问题，放置车顶的对中台也是一个大难题。

不同型号的汽车车顶要通过对中台，才能精确定位到车架上，以便焊接。不同的车型，自然需要相对应的对中台。这样一来，在狭小的车间里，四五种车型就需要铺开四五个对中台和配套设备，配备相应的人员。

这样的话，又会出现新问题。如果生产稍有变化，对中台以及配套的设备就要拆除、更换。人力、物力、财力，都是浪费。而且由于空间限制，车间根本无法提供充足的场地。

面对这种情况，一般国外和其他汽车生产厂家的经验是：做一个四五面的翻转台。这个翻转台像一个玲珑的小骰子，需要哪种台面，一声令下，所需台面就会灵巧地翻转上来。然而，这种方案不仅价格高昂，而且在夏樑看来"不可持续发展"。如果将来生产六七个车型，甚至更多呢？

夏樑，又陷入沉思。

当时，科幻电影《变形金刚》正在上映，电影中机械美学的艺术化表达、新奇的科技感与未来感，令夏樑如痴如醉。在惊叹于编剧巧妙构思、画面新奇震撼的同时，他猛然想到，其中的主人公随形切换、变化万千，为什么台子就不能变呢？

灵光乍现，如果把对中台做成可变支撑点，只要支撑点可以变化，一个平面不就可以同时支撑多种尺寸的车顶吗？

夏樑愁烦心，瞬间亮堂堂！他立即投入设计制造中。

在这中间，可变支撑点的重复精度是难点。不同的车顶到来之后，支撑点就要进行相应变化。而这种反复的变化，最考验支撑点移动的重复精度——在大量的移动之后，支撑点是否还能保持在最精确的位置？

这就用到了日本进口的伺服电缸控制器。这是日本公司的最新设备，虽然定位精度极高，但试验过程中负载能力却达不到应用要求，指示灯屡屡报警。

夏樑十分纳闷，难道是自己的设计过于理想化？反复试验之后，他感觉问题可能出在设备的参数设置上。于是，他力邀日方工程师前来现场。日方工程师却说，我们的产品出场之前反复调试，不会有问题。

现场试验，故障报警灯再次亮起。

夏樑非常认真地与日方人员说，我进一步判断，症结应该就在于推进斜率的误差。请把我们的控制器打包带回你们试验室，进行确认。

一个多月之后，最新调试过的伺服电缸控制器运回来了。

在事实面前，日方终于承认错误。

中国工匠，让他们不得不佩服！

夏樑在此基础上继续拓展，设计了一个11轴伺服联动系统。这个系统可以支持同时生产五个车型，且可以无限拓展。目前，这项技术已经申请国家专利。

## 已经做到

2019年，夏樑荣膺"上海工匠"称号。

现在，整个上汽通用的车身车间已经全部实现机器人化，形成了一个完整的智能生产线。其中经过了十几项大改革、一百多项小改革。车间人员呢，也从夏樑刚入职时的1000多人，减至不足300人。他们大都在后台进行监管与维控。整个生产现场，几乎不见人影，全是机器人挥舞着各种各样的工具，在不知疲倦地、精准地劳动着。

机器人可知道，这个智能生产线的完成，仰仗于"党员先锋行动"支持下的夏樑团队？

社会的大树需要美艳的花朵，更需要朴实的主干。缺少花朵，这个时代可能会缺少浪漫、不够香软。而缺少躯干，这个世界会一派混乱、坍塌沦陷。

所以，我们要清楚，支撑国家稳定和发展的定海神针，是什么？正是一项项创新争优的科学技术，正是一批批领先世界的中国制造，正是一个个身怀绝技的中国工匠，为这个国家创造着丰厚的物质基础，才有了民族的强盛、城市的繁荣，才有了我们生活的便捷和幸福，才有了大地的丰收，才有了丰收大地里的花花草草，才有了花花草草里蛐蛐的吟唱、蝴蝶的蹁跹……

在我采访的前几天，由国家人社部授权、全国机械行业协会主办的全国首届车身焊装（智能焊装）大赛在广州举行，夏樑被邀请出任技术委员会副主任兼命题组组长。

夏樑说，自己的理想是成为一名汽车车身自动化生产方面的国家级专家。

其实，他已经做到了！

## 作者简介

李春雷，河北省作家协会副主席，中国报告文学学会副会长。主要作品有散文集《那一年，我十八岁》，长篇报告文学《钢铁是这样炼成的》《宝山》等21部，中短篇报告文学《木棉花开》《夜宿棚花村》《朋友——习近平与贾大山交往纪事》等200余篇。曾获鲁迅文学奖、全国"五个一工程"奖、徐迟报告文学奖等，被中宣部确定为文化名家暨全国"四个一批"人才。

# 百年梦想

浦东史诗

为什么是深圳

山海闽东

『北斗』璀璨

# 浦东史诗

何建明

> **编选导语**
>
> 本篇作品节选自何建明长篇报告文学《浦东史诗》（上海文艺出版社 2018 年出版）。上海浦东 30 年波澜壮阔、气韵生动的开发开放，成就了一个伟大的传奇。浦东的传奇是人民创造的传奇，是上海的，也是中国的。在这一段大历史中，充满了创造者的故事性，乃至戏剧性、传奇性。其中有亢奋，也有低沉；有欢笑，也有眼泪；有钢筋水泥，更有大爱情怀。浦东发展本身就是一部气势恢宏的史诗长卷，《浦东史诗》恰与"史诗浦东"相适配，作品再现了浦东开发开放的重大历史进程，书写了它的艰难曲折和辉煌成就，凸显了创造这段非凡历史的各类人物形象及其精神风范。《浦东史诗》是历史之史，也有文学之诗，史与诗相得相成，使之成为致敬史诗浦东的一种合适的方式。作品入选中宣部 2018 年"优秀现实题材文学出版工程"。

### 一锤定音：邓小平手中的"王牌"

时间推至 1990 年春节。上海西郊宾馆。节前的半个多月，工作人员们私下里又在悄悄议论：北京的首长又要来这儿过春节了！兴奋之余是紧张而忙碌的准备。

这年之前，1988、1989年，邓小平连续两年在上海过春节。1990年是第三次，然而与前两个春节相比，老人家这一年在上海过春节，对上海人来说，大家都希望他好好休息一阵子，何况在这前两个月，邓小平在北京是正式宣布了退休的。

然而机会难得，该请求汇报的事不能不做嘛！机会失去不会再来呀！朱镕基等市委、市府领导们商量认为。但选择何时适合向邓小平同志汇报和请示呢？

机会来了：国家主席杨尚昆晚于邓小平两天来到上海视察。朱镕基自然要先向杨尚昆主席汇报上海面上的情况。但这并没有涉及浦东开发这件要紧的大事。

"黄菊同志，通知常委和几位老领导，今晚吃完饭开个碰头会。"朱镕基对黄菊说。

"好的。"

黄菊让办公厅工作人员迅速通知有关领导。晚上的会议就一件事：商议如何向邓小平、杨尚昆汇报浦东开发的事。最后大家一致推荐市委老书记陈国栋先给杨昆尚汇报，争取得到杨主席的支持，再进而得到邓小平的支持。

"方略"是这样定的。陈国栋书记资格老，又是解放前后跟杨、邓首长们比较熟悉，由他去请示汇报最合适。

"没说的。为了浦东和上海的事，我跟两位老领导去磨……"老将陈国栋表示。

陈国栋来到宾馆，看到门口"西郊宾馆"四个大字，便想起了自己1980年刚到上海时做的一件事，即把原来这个叫"414"的市委招待所改成对外开放的宾馆经过。这事就是邓小平的主张。

1979年夏天，邓小平从安徽黄山下来，到了上海，就住在当时的市委招待所"414"一号楼。"414"作为对外的代号，是专门负责接待中央领导和重要客人的市委招待所。这年夏天，邓小平在此住了10天。每天早上，早起的邓小平爱在花园里散步。那清晨的气息，鸟儿"喳喳"地啼鸣，盛开的鲜花香喷喷的，邓小平十分喜欢。但他一边欣赏风景，一边在思考着什么。一日，他把招待所的管理处长找来，问："这么大的一个院

浦东史诗 269

子，一千多亩吧？就我们几个老头子在这儿住住，太浪费了？"

"您的意思是——？"

"我看应该对外开放，让外国人来住，收取外汇，支援四化建设……"邓小平说。

这在当时可是大事啊！专门给自己国家的领导人住的"招待所"要让外国人住，且目的是为了赚"外汇"。管理处处长赶紧向上海市府领导汇报。还未等上海市的领导反应过来，邓小平见了上海几个领导来"414"汇报工作时便说："我这次来'414'住了十来天，天天都在谈生意经。这么大的花园别墅，给外国人住，可以收入外汇嘛！"转头，他又叮嘱道："我给你们半年时间准备。半年以后，'414'对外开放！"

邓小平是说到做到的人，他是要检查落实结果的。半年后，也就是陈国栋到上海出任市委第一书记，自然他对"414"改成现在的"西郊宾馆"前因后果十分了解。作为继任者，落实邓小平的要求，是他的一份责任。

想到此处，陈国栋的心里不由感叹一声：小平同志一向特别关心改革开放，像一个宾馆这样的事他都放在心上，何况上海浦东开发这样的大事。于是，身为退休五载的"老兵"，陈国栋信心满满地走进杨尚昆主席住的楼里……

结果比预想的还要好。杨尚昆听完陈国栋关于浦东开发的所有思考与准备及推进情况后，说：这件事非常好。回头我去对小平同志说。

很快，杨尚昆到了邓小平那儿。两位作为平息"北京政治风波"的战友与最高决策者，对浦东开发意见完全一致，而且邓小平态度非常鲜明："'开发浦东'还应加上'开放'两字。"

关于1990年邓小平对"浦东开发"的意见，作为亲历者的汪道涵有这样一段回忆：

> 那几年，大概从1984年开始，每次小平同志到上海来，我们都得到一个机会，向他老人家来反映"上海向何处去"的问题。当时上海市委的陈国栋、胡立教，上海市政府的我和韩哲一，我们就经常在研究"上海向何处"？我们从1983年、1984年就开始提出来要开发浦东，我们是从整个上海的浦东来考虑的。结果到了1990年春天，小平同志到上海，我们把这个意见反映给小平同志。小平同志说这是个好

事,他说这个事情早该如此了。他当时有一句话,他说:"可惜,迟了五年了。"

关于邓小平说浦东开发开放"迟了五年"有许多解释的"读本":一则说邓小平自己"检讨",检讨他当时在给南边的小渔村深圳那里"画一个圈"的时候,应该也给上海东边的浦东"画个大圈",在上海也搞个"特区",这样中国的改革开放和经济发展可能会比原来要好得多。这话似乎有道理。但上海人认为,上海跟深圳不一样,上海是中国经济的"重头戏""桥头堡",六分之一的财政在这里,"特区试验"不能简单地把如此体量的中国第一大城市放在风口浪尖上"试验"。所以说小平同志的"迟了五年"虽然有一种悔意在其中,但更多的是对"摸着石头过河"的经验有一种更清醒的认识与调整。正是这份清醒的认识和调整,让他更坚定了只有改革开放才是中国的真正出路决心。如果改革力度大了,中国经济发展更快了,人民生活提高了,西方世界想撼动中国社会主义和共产党的政权就更难了。这是多数人理解邓小平为什么说"迟了五年"的第二个"版本"。

迟了并不要紧,上海的基础好,你们的人才多。长江三角洲自然条件好,交通方便。要发挥这些优势,带动区域经济,从而带动和辐射到全国的大发展。邓小平对上海始终抱有极大的希望。

春节的日子一晃而过。2月13日,邓小平要回京了。从宾馆到火车站有一段路需要汽车送。朱镕基、黄菊、王力平等市里的领导送行。据市委副书记王力平回忆:在汽车上,邓小平和卓琳(邓小平夫人)坐在第一排,毛毛(邓小平女儿)和朱镕基坐在第二排。途中,邓小平转过身来,很严肃地跟朱镕基说:"你们提出来开发浦东,我赞成。"

朱镕基大喜,向邓小平拱手致谢。

送上火车后,临别时,邓小平握住朱镕基的手,又一次重复道:"你们开发浦东,我赞成!"

关于在火车上,邓小平与朱镕基的对话,在《朱镕基上海讲话实录》一书中朱镕基自己有翔实的记载:

> 我送小平同志走时,在车上他的几句话对我们鼓舞很大。他说:

浦东史诗 271

"我一直就主张胆子要放大。这十年以来，我就是一直在那里鼓吹要开放，要胆子大一点，没有什么可怕的，没有什么了不起的。因此，我是赞成你们浦东开发的。"另一句话说："你们搞晚了，搞晚了。"马上，下面一句话又说："现在搞也快，上海人的脑袋瓜子灵光。"他还说："肯定比广东要快。"

小平同志又说："你们要多向江泽民同志吹风。"我和小平同志讲："泽民同志是从上海去北京的呀！我们不便和他多讲。"

据说，邓小平当时答应："那就我来讲嘛！"

据熟悉邓小平的人和他家人介绍，邓小平从来说话不多，但每说一句话，分量就很重。对"浦东开发"这事，短短几天里，他连续说了几次"我赞成"，可见他的内心是多么看重、看准这事。

朱镕基和上海人把邓小平对"开发浦东"的意志和决心牢牢地记在心上。

回到北京的邓小平，为了浦东的事，真是一而再、再而三地跟当时的中央主要领导反复强调"浦东开发"这事。1990年2月17日，也就是邓小平回到北京的三天后，那天在人民大会堂，他和中央领导一起接见香港基本法起草委员会成员。接见之前的福建厅里，江泽民、李鹏同志恭候邓小平的到来。当时的情形，邓小平的警卫秘书张宝忠有回忆：

> 小平同志进了福建厅以后，没有说别的话，就说上海啊，浦东要抓紧开发。在第一批考虑开发沿海城市，他说没有把上海放进去，这是我的一大失误。为什么呢？说当时考虑沿海城市主要有香港这个背景。考虑到沿海城市有这个背景，觉得沿海发展可以带动珠江三角洲。他说上海，是一个有工业基础的城市，有科技基础，科学技术，有科技人员，上海工人阶级是牵头羊。上海开发搞好了，不但带动长江三角洲，还可以带动内地。说这个要赶快抓紧时间开发浦东。而且风趣地说，江泽民同志也在，这个话呀，江泽民同志不好讲，我替他讲了。江泽民同志就笑了，并且说："我们一定抓紧办、抓紧开发。"

上下沟通已毕，上海市于2月26日正式向中央提交《关于开发浦东的请求》。这看起来已是万事大吉了，但邓小平仍然生怕拖延和耽搁，3月3日这一天，邀来总书记江泽民、总理李鹏到他家，就当时的国内、国际形势进行了长时间的谈话，而谈话中用了很长篇幅讲到了浦东开发开放问题。

对这次谈话，李鹏回忆道："他说上海有它独特的优势，工业中心、技术上有优势，特别讲人才的优势，我们把它加以很好的开发的话，这将是促进中国发展的一条捷径。我特别记得他讲的，这是一条捷径，发展中国经济的一条捷径。他还谦虚地说，当年我们搞深圳、珠海四个经济特区，现在看来很后悔，没有当时把上海放进去，晚了十年，这个责任在我。他很谦虚的。我们听了以后非常感动。后来从小平同志那里出来，泽民同志就和我商量，一个要抓好这件事情，另外也考虑到当时的情况，就是全国不少的城市都要求提出成立特区，如果特区太多了那就不特了。那么我们商定，浦东不叫特区，而叫浦东新区。我认为3月3日，1990年3月3日是浦东开发的关键的一次谈话。"

李鹏的回忆，准确无误地记述了邓小平对浦东开发所作的决定性决策。那个时候国内国际的政治形势尚处在对我极为不利的情况下，邓小平与江泽民、李鹏谈话中，特别强调了如何化解对我不利的形势，他说："比如抓上海，就算是一个大措施。上海是我们的王牌，把上海搞起来是一条捷径。"后来又把聚焦点集中到了"浦东开发开放"这张具体的"王牌"上。

邓小平以卓越的政治家远见，以扭转乾坤之势，一锤定音，将"浦东开发开放"的王牌抛出，顿时令世界为之一震，从而让中国迅速摆脱了国内外的困境，重新走上了大发展的轨道。

美国《洛杉矶时报》有报道说：

> 一个不愿透露身份的西方国家驻沪外交人员表示，他相信浦东的重要性在于，这是有史以来第一次中央政府打算在本国具有工业中心地位的城市引进大规模的境外投资专区。
>
> 该外交人员接着又说，他并不认同近来那些关于浦东开发只是一套为向世界展示改革者形象的空话的言论。他说："我认为这不是编造了用来安抚外国人或者让外国人相信中国对于继续对外开放是认真

的。"（见 1990 年 9 月 11 日《洛杉矶时报》）

在邓小平的推动下，中央对浦东开发开放的决策和行动立即"提速"——

3 月 28 日，时任中共中央政治局常委、国务院副总理的姚依林受江泽民、李鹏委托，率领国务院特区办、国家计委、财政部、中国人民银行、经贸部、商业部、中国银行等负责人来到上海，进行专题调研与论证。

其实在姚依林带团来上海的前两天——2 月 26 日，另一位常委乔石也在上海。朱镕基在向乔石汇报时，谈到"浦东开发"这事上，讲了邓小平这年春节期间如何说的话。乔石回到北京后的 2 月 17 日在人民大会堂跟江泽民、李鹏见面谈了几句浦东开发问题后，李鹏就让国务院副秘书长兼国务院特区办公室主任何椿林给朱镕基打了电话。何椿林问朱镕基，你有没有个东西？朱镕基一时语塞，问：啥东西？何椿林笑了，说：请求报告呀！你要中央批准浦东开发，得有个这样的东西吧？朱镕基马上反应过来，连忙说：我们的报告讨论两三个月了，但总是不太满意。朱镕基说，你如果要催的话，今天晚上我就加班给你送去。

"当天晚上就改好了，第二天就送去了。"《朱镕基上海谈话实录》里有这事的记载。朱镕基见乔石的那天，他以十分恳切的心情，跟乔石说："我们现在希望增强中央决心的力量，批准我们这个报告。我们保证鞠躬尽瘁，死而后已，为全局做贡献，让上海真正在全国一盘棋中做出他应有的贡献。我们有这个决心。"朱镕基语气异常凝重地说："虽然我年纪已经大了，但我们这一班人年龄都是比较年轻的，方兴未艾，精力都很充沛。我相信在老同志的帮助下，还是能把这件事情办好的。"其对开发浦东的恳切之情和其个人为国担当之心，昭然可见。

送走乔石，又迎姚依林等几十人的"论证"大员们，朱镕基、黄菊等上海市领导及相关部门可谓"全体行动"。姚依林一行的调研和论证也是极其认真严肃，方方面面、左右前后、历史未来、国内国外等等因素，皆在考察调研之中。而上海方面的汇报，光朱镕基亲自出面的就有三次，每一次都是在中央面前"考试"。最后的结果是：上海浦东开发开放，如邓小平所言，完全可以，完全应该，机不可失，时不再来！

北京方面的动作以雷霆之势在加速推进，而上海则希望在适当的时机向外正式宣布"浦东开发开放"一事。什么时候？上海市府一排表：4月14日至18日，李鹏总理要到上海视察。朱镕基等当机立断，请示中央：能否在这个时间点上请李鹏总理在上海时宣布此事？

北京方面同意。

这就有了下面的快节奏：3月28日至4月8日，姚依林一行的论证调研团进驻上海；

9日，姚依林一行风尘仆仆回京后，迅速向李鹏总理汇报。

10日，国务院召开常务会议，研究讨论姚依林带回的专题报告，并对开发开放浦东中的若干问题进行了一一研究。

12日，江泽民主持政治局会议，原则上同意国务院提交的浦东开发开放方案。

14日，李鹏开始上海考察之行。在18日最后一天参加上海大众汽车有限公司成立5周年的庆祝大会上，他庄严地向全世界宣布：

中共中央、国务院同意上海市加快浦东地区的开发，在浦东实行经济技术开发区和某些经济特区的政策。

李鹏特别强调，这是我们为深入改革、扩大开放作的一个重大部署。对于上海和全国都是一件具有重要战略意义的大事。

"王牌"甩出，世界震动。

"中国改革开放没有倒退。"

"被困沙滩的东方巨龙将重新腾起……"

"邓小平领导的共产党政权没有受损，依然牢牢控制着这个世界上人口最多的国家。"

一时间，上海和浦东成为一个世界话题。

## 伟人也激情

许多人一直认为邓小平是个说话极少、非常严谨的领袖。他虽说话不多，但每一句话，一旦出口，常常地动山摇。事实上，邓小平还是一个充满激情的人，他的激情常涌动在他对祖国和人民的深情厚谊之中……而我发现，邓小平在对所有的中国城市中，唯独对上海的情意最深。1994年之前，有9个春节，邓小平是在上海度过的，仅此一点，足见他对上海的感情。

1994 年是小平最后一次在上海过春节，那年他 90 岁。三年之后的 2 月，他与世长辞。而在他能够"走动"的最后一个春节里，他在上海，听市领导介绍新上海、介绍浦东发展的景象时，有三句话，说得那么动情、那么浪漫——亲爱的上海人，你们知道和懂得吗？

他说：你们上海的工作做得实在好！

他说：你们要抓住二十世纪的尾巴，这是最后一次机遇！

他说：上海和浦东要"一年一变样，三年大变样"！

从一个政治家的口中，从一位年已 90 岁高龄的老人口中说出这样的话，难道不够激情、不够浪漫吗？我见过多位了不起的诗人，他们在青壮年时，每每激情燃烧般豪气冲天，口若悬河，恨不得随时随地要把整个世界都燃烧起来。可当他们晚年时，通常连一句完整的话都说不上来，更不用说"出口成章""诗意连绵"。然而邓小平从不作诗，但在遇见上海、遇见浦东时，他老人家总也忍不住激情澎湃、心潮起伏。

我听南浦大桥、杨浦大桥的建设总指挥朱志豪先生讲过邓小平三次的"桥上激情"：

第一次是 1991 年 2 月 18 日。那时南浦大桥西段刚建好，浦东段才刚刚开始。邓小平来到大桥，他站在浦西往浦东方向深情地望了许久。当现场工作人员请他题写大桥名字时，他欣然应允。然后他认真地问：这是不是世界上最大的桥？当听说"不是"时，他不再说话了。

第二次也是在南浦大桥上，时间为 1992 年 2 月 7 日。那时南浦大桥已经建成，邓小平乘坐的汽车在主桥上停下后，他便走到桥面。当时朱志豪紧靠着邓小平，陪他往桥中央走。一行人，迎面见到的是高高悬嵌在头顶的由邓小平题写的"南浦大桥"四个字。朱志豪告诉邓小平：上面的每个字有 14 平方米大呢！邓小平笑了。朱志豪又说，您现在站的桥面离黄浦江江面有 58 米。邓小平的脚步就停顿了一下，往江面看了一眼，然后又笑了。

"这座桥是不是世界第一啊？"突然，邓小平又问了。

当听到"不是第一"时，邓小平的脚步就很快站住了，他深情地朝浦东方向凝视了几眼，又不说话了。

第三次是 1993 年 12 月 13 日，邓小平再次登上大桥。这回他登上的是杨浦大桥。那天风特大，还下着细雨，气温只有 0 度。这一年，邓小平已

89 岁高龄。

领导本想就让朱志豪在车上向邓小平汇报，哪知小平同志拒绝好意，坚持下车并在桥面上冒雨走了几十米。

又是朱志豪陪在其身边，朱志豪再次指着头顶上的"杨浦大桥"四个大字，说：您题的这几个字，每个字也是 14 平方米那么大。

邓小平抬头瞅了一眼，还是笑眯眯的。

朱志豪说：您现在站着的地方离江面 62 米了。杨浦大桥比南浦大桥更高，规模要比南浦大桥大 42%。

邓小平马上问：这是世界第一大桥吗？

朱志豪回答：是世界第一大桥！

邓小平立即握住朱志豪的手，"握得紧紧，非常激动地说：'要感谢参加大桥建设的工程技术干部，感谢参加大桥建设的职工。这是上海工人阶级的胜利！'"朱志豪这样回忆。

这一天邓小平确实"非常激动"，他在往大桥的桥面走时，竟然一边走一边吟道："喜看今日路，胜读百年书。"

"爸爸从来不作诗，今天怎么诗兴大发？"身边的女儿邓楠惊喜万分，问道。

不想，邓小平回头对陪同他的吴邦国等上海市委的同志说："这是出自我内心的话。"

年逾九旬老人，如此诗兴，谁能说他不是满怀激情与浪漫的？我们应该知道：文学家的激情与浪漫，体现在语言和文字之中，而政治家的激情与浪漫，则是那种惊天动地、力挽狂澜的时代风云中的战地凯歌——

> 一个幽灵，共产主义的幽灵，在欧洲游荡。为了对这个幽灵进行神圣的围剿，旧欧洲的一切势力，教皇和沙皇、梅特涅和基佐、法国的激进派和德国的警察，都联合起来了。有哪一个反对党不被它的当政的敌人骂为共产党呢？又有哪一个反对党不拿共产主义这个罪名去回敬更进步的反对党人和自己的反动敌人呢？
> 
> 从这一事实中可以得出两个结论：共产主义已经被欧洲的一切势力公认为一种势力；
> 
> 现在是共产党人向全世界公开说明自己的观点、自己的目的、自

浦东史诗 277

己的意图并且拿党自己的宣言来反驳关于共产主义幽灵的神话的时候了。

……

它首先生产的是它自身的掘墓人。资产阶级的灭亡和无产阶级的胜利是同样不可避免的。

——这是马克思、恩格斯在《共产党宣言》中的激情文字。

"我们的任务是艰难的,我们会碰到很多多余的和有害的因素,但工作已经开始,如果我们也犯错误,那么不应该忘记,每个错误都是有教益的。资本主义是一种国际的力量,因此,只有不是一个国家而是一切国家取得胜利,才能把它彻底消灭。反对捷克斯洛伐克军团的战争,是反对全世界资本家的战争。工人们都在起来进行这一斗争;彼得格勒和莫斯科的工人参加了军队,同时,为社会主义胜利而斗争的思想也渗入了军队。无产阶级群众保证苏维埃共和国能够战胜捷克斯洛伐克军队,能够支持到世界社会主义革命的爆发……"

——这是列宁无数次脱稿演说中的其中一次演说的部分内容。列宁的演说,每一次都比艺术家的表演还要吸引人、激动人。俄罗斯革命某种意义上讲,就是从他的演讲开始的,因为列宁的演讲本身就是一种革命的激情动员。

——关于毛泽东的激情和浪漫我们中国人最了解,他的诗可以"上天揽月""下海捉鳖",他的一声"新中国如磅礴升起的太阳",四万万被压迫的中国人便从此屹立在东方……

邓小平的个性语言与上述领袖有很大差异,然而他们的伟大胸怀和对世界风云所怀揣的激情是一致的,他们对未来的理想与追求,同样充满浪漫情怀与激情。

当坐完日本高速铁路、看完新加坡工业园区、目睹太平洋西海岸的信息革命浪潮后,邓小平回到自己落后的祖国时,便以诗人般喷射出的激情语言,为我们指引了一个方向:发展是硬道理!

一句"发展是硬道理",比一百首歌、一千首诗要来得更激情、更直接、更浪漫。它告诉十几亿人民：要想过上与西方国家的富人同样诗情画意的生活，我们就必须靠一代人、几代人的努力奋斗，靠咬定"发展"二字毫不动摇地往前走的坚定信仰与恒心！

上海人和浦东人最懂得和知晓邓小平的激情与浪漫——

第一只股票在上海诞生，他支持；

第一块土地批租在上海出现，他赞赏；

第一家外资银行在上海立足，他点头；

第一个自贸区在上海成立，他更是高兴又称道……

1992年的寒冬刚过，邓小平就从北京南下，开始了他著名的历时四十多天的"视察南方"。在此期间他发表的一系列讲话被载入党史，称为"视察南方重要讲话"。许多人以为邓小平的此次"视察南方"多数时间在广东的深圳、珠海等地，其实待的时间最长的仍然是上海。自1月31日抵达上海算起，到2月20日离开，整整21天。而且在上海的时间里，88岁高龄的邓小平，几乎是马不停蹄地在一路看、一路发表重要讲话，阐述对当时政治、经济、国际形势，包括上海、浦东发展的一系列政治观点和远见卓识。

在邓小平离开上海后的1992年春天之后的岁月，上海，尤其是浦东，如春风沐浴，阳光普照，万物苏醒，到处生机勃勃，所呈现的发展速度、现场的劳动景象，至今令上海人自己都难以忘怀……

"那些年里，我们最多时有3000多个工地同时在开工！3000多个工地哪，你想想就会激动起来！"

"那时我们的工地上，每昼夜消耗的建筑材料高达10万吨！10万吨哪，每天如此！就算一年吧，365个10万吨，如果垒起来，会不会比珠峰还要高呀？"

"你们上海的市鸟应改叫仙鹤，因为吊车与它是一个音。你们上海浦东的吊车是全世界最多的地方……"瞧，包括联合国秘书长在内的各界人士，都在以不同的眼光和视角描绘和形容那时、那年的浦东……

于是，那个时候也就有了"八十年代看深圳""九十年代看浦东"的社会流行语。

真正的浦东时代，是从这个时候开始的。

真正的浦东大建设、大发展、大美丽，是在这个时候呈现的。

### 作者简介

何建明，中国作家协会原副主席，第三届中国报告文学学会会长，中国作家协会报告文学委员会主任。21世纪以来中国报告文学的主要领军人物，曾三次获得鲁迅文学奖，六次获得中宣部"五个一工程"奖，多次获得"徐迟报告文学奖"。代表作有《那山，那水》《浦东史诗》《忠诚与背叛》《部长与国家》《山神》《落泪是金》《中国高考报告》等。10多部作品改编成电影电视，作品被译介到10多个国家。

# 为什么是深圳

陈启文

**编选导语**

本篇作品节选自《为什么是深圳》（海天出版社2020年出版）。2020年深圳特区成立40周年。从一个南海边上的小渔村，一个内地人逃港不堪回首之地，变成一个与北上广并列的一线特大城市，一个具有重要全球影响力的国际化城市，这是一个世界城市史上的奇迹。这样的奇迹值得报告文学作家大书特书。陈启文的《为什么是深圳》是献给深圳特区成立40周年的文学大礼。作品的定题精妙，以作者个人的观察感受和深入思考，以报告文学的方式，真实生动并且富有说服力地揭示了隐藏在传奇深圳内里的密码，诠释了深圳发展中的深圳之路和中国之道。作品入选中宣部2020年主题出版重点出版物。

## 从一个春天到另一个春天

对于深圳，那一年的春天仿佛在歌曲《春天的故事》中发生，"1979年，那是一个春天，有一位老人在中国的南海边画了一个圈……"

在汹涌澎湃的春潮中，一位老人以划时代的激情，将一个处于中国南方边缘的边陲县推向改革开放的最前沿。

这年春天（1979年1月），国务院批准在深圳蛇口建立中国内地第一个出口加工区，这也是中国第一个外向型经济开发区。又是一个破天荒。

十月怀胎，一朝分娩。1980年8月26日，这是一个早已从日历上撕掉的日子，但也有不少有心人保存了这张日历。这一天，经第五届全国人民代表大会常务委员会第十五次会议审议通过，正式批准设立深圳经济特区。这一天被世人称为"深圳生日"，但严格地说，这是深圳经济特区的生日。

在某种意义上说，蛇口提前打响的第一声开山炮，也是深圳打响的第一声开山炮。随着深圳经济特区的诞生，大规模的开发立即全面铺开，中央军委调遣了两万多名基建工程兵支援特区建设，来自五湖四海的数十万建设者也如潮水般奔向深圳，都是特区建设的"开荒牛"。

1982年夏天，我穿着那个年代流行的海魂衫，几乎是义无反顾地奔向了深圳。我来了，赶海来了！那时我才二十出头，在内地已有一份安稳的职业，我来这里不是为生存所迫，而是想要换一种活法。人到了特区，心也跳得快些。这是真的。这是一个热烈的世界，那是一种实实在在的热，海风滚烫而凶狠，而海浪的拍击也是可以产生大量的热能的。我还不太适应被大海反射过来的灿烂阳光，一直眯缝着两眼，让我突然觉得自己走错了地方。那时的深圳还是一座被农村包围的城市，整个特区就像一个巨大的建筑工地，到处都是工棚、脚手架和搅拌机。一条条刚从泥土里平整出来的路面马上就挤满了人，扑上来的灰土落在身上，让我脚步沉重。和我走在同一条路上的，还有成群结队蜂拥而来的农民工，他们都忙着把自己往离大海最近的地方搬运。蛇皮袋，搪瓷缸，塑料皮捆着的被窝卷儿，这是当年所有农民工的共同特征。他们身上的每一样东西都特别经得起摔打，经得起折腾。和这些人拥挤在同一条路上，我感到非常偶然，又十分茫然，甚至有种被裹挟进来的感觉。在这里，他们不愁找不到事做。一个乡下汉子，刚刚放下身上的蛇皮袋子，立马就能在这里找到一个什么活路干干。他们在路边搭个简易窝棚，立马就能开铺睡觉，生火做饭。在大锅里炒菜的不是锅铲，而是挖土的铁锹。他们是那样按捺不住，他们浑身充满了力量，随时都可以爆发出来。

追踪深圳经济特区之路，首先就要从"深圳第一路"——深南大道开始。在建市之初，深圳还没有一条像样的马路，碎石路面在烈日下尘土飞扬，深圳派人去香港招商，好不容易招来了几个港商，可刚一跨过罗湖桥，这些西装革履的港商就被灰尘呛得咳嗽不止，连眼泪都呛出来了。为了不把这些港商"呛回去"，深圳市政府痛下决心，决定修通一条横贯市区东西的主干道。1979年7月，第一支踏上深圳土地的陆丰建筑第六施工队承接了开路工程，这支由农民工组成的县级建筑工程队，在深圳城市街道拓荒史上写出了艰辛惨淡的第一笔。这筑路工地没有路，施工设备非常简陋，成千上万的土石方只能靠人力用板车推的推、拉的拉。我来这里时，很多路段还没来得及浇上柏油。而说到浇油，如果不是亲眼所见，像我这样一个文人还真是难以想象，工程队连洒油机也没有，他们用铁皮焊了个二十多斤的土漏斗，让两位身板好的汉子用手臂举得直直地操作。那刚刚浇上的沥青被烈日烤得黏黏糊糊的，连修路的民工一个个看上去也是黏黏糊糊的，就像刚从柏油桶里钻出来的，脑门子上、脸上、臂膀上、背脊上，一片焦糊，流淌着污黑的汗水，散发出污黑的气味。一位洒油工换班时想把胶鞋脱下来，却怎么也脱不下了，那沥青把胶鞋给烫熔了，把裤子也黏住了。

在这条路上，我认识了一个叫锁链的农民工。这无疑是个土得掉渣的名字。他说这个名字好，娘说，锁链啊，能锁住命，链住金。这小伙子来深圳已经两年了，每天负责看守一只熬沥青的大锅，一天十多个小时，他所有的动作，所干的一切，就是围绕着大锅煎熬自己的生命。我尽量站得离那口大铁锅远点，但弥散在周围的还是那股浓烈刺鼻的沥青味。他张大嘴巴喘气时，我看见他的舌头和喉咙都是黑的。他渴了，端起一个老大的搪瓷缸，把一大缸水直接灌进了火辣辣的嗓子眼里。一个生命可以在两年的时间里每天面对这样一口灼烫的、呛鼻的大锅，这口锅对于他与其说是一种工具，不如说早已从工具变成了一种坚守。然而，这只是我一个文人的感觉。这小伙子的想法其实很简单，非常简单，在这里多赚点钱，回家，盖房子，娶媳妇，生娃。他那种乡下的方言很难懂，但我听懂了。这个小伙子我后来一直没忘，他成了我记忆中与一座城市连接在一起的一个形象。在深圳经济特区拓荒时最需要的就是这种一下就能把自己豁出去，舍命地在这里大干一场的人。这是他们的活路，几乎所有的农民工都把干活叫活路。

1980年，在深圳经济特区建立前夕，深南大道从蔡屋围到当时上步工业区的第一段路终于修通了，全长只有两公里余，七米宽，仅够两辆车来回并行。这样一条路实在称不上是大道，但在当时已是深圳市最长最好的路了，这条路也算是献给深圳经济特区的奠基礼。随后，这条路又开始扩展和延伸，直到1987年春节前，深圳市把广深铁路用高架桥托起，才将这条路修通了近七公里长，将路幅拓宽到五十米。这条深南大道才是名副其实的大道了，被深圳人自豪地称作"十里长街"。然而在拓展的过程中，这条路几乎是在一路的争议中不断推进的。有人质问，修条马路为什么要搞这么宽？有人痛骂，简直是败家子，老百姓的血汗钱都给败光了！诚实地说，那时这路上跑来跑去的也确实没有几辆车。然而，你不能只看眼前，没过多久，那些质问的、痛骂的人又换了一种方式：这马路怎么修得这么窄、这么短？怎么就那么鼠目寸光！

遭受质问和痛骂的还有当时的"深圳第一高楼"——深圳国际贸易中心大厦，多被世人简称为国贸大厦。国贸大厦借鉴香港的招投标制度，在国内首次公开招标设计方案，第一个大范围采用世界一流的建筑安全设施。大厦开始招标设计为三十八层，很多人就质问，盖这么高的楼有必要吗？后来，国贸大厦的设计又调整到五十三层，高达一百六十米。质疑的声音就更多了：这楼到底要盖多高？难道想要捅破天？这人可不能心比天高啊！

站在当时，你又不能不说这样的质问有它的道理。那时，中国内地最高的大楼也只有三十多层，而国贸大厦附近最高的建筑为深圳宾馆，只有四层。就在这些质问和争议声中，国贸大厦于1982年在罗湖中心城区破土动工了。这座大厦的总设计师朱振辉毕业于哈工大土木建筑系，曾任中南建筑设计院院长、深圳市城市规划设计研究院院长，堪称当时深圳最优秀的建筑设计师之一。它的主体工程由中建三局一公司承建。无论是设计者还是承建者，他们都在创造当时的"中国第一"。这是中国建筑史上第一栋超高层建筑，在很多方面都无章可循。无论是在设计上还是在建设中，无论是在管理上还是在技术上，很多都是开国内先例。在建设过程中，中建三局竟然创造了三天盖一层楼的惊人速度，这一速度创造了中国建筑史上的新纪录，居当时世界领先地位。这也是被传为神话般的"深圳速度"。许多人都把"深圳速度"理解为速度快、效率高，甚至想当然地认为是铆足了干劲、加班加点、夜以继日地干出来的。其实，"深圳速度"第一得益于管理创新，中建三局作为国有企业，率先大胆打破了铁饭碗（固定工资制），当时工地负责人的工资是"上不封顶，下不保底"；第二得益于技术创新，中建三局在标准层的施工中研制出了国内第一套大面积内外筒整体同步滑模新工艺，这一独特技术创新可以用三个"特别"来形容——速度特别快，效率特别高，质量特别好。

1985年12月29日，中国第一个经济特区建造的中国内地第一高楼，以高耸入云的姿态在罗湖崛起。一眼望上去，感觉一座趴在海湾里的城市突然站了起来，一座城市从此才开始像一座城市。这座大厦被誉为"中华第一高楼"。它不仅是一座高楼，还代表着深圳经济特区建立五年来所达到的高度，也代表了那个年代中国现代化崛起的海拔高度。1987年，该工程荣获首届鲁班金像奖，颁奖词中称："她是诞生神话的地方，她的矗立本身就是神话。"

我还没有等到国贸大厦竣工就逃离了深圳。在1982年深圳那个火热的夏天，我看到的国贸大厦还是一个巨大的土坑，沿途见到的都是低矮的瓦房、丛生的灌木、茂密的荒草和板结的土地、被撕裂的黄土山坡，脚下是一条条泥浆路，一边走一边要把深陷在泥泞里的鞋子使劲地拔出来，还要使劲地甩动，好让烂泥掉下来。多少年过去了，那泥浆路还在我的记忆中延伸着，一直延伸到一片荒凉的内心。我心里的荒凉是真实的，沮丧也是真实的。我也不止一次地想过，自己从大老远跑到这地方来，难道就是要在这样一个个烂泥坑里浪费自己的生命、消耗自己的青春么？这条路我没有走下去，我感觉自己的气力已经渐渐用尽，就要一头栽倒在这泥浆中了。最终我选择了逃离，从此与深圳擦肩而过。

当我与深圳背道而驰时，无数人正以最快的速度奔向深圳，那是我无论如何奔跑也追赶不上的节奏。尽管我与深圳背道而驰，但我只是埋怨自己没有当一头"开荒牛"的勇气、追赶不上深圳的节奏。然而，还有许多与深圳背道而驰的人，却把矛头对准了深圳，对经济特区掀起了一轮"围剿"、批判的风潮。纵观深圳经济特区的发展之路，在每一个历史转型时期，几乎都要遭受一次强大的冲击波。那一轮风潮，也是深圳遭受的第一次冲击波。从蛇口建立中国内地第一个出口加工区开始，就掀起了一场不小的"租界风波"。风是从北京刮下来的，旋即就风靡全国。袁庚后来不止一次地提到了一篇让他很恼火的文章，题为《旧中国租界的由来》。该文借讨论旧中国的租界问题来议论经济特区，影射经济特区把土地有偿出租给外商，经济特区都成了国外的租界了。这对深圳的冲击特别大，即便像袁庚这种从枪林弹雨中杀出来的老革命，每每往前走一步也是战战兢兢，如履薄冰，他们甚至"感觉是拿自己的身家性命在玩"。

追溯历史，必须直面历史。当深圳经济特区还处于鸿蒙初开之际，既没有开发的资本，又没有技术设备，只能抓住改革开放的先机和毗邻香港、面朝大海的地缘优势，利用荒芜闲置的土地招商引资。从20世纪80年代到90年代初，正值世界产业转移高峰期，那些发达经济体纷纷把产业链低端、劳动力密集型的产业向发展中国家转移。而深圳最早就是承接这样的产业，以"三来一补"来料加工或代加工为主要模式，即来料加工、来样加工、来件装配和补偿贸易，依靠外商提供的原料、技术、设备，并根据对方提出的产品质量、规格、款式等要求，完成加工、组装、整合等基础制造环节，最后把产品提供给外商，从中获取相应的回报。这些工厂都是从代加工（OEM）起步，主要是"三资企业"，即中外合资经营企业、中外合作经营企业和外商独资经营企业。这是深圳经济特区创业史上的第一阶段，如今被一些学者简称为"深圳加工"阶段。那时也正是深圳的拓荒期，那些"开荒牛"推平荒芜丛生的山坡，填平咸水草疯长的海边滩涂，蛇口土地上不断生长出一道接一道围墙，密密麻麻的工厂、宿舍和烟囱。工厂宿舍外的海风中与阳光下晾晒着打工族的工衣，哪怕洗过若干遍，依然散发出咸涩的味道。尽管深圳制造业那时还处于产业链的最低端，却是深圳的一次关键转型，从以农耕立命转向以工业立市，从长时间的内部封闭转型为外向型经济，由此奠定了深圳外向型、出口加工型经济的基础。这一次转型也让逃港潮转为打工潮，对于数亿中国农民来说，这是一次伟大的转型，让他们在一亩三分地之外找到了另一条活路，换了一种活法。

诚然，随着国门打开也难免鱼龙混杂，水货趁机而入。有些人向经济特区泼脏水，斥责深圳是"香港市场上的水货之源"和"走私的主要通道"，有人攻击"特区是国际资产阶级的飞地"，更有人别有用心地指向经济特区的制度："深圳除了五星红旗还在飘扬之外，都是资本主义的东西！"在南海那蔚蓝的天空下，一时间甚嚣尘上，阴霾重重，那沉重的压力让还在咿呀学语、蹒跚学步的特区难以承受。深圳经济特区何去何从，有的人在观望，有的人在发问，这特区该不该办，怎么办？这在如今看来简直不是问题，然而在当时却是咄咄逼人也必须清楚回答的问题。

1984年1月，又一个春天降临，此时南海风高浪急，原本也是自然常态，一个年轻的特区还涉世未深，但一个饱经沧桑的老人来得正是时候。邓小平先后视察了深圳、珠海和厦门三个经济特区。这也是邓小平首次视察深圳。此时，深圳国贸大厦正以"三天一层楼"的深圳速度在春雨雾气中朝天空生长，老人若要登上这座高楼，还要等待另一个春天。而这次，他把视察的重点放在了蛇口。

这年邓公已八十高龄，那一双眼睛依然很亮，还特别犀利。

这年袁庚也已六十七岁，那步履依然有一种军人的矫健。

这两位老人，一位是中国改革开放的总设计师，一位是蛇口改革开放的总设计师，正所谓"风云际会千年少"。在中国数千年未有之大变局的时代潮头，一个顶层设计者，一个基层设计者，在这里有了一次高度默契、心心相印的历史交集。这也是高层与民意的一次面对面交流。

袁庚经历过战火淬炼，也经历过炼狱的煎熬，这样一位从身心到灵魂都经历过反复淬炼的老人，对一己之命运早已有一种曾经沧海、世事洞明的洒脱，但他对蛇口的命运却充满了功败垂成的忧患。1984年早春，袁庚在蛇口客运码头迎接邓小平，又陪同邓公登上蛇口微波山俯瞰蛇口全景。而在深圳市区进入蛇口的分界线上，竖立着一块比路标更醒目的标语牌："时间就是金钱，效率就是生命。"看上去触目惊心。这是袁庚特别想让邓小平看见的，又是他特别担心让邓小平看见的。在那样一个非常时期，他的心情非常矛盾，非常复杂，但是他认准了，豁出去了。他试探着问邓公："小平同志，我们提出了一个口号，叫作：时间就是金钱，效率就是生命。不知道这提法对不对？"

邓小平很干脆，给了他一个肯定的回答，这也是对一种价值观的高度肯定，而深圳经济特区和蛇口工业区也得到了他老人家的高度赞赏："这次到深圳一看，给我的印象是一片兴旺发达的景象。深圳的建设速度是相当快的，蛇口更快。"他给袁庚等敢闯敢试的特区人进一步指明了方向："我们建立特区，实行开放政策，有个指导思想要明确，就是：不是收，而是放。特区是个窗口，是技术的窗口，管理的窗口，知识的窗口，也是对外开放政策的窗口，特区可以引进技术，获得知识，学到管理。特区搞好了，经济发展了，收入可以高一点。让一部分地区先富起来，平均主义不行。"不能不说，蛇口的这些突破都是在高层默许下的突破，而袁庚作为一个冲在第一线的改革家和实干家，在这两平方多公里的土地上，无疑为中国改革开放的试验拓展了现实空间和想象空间。

邓小平还特意为深圳经济特区题词："深圳的发展和经验证明，我们建立经济特区的政策是正确的。"他还说过这样一句话："深圳的重要经验就是敢闯！"

如果说逃港潮是深圳经济特区的催生针，邓小平则在1984年这个有些迷惘的春天给深圳打了一针强心剂，让经济特区的血量增加，血液循环更加舒畅。

这一年，深圳市率先闯过计划经济体制的一道严关，在全国第一个取消各类票证制度，放开一切生活必需品价格，打响了市场经济第一枪。

这一年，在新中国成立35周年庆典上，上百辆彩车驶过长安街，其中唯一的一部企业彩车就是深圳蛇口工业区的彩车，车上挂着一幅醒目的标语："时间就是金钱，效率就是生命。"这是深圳蛇口率先叫响全国的一种新价值观，"蛇口模式"带来了前所未有的发展速度，其成功经验很快在深圳乃至全国推广。蛇口也因其敢闯敢试，先声夺人，每每在经济特区中率先走出第一步，被誉为"特区中的特区"和"窗口中的窗口"。

当深圳创造一个又一个历史纪录时，中国改革开放之路又一次走到了十字路口。20世纪90年代前后，随着国内外政治、经济形势发生巨大变化，针对改革开放再次出现了比80年代初更激烈的争议，这是深圳遭受的第二次冲击波，比第一次冲击波还要来势凶猛。有人质问改革开放是姓"社"还是姓"资"，更有人公然指责企业承包是"瓦解公有制经济"，引进外资是"甘愿作为外国资产阶级的附庸"，股份制改革是"私有化"，市场经济是"资本主义"，经济特区是"和平演变的温床"。尤其对一直走在改革开放最前沿的蛇口，有人认为其社会性质已经变质了，"脱离了社会主义，资本主义化了"。在这种沸反盈天的舆论干扰下，深圳一度出现了外商投资减少甚至抽逃资金的现象，从深圳经济特区到全国的经济发展速度也明显下降，外贸出口额下降，经济形势越来越严峻……

在沸沸扬扬的争议和质疑声中，袁庚为堵饶舌者之利口，壮实干家之声色，在蛇口工业区竖起了一块"空谈误国，实干兴邦"的标语牌。然而，山雨欲来风满楼，风暴眼中心的深圳，风暴眼中心的蛇口，仅凭一块标语牌又怎能抵挡住强大的冲击力？

1992年春天（1月19日），春潮带雨，雾气漫天，邓小平以年近九旬的高龄，再次视察深圳等地。1月20日上午，邓小平参观了国贸大厦。他在旋转餐厅凭窗而立，在360度的旋转中俯瞰着深圳全景式的繁荣景象，然后发表了将改革进行到底的"南方谈话"："要坚持党的十一届三中全会以来的路线、方针、政策，关键是坚持'一个中心、两个基本点'。不坚持社会主义，不改革开放，不发展经济，不改善人民生活，只能是死路一条。基本路线要管一百年，动摇不得。只有坚持这条路线，人民才会相信你，拥护你。谁要改变三中全会以来的路线、方针、政策，老百姓不答应，谁就会被打倒。"这言简意赅又意味深长的一番话，从理论上深刻回答了困扰和束缚人们思想的许多重大问题，把改革开放和现代化建设推向新阶段。

从一个春天到另一个春天，一如歌曲《春天的故事》中的描述："1992年，又是一个春天，有一位老人在中国的南海边写下诗篇……"

## 未来从现在开始

海风一直在吹，浩浩荡荡地灌满了整座城市，走到哪里都是大海扑面而来的气味。这味道很提神，很来劲。我一直在海风中追问，深圳，为什么是深圳？

深圳，在大海的怀抱里诞生，又在大海的怀抱里一天天长大。一座城市倒映在大海里，那水中的倒影仿佛是大海的回忆。大海一直在起伏，而这座城市从未动摇过。

2020年8月，深圳经济特区将迎来四十岁的生日。《论语·为政》云"四十而不惑"，其最大的特征就是遇到事情能明辨不疑。而今，对深圳的名字再也不会有人误读，谁都会准确的发音。

四十年来，中国经历了一场跨越千年的、史诗般的伟大变革。在这场千年未有之变局中，深圳经济特区在制度创新、科技创新、对外开放等方面一直肩负着试验和示范的国家使命。

若站在四十年前的那个时空中试看这一方水土，谁能想到会有今日之深圳？

这里先用数据说话。数字是枯燥的，而当人类进入大数据时代，就是一个数据为王的时代。在深圳经济特区诞生之前的1979年，深圳的生产总值只有1.96亿元，还不足香港同时期（约为1117亿元人民币）的千分之二。到2019年，深圳生产总值超过了2.69万亿元，达到四十年前的一万三千倍。而在这四十年里，香港经济也一直在高速增长，2019年达到了2.52万亿港元，是1979年的两百多倍，这个增速放之世界也是名列前茅的。而深圳之所以后来者居上，只因其增速一直处于中国和世界同期的最高水平，深圳每平方公里的产出和财政收入一直雄踞全国城市之首。四十年前，这座在经济版图上几乎可以忽略不计的年轻城市，近年来已经接连超越广州和香港，跃居为粤港澳大湾区城市经济总量的第一。其生产总值在国内城市中仅次于上海和北京，位列全国第三，并已跻身于亚洲五强（东京、上海、北京、新加坡、深圳）。如今的深圳，在中国和世界经济版图上已是一颗越来越闪亮的星星。如果说，中国改革开放经四十年的高速发展是世界史上一大奇迹的话，那么深圳的突飞猛进就是这一奇迹的金字塔尖。

深圳的命运一直与国运紧密相连。这四十年来，中国一边对内改革，一边对外开放，这两个车轮协同运转，才推动了四十年的经济腾飞。1979年，美国人均GDP为11693美元，雄踞全球第一，而中国人均GDP为419美元，还不到美国的二十五分之一。2010年，中国经济总量首次超过日本，跃居为世界第二大经济体。美国《华尔街日报》将这一历史时刻形容为"一个时代的结束"。在接下来的十年里，中国依然是世界经济增速动力最强劲的火车头，2019年中国GDP总量为14.3万亿美元，接近一百万亿元人民币，人均GDP首次突破一万美元大关。若同自己相比，中国在1979年的起点上增长了两百多倍，远远超过了世界其他发达国家的经济增速，而美国达到了21.4万亿美元，中国同美国的差距进一步缩小。但这个差距依然很大，比一个德国和英国加起来还多。中国一直在冷静地审视自己的差距。

中华之崛起，深圳之巨变，不只发生在物理空间，更是一种精神场域的崛起，中华民族从生存状态到精神状态都发生了巨大的变化。

一座城市的蝶变必先有精神的蝶变。那源自大海的澎湃激情，给深圳的骨子里注入了一种先锋精神。从袁庚、任正非、马化腾、汪滔、陈宁等一代代深圳人的身上都能感受到，有一种在意识深处流淌的东西，成就了今天深圳高贵的价值传统。袁庚率先发出了"时间就是金钱，效率就是生命"的呐喊，让一个在计划经济体制下僵化乃至板结的国度迈开了奔向市场经济的第一步。任正非说"烧不死的鸟是凤凰，从泥坑里爬出的是圣人"，这是愈挫愈勇、攻坚克难的深圳精神。虽然华为取得了非凡的成功，但任正非从不妄言成功，他说"华为没有成功，只是在成长"，这也是一种积极进取的深圳精神。马化腾说："我最深刻的体会是，腾讯从来没有哪一天可以高枕无忧，我们每天都如履薄冰，始终担心某个疏漏随时会给我们致命一击……"这是源自他内心深处，也是源自一座特区城市的危机感和忧患意识。而汪涛则说出了心中多年的憋屈："到医院看病开药，医生还盯着你问：要进口的还是国产的？'国产的'几乎成了劣等品的代名词，病人来到医院这个性命攸关的地方，还要自己做一次残酷选择。我觉得这种日子很憋屈。既然处在科技行业，做的也是自己擅长的事情，我希望做出全世界消费者真正热爱的产品！"从憋着一口气到憋着一股劲，汪滔才能把大疆无人机放飞到傲视蓝天、俯瞰世界的高度。深圳的科技创新，其实也是从憋着一口气到憋着一股劲干起来的。有人说，危机意识也是深圳人身上最突出的性格特征。你还在坐而论道，他们已经奋而起行。你还在"空谈误国"，他们正在"实干兴邦"。云天励飞的创始人陈宁则以他的切身体会对深圳精神做了一番归纳："深圳不只是科技创造者和企业创新者的创业基地，更关键的是深圳把创新和创业的基因融入每一个普通市民的骨髓里。无论是市领导，还是普通办公室人员，他的基因里面都有创新的理念，都有自己对科技的想法，都有开放和创新的精神。所以，深圳才会诞生这么多的优秀科技企业。"

　　这些人都是深圳杰出的代表，每个人都以自己的身体力行为深圳精神做出了最实在的注解。在探索之路上既有成功的典范，也有失败的英雄。一个城市对待成功者的追捧是人同此心，而一个城市对待失败的态度，则更能体现这座城市的内在精神。而深圳就是一座"鼓励创新，宽容失败"的城市，深圳也拥有一种以勇于探索创新为依归、不以成败论英雄的宽容精神。在深圳没有谁嘲笑勇于探索的失败者，只对因循守旧、故步自封者暗怀嘲讽。

　　对于深圳经济特区如何评估，深圳人一向低调，还是看看旁观者如何评说吧。据英国《经济学人》评估："全球四千多个经济特区，唯有深圳经济特区最成功。"在该刊发布"全球最具经济竞争力城市"榜单上，深圳名列前茅。这是一家拥有全球影响力和公信力的媒体，其办刊宗旨是"参与一场推动前进的智慧与阻碍我们进步的胆怯无知之间的较量"，这与中国第一个经济特区的追求不谋而合。

凡所过往，皆为序章。四十年前，深圳从低谷起飞，在国运与命运的双重选择甚至是双重逼迫下，深圳被第一个推向未来，你不知道那河有多深，你只能摸着石头过河，一方面充满了风险与挑战，一方面也让深圳占得了先机。而历史已经告诉了我们现在的结局，深圳在改革开放中深刻地改变了自己，一个边陲小镇被打造成中国改革开放的一个标本，也堪称中国特色社会主义的杰作。

凡所将至，皆为可期。四十年后，而今迈步从头越，今日之时空已与四十年前不可同日而语。深圳已从低位超越进入了"高位过坎"。这座面积只有约两千平方公里的特区城市，承载着两千多万人口，这是中国人口密度最大的城市之一，而深圳在前四十年的改革开放中已占得先机，如今在负重而行时是否还有可持续发展的后劲？这也是深圳必须直面的问题：如何在极其有限的城市空间中进一步提升承载能力？如何有效提升城市综合治理能力？又如何在两万多亿元生产总值的高位上继续创造奇迹？

每每迈出关键一步，深圳都会审时度势，不断调整前行的姿态。从国内形势看，随着中国经济转型和供给侧结构性改革的不断深入，深圳的一大批高科技企业尤其是中小型民营高科技企业，为了跳出深圳狭小的空间，寻找更大的发展空间，已经把部分制造基地甚至整个企业迁离深圳，这让深圳面临着产业空心化的风险和危机；从国际环境来看，随着中美贸易摩擦日益加剧，加上美国对中兴、华为等中国企业的封杀，深圳首当其冲，有人说这对深圳的冲击超过2008年的世界金融危机。而随着美国与日本、欧盟、加拿大、澳大利亚、韩国等发达国家的零关税、零壁垒自由贸易谈判的成功，世界经济格局、世界经济体系和世界经济秩序将面临重大调整，给深圳未来高新技术产业发展带来极大的不确定因素。这也让很多人拭目以待。

中国明白，深圳明白，改革开放已经走到了深水区、攻坚期，中国没有退路，深圳更没有退路，唯一的出路就是全面深化改革，将改革开放进行到底。2018年10月24日，习近平总书记在深圳视察时，走进深圳改革开放展览馆参观"大潮起珠江——广东改革开放40周年展览"，在这里向世界宣示："中国改革不停顿、开放不止步，中国一定会有让世界刮目相看的新的更大奇迹！"

当改革开放进入深水区，深圳又被中央批准为全国第一个中国特色社会主义先行示范区，还是广东人的那句口头禅——我走先！

当改革开放进入攻坚期，你必须敢于硬碰硬，广东人还有一句口头禅——顶硬上！

这话杠杠的，但没有一句空话，深圳人在说出来之前就已经开始干了。

蛇口，在深圳经济特区的拓荒史上被誉为"特区中的特区"，如今紧邻着蛇口的前海湾则是新时代"特区中的特区"。前海有一条双向六车道的主干道，被誉为前海的"深南大道"。走在这条大道上，你才感觉真正走到了改革开放的最前沿，蔚蓝色的天空一往情深地拥抱着蔚蓝色的海水，这是典型的深圳蓝，连阴影也是蔚蓝色的。它们与一座城市默默地交融在一起，仿佛在默契地交换彼此的命运。

这一带是中国（广东）自由贸易试验区前海蛇口片区，堪称21世纪的"新经济特区"，国家还给予其"比特区还要特"的先行先试政策，拥有"前海合作区+保税港区+自贸区"三区叠加的优势。深圳人说："前海一起步，就与世界同步。"前海是与世界互联互通、加速建设海上丝绸之路的桥头堡。深圳还将紧紧抓住粤港澳大湾区建设的重大机遇，举全市之力推进粤港澳大湾区建设，将前海打造成粤港澳大湾区的曼哈顿。如今站在前海湾里打量深圳和香港，这两座曾有天壤之别的城市已变得不分上下，难分彼此。这是必然的，她们原本就是同胞姊妹。这两座与大海融为一体的城市，终于在这里得到了水乳交融的理解。前海是深港合作的先行示范区和深港科技创新特别合作区，"双城记"版的故事在新时代里进一步升级，把前海打造成衔接深港两地的创新创业新高地，这是中央赋予前海的使命。

前海只是深圳改革开放再出发迈出的第一步。深圳，从中国第一个经济特区到第一个中国特色社会主义先行示范区，已提出2035年和本世纪中叶的目标任务。凡所将至，皆为可期。新故相椎，日生不滞。放眼下一个四十年，深圳人只有一句话：改革没有完成时，只有进行时。

此时，已是2020年春夏之交，我又一次登上了莲花山山顶，站在一位老人在海风中阔步向前的青铜雕塑下，打量着这座我既熟悉又陌生的城市。从莲花山到一个个海湾，那城市丛林仿佛正在静悄悄地生长，生长得仪态万方，如生命一样鲜亮多姿，横看成岭侧成峰，远近高低各不同。在当今城市高度复制的时代，从每一个角度都能看见这座特区城市的与众不同。这绝不是一座钢筋水泥的城市，这座城市展现出来的灵性和智性总是令我震撼。这一切源自海纳百川、轮回循环的情怀，也源自生生不息的万物生灵。我能感觉到，这座特区城市正在静悄悄地积聚力量，等待新一轮的爆发。

### 作者简介

陈启文，中国作家协会全国委员会委员、中国作家协会报告文学委员会委员、中国报告文学学会副会长、广东省作家协会报告文学创作委员会主任，一级作家。著有长篇小说《河床》《梦城》《江州义门》，散文随笔集《漂泊与岸》《孤独的行者》《大宋国士》，长篇报告文学《共和国粮食报告》《命脉》《大河上下》《中华水塔》《为什么是深圳》等30余部。作品曾获国家图书奖、中国新闻奖（报告文学）、徐迟报告文学奖、老舍散文奖、中国作家鄂尔多斯文学奖等。

# 山海闽东

许　晨

> **编选导语**
>
> 2020年是中国脱贫攻坚的收官之年，中华民族千年梦想终于成真。脱贫攻坚是新时代国家重大战略，也是2020年报告文学致力表现的第一主题。作为时代文体的报告文学，是反映这一主题最为便捷而得力的方式。中国作家协会等组织实施"脱贫攻坚题材报告文学创作工程"，20多位一线作家积极领受任务，奔赴东西南北中脱贫攻坚的现场，采写决战脱贫、旧貌换新颜的伟大事业。许晨的《山海闽东》（百花文艺出版社2020年出版）就是这一创作工程中的一部，本篇从中节选。作品以习近平曾担任过地委书记的福建宁德地区的脱贫解困奋斗历史为题材，真实细致地报告了中国共产党领导人民摆脱贫困，走向小康的伟大历程和卓越成就。

## 新来的地委书记

"哗——"

随着一阵响亮的掌声，宁德地委常务副书记林爱国、宁德地区行署专员陈增光陪着一位个子高大、脸庞方正的年轻干部，走进老地委大院二楼会议室。

参加会议的都是时任宁德地委和行署班子的成员，还有几位离退休的老同志。等到人们各自坐好以后，林爱国站起来介绍道："同志们，这就是咱们新来的地委书记习近平同志，今天在这里跟大家先见个面，互相认识一下。"

"是啊，我昨天晚上刚到，以后就跟大家在一起工作了。"习近平同志微笑着接过话头说，"宁德，是革命老区，具有光荣的传统。我会尽快熟悉情况的，大家有什么话尽可敞开了说，也可以找我个别谈。"

一个别开生面的见面会开始了。这是1988年6月的一天，正值盛夏季节，宁德虽地处东南沿海一带，但还是十分的炎热。面积不大的会议室内没有空调，只有几只吊扇在"嗡嗡"转着。不过，短短几句亲切朴实的话语，一下子拉近了人们的距离，大家顿时有如沐春风之感。

此前已经听说宁德要调整领导班子了，新书记是曾任厦门市委常委、副市长的习近平同志。他原籍在陕西富平县，1953年6月出生在北京，调任宁德时刚满35岁。别看他年轻，却经历丰富：7年下乡知青锻炼、当过大队党支部书记，毕业于清华大学，在中央军委办公厅当秘书，下基层任河北正定县委书记，而后调任福建省厦门市工作。对于这样一位从北京来的老革命家子弟，又是经过经济特区磨炼的年富力强的干部，人们充满了期待。

那是1988年3月，已过了任职年限的宁德地委书记吕居永在福州参加省两会，这期间省委书记陈光毅找他谈话：省委考虑调他到省人大工作，由厦门市副市长习近平同志接任宁德地委书记，征求一下他的意见。

吕居永是山西泽州人，南下干部，中华人民共和国成立初期就留在宁德任职，已经30多年了，现也过了任职年龄，听说有年轻干部来接班，自然很高兴。虽说他那时还不认识习近平同志，但各方面反映都不错，便爽快地说：

"习近平同志到宁德最合适了。因为宁德是革命老区，他是老革命的后代，所以他对老区肯定有很深的感情。他到宁德去，我完全赞同。"

两会之后，福建省委任命习近平同志为宁德地委书记的文件就下达了，同时调任吕居永为省人大常委会委员兼农村经济委员会主任。因吕居永留在福州办理其他事务，没有来得及回宁德交接。习近平同志就由宁德地委常务副书记林爱国和组织部副部长钟安乘车先期接到宁德，安排在地委招待所——对外称"闽东宾馆"住下来。

正如前面所言，由于历史、自然和政策上的种种原因，宁德地区当时在福建省9个地市当中，经济社会发展排在最后一位，是全国18个集中连片贫困区之一，9个县（市）有6个被列为贫困县，全区财政入不敷出，年年靠上级财政拨款过日子。1983年底，全区农民人均纯收入只有330元，其中人均纯收入在200元以下的贫困户达16.63万户，占总户数的31.61%。贫困人口达79万，占农村人口的35%以上。

虽说宁德也靠海，但不像其他沿海地区那样富饶便利。雪上加霜的是，此前因为急于改变面貌，在宁德霞浦县海域发生了以"对台贸易"为名，进行走私的"杜国桢案"。首犯杜国桢被依法判处死刑，有关干部受到处分。这在宁德震动很大，一些干部的工作热情受到影响，情绪十分低落。

当时闽东的状态可以归纳为5句话：班子不全，贫困后进，"杜案"影响，人心复杂，期望值高。首先是领导班子不全，老书记吕居永超龄主持工作多年，缺位没有补充。其次是贫困后进，人们对前景感到悲观。宁德干部到省里开会，总是坐在最后一排，说话不敢高声，自我感觉低人一等。大家都憋着一口气，盼望有人带领打个翻身仗！

福建省委基于多方面考虑，决定调整和加强宁德班子建设，分别选派了4名干部，2个月之内先后到位。首先确定习近平同志调任宁德地委书记，而后相继从省委办公厅调李敏忠任福鼎县委书记，汤金华、许美星由省经贸委和省计委调来任行署副专员。

习近平同志率先离开厦门赴任，陈光毅代表省委找他谈话说："福建9个地市，宁德经济排老九。派你去宁德，就是让你用特区的闯劲、特区的精神到那儿去冲一冲，把宁德带起来。"

"我明白！"习近平同志沉思着点点头说，"宁德和特区毕竟不一样，去了怎么干我还得掂量掂量……"

应该说，由改革开放的前沿到全省"老末"任职，习近平同志属于临危受命，勇挑重担。同时，也给宁德人带来了热切的期望。于是有的老干部"不客气"地提出了要求："习书记，你来宁德是我们盼望已久的事情，因为你是北京派来的，又是中央领导同志的子弟，我们对你寄予很大希望。我们这里太贫困了，你能不能给我们多弄一点项目、多弄一点资金，把我们的基础设施改善一下？"

当时的宁德人太想一步富起来了，特别是对"三大目标"抱有很大希望：一是修通福温铁路，即福州到温州的铁路，改善困扰多年的交通不便问题；二是开发三都澳港口，这个港湾水深域阔，周边有山岛屏障，口子小肚子大，是良好的深水港，但因长期是对台军事战略要冲，无法全面开发；三是建设中心城市，形成宁德的行政中心和经济中心。

面对广大干部热切的目光，习近平同志没有摆出"新官上任三把火"的架势，而是表现得非常沉稳。他说："我很高兴也很荣幸能到闽东老区来工作，为老区人民奉献自己的一份力量。我到这里毕竟人生地不熟，还是要靠大家充分献策，你们提出的合理意见，我一定会采纳，也一定竭尽所能，在任期内为闽东多做一些事情。"

见面会很快就结束了，可新书记的首次亮相和表态，给大家留下了深刻的印象：这是一位不尚空谈、注重务实的领导！

走出会议室，习近平同志对地委、行署几位主要负责人说："我们要把老同志的建议和干部群众的问题放在心上，走出办公室，到基层去寻找思路，到基层去寻找答案。"

果然，没过几天，他就带着地委的干部以及有关委办局的同志到各县乡去调研了。当时，一些机关干部做好了书记谈话了解工作的准备，却一直没接到通知，也没见到人，都很纳闷：新来的地委书记去哪了？

"没有调查，没有发言权。"这是毛泽东同志早年在江西寻乌调查时得出的结论，成为指导中国革命和建设的至理名言。

习近平同志牢牢记住这句话，7月初就在陈增光等人陪同下，一个县一个县地跑，利用一个月的时间，跑遍了宁德下辖九个县市，这期间还到临近的温州去考察。他说："温州离宁德北部那么近，却发展得这么快，到底有什么奥妙，我们应该过去看一看。"

据当时陪同他调研的陈增光回忆说：

"习书记走基层有几个特点。第一，到每个县调研，肯定都要先听各县班子的工作汇报，但他不提倡念稿子。他对县里的同志说：'你们不要念稿子，了解多少就说多少，记住多少就讲多少，你念稿子上的东西我还很难一下子记住，不如咱们这样脱稿交流效果好。你们放心讲，讲不下去了可以看一下稿子，讲得下去就讲出来。'他后来跟我讲，这就是考核干部的一种方法,看他的精力有没有用在工作上,如果是自己做的事情自己肯定讲得出来,不一定要念稿子,如果是别人做的事情而且又是秘书写出来的,他就离不开稿子。第二,他喜欢看县志。习书记每到一个地方就要调阅当地的县志,他说不看县志就不了解这个县的过去和现在,就难以深入认识县情,光靠我们这样跑了解不够。第三,他注重走访。每到一处,他既走访一些企业,也走访一些村庄和农户,了解群众的生产生活情况,而不仅仅停留于听汇报。他在各个县的讲话也都很简短。"

他们调研的第一站是古田县。

一说到古田,人们往往会联想到我党我军历史上的"古田会议",那是在闽西龙岩市上杭县古田镇,同名不同地。闽东这个县是因古田溪而得名。时任县委书记的蔡天初,从福安县调来还不满一年,担心吃不透县情,汇报不好,提前召集常委会研究了一份汇报提纲,毕竟第一次见习书记,不了解他的性格和工作作风,心里还是有些忐忑不安的。

那天,习近平同志来了与大家见面,一开场就使人感到亲近而放松了。他说:"我们这个古田是闽东宁德的'古田县',不是闽西龙岩上杭县的'古田镇',普通话要是发音不准,还会把'莆田'和'古田'混在一起。我这次来古田是'看准了'才来的。"

"呵呵……"在场的人们不由得笑了起来。蔡天初紧张的心情也平静下来,打开汇报提纲准备从头讲起。

没想到,习近平同志开门见山,直奔主题。他说:"我知道古田有一座很大的梯级水电站,是一个库区大县,现在库区移民的生活、生产情况怎么样?"

"习书记,是这样的。"蔡天初感觉习近平同志已经做了很多案头工作,干脆抛开稿子,一五一十地汇报了库区移民的现实情况,而后说:"现在主要存在三个遗留问题,一是沿库后靠定居农民的生产和生活出路,二是县城城关的市政建设和社会配套服务,三是各类移民房屋和土地的补偿等,需要统筹解决,我们县里正在这方面下功夫。"

"民有所呼,官必有所应。我们要正视困难,不要回避问题。新官要理旧账,干部就是要以人民为中心,要敢于担当,发现问题、面对问题、解决问题。班子成员要拧成一股绳,团结带领干部群众,把一个一个问题都解决好。"习近平同志说。

汇报结束，县里原本安排习近平同志一行人上船沿湖游览一下，为此已向古田溪水电站借了一艘大船。习近平同志摆摆手说："乘船游湖就不去了，我们还是到基层、到库区去走一走。"说着，就由蔡天初带路前往安置库区移民的黄田新镇调研了。

接下来，他们经屏南县又来到了周宁县。此地位于宁德西北，地势由西北向东南倾斜，县城海拔880多米，居全省之冠。境内有个鲤鱼溪，景色不错，历史悠久。县领导汇报完情况后，特别讲了关于鲤鱼溪的传说：过去沿岸两个村经常发生械斗，为防备对方下毒，人们就在溪里养鲤鱼，万一鱼被毒死就知道水不能喝了。渐渐地，整条溪里鲤鱼越来越多，就变成了鲤鱼溪。

习近平同志听后感慨道："鲤鱼溪有文化、有传统，可以发展旅游产业，带动当地发展。"

当得知有位名叫黄振芳的农民，为改变荒山面貌，把整个家都搬到了山上，不怕苦不怕累，在山上造了一大片树林时，习近平同志对此十分赞赏，说要到山上看望一下。

在山上，看到硕果满山、郁郁葱葱，有些果树已经成材了，既可观赏又有经济价值。习近平同志非常高兴地对黄振芳说："你的做法是山区致富的一个方向，你是致富的一个标兵，一定要坚持下去，有什么困难我帮助你。"

后来，习近平同志多次讲到黄振芳这个典型。此外，他还曾特意将黄振芳等几个农民致富典型请到宁德，为地区机关干部介绍经验。

闽东依山傍海，山海相依。这天他们下山来到了海边的霞浦县。这个县虽说没有被列入贫困县，也只是相对而言，同其他沿海地区比起来，还是不能同日而语。用一句形象的话来说，就是"穿着西装的贫困县"。

习近平同志每到一地，必看当地的志书，加深了解县情。这次也不例外，陈增光先让人拿了一本《霞浦县志》给他看。当天晚上，他们住在县招待所里，习近平同志又对他说："你帮我找一本福宁府的府志吧。"

历史上福建分为上四府下四府，又称"八闽"，现今的宁德地区叫作福宁府，相当于地委行署机构，府衙就设在霞浦。不过，这都是几百年前的事了，一般还真没有这个府志了。陈增光派人到县文化馆，终于找到了一本，连夜送了去并关切地说："习书记啊，咱们一天到晚跑来跑去，这么辛苦,你还要熬夜看书,能吃得消吗?"

"增光同志,我们这样看情况、听汇报是不够的,还要看历史。一个县的历史最好的体现就是县志,府志则更为全面,里面既写正面人物,也写反面人物,我们一看就知道这个地方发生过什么事,可以从中有所借鉴。"

果然,第二天在县委会上,习近平同志就讲起他在《福宁府志》上看到的内容:霞浦这里有一片官井洋,是"因洋中有淡泉涌出而得名"。老百姓也称"官井洋半年粮",因为这里一直盛产大黄鱼,是名副其实的鱼米之乡。百姓在这一带搞好生产,等于把半年的粮食都解决了。

他感慨地说:"这是我们闽东很重要的一个资源,既要把它保护好,也要把以养殖业为代表的海上经济带动开发起来,让老百姓都富起来。"如今,这些目标已经成为现实,霞浦海产品闻名遐迩,不但大黄鱼走向了世界,还是著名的"中国紫菜之乡""中国海带之乡"呢!

这一圈9个县转下来,用了一个多月。回到宁德后,习近平同志潜心思考,认真总结。他感慨地对班子成员说:"闽东脱贫不是那么容易呀……闽东虽然山峦起伏,但林木也少,光秃秃的,没有什么像样的矿产,资源比较贫瘠。沿海四个县也多半是山区,海岛缺电缺水,灾害频繁。所以,我们不能脱离这些实际谈脱贫,不能寄希望于一下子抱个'金娃娃'。"

而后,在地委行署干部大会上,他系统地讲述了此次调研的感受,以及下一步如何工作的思路。实际上,这等于是他来到宁德后的施政演说。大家既兴奋又期待:习书记终于要做报告了,闽东大发展的号角要吹响了。不过,在会上习近平同志首先指出一点,就是对他期望值不能太高。他说:"我就是我,父辈的光荣,不能作为儿孙辈的老本。"第二点,他指出闽东经济发展不能急躁,不能寄希望于一下子抱个"金娃娃",一口吃成个胖子。第三是强调要树立"功成不必在我"的精神,几任班子一本账,一任接着一任干。他言辞恳切,鞭辟入里地说:

"毫无疑问,在发展商品经济的海阔天空里,目前很贫困的闽东确是一只'弱鸟'。我六月到闽东上任,七月初至八月初,偕同地区几位领导同志,走了闽东九个县,还顺带走了毗邻的浙南温州、苍南、乐清等地。大家边走边调查、思考、研究,思绪始终集中在一个问题上:在'海阔凭鱼跃，天高任鸟飞'的发展商品生产经济的态势下，闽东这只'弱鸟'可否先飞，如何先飞？

"闽东，交通闭塞，信息短缺，是小农经济的一统天下。商品经济的发展较其他贫困地区，显得更为步履艰难。人们说起闽东，便是五个字：'老、少、边、岛、贫'。处于这么一种弱鸟的境地，有没有'先飞'这个话题的一席之地呢？我看，不但有一席之地，还有大讲一下的必要。地方贫困，观念不能'贫困'。'安贫乐道'，'穷自在'，'等、靠、要'，怨天尤人，等等，这些观念全应在扫荡之列。弱鸟可望先飞，至贫可能先富，但能否实现'先飞''先富'，首先要看我们头脑里有无这种意识。所以我认为，当务之急，是我们的党员、我们的干部、我们的群众都要来一个思想解放，观念更新，四面八方去讲一讲'弱鸟可望先飞，至贫可能先富'的辩证法。这样，既可跳出老框框看问题，也可以振奋我们的精神。

"不少同志希望国家多拨资金，多安排一些计划内原料，总之，韩信用兵，多多益善。一般说来，关照多一点总不是坏事。这心情可以理解，但我们有必要摆正一个位置：把解决原材料、资金短缺的关键，放到我们自己身上来，这个位置的转变，是'先飞'意识的第一要义。我们要把事事求诸人转为事事先求诸己。比如说，可以着眼于挖掘潜力，降低成本；可以通过外引内联，建立稳定的物资协作网络；可以鼓励各县制定一些让利政策。我们完全有能力在一些未受制约的领域，在贫困地区中具备独特优势的地方搞超常发展。也就是说，贫困地区完全可能依靠自身的努力、政策、长处、优势在特定领域'先飞'，以弥补贫困带来的劣势……

"要使弱鸟先飞，飞得快，飞得高，必须探讨一条因地制宜发展经济的路子。闽东走什么样的发展路子，关键在于农业、工业这两个轮子怎么转。闽东主要靠农业吃饭，我们穷在'农'上，也只能富在'农'上。小农经济是富不起来的，小农业也是没有多大前途的。我们要的是抓大农业。这就是说，在农业上，'靠山吃山唱山歌，靠海吃海念海经'，稳住粮食，山海田一起抓，发展乡镇企业，农、林、牧、副、渔全面发展。'吃山'，要抓好林、茶、果。林业是'一封就成林'。周宁县的黄振芳家庭林场搞得不错，为我们发展林业提供了一条思路。茶叶是闽东的一大优势，产量占全省的1/4，现在的亩产比较低，提高亩产应该是一个主攻方向。'念海经'除继续抓海洋捕捞外，滩涂养殖也要挖潜力，提高单产；而发展滩涂养殖的关键环节是饲料工业如何与之相适应……

"闽东还有一项重要的工作是脱贫工作。闽东的贫困面比较大，经过三年的脱贫，有了可喜的变化。但应该清醒地看到，现在的脱贫还是处于低水平，还不稳定。脱贫是一项长期艰巨的任务，要有打持久战的思想准备。扶贫先要扶志，要从思想上淡化'贫困意识'。不要言必称贫，处处说贫。有些本来发展不错的乡镇也把自己列入贫困的范围，这样做只能起消极作用。其次，要有比较明确的脱贫手段，无论是种植、养殖还是加工业，都要推广'一村一品'（即每个村都要抓一种有特色的产品）。福安县后洋村抓巨峰葡萄种植就使全村人均收入达800多元，摘掉了贫困的帽子。蘑菇、茶叶都是城郊农民脱贫的重要项目，各县有关部门要为农民脱贫致富提供科技服务。第三，要把脱贫与农村社会主义精神文明建设结合起来。寿宁县一些农民住宅人畜混居，卫生状况很差，县里要帮助农民规划农村住宅建设，将人畜分开，改变'贫困—不卫生—疾病—贫困'的恶性循环状况。第四，扶贫资金要相对集中一部分用于扶持乡村集体经济实体，增强脱贫后劲；对于一些因连年病灾造成的特困户，要给予适当的救济，并扶持他们发展一些力所能及的生产经营项目。

"闽东的畲族人口占全国畲族人口的40%，占全省畲族人口的70%。畲族多居住在山高偏远的地方，生活比较贫困。民族工作是我们一项带有根本性的工作，致力于各民族的平等、团结是我党民族政策的基本内容。民族工作的立足点在于发展经济，只有把经济搞上去，才有可能谈民族的真正平等。要制定一些扶持少数民族乡村发展的特殊、优惠政策，给他们以更好的帮助。要注意培养少数民族干部。还要注意发展、整理民族文化，办好民族中学。

"如此种种，'弱鸟'的羽翼逐渐丰满，造就了'先飞'的必要条件。

"对闽东，我是充满信心的，经过我们的不懈努力，我们一定可以创造'弱鸟'在许多领域先飞的奇迹。"

习近平同志讲了不到一个小时，大家静静倾听，都被深深地吸引住了，大有茅塞顿开之感。讲话实在，言之有物，有的放矢，切中宁德的症结所在，并且指出了今后的努力方向。他脚踏实地，条分缕析，特别是对短期抱"金娃娃"的想法泼了冷水，而是强调要因地制宜，"持之以恒"，这与他日后提出的"滴水穿石，久久为功"一脉相承。

后来，这次讲话被整理成一篇文稿，收入习近平同志在宁德工作文集《摆脱贫困》一书中的第一篇。那些后来在全国倡导的"绿水青山就是金山银山""扶贫先扶志""一县一策""精准扶贫"等理念，早在30多年前他任宁德地委书记时就已经在酝酿之中了。

这既来自多年的刻苦读书学习，也有脚踏实地深入调研后的思考，同时不可否认父辈老革命家的言传身教和良好家风的陶冶。宁德人从年轻的地委书记身上，感受到了习习清风，对他更加刮目相看，也更加有了改变面貌的信心和决心。

当然，宁德人敬佩的不仅仅是习近平同志的工作能力和理论水平，还有他那平易近人、廉洁奉公、艰苦朴素的生活作风。他来宁德时新婚不久，爱人彭丽媛同志是人们喜爱的总政歌舞团歌唱家，身在北京，演出任务十分繁忙。习近平同志是单身赴任而来，没有带家属。

地委办公室做了这样的安排：在闽东宾馆为书记腾出一个套间，便于食宿生活起居；行署新进了两部进口小车，专门安排一部给他乘坐，司机由他自己定。不料，习近平同志一一谢绝，说："车辆还是用老书记退下来的小车，连原司机一起转过来就行了。我也不能住在宾馆，还是搬到机关干部宿舍住，吃在机关干部食堂就可以。"

办公室主任连忙劝道："这可不行啊！老书记退下来的车已经跑了20多万公里，车头在一次车祸中碰坏修理过，闽东山高路险，还是换新的比较安全吧！让您住在宾馆，主要是考虑到家属不在身边，生活不方便。"

"我们是贫困地区，不要摆阔气、讲排场，还是过紧日子好。新车就留给接待客人用，要保证客人坐得舒适安全。我是来工作的，不是来享受的，住在机关宿舍，和干部在一起工作生活，各方面才方便。"习近平同志说。

两天后，习近平同志就搬到了机关干部宿舍楼里，一套西头不大的房间，夏天西晒很厉害，屋里大都是原来的旧家具。平常他与干部一道吃在机关食堂，唯有彭丽媛同志来探亲时，才自己用煤气炉子开伙。他的办公室安排在老地委大院办公楼三楼，总共只有20多平方米，里外2间，外面摆放着2张沙发和1张茶几，用来会客；里间是他办公的地方，放了1张办公桌和1个书柜。原本还打算重新装修一下，可是习近平同志坚决不同意，说原样就挺好，来了就直接进去办公了。

在宁德工作的两年里，习近平同志坚持用旧车，连司机也是吕居永老书记留下的。而且他从不公车私用，彭丽媛同志几次到闽东来看望他，都是自己买车票或搭便车来的。宁德电视台记者邢常葆常开车去福州省台送片子，有一次就顺道到车站接彭丽媛同志。

有一次，原书记吕居永和老伴儿乘单位上的小车回宁德——虽然他调任省人大工作了，但还有一些事务需要处理。习近平同志十分尊重老领导，听说他回来总是抽出时间访谈，友情颇深。这年，刚好彭丽媛同志也在宁德休探亲假。

过了几天，习近平同志与吕居永谈别的事情，顺便问道："你什么时候回去？"

"明天，有事吗？"

"回去都什么人坐你的车？"

"没别人，就是我和老伴儿两个人。"

"彭丽媛要回去了，顺路搭你那个车好不好？"

"当然可以。"吕居永一口答应，心里特别敬佩：作为地委书记，爱人难得前来探望，派车专门接送一下，再正常不过了。可习近平同志却不这样做，从不占公家一点便宜。

类似事情还有很多。

下基层调研时，习近平同志每次都是按惯例吃食堂、交伙食费，由秘书跟当地结账，每半个月他再和秘书集中"结算"一次。下乡的伙食标准按规定办，一顿午饭基本就是吃碗面条，如果菜做多了，他不吃，还会提出批评，让他们拿下去。

那年春天，他们一行人去屏南县检查工作，回来经过邻县虎贝乡时已是中午了，顺路在那里吃午饭。乡里干部张罗着去饭店，被习近平同志制止了。乡里干部又想安排食堂多做几个菜，习近平同志还是不允许。他就与大家一样打饭就餐。饭后，秘书照例去交伙食费，乡党委书记怎么也不肯收，来来回回推了好几次。

临走时上车，习近平同志还是没忘了问秘书："伙食费交了吗？"

秘书说："去交了，但是他们不要。"

"那怎么行？赶快去交，还要让他开收据，不然口说无凭，有收据才证明人家真收了。"

"好好，我再找他们去，一定交上。"

丁是丁，卯是卯，无论大事小情，习近平同志就是这么"较真儿"。

平常除了工作之外，他最喜爱的就是读书，而且涉猎十分广泛，政治经济、历史人文等都在他的阅读范围里。当年，习近平同志从北京下乡到陕北梁家河大队当知青，背了一包书还到处找书看。如今他到宁德上任地委书记，搬家时带得最大的行李竟然是一大箱子书。

每当调研的时候，经常一忙就忙到中午了，下午还要接着开会，习近平同志往往匆忙吃完饭顾不上休息，抓紧时间到街上的新华书店看看，看到一两本好书，就特别高兴地赶快买下来。此外，他还特别喜欢看县志、府志，晚上住下，往往让当地人找来翻阅。

宁德老地委大院就在署前街，办公室与宿舍楼相隔不远，上一天班下来，习近平同志饭后除了散散步之外，就是躲在宿舍里看书。当时，他与相继调来的几名干部，都没带家属，同住一栋楼，同吃一个食堂，甚至一同"运动"。宿舍楼与宁德军分区一墙之隔，楼下有个小门，推开进去就是军分区院子，比较宽敞。他们时常不约而同地去散步，边走边聊工作，相处得非常融洽，有些人就称他们是"快乐的单身汉"。

在20世纪80、90年代，社会上兴起了一股跳舞、唱卡拉OK的风气，有些会议接待往往也有安排。习近平同志从来不参加这样的娱乐项目，每当晚上散步结束，有人回去休息了，有人参加什么应酬去了，他则在宿舍灯下开始了读书、学习、思考。整个家属楼里，他家的灯是关得最晚的。

时任宁德地委秘书长的林思翔，也住在那栋宿舍楼里，与习近平同志是隔壁邻居。有天晚上，他在外边出差回来已是深夜12点了，看到整个宿舍大院里漆黑一片，唯有习近平同志房间的灯光还亮着，就关切地轻轻敲了敲门。

"习书记，我是思翔，这么晚了还没休息？"

"哦，是老林啊！进来吧，有什么事吗？"

林思翔进去一看，原来他还在看书。桌上，椅子上，甚至地上都堆着一摞一摞的书，走路都要绕着走。林思翔深有感慨地说："书记啊，怪不得你讲话引经据典，视野宽、站位高，大家都爱听，平常太刻苦了，可也得注意身体啊！"

"我什么书都爱看，在农村插队的时候就是这样，白天挑担子，晚上就在小油灯下读书……"

当时，习近平同志兼任宁德军分区党委第一书记，分区每年都开一次工作会议，一般都会给参会代表买点纪念品。这在那个年代比较常见。1989年那次全区会议时，他们决定买一种"三用收录机"，既可以听广播，又可以录音、播放。分区政委赵文法给习近平同志送去了一台。

"老赵，这个东西我不需要也不能要，你拿回去吧！"

"习书记，大家都有。你是军分区第一政委，理所当然可以收下啊！"

习近平同志十分坚决，说："你要支持我的工作，在福建干干净净地干事业。"

后来习近平同志调往福州工作，临走之前的那天晚上，赵文法想到反正人都要走了，应该会收下的，借送行机会又拿着这台三用机去给他，可还是被他坚决地拒绝了。

这位地委书记如此严于律己，一身正气、两袖清风，一下子征服了人心。大家都觉得，跟着这样的领导干，他说什么都服气……

进入21世纪以来，福建省委、省政府出台了《关于深化山海协作的八条意见》，确定23个扶贫重点县作为福建农村扶贫开发工作的主战场，明确每个扶贫重点县由1个沿海较发达县（市、区）结对帮扶、1位以上的省领导联系帮扶、5个以上的省直单位挂钩帮扶，明确帮扶责任，细化帮扶措施，着重对扶贫重点县的产业发展、基础设施和社会事业予以扶持。

福州对口宁德，这两个城市正好是习近平同志主政过的地方，可以说偶然里边有必然，寄托着从这里走出去的党中央总书记的一份期待。这些年，"山海联姻"，一个个协作项目在宁德市结出了丰硕的果实。2012年以来，全市落实协作项目200多个，带动区域经济实现产值超千亿元。通过山海协作，宁德市一批产业"短板"得以补齐，经贸合作、农业发展、社会事业建设等方面都取得了明显的成效。

如此，福建省不断完善和丰富具有特色的"唱山歌""念海经"等山海协作模式，走出了一条新时代精准扶贫、共同富裕之路……

## 作者简介

许晨,中国散文学会理事、中国报告文学学会理事,第六届山东省作家协会副主席。曾在《人民文学》《中国作家》《人民日报》《光明日报》《文艺报》《十月》《解放军文艺》等报刊发表许多优秀作品。著有长篇报告文学《第四极:中国蛟龙号挑战深海》《一个男人的海洋:中国船长郭川的航海故事》《耕海探洋:新中国海洋科研事业纪实》等海洋三部曲。《第四极:中国蛟龙号挑战深海》获第七届鲁迅文学奖。

# "北斗" 璀璨

黄传会

### 编选导语

本篇为短篇报告文学，发表在 2020 年 11 月 27 日《人民日报》的《大地》副刊。北斗即中国北斗卫星导航系统，是中国自行研制的全球卫星导航系统。它的组网运行，既具有重大的战略意义，也有广泛的应用价值，是中国高科技发展的标志性成就。《"北斗"璀璨》主要不是报告这一工程的建设，而是主持这一工程研制的科学家、"共和国勋章"获得者孙家栋。"璀璨"是中国科技的伟大成就，也是孙家栋等中国科学家壮美的人生。作品选取人物工作的若干场景，以真实生动的细节叙事，凸显了崇高感人的科学家精神。

他站在那里，仰望着天空——蔚蓝色的苍穹明净如水，广阔无垠。一轮弯月银光淡柔，几颗星星若隐若现。

60 多年来，他主持以我国第一颗人造地球卫星东方红一号为代表的 45 颗卫星的研制和发射，主持我国月球探测、北斗导航重大航天工程的研制工作，为我国突破人造卫星技术、卫星遥感技术、地球静止轨道卫星发射和定点技术、导航卫星组网技术和深空探测技术做出了重大贡献。他是我国人造卫星技术、深空探测技术和卫星导航技术的开创者之一。

仰望着星空,他在描绘"中国星座"的辉煌蓝图……

他就是"共和国勋章"获得者孙家栋。

## 天上有颗北斗"星"

2004年3月,中国绕月工程正式启动,孙家栋被任命为绕月探测工程总设计师。同年12月,继20世纪90年代担任北斗一号系统工程总设计师后,他再次被任命为北斗二号系统工程总设计师。75岁的孙家栋进入他一生中最忙碌的时期。

一肩挑着"北斗",一肩压着"探月"。"星星"与"月亮"紧密相伴。常常上午开"北斗"会,下午又要研究"探月"。孙家栋恨不得长出三头六臂。

一场春雨刚刚停歇。

清晨,秘书李钢接上孙家栋往机场赶,准备去西昌卫星发射中心。车刚出机关大门,李钢的手机响了,电话是孙家栋夫人魏素萍打来的:"快掉头回来,忘了带东西了。"

车子重新开回家,魏素萍站在家门口,将手里的塑料袋交给李钢:"昨晚装箱子时,忘了把这双布鞋放里面了。"

70多岁的人了,长年累月在外面跑,一进家门,孙家栋常常累得连话都不愿多说。魏素萍心细,发现每次出差回来,老伴的双脚都有些浮肿,肯定是走路走多了累的。此后,每次出差前她帮装箱子时,都要带一双布鞋。

回到车上,李钢将布鞋交给孙家栋,说:"孙老,赶紧换上布鞋吧,否则,阿姨会'问罪'下来的。"

孙家栋说:"换没换,她怎能知道?"

李钢开起了玩笑:"天上不是有北斗吗?"

孙老笑着说:"北斗会这么灵吗?下了车换也不晚,她不知道。"

说话间,李钢手机铃声又响了。魏素萍问:"李秘书,他换上布鞋了吗?要是没换就在车上换了,这样下车时,会舒服些。"

李钢连忙朝孙家栋使了个眼色:"阿姨,已经换了。"

孙家栋不紧不慢地说着:"天上还真有北斗盯着呢……"

老伴的温馨,让孙家栋心头一热。然而,此时孙家栋心中想的却是北斗、北斗。

1989年2月，美国全球定位系统（简称GPS）成功发射第一颗组网工作卫星。1994年美国将24颗卫星部署在6个地球轨道上，GPS系统覆盖率达到全球98%。俄罗斯1995年完成了格洛纳斯系统卫星星座的组网布局。

孙家栋坐不住了，他知道卫星导航系统对于国家建设和国防建设的重大意义。他更清楚，一个国家假如使用别人的卫星导航系统，无异于将命运的绳索交给别人。

1983年陈芳允院士提出了双星定位的设想。1994年，国家批准北斗一号立项。自此直至2014年，孙家栋一直担任北斗工程总设计师，带领北斗人逐步探索出具有中国特色的"三步走"发展战略：第一步，2000年建成北斗一号系统（北斗卫星导航试验系统），为中国用户提供服务；第二步，2012年，建成北斗二号系统，为亚太地区用户提供服务；第三步，2020年建成北斗全球系统，为全球用户提供服务。

1994年12月，孙家栋被任命为北斗一号系统工程总设计师。重任在肩的孙家栋满腔热血、满怀激情。

北斗一号卫星系统总设计师范本尧曾说："北斗一号卫星最初的研制规划中，计划在东方红二号甲卫星双自旋卫星平台基础上研制一种导航卫星专用平台。但这类卫星平台没有太阳翼，功率比较小。为这个平台我们做了很多次试验，但都没有成功，耗费了大量精力。"

后来有一天，范本尧碰到了孙家栋。见他皱着眉头，孙家栋问，找到好平台了吗？范本尧说，做了很多试验还是不行。孙家栋说，看来不能一条路走到底，得换思路、换平台啦。

换平台，关系到改变研制规划。范本尧问："换哪种平台？"孙家栋说："东方红三号平台怎么样？""东三"平台比"东二"平台强多了，但因为前不久第一颗东方红三号卫星发射失败，所以那时候人们不敢提用"东三"平台取代"东二"平台。孙家栋像是看出了其中缘由："老范，你是'东三'的总设计师，你说说这次失败的主要原因是什么？""我认为'东三'失败是卫星的质量问题，一些关键部件达不到设计要求，而不是设计问题。"孙家栋说："既然不是设计问题，把质量问题解决了，完全可以用'东三'平台取代'东二'平台。我们再仔细论证一下，此事不能再拖了。"

孙家栋果断拍板，北斗一号卫星平台转而采用东方红三号卫星的三轴稳定平台。路子顺了，大大加快了卫星的研制进度。

北斗初建，遇到一个瓶颈问题——信号快速捕获。能否实现对信号的"快速精跟"，成为决定北斗一号系统整体性能，甚至左右整个工程进展的关键。

1995年，国防科技大学在读博士王飞雪和同学雍少为、欧钢，获知这一信息，摩拳擦掌，跃跃欲试。他们用4万元从北京买回一台当时算是比较先进的台式计算机。把一个不到10平方米的仓库，简单地收拾一下当作试验室。没有仪器，就东凑西借。那些日子，他们每天工作十七八个小时，饿了就泡袋方便面，累得眼皮都撑不开时，就冲杯浓咖啡提神，直到实在困得不行，才打开行军床小憩。

一次次论证，一次次推翻重来。孙家栋对这个年轻的团队给予全力支持，他说："攻关，最重要的是要创新。"

王飞雪另辟蹊径，提出了一种新的算法："全数字化快速捕获信号与接收技术方案。"他们通过测试得到的第一批"快捕精跟"数据，效果远远超过了大家的期望值。3年后，星地对接现场，显示器上脉冲"闪耀"，信号捕捉成功。

2000年10月31日、12月21日，长征三号甲运载火箭分别将第一、第二颗北斗导航试验卫星送入地球同步轨道，建成了北斗一号系统。

双星组成的北斗一号系统能全天候、全天时地提供卫星导航信息，还具备短报文通信服务能力。我国成为继美国、俄罗斯之后，第三个拥有自主卫星导航系统的国家。

## "让我们自己也成为巨人"

仰望星空，孙家栋的眉心微微蹙在一起，无形的压力和紧迫感爬上心头。

星载原子钟像一只"拦路虎"，横在北斗二号系统面前。

时间和空间位置信息，都是一个国家重要的战略资源。卫星的位置信息和星上精准的时间信息，是导航卫星最核心的两大参数。

星载原子钟被称为导航卫星的"心脏"。如果原子钟误差1纳秒（10

亿分之一秒），就意味定位会有0.3米误差。

当时世界上只有少数几个国家具备星载原子钟的研制能力，由于中国当时的技术基础还比较薄弱，只好去国外买。北斗一号卫星用的两只原子钟是进口的，指标很低，算是勉强能用。

北斗二号卫星研制初期本想走老路，还去国外买。但国外好几家都以保密为由，一口回绝了。后来，好不容易找到欧洲一家厂商，答应卖给我们一款产品，技术参数基本够用，正准备签合同。没想到除了价格一涨再涨，对方还附加了一系列霸王条约：比如卖给我们的产品，档次要比他们用于伽利略导航系统的低一个级别；发货时必须等待他们国家有关部门批复等。

孙家栋对现北斗三号系统工程副总设计师、时任北斗二号卫星系统总设计师谢军说："我们再也不能对进口产品存在依赖性了。星载原子钟必须下决心自己搞，就是砸锅卖铁也要做出自己的品牌。"

在工程办公室组织下，孙家栋带领有关机关、谢军等专家去几家科研单位调研。当时参与原子钟研发的有北京大学、中国科学院武汉物理与数学研究所、中国空间技术研究院西安分院、航天科工集团203所等。孙家栋的态度非常明确："原子钟技术不过关，卫星绝对不能上天。"

中国空间技术研究院西安分院星载铷钟首席专家贺玉玲，回顾近10年艰难曲折的研发之路，感慨地说："家人经常会抱怨我，你们是做'钟'的，怎么这样不守时？有时候为了获得一个更稳定的数据，可能需要反复测试。连白天黑夜都忘了，更顾不上节假日。"

在中国科学院武汉物理与数学研究所研究员梅刚华的办公室，至今还珍藏着几抽屉的试验品，这些试验品见证了课题组20年来的艰难求索。梅刚华说："刚开始的时候，我们做出的原子钟的精度与西方发达国家的差距是两个数量级。原子钟的核心部件微波腔只有一个胶卷大小，要在里面特定位置打几个槽，测量宽度和深度，当时没有计算机模拟仿真，只能靠人工一点点摸索、一点点打磨。"仅这一项技术，他们就进行了上百次试验。最终，具有全新结构和工作原理的开槽管式微波腔研制成功。

终于，有3家科研单位分别研制成功各有特色、具有完全自主知识产权、满足北斗系统工程要求的星载原子钟——中国终于有了自主研发的原子钟。

那天，孙家栋亲自见证了4台完全符合技术要求的国产原子钟，装载在北斗二号系统首颗卫星上。

2007年大年初三，北斗系统高级顾问、时任北斗二号系统工程副总设计师李祖洪和时任北斗二号卫星系统总设计师谢军，带着试验队将北斗二号第一颗卫星运到西昌卫星发射中心。检测设备安装就位，便开始了200个小时的不间断加电测试，模拟卫星和有效载荷在太空连续工作的状态。从工程总指挥到技术人员，大家一起排班，分分秒秒，紧盯着数据，不敢有丝毫大意。

两个多月，马不停蹄，每天都是超负荷工作。

那天快中午时，李祖洪接到谢军从厂房打来的电话："李总，卫星发动机出问题了！"

从北京来的孙家栋马上就要下飞机，李祖洪本来要去接机的，这时也顾不上了，赶紧往厂房赶。

进了厂房，到了工装架子旁，谢军告诉李祖洪，试验队员在发动机底部发现了一个疑点。李祖洪趴下身子，探头看了看，证实了发动机的疑点情况。

大家正着急着，孙家栋闻讯直接赶来了。

听了汇报，孙家栋先蹲下身子，想看看到底是什么情况，但发动机底部离地面只有五六十厘米，看不太清楚。谁也没有想到，孙家栋索性躺在地面，脸朝上，身子往发动机底部慢慢蹭，终于看清楚了疑点情况。

孙家栋从发动机底部钻出来，喘了几口气，说："应该只是擦了一下，问题不是很大，但必须立即请厂家的专家来鉴定。"

他擦了擦头上的汗水，此时秘书想搬一张椅子让他坐下休息，被他用眼神制止了。旁人不知道孙家栋犯有陈旧性腰肌劳损，剧烈的疼痛常常会让他步履艰难。

事后，李祖洪感动地说："当时，看到78岁的孙老躺在地上，钻进发动机的底部，我们真的很感动！"

发动机厂家的专家赶来了，经探伤仪探测机体没有裂痕，高温涂料也没擦坏。几方评估后，可以按原计划发射。

卫星转场到发射区，与火箭对接，进入卫星状态检查，整流罩合上。

然而，在最后的总检查中，应答机里面一个振荡器工作临界，时而停振,时而正常。卫星上天后,有可能影响信号的正常传输。

发射场区指挥部经慎重研究决定,问题必须彻底归零才能发射。

在六七十米高的发射塔架上,重新打开整流罩,科研人员几经周折,将几十个螺栓拧下来。整流罩打开后,又小心翼翼地把卫星的舱板打开,才从卫星里面取出应答机。

发射场无法修复应答机,试验队员抱着应答机,火速送往成都。

此事过后没多久,4月11日,孙家栋又赶到西昌发射场。

刚下飞机,他便问李祖洪:"应答机的问题解决了吗?"

李祖洪摇了摇头:"还在成都修理,急人,都快火烧眉毛了。"

孙家栋对李祖洪说:"不可松懈,一切按预定部署进行。"

应答机终于修复,从成都火速送回发射场,已是4月13日中午。

4月14日凌晨,北斗二号系统第一颗卫星,终于顺利升空。

5时16分,太阳翼帆板成功展开。

在指控中心,孙家栋注视着面前的大屏幕,神色淡定,心中却是波涛翻涌。他知道一场真正的考验才刚刚开始——再过不到72个小时,我国向国际电信联盟申请的导航信号频点就将过期作废。卫星仅仅发射成功还不算,必须在72小时内顺利开机、正常运转,而这一切,谁也不敢打保票。

太空中的频率资源十分有限。2000年4月17日,我国向国际电信联盟申请导航卫星的轨道位置和频率资源,国际电信联盟辟出两小段资源作为卫星导航合法使用频段。根据国际电信联盟"谁先占有谁先用"的原则,必须在7年有效期内发射导航卫星,并成功接收传回信号,逾期则自动失效。

因此,一个新的问题摆在了面前:卫星入轨后,按规范操作,卫星要在真空环境下暴露5天后再开启设备。提前开启,很有可能引发微波信号大功率微放电,导致卫星报废。可是再等5天,势必错失国际电信联盟规定的最后期限。

16日20时14分,我国申请的空间频率有效期只剩下不到4小时。

孙家栋从座席上站了起来,拧眉沉思了片刻,与在座的有关同志会商后果断决策:"加电开机!"

当晚,十几家终端设备厂家,在北斗系统主控站的一个大操场上,把接收机摆成一大排,技术人员在焦急中不时仰望漆黑的夜空,等待着一个

"精灵"——那个来自远方的信号。

"有了!"不知谁最先喊了起来。

21时46分,地面系统正确接收到了卫星播发的B1导航信号。

21时54分,接收到了卫星播发的B2导航信号。

22时03分,接收到了卫星播发的B3导航信号。

整个大操场上欢声雷动。

此时,离国际电信联盟限定的时间仅剩2小时。

犹如世界杯比赛的"压哨破门",北斗系统申请的卫星导航信号频率与轨位资源保住了,中国北斗在最后时刻,拿到了进军全球卫星导航系统俱乐部的"入场券"。

第二天,在宾馆吃早餐时,孙家栋把李祖洪、谢军还有一些骨干招呼到一起,交代了下一步工作后,缓缓地说:"最近我听说了一段话,不知道是哪位哲人说的,说得特别好。"

大家都放下了筷子。

孙家栋认真了起来:"这段话是这么说的:在北斗工程起步之时,我们也希望站在'巨人的肩膀上',但'巨人'可不这么想,他对我们技术封锁,不让我们站在他的肩膀上。所以唯一的办法,就是我们自己成为巨人。"

李祖洪一听愣了一下。这时有人突然想起来了:"孙老,这话是祖洪总指挥说的。"

大家都笑了。孙家栋却变得更严肃了,他说:"前几天,有人告诉我祖洪总指挥讲的这段话,我觉得讲得特别棒,说出了我们的心里话。这些年来,我们曾想站在'巨人的肩膀上',可'巨人'不仅不让我们站,而且还卡我们、压我们。在事实面前,我们终于醒悟过来了。靠别人靠不住,只有靠自己,拼搏努力,让我们自己也成为'巨人',让中国的航天也成为'巨人'!"

大家心里铆足了劲:让中国航天也成为"巨人"!

## 星耀全球

2009年,北斗三号系统正式启动建设。

北斗三号系统将建成拥有24颗中圆地球轨道卫星、3颗地球静止卫星和3颗倾斜地球同步轨道卫星，共30颗卫星组成的全球卫星导航系统。

在第一次大系统协调会上，孙家栋明确提出："我支持工程大总体提出的所有星载产品必须百分之百国产化的意见建议"，真正做到"北斗星、中国芯"。他的态度充满坚决。

这是一位老科学家集大半生科研经历的亲身感受，包括曾经有过的深刻教训。核心技术引进不来，买不到，唯有自主创新，大胆突破。作为北斗系统工程的总设计师，孙家栋除了要为这项巨大的工程进行科学设计，还必须为整个工程划定一条底线——"核心技术自主可控"便是这条底线，同时也是北斗系统的"生命线"。

孙家栋带领中国北斗人，坚守着这条"生命线"。

2014年12月，时任北斗系统工程副总设计师杨长风接任北斗系统工程总设计师，孙家栋被聘任为高级顾问。

北斗三号系统最大的亮点是星间链路。这是我国北斗由区域迈向全球的关键，也是一个少有经验可借鉴的新难题。

杨长风有些犹豫，星间链路万一失败，将严重影响北斗系统全球组网建设进度。

杨长风与孙家栋谈了自己的担忧。孙家栋没有正面回答，而是问："长风啊，你认识咱们酒泉卫星发射中心首任司令员孙继先中将吧？听说过他在长征中的故事吗？"

"听说过呀！"

"长征中，孙司令员是红一军一营营长。那年5月，部队到达大渡河，前有堵截，后有追兵，情况十分危急。刘伯承、聂荣臻首长亲临前线指挥，孙继先从二连亲自挑选并带领十七勇士组成突击队，硬是在被敌人视为插翅难飞的天险防线上，打开一个缺口，为中央红军北上开辟了一条通道……"

听到这里，杨长风心领神会。

孙家栋接着说："我们经历过多少次被'逼'的境况啊？但我们不都靠着自己的智慧，每次都绝路逢生了吗？"

浩瀚银河遥相望，星间链路搭桥梁。国防科大、中科院、中国空间技术研究院分别组织队伍攻关。

2015年3月，由中科院微小卫星创新研究院研制搭载星间链路的卫星发射成功，正式开启星间链路验证工作。

同年8月，由中国空间技术研究院研制的两颗北斗三号试验卫星成功在轨建立星间链路，标志着我国成功验证了全球导航卫星星座自主运行核心技术，为建立全球卫星导航系统迈进一大步。北斗团队再一次交出了令世界震惊、令国人满意的答卷！

那天，孙家栋到一线了解星间链路的验证情况。

听了杨长风和谢军的介绍，孙家栋非常高兴。他说："此前，我们面前也遇到了'大渡河'，别无选择，我们只能选择强渡。今天，我高兴地看到，我们已经渡过了'大渡河'。我又一次感受到了自主创新的蓬勃生命力。"

忽然，孙家栋发现站在眼前的都是面生的年轻人，两眼一亮，问其中一名技术骨干："小伙子，今年多大了？"

"孙老，我29岁。"

"29岁，多年轻啊！我29岁那年，刚刚留学回国。你参加工作几年了？"

"两年。"

孙家栋说："参加工作两年，便参与这么重大的工程，真是后生可畏。你们赶上了一个好时代，我们的国力强大了，我们的航天发展了！"

将要离去时，孙家栋又收住脚步，对身旁的年轻人说："我今天很高兴，星间链路验证取得关键性突破。但让我更欣慰的是，有你们这支年轻的队伍，这说明我们的北斗事业永远年轻，中国的航天事业永远朝气蓬勃！"

2020年6月23日9时43分，西昌卫星发射中心，长征三号乙运载火箭成功将北斗三号系统最后一颗全球组网卫星发射上天。

从1994年北斗一号系统立项伊始，30万人接力奋斗了26年，梦想终于实现，北斗星耀全球。

从"区域服务"到"全球组网"，从追赶到并跑，从受制于人到自主可控，中国北斗一步步走向卓越。北斗三号系统具有导航定位和通信数传两大功能，可提供定位导航授时、全球短报文通信、区域短报文通信、国际搜救、星基增强、地基增强、精密单点定位共7类服务，是功能强大的全球卫星导航系统。全球范围定位精度优于10米、测速精度优于0.2米/

秒、授时精度优于亿分之一秒、服务可用性优于99%。

交通运输、公共安全、农林渔业、水文监测、天气预报、通信报时、救灾减灾……北斗系统正深深融入国家核心基础设施，并产生显著的经济效益和社会效益。随着北斗高精度和人工智能、大数据、云计算、5G通信等新技术的结合，北斗应用从卫星导航定位延伸到了工业互联网、物联网、车联网等新兴应用领域……

一个民族的智慧，一个国家的创造力，往往需要一些标志性的成果来证明。北斗系统体现出中国速度，凝结着中国智慧，展现了中国志气，而这些，是任何东西都不能替代的！

### 作者简介

黄传会，第三届中国报告文学学会常务副会长、秘书长，中国作家协会会员，海军政治部创作室原主任。著有长篇报告文学《托起明天的太阳——希望工程纪实》《中国山村教师》《中国贫困警示录》《发现青年》《中国海军三部曲》《为了那渴望的目光——希望工程20年纪实》《中国婚姻调查》《我的课桌在哪里——农民工子女教育调查》《军徽与五环辉映》《中国新生代农民工》《潜航》《国家的儿子》《中国海军：1949—1955》《大国行动——中国海军也门撤侨》等，中短篇报告文学集《站在辽宁舰的甲板上》。获庄重文文学奖，徐迟报告文学奖，第六、九、十三届中宣部全国"五个一工程"奖，第六届鲁迅文学奖。